SINA BLACKWOOD

DIE URENKELIN DES AURËUS

AF200510

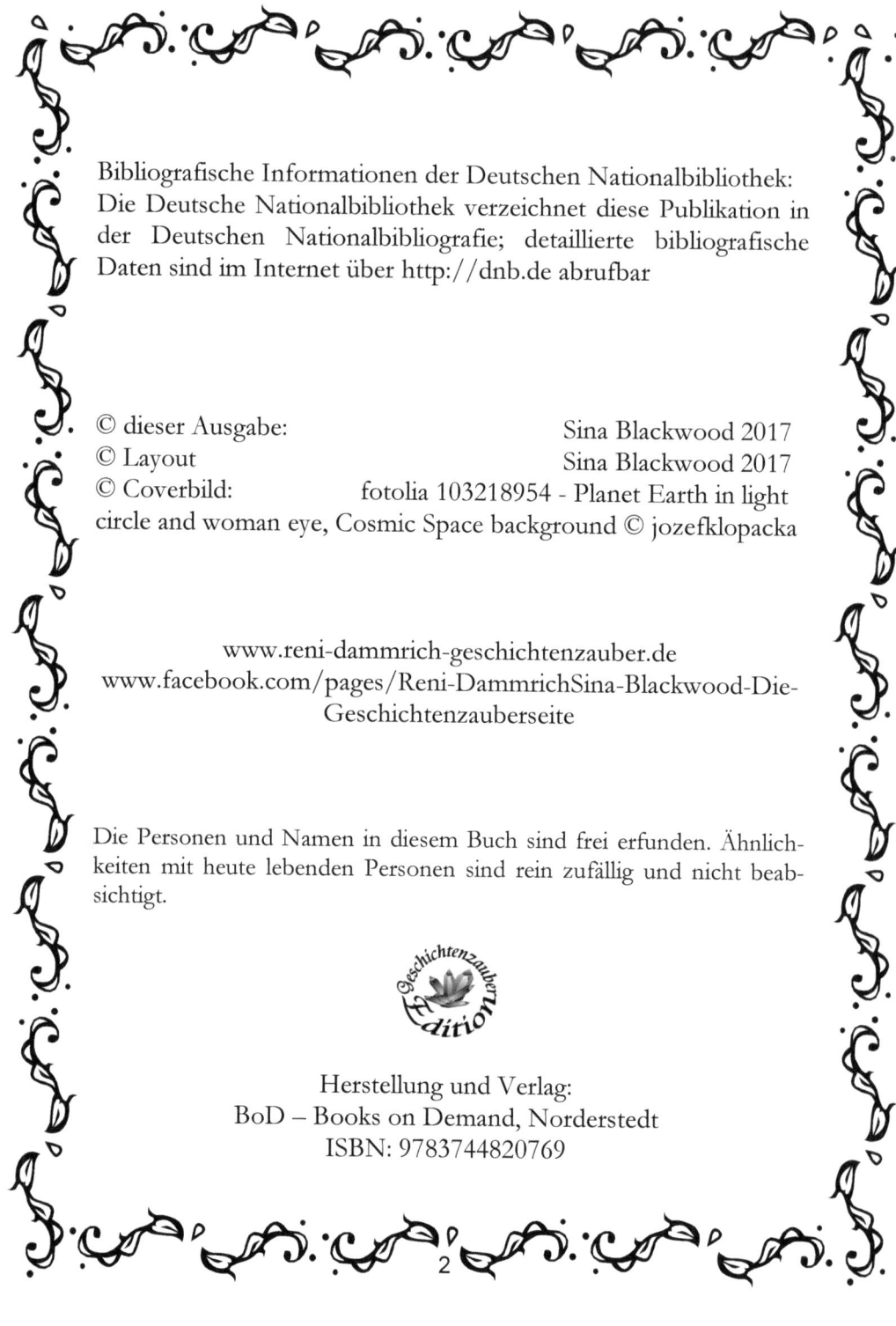

Bibliografische Informationen der Deutschen Nationalbibliothek: Die Deutsche Nationalbibliothek verzeichnet diese Publikation in der Deutschen Nationalbibliografie; detaillierte bibliografische Daten sind im Internet über http://dnb.de abrufbar

www.reni-dammrich-geschichtenzauber.de
www.facebook.com/pages/Reni-DammrichSina-Blackwood-Die-Geschichtenzauberseite

Herstellung und Verlag:
BoD – Books on Demand, Norderstedt
ISBN: 9783744820769

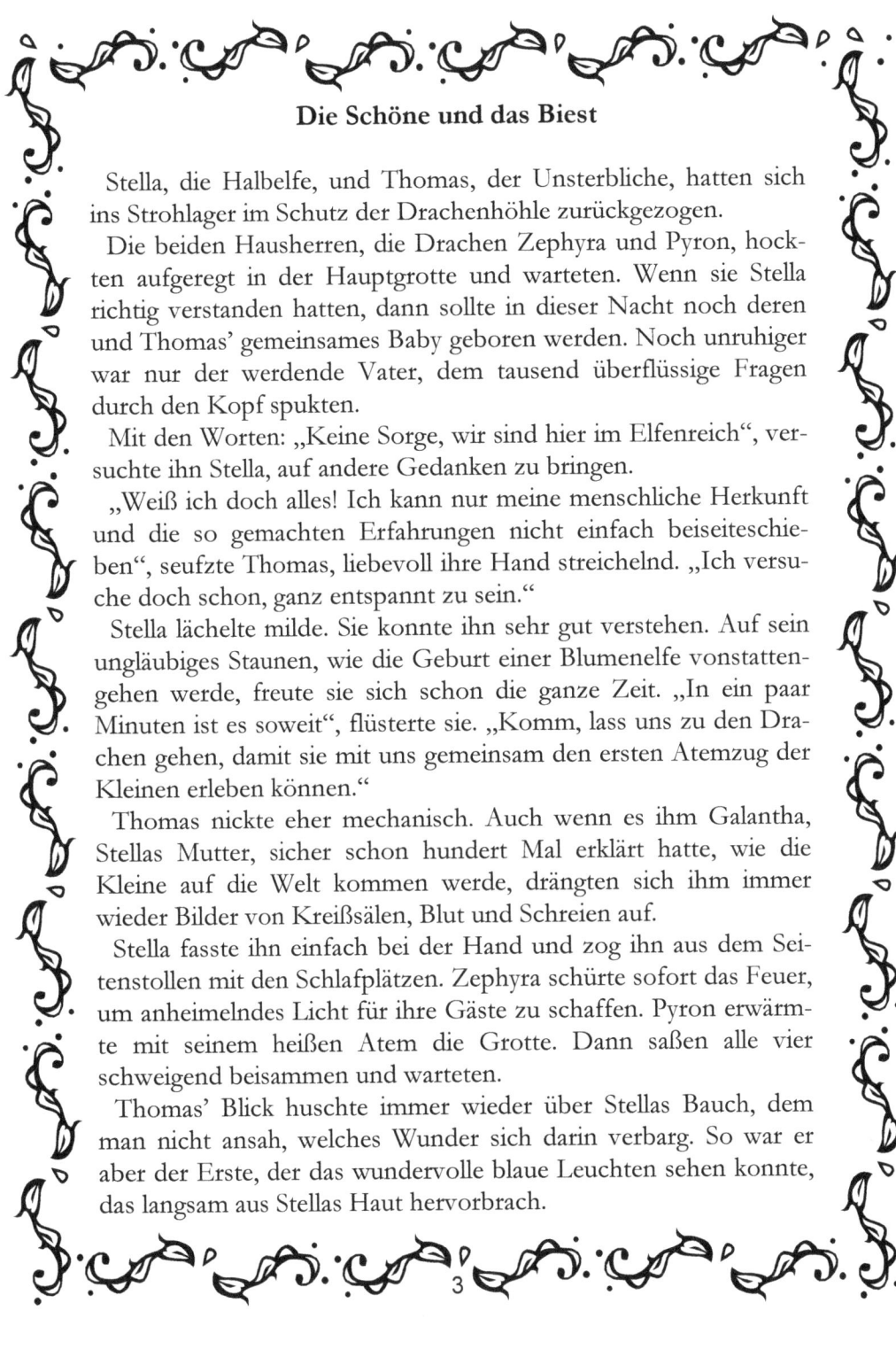

Die Schöne und das Biest

Stella, die Halbelfe, und Thomas, der Unsterbliche, hatten sich ins Strohlager im Schutz der Drachenhöhle zurückgezogen.

Die beiden Hausherren, die Drachen Zephyra und Pyron, hockten aufgeregt in der Hauptgrotte und warteten. Wenn sie Stella richtig verstanden hatten, dann sollte in dieser Nacht noch deren und Thomas' gemeinsames Baby geboren werden. Noch unruhiger war nur der werdende Vater, dem tausend überflüssige Fragen durch den Kopf spukten.

Mit den Worten: „Keine Sorge, wir sind hier im Elfenreich", versuchte ihn Stella, auf andere Gedanken zu bringen.

„Weiß ich doch alles! Ich kann nur meine menschliche Herkunft und die so gemachten Erfahrungen nicht einfach beiseiteschieben", seufzte Thomas, liebevoll ihre Hand streichelnd. „Ich versuche doch schon, ganz entspannt zu sein."

Stella lächelte milde. Sie konnte ihn sehr gut verstehen. Auf sein ungläubiges Staunen, wie die Geburt einer Blumenelfe vonstattengehen werde, freute sie sich schon die ganze Zeit. „In ein paar Minuten ist es soweit", flüsterte sie. „Komm, lass uns zu den Drachen gehen, damit sie mit uns gemeinsam den ersten Atemzug der Kleinen erleben können."

Thomas nickte eher mechanisch. Auch wenn es ihm Galantha, Stellas Mutter, sicher schon hundert Mal erklärt hatte, wie die Kleine auf die Welt kommen werde, drängten sich ihm immer wieder Bilder von Kreißsälen, Blut und Schreien auf.

Stella fasste ihn einfach bei der Hand und zog ihn aus dem Seitenstollen mit den Schlafplätzen. Zephyra schürte sofort das Feuer, um anheimelndes Licht für ihre Gäste zu schaffen. Pyron erwärmte mit seinem heißen Atem die Grotte. Dann saßen alle vier schweigend beisammen und warteten.

Thomas' Blick huschte immer wieder über Stellas Bauch, dem man nicht ansah, welches Wunder sich darin verbarg. So war er aber der Erste, der das wundervolle blaue Leuchten sehen konnte, das langsam aus Stellas Haut hervorbrach.

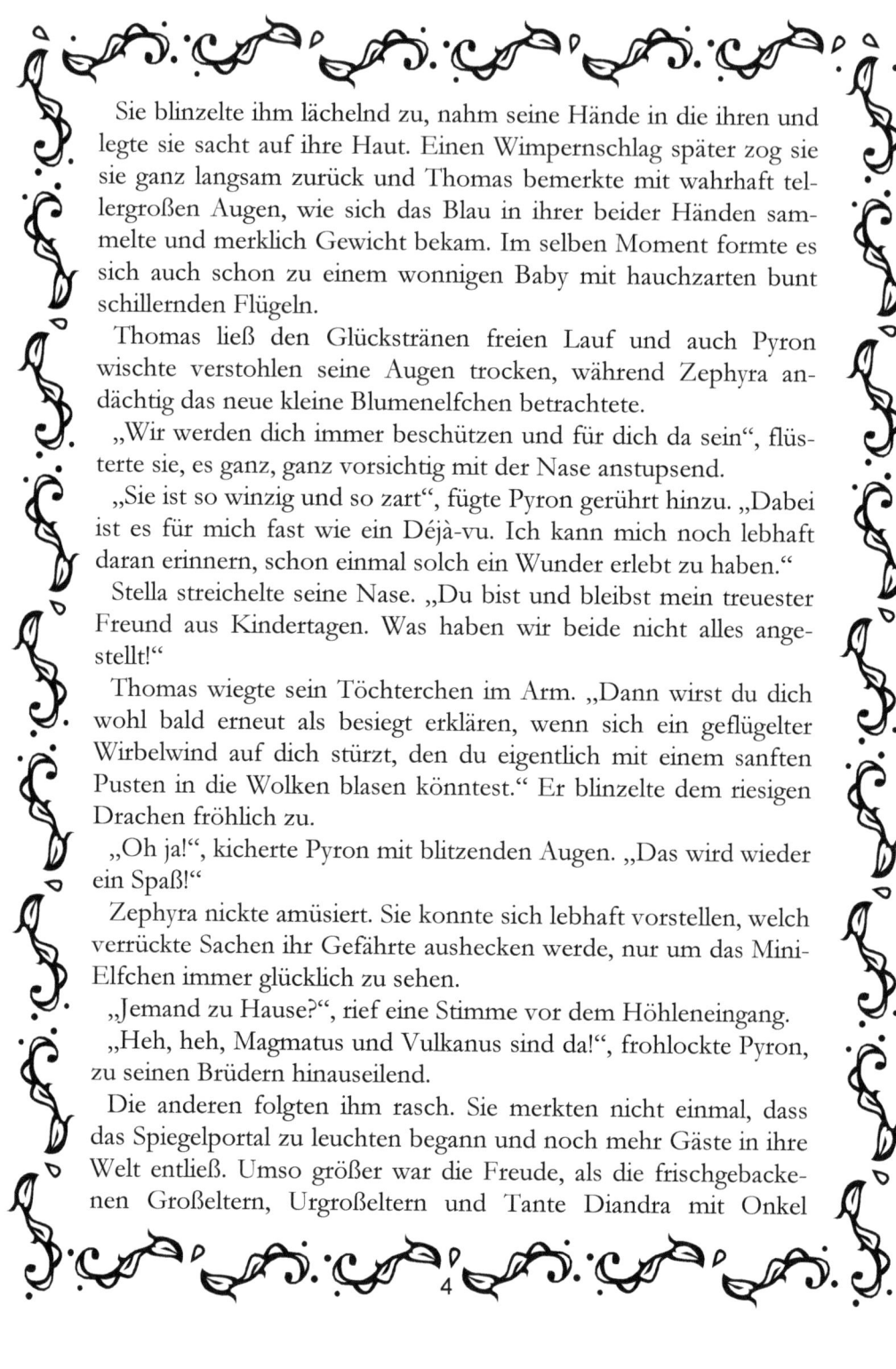

Sie blinzelte ihm lächelnd zu, nahm seine Hände in die ihren und legte sie sacht auf ihre Haut. Einen Wimpernschlag später zog sie sie ganz langsam zurück und Thomas bemerkte mit wahrhaft tellergroßen Augen, wie sich das Blau in ihrer beider Händen sammelte und merklich Gewicht bekam. Im selben Moment formte es sich auch schon zu einem wonnigen Baby mit hauchzarten bunt schillernden Flügeln.

Thomas ließ den Glückstränen freien Lauf und auch Pyron wischte verstohlen seine Augen trocken, während Zephyra andächtig das neue kleine Blumenelfchen betrachtete.

„Wir werden dich immer beschützen und für dich da sein", flüsterte sie, es ganz, ganz vorsichtig mit der Nase anstupsend.

„Sie ist so winzig und so zart", fügte Pyron gerührt hinzu. „Dabei ist es für mich fast wie ein Déjà-vu. Ich kann mich noch lebhaft daran erinnern, schon einmal solch ein Wunder erlebt zu haben."

Stella streichelte seine Nase. „Du bist und bleibst mein treuester Freund aus Kindertagen. Was haben wir beide nicht alles angestellt!"

Thomas wiegte sein Töchterchen im Arm. „Dann wirst du dich wohl bald erneut als besiegt erklären, wenn sich ein geflügelter Wirbelwind auf dich stürzt, den du eigentlich mit einem sanften Pusten in die Wolken blasen könntest." Er blinzelte dem riesigen Drachen fröhlich zu.

„Oh ja!", kicherte Pyron mit blitzenden Augen. „Das wird wieder ein Spaß!"

Zephyra nickte amüsiert. Sie konnte sich lebhaft vorstellen, welch verrückte Sachen ihr Gefährte aushecken werde, nur um das Mini-Elfchen immer glücklich zu sehen.

„Jemand zu Hause?", rief eine Stimme vor dem Höhleneingang.

„Heh, heh, Magmatus und Vulkanus sind da!", frohlockte Pyron, zu seinen Brüdern hinauseilend.

Die anderen folgten ihm rasch. Sie merkten nicht einmal, dass das Spiegelportal zu leuchten begann und noch mehr Gäste in ihre Welt entließ. Umso größer war die Freude, als die frischgebackenen Großeltern, Urgroßeltern und Tante Diandra mit Onkel

Bromer in den Kreis der Versammelten traten, die alle mit großen Augen das Baby bestaunten.

Die Kleine hatte die gleichen seegrünen Augen und genau so eichhörnchenrote Locken wie Mama und Oma. Selbst die schillernden Flügel schienen mit deren Flügeln identisch zu sein.

„Möchtest du ihr einen Namen geben?", wandte sich Stella an Pyron.

Der große Drache zuckte zusammen. „Ich … ich … ich darf wirklich?", stotterte er ungläubig.

Stella nickte und auch die anderen waren einstimmig der Meinung, dass sich Pyron diese Ehre verdient hatte.

„Dann möchte ich, dass sie Viola heißt", entschied er sofort. „Das blaue Leuchten, als sie zur Welt kam, hatte die gleiche Farbe wie die duftenden Veilchen auf unserem Berg."

Stella küsste ihn lachend auf die Nasenspitze. „Perfekt!"

Im selben Moment bewegte Viola die Flügelchen und schwebte direkt auf ihn zu. Um sie nicht versehentlich einzuatmen, fing er sie mit seiner riesigen Klaue vorsichtig ab und bekam ein herzhaftes Lachen zur Antwort.

„Ich glaube, der Spaß geht schon los", schmunzelte er, das winzige Geschöpfchen mit der Nase antupfend, worauf erneut ein fröhliches Kichern ertönte.

„Dann bekommt sie jetzt auch den passenden Schmuck", strahlten die zauberkundigen Groß- und Urgroßväter. Auréus ließ silberne Ohrringe und Marc das dazu passende Collier mit Veilchen erscheinen.

„Von Onkel Bromer gibt es das Armband", lachte der dritte Zauberer.

Viola blinzelte die drei vergnügt an und kicherte silberhell.

Diandra hatte noch ein anderes Geräusch geortet – das Trommeln von Hufen in vollem Galopp. „Da! Die Einhörner kommen!"

„Ist das schön", freute sich Stella. „Ich fliege mit Viola zu ihnen hinunter. Wer kommt mit?"

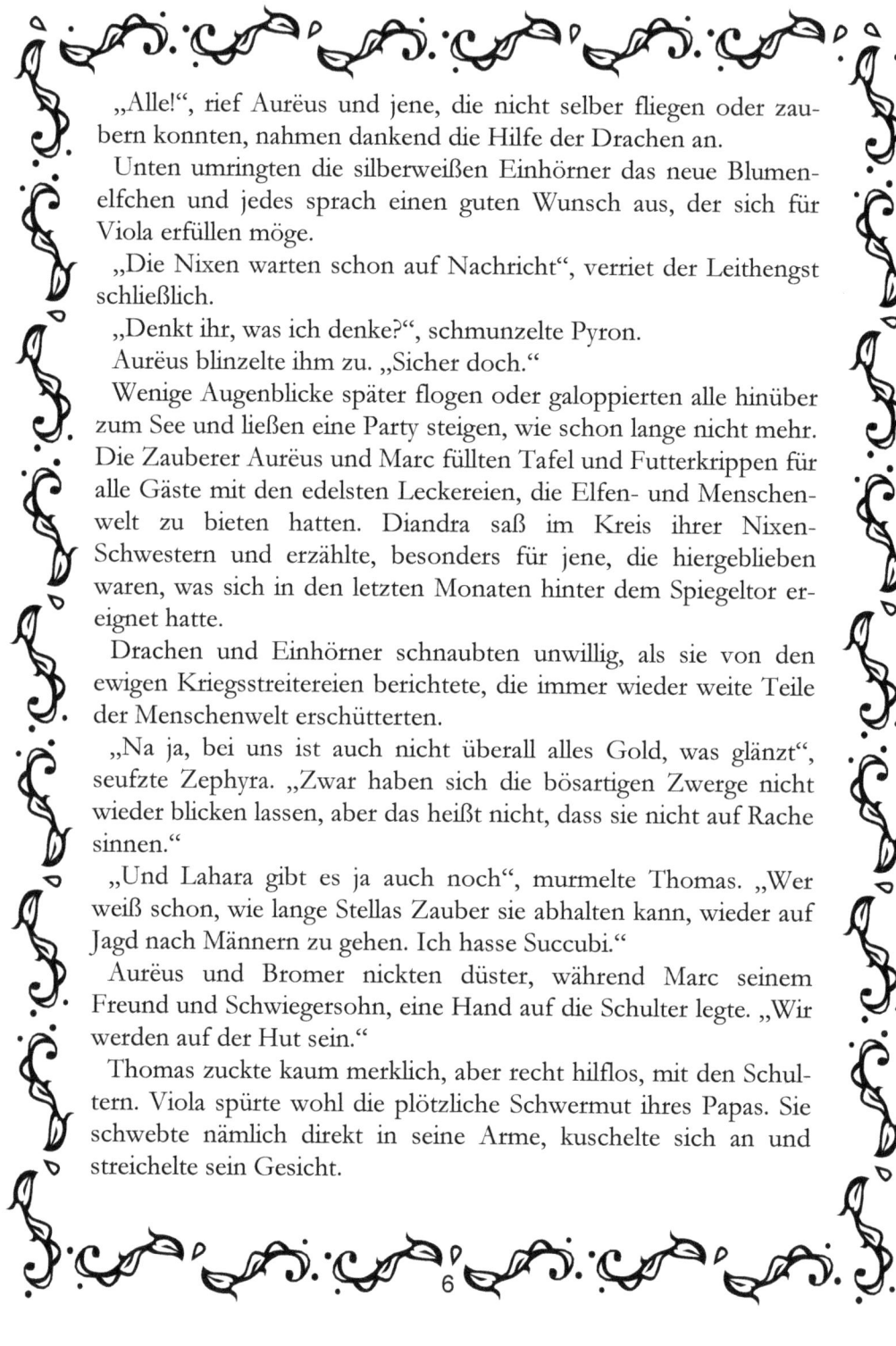

„Alle!", rief Aurëus und jene, die nicht selber fliegen oder zaubern konnten, nahmen dankend die Hilfe der Drachen an.

Unten umringten die silberweißen Einhörner das neue Blumenelfchen und jedes sprach einen guten Wunsch aus, der sich für Viola erfüllen möge.

„Die Nixen warten schon auf Nachricht", verriet der Leithengst schließlich.

„Denkt ihr, was ich denke?", schmunzelte Pyron.

Aurëus blinzelte ihm zu. „Sicher doch."

Wenige Augenblicke später flogen oder galoppierten alle hinüber zum See und ließen eine Party steigen, wie schon lange nicht mehr. Die Zauberer Aurëus und Marc füllten Tafel und Futterkrippen für alle Gäste mit den edelsten Leckereien, die Elfen- und Menschenwelt zu bieten hatten. Diandra saß im Kreis ihrer Nixen-Schwestern und erzählte, besonders für jene, die hiergeblieben waren, was sich in den letzten Monaten hinter dem Spiegeltor ereignet hatte.

Drachen und Einhörner schnaubten unwillig, als sie von den ewigen Kriegsstreitereien berichtete, die immer wieder weite Teile der Menschenwelt erschütterten.

„Na ja, bei uns ist auch nicht überall alles Gold, was glänzt", seufzte Zephyra. „Zwar haben sich die bösartigen Zwerge nicht wieder blicken lassen, aber das heißt nicht, dass sie nicht auf Rache sinnen."

„Und Lahara gibt es ja auch noch", murmelte Thomas. „Wer weiß schon, wie lange Stellas Zauber sie abhalten kann, wieder auf Jagd nach Männern zu gehen. Ich hasse Succubi."

Aurëus und Bromer nickten düster, während Marc seinem Freund und Schwiegersohn, eine Hand auf die Schulter legte. „Wir werden auf der Hut sein."

Thomas zuckte kaum merklich, aber recht hilflos, mit den Schultern. Viola spürte wohl die plötzliche Schwermut ihres Papas. Sie schwebte nämlich direkt in seine Arme, kuschelte sich an und streichelte sein Gesicht.

Ich werde auf euch aufpassen, hörte er ihre Stimme in seinen Gedanken und drückte sein Töchterchen fest an sich.

Silvestra blinzelte ihm zu. *Das war ein Schwur für die Ewigkeit.*

Ich weiß, gab Thomas glücklich lächelnd zurück. *Aber wie konntest du es hören?*

Sie hat es für alle verwandten Elfen hörbar gesagt. Stella und Galantha haben also die gleiche Nachricht empfangen. Meine jetzt, war nur für dich bestimmt.

Viola huschte inzwischen von einem zum anderen, landete auf Einhörnern und Drachen, planschte mit beiden Händen im Wasser, wobei die Nixen aufpassten, damit die Kleine nicht hineinfiel. Dann näherte sich vom Wald her eine schillernde Wolke.

Viola flog ihr neugierig entgegen. Niemand hielt sie zurück, aber alle beobachteten schmunzelnd, wie sie lachend im schillernden, wogenden Nebel verschwand. Marc nahm seine Frau Galantha in den Arm. Damals, als er sie kennenlernte, war sie genau so winzig gewesen, wie die vielen Wald- und Wiesenelfen, die nun mit seiner Enkelin Viola spielten. Er war *schuld* daran, dass Galantha Menschengröße angenommen und diese nie mehr abgelegt hatte.

Die winzigen Elfen beschenkten das sehr viel größere Baby, als sie selber waren, mit den wundervollsten Dingen aus der Natur. Die einen brachten in allen Farben irisierende Vogelfedern, andere Trockenblumen und die nächsten hübsch geformte Samenkörner. Auch die Nixen hatten, statt der Perlen, lieber die Schalen der Muscheln gebracht.

„Traumfänger", warf Pyron in die Runde, worauf Marc und Thomas in herzhaftes Lachen ausbrachen.

Der lustige Indianerabend in der Drachengrotte vor vielen, vielen Jahren war immer wieder Gesprächsthema der verschworenen Gemeinschaft. Und es war eine Ehrensache, dass sofort alle die noch nötigen Weidenruten und Schnüre aus Birkenbast zusammensuchten. Dann schauten sie interessiert zu, wie sich Marc und Thomas an die Arbeit machten.

Zephyra flüsterte Aurëus ins Ohr: „Ich habe noch einen winzigen trockenen Kürbis zu Hause."

„Ich hole ihn", wisperte der und teleportierte sich im Bruchteil eines Wimpernschlages hin und zurück.

Viola ließ sich nicht ablenken, gespannt schaute sie zu, wie in die Ringe aus Weidenruten Netze geknüpft wurden, deren Fäden durch Nussfrüchte gezogen worden waren. Galantha fertigte inzwischen kunstvolle Bänder, deren Enden Muschelschalen und daran befestigte Quasten aus Vogelfedern zierten. Es dauerte kaum eine halbe Stunde, dann schaukelte der große Traumfänger für die kleine Elfe an einem Zweig im Sommerwind.

Nun erst höhlten Bromer und Alfons den Kürbis aus, füllten fünf kleine Haselnüsse hinein und klebten alles mit Baumharz an einen kurzen Griff. Viola bekam große Augen, als Bromer die Rassel erklingen ließ. Mit bittendem Blick hielt sie ihm die Hand hin und erhielt natürlich das begehrte Spielzeug, welches sie für den Rest des Tages nicht mehr aus der Hand legte und abends sogar mit ins Heubettchen im Schlafstollen der Höhle nahm. An der felsigen Decke über ihrem Schlafplatz drehte sich der Traumfänger im leisesten Luftzug. Zephyra war nicht minder glücklich, weil ihr Kürbis genau zu dem geworden war, was sie schon lange erhofft hatte.

„Tante Zephyra und Onkel Pyron sind die Allerbesten", gestanden Pyrons Brüder völlig neidlos.

Thomas streichelte die beiden. „Mit euch hatte sie heute auch viel Spaß."

„Wir werden immer für sie da sein", schworen Magmatus und Vulkanus, sich langsam auf den Heimweg zum Himmelsschloss vorbereitend.

In der Nacht fühlten Marc und Thomas immer wieder und intervallweise einen zarten Lufthauch auf ihren Gesichtern. Marc ließ schließlich eine kleine Leuchtkugel zwischen seinen Händen entstehen, um die Ursache zu ergründen. Er glaubte, noch immer zu träumen – Viola huschte zwischen ihnen hin und her, mit ihren Flügeln einen dunklen Schatten fernhaltend. Im Lichtkegel deutete sie stumm auf den Traumfänger, der eine pechschwarze Wolke gefangen hatte, von der sich nur das winzige Nebelchen lösen

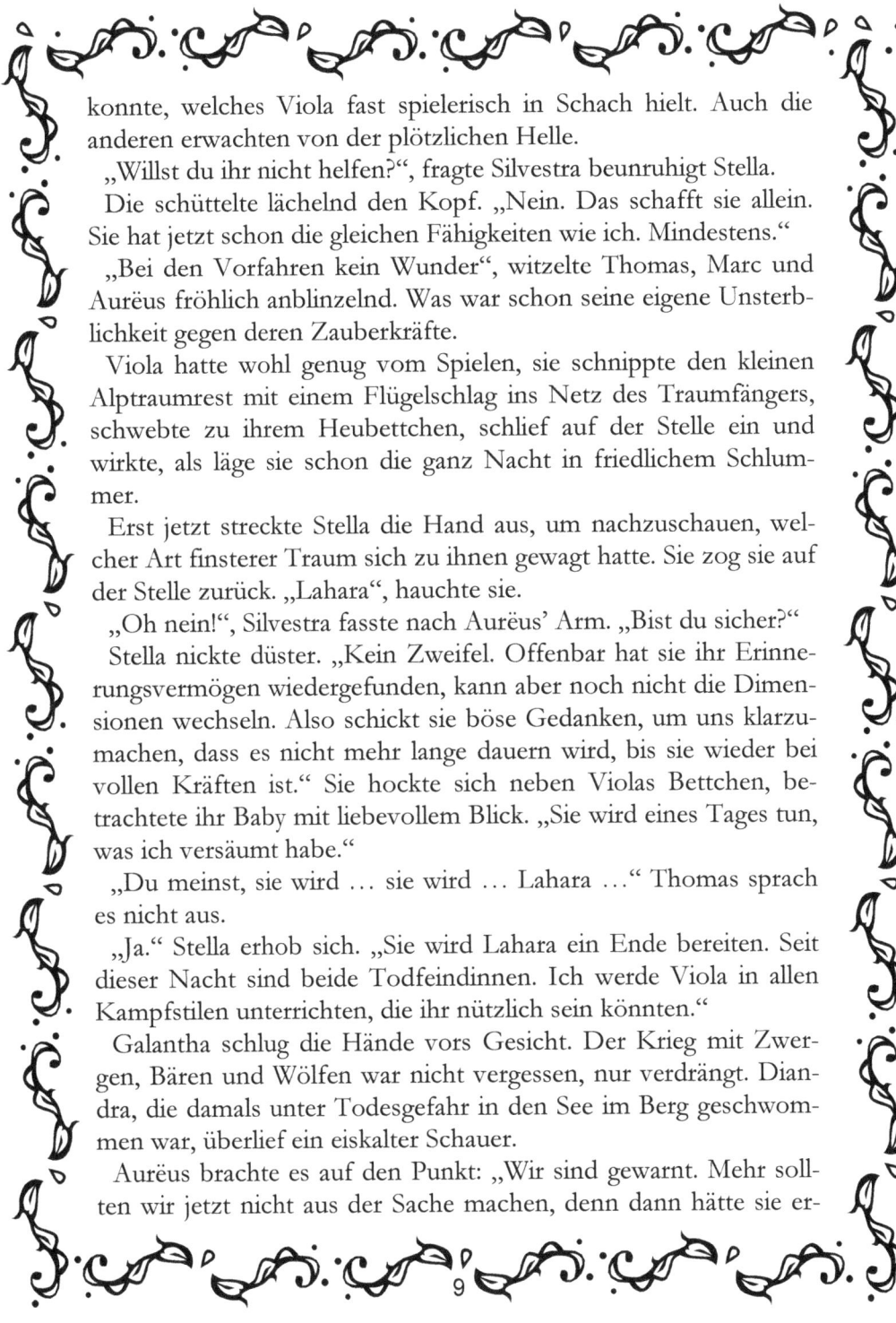

konnte, welches Viola fast spielerisch in Schach hielt. Auch die anderen erwachten von der plötzlichen Helle.

„Willst du ihr nicht helfen?", fragte Silvestra beunruhigt Stella.

Die schüttelte lächelnd den Kopf. „Nein. Das schafft sie allein. Sie hat jetzt schon die gleichen Fähigkeiten wie ich. Mindestens."

„Bei den Vorfahren kein Wunder", witzelte Thomas, Marc und Aurëus fröhlich anblinzelnd. Was war schon seine eigene Unsterblichkeit gegen deren Zauberkräfte.

Viola hatte wohl genug vom Spielen, sie schnippte den kleinen Alptraumrest mit einem Flügelschlag ins Netz des Traumfängers, schwebte zu ihrem Heubettchen, schlief auf der Stelle ein und wirkte, als läge sie schon die ganz Nacht in friedlichem Schlummer.

Erst jetzt streckte Stella die Hand aus, um nachzuschauen, welcher Art finsterer Traum sich zu ihnen gewagt hatte. Sie zog sie auf der Stelle zurück. „Lahara", hauchte sie.

„Oh nein!", Silvestra fasste nach Aurëus' Arm. „Bist du sicher?"

Stella nickte düster. „Kein Zweifel. Offenbar hat sie ihr Erinnerungsvermögen wiedergefunden, kann aber noch nicht die Dimensionen wechseln. Also schickt sie böse Gedanken, um uns klarzumachen, dass es nicht mehr lange dauern wird, bis sie wieder bei vollen Kräften ist." Sie hockte sich neben Violas Bettchen, betrachtete ihr Baby mit liebevollem Blick. „Sie wird eines Tages tun, was ich versäumt habe."

„Du meinst, sie wird … sie wird … Lahara …" Thomas sprach es nicht aus.

„Ja." Stella erhob sich. „Sie wird Lahara ein Ende bereiten. Seit dieser Nacht sind beide Todfeindinnen. Ich werde Viola in allen Kampfstilen unterrichten, die ihr nützlich sein könnten."

Galantha schlug die Hände vors Gesicht. Der Krieg mit Zwergen, Bären und Wölfen war nicht vergessen, nur verdrängt. Diandra, die damals unter Todesgefahr in den See im Berg geschwommen war, überlief ein eiskalter Schauer.

Aurëus brachte es auf den Punkt: „Wir sind gewarnt. Mehr sollten wir jetzt nicht aus der Sache machen, denn dann hätte sie erreicht, was sie wollte – Angst schüren. Es kann noch viele Menschenjahre dauern, bis sie für uns wirklich wieder gefährlich wird. Zeit genug, Viola charakterlich so stark zu machen, dass sie selbst keinen Schaden nimmt, wenn es zu einem Zusammentreffen kommt."

„Ich hasse Succubi", wiederholte Thomas seufzend, seinem schlafenden Töchterchen einen dankbaren Blick sendend. Hatte es ihn doch vor finsteren Träumen bewahrt.

„Alles in Ordnung?", fragten die Drachen beunruhigt, kaum dass die Gäste im Hauptraum der Höhle erschienen.

Marc klärte sie mit wenigen Sätzen über das unschöne Vorkommnis auf. Pyron machte eine Bewegung, als würde er jemandem den Hals umdrehen, worauf Zephyra begeistert nickte. Auf Jagd für ein Frühstück zu gehen, konnten sie sich diesmal sparen, die Zauberer, Bromer eingeschlossen, tafelten auf, dass jeder satt werden konnte. Pyron ließ wieder mit geschlossenen Augen hunderte Schinkenröllchen auf seiner Zunge zergehen, verputzte ein Omelett, mit dem man hätte eine ganze Armee ernähren können und streichelte am Ende zufrieden seinen kugelrunden Bauch. „Feiern ist was Schönes."

Uroma Martha spürte plötzlich ein unsichtbares Gewicht auf ihrem Schoß, welches sich langsam zu Viola formte.

„Hab doch gesagt, sie hat jetzt schon mindestens meine Fähigkeiten", grinste Stella vergnügt und schob den beiden Pfirsichnektar über den Tisch.

Danke, hörten alle, Viola in Gedanken sagen.

„Nur mit dem für alle hörbaren Sprechen dauert es wohl noch", überlegte Aurëus amüsiert und laut.

Nein. Ich habe nur den Mund voll. Viola deutete auf den Teller vor sich, wo sie etwas Marmelade von Marthas Brötchen geleckt hatte.

Pyrons wieherndes Gelächter ließ die ganze Grotte erzittern. Die anderen hätten nicht sagen können, über wen der beiden sie mehr lachen mussten.

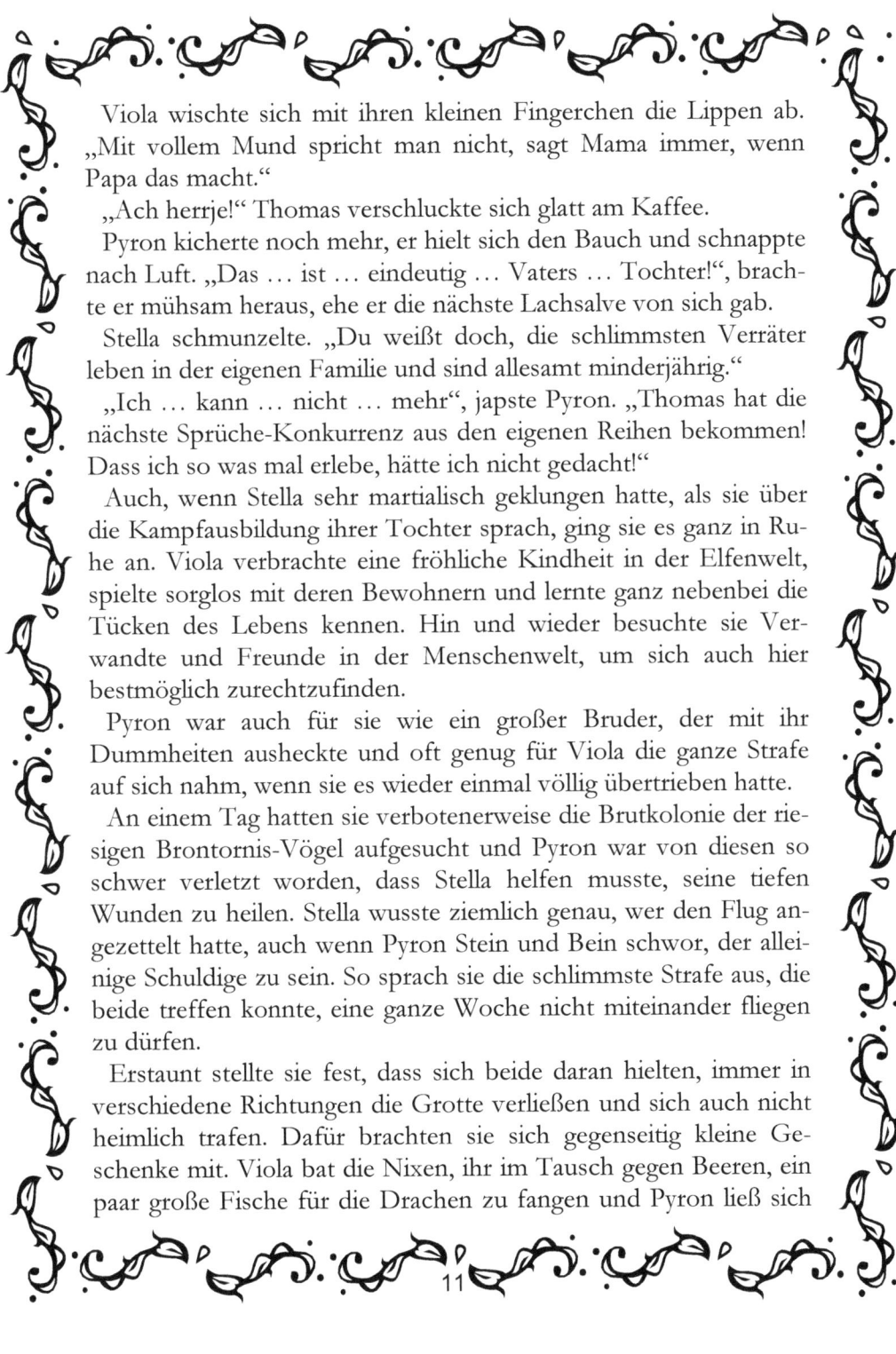

Viola wischte sich mit ihren kleinen Fingerchen die Lippen ab. „Mit vollem Mund spricht man nicht, sagt Mama immer, wenn Papa das macht."

„Ach herrje!" Thomas verschluckte sich glatt am Kaffee.

Pyron kicherte noch mehr, er hielt sich den Bauch und schnappte nach Luft. „Das ... ist ... eindeutig ... Vaters ... Tochter!", brachte er mühsam heraus, ehe er die nächste Lachsalve von sich gab.

Stella schmunzelte. „Du weißt doch, die schlimmsten Verräter leben in der eigenen Familie und sind allesamt minderjährig."

„Ich ... kann ... nicht ... mehr", japste Pyron. „Thomas hat die nächste Sprüche-Konkurrenz aus den eigenen Reihen bekommen! Dass ich so was mal erlebe, hätte ich nicht gedacht!"

Auch, wenn Stella sehr martialisch geklungen hatte, als sie über die Kampfausbildung ihrer Tochter sprach, ging sie es ganz in Ruhe an. Viola verbrachte eine fröhliche Kindheit in der Elfenwelt, spielte sorglos mit deren Bewohnern und lernte ganz nebenbei die Tücken des Lebens kennen. Hin und wieder besuchte sie Verwandte und Freunde in der Menschenwelt, um sich auch hier bestmöglich zurechtzufinden.

Pyron war auch für sie wie ein großer Bruder, der mit ihr Dummheiten ausheckte und oft genug für Viola die ganze Strafe auf sich nahm, wenn sie es wieder einmal völlig übertrieben hatte.

An einem Tag hatten sie verbotenerweise die Brutkolonie der riesigen Brontornis-Vögel aufgesucht und Pyron war von diesen so schwer verletzt worden, dass Stella helfen musste, seine tiefen Wunden zu heilen. Stella wusste ziemlich genau, wer den Flug angezettelt hatte, auch wenn Pyron Stein und Bein schwor, der alleinige Schuldige zu sein. So sprach sie die schlimmste Strafe aus, die beide treffen konnte, eine ganze Woche nicht miteinander fliegen zu dürfen.

Erstaunt stellte sie fest, dass sich beide daran hielten, immer in verschiedene Richtungen die Grotte verließen und sich auch nicht heimlich trafen. Dafür brachten sie sich gegenseitig kleine Geschenke mit. Viola bat die Nixen, ihr im Tausch gegen Beeren, ein paar große Fische für die Drachen zu fangen und Pyron ließ sich von den winzigen Waldelfen Pilze und Vogelfedern bringen, die er mit Gurken und Kürbissen bezahlte, die die kleinen Elfen nicht selber hätten öffnen können.

Zephyra versuchte, unparteiisch zu bleiben. Sie verstand Stella bestens, litt aber innerlich mit beiden Bestraften. Thomas hielt sich auf gleiche Weise heraus. Er wusste genau, dass seine Frau Recht hatte. In dieser Woche legte Viola auch besondere Sorgfalt auf die Lernaufgaben aus der Menschenwelt, die ihr ihre Mutter gestellt hatte. Pyron hockte hinter ihr, um einfach nur da zu sein, wenn Viola nicht weiter wusste. Meist streichelte sie dann ihren großen Freund, bis ihr ein Gedankenblitz kam, der zur Lösung der jeweiligen Aufgabe führte.

Bei den Stippvisiten in der Menschwelt lernte sie den perfekten Umgang mit jedweder Elektronik. Ihre Eltern führten nicht umsonst ein florierendes Unternehmen und kreierten Jahr für Jahr neue Spiele, die die Elfenwelt zeigten, für die Menschen aber reine Utopie schienen. Kein Wunder, dass Viola eines Tages offiziell ein Studium aufnahm und einen hervorragenden Abschluss machte.

Seitdem pendelte sie ganz regelmäßig zwischen beiden Welten, denn die Wochenenden verbrachte sie fast immer im Kreise der Drachen und Nixen.

So waren an einem lauen Sommerabend die vier Elfen noch in der Stadt unterwegs. Sie ließen den Tag im Lokal ihres Lieblingsitalieners bei einem Becher Eis mit vielen Früchten ausklingen, als sich eine alte runzelige Frau an den Nebentisch setzte. Das war an sich nichts Ungewöhnliches, nur dass die Fremde den vier lachenden Frauen hasserfüllte Blicke zuwarf, wenn sie sich unbeobachtet wähnte.

Auf dem Heimweg wirkte Viola auf die anderen in sich gekehrt, beteiligte sich kaum an der Unterhaltung und schrak manchmal zusammen, wenn sie angetippt wurde, weil sie nicht auf direkte Ansprache reagierte.

„Was geht dir durch den Kopf?", fragte Galantha, als Viola ohne ersichtlichen Grund die Augenbrauen zusammenzog.

„Die alte Frau vom Nebentisch."

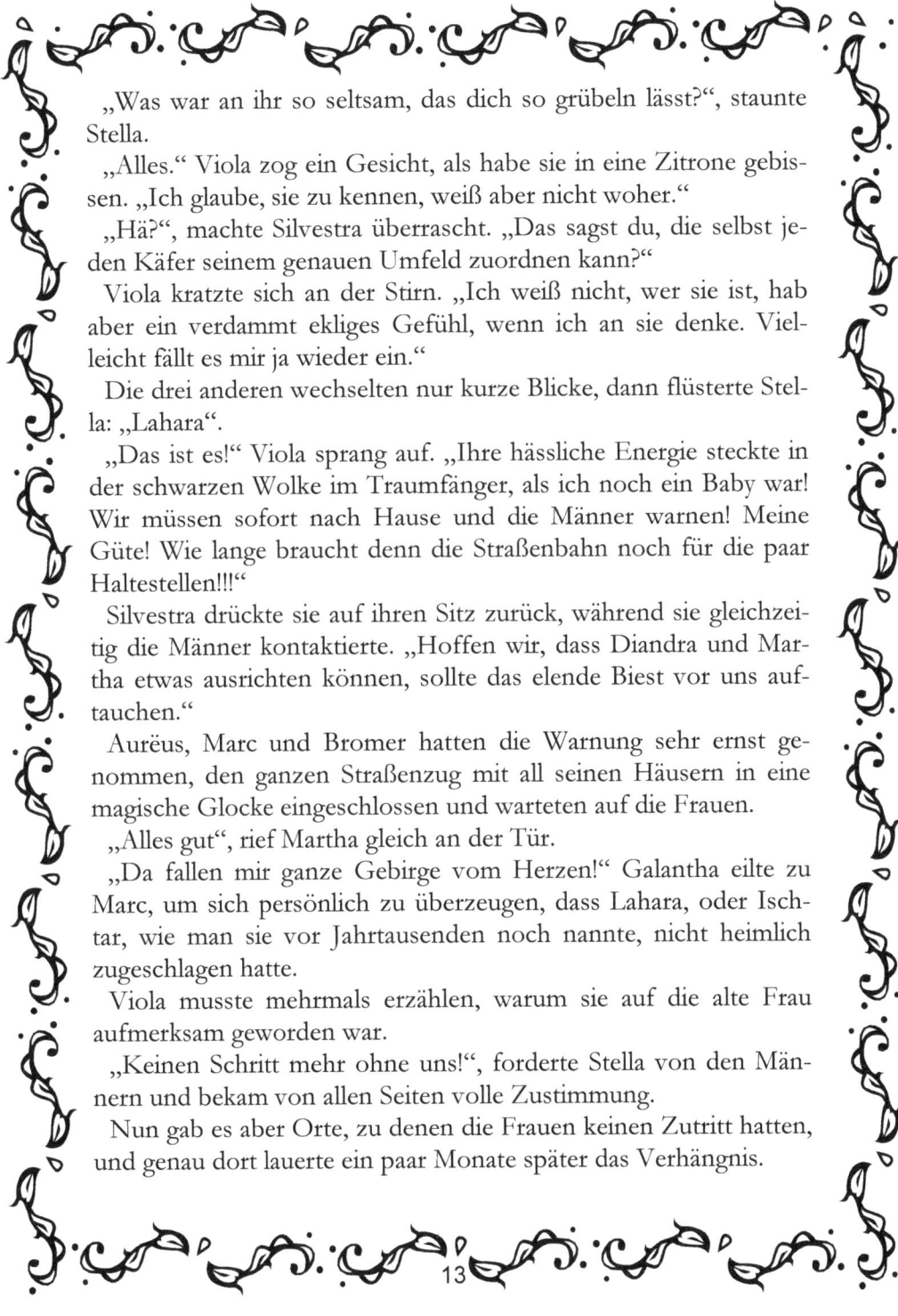

„Was war an ihr so seltsam, das dich so grübeln lässt?", staunte Stella.

„Alles." Viola zog ein Gesicht, als habe sie in eine Zitrone gebissen. „Ich glaube, sie zu kennen, weiß aber nicht woher."

„Hä?", machte Silvestra überrascht. „Das sagst du, die selbst jeden Käfer seinem genauen Umfeld zuordnen kann?"

Viola kratzte sich an der Stirn. „Ich weiß nicht, wer sie ist, hab aber ein verdammt ekliges Gefühl, wenn ich an sie denke. Vielleicht fällt es mir ja wieder ein."

Die drei anderen wechselten nur kurze Blicke, dann flüsterte Stella: „Lahara".

„Das ist es!" Viola sprang auf. „Ihre hässliche Energie steckte in der schwarzen Wolke im Traumfänger, als ich noch ein Baby war! Wir müssen sofort nach Hause und die Männer warnen! Meine Güte! Wie lange braucht denn die Straßenbahn noch für die paar Haltestellen!!!"

Silvestra drückte sie auf ihren Sitz zurück, während sie gleichzeitig die Männer kontaktierte. „Hoffen wir, dass Diandra und Martha etwas ausrichten können, sollte das elende Biest vor uns auftauchen."

Aurëus, Marc und Bromer hatten die Warnung sehr ernst genommen, den ganzen Straßenzug mit all seinen Häusern in eine magische Glocke eingeschlossen und warteten auf die Frauen.

„Alles gut", rief Martha gleich an der Tür.

„Da fallen mir ganze Gebirge vom Herzen!" Galantha eilte zu Marc, um sich persönlich zu überzeugen, dass Lahara, oder Ischtar, wie man sie vor Jahrtausenden noch nannte, nicht heimlich zugeschlagen hatte.

Viola musste mehrmals erzählen, warum sie auf die alte Frau aufmerksam geworden war.

„Keinen Schritt mehr ohne uns!", forderte Stella von den Männern und bekam von allen Seiten volle Zustimmung.

Nun gab es aber Orte, zu denen die Frauen keinen Zutritt hatten, und genau dort lauerte ein paar Monate später das Verhängnis.

Marc und Galantha waren zu einem Opernball eingeladen und amüsierten sich prächtig. Das Buffet bot viel, was auch eine Elfe essen konnte, ohne mit der Auswahl aufzufallen. So naschte sich Galantha durch Obstsalate, Eiscreme und Obstgelees. Marc hielt sich an die fleischhaltigen Speisen, trank Champagner und flüsterte zu später Stunde seiner Gattin ins Ohr, für einen Augenblick dahin zu verschwinden, wo auch der Kaiser zu Fuß hingehen müsse.

Galantha begleitete ihn hinaus und wartete etwas abseits auf dem Gang, der nach zwei Biegungen zur Toilette führte. Ein zweiter Herr schlug die gleiche Richtung wie Marc ein, und traf in etwa dort, wo die Elfe stand, auf einen Freund, der soeben auf dem Weg zurück zum Ballsaal war.

„Mein Gott", hörte sie ihn sagen. „Die Null-Null-Dame ist ja ausnehmend hässlich. Da kann einem das Geschäft glatt vergehen."

„Musst sie doch nicht heiraten", antwortete der andere lachend und lief rasch weiter.

Sekunden später ertönte ein Schrei, der Galantha losspurten ließ. Entgegen jeder Etikette riss sie die Toilettentür auf und hätte beinahe den Mann umgerannt, der gerade noch mit seinem Freund gewitzelt hatte. Er stand, aschfahl im Gesicht, im Raum, den Finger zu einer der Kabinen ausgestreckt, wo zwei Füße einer liegenden Person hervorragten und aus welcher grauenvolles Röcheln erklang.

Galantha trat mit Elfenkraft gegen die Tür, welche aus den Angeln flog und dabei die hässliche alte Vettel Lahara von ihrem wehrlosen Opfer fegte.

Ohne auf den Succubus zu achten, oder ihn gar an der Flucht zu hindern, beugte sich Galantha nieder, um mit zitternden Fingern am Hals der mumiengleich ausgetrockneten Gestalt nach einem Puls zu suchen. „Marc", hauchte sie mit Tränen in den Augen.

Der Mann an der Tür stand noch immer wie eine Salzsäule, unfähig auch nur einen Muskel zu rühren. Er reagierte nicht einmal, als plötzlich zwei andere Männer aus dem Nichts erschienen. Einer von ihnen verschwand mit dem *Toten*, genau so seltsam, wie er erschienen war. Der andere wandte sich ihm zu, legte ihm beide Hände an die Schläfen und flüsterte: „Du hast nichts gesehen." Dann nahm er die zitternde Frau in den Arm und löste sich mit ihr ebenfalls in Luft auf.

Zurück blieb der Ballgast, der sich über die Augen strich, als sei er aus einem tiefen Schlaf erwacht, und auf eine der Kabinen zusteuerte, als habe es die letzten Minuten nie gegeben.

Im Haus von Marc und Galantha herrschte da schon fieberhafte Tätigkeit, um Marcs allerletzten Lebensfunken am Leuchten zu halten. Viola und Stella, die beiden stärksten Elfen, übertrugen ihm Lebenskraft, wobei Aurëus und Bromer gleichzeitig ihnen Energie zuführten. Alfons stand leichenblass, mit geballten Fäusten daneben und hoffte inständig, dass sein Sohn wieder ins Leben zurückkehren möge.

„Wir haben ihn", hauchte Viola nach einer Weile.

„Gut. Dann schicke ich ihn für ein paar Stunden in einen tiefen Schlaf", entgegnete Stella.

Galantha schaltete die Fußbodenheizung an, weil man es nicht riskieren konnte, Marc auch nur einen Millimeter zu bewegen, geschweige denn, ihn ins Bett zu bringen. Martha eilte mit einer Decke herbei.

Viola schaute in die Runde. „Ich denke, jetzt reicht es. Sobald Großvater das Gröbste überstanden hat, gehe ich auf die Suche nach der Hexe. Versucht gar nicht erst, mich davon abhalten zu wollen. Ich werde erst ruhen, wenn ich sie gefunden und vernichtet habe."

„Wir haben schon am Tag deiner Geburt gewusst, dass es genau so kommen werde", erklärte Stella. „Das war auch der Grund, weshalb wir dir nie verboten haben, an den Drachenkämpfen teilzunehmen, obwohl klar war, dass du am Anfang oft verletzt werden würdest. Du hast Härte und Ausdauer gelernt und trägst das Herz an genau dem richtigen Fleck. Ich weiß, dass du alles geben wirst, für die, die du liebst. Also sage ich einfach: Pass auf dich auf, meine Tochter."

Viola flog ihr in die Arme. „Danke Mum."

„Dann ist es wohl jetzt an der Zeit, intensiv zu trainieren, wie man Dimensionsportale richtig nutzt", wandte sich Aurëus an seine Urenkelin. „Komm, wir haben viel zu tun."

Ehe sich die anderen von der Überraschung erholen konnten, waren die beiden im Zimmer mit dem Spiegelportal verschwunden und in selbigem abgetaucht. Als sie zwei Stunden später wiederkamen, klebte Viola zäher Schlamm bis in die Haarspitzen.

„Um Himmelswillen! Wie siehst du denn aus?", erschreckte sich Martha.

„Wie jemand, der sich zu doof angestellt hat, richtig zu landen", kicherte Viola, ganz vorsichtig ins Bad laufend, statt fliegend, um bloß nicht überall Dreck zu verteilen.

Aurëus winkte ab. „Ich hab sie in die fürchterlichsten Ecken gebracht, die das Universum zu bieten hat. Dafür sieht sie allerdings wieder ausnehmend gut aus."

„Habt ihr Spuren von Ischtar gefunden?", wollte Bromer wissen.

„Überall. Die schlägt Haken wie ein Hase."

„Ich kriege sie trotzdem!", rief Viola aus dem Badezimmer.

Thomas atmete tief durch, als er Stella in den Arm nahm. „Unsere Kleine. Warum kann das Leben nicht einfach nur friedlich sein?"

„Weil es Ischtar gibt", erklang es zwischen Wasserrauschen und Haartrocknersummen.

„Na ja, wo sie Recht hat ..." Bromer spitzte die Lippen, zuckte mit den Schultern und schaute zu Marc hinüber, der noch immer einem Toten ähnelnd, in einem magischen Heilschlaf lag.

Thomas überlief ein Schauer. „Ich glaube, ich bin der Einzige hier, den die Hexe noch nicht ausgesaugt hat."

Stella tippte ihm auf die Brust. „Ich hoffe auch sehr, dass das so bleibt."

Martha zog Diandra in die Küche und schon bald duftete es nach frischem Brot, Wurst, Käse und Tee. „Ich hab mir gedacht, dass ein Nachthäppchen bei all der Aufregung nicht schaden könnte. Schlafen will ja doch keiner von uns."

„Du sprichst goldene Worte", bestätigte Aurëus, als er demonstrativ zu essen begann.

Viola fasste auch tüchtig zu, denn die Lektionen im Dimensionstunnelfinden hatten ihr alles abverlangt. Galantha nahm ihren Teller auf den Schoß, als sie sich im Schneidersitz neben Marc auf dem Fußboden niederließ. Jeder wusste, dass sie so lange hier sitzen bleiben werde, bis man Marc gefahrlos aufwecken konnte.

Weil Viola so bettelte, begann Aurëus, noch einmal zu erzählen, wann der ganze Ärger mit und um Ischtar begonnen hatte – aus einer uralten Zeit, als man ihn noch Utanapischti nannte, von Gilgamesch und Enkidu.

Stella gab Violas Drängen ebenfalls nach, und berichtete, wie sie den Heißluftballon des triganischen Sängers Lars gesucht, und sich sogar mit den Winden angelegt hatten.

„Der einzige Vernünftige war Boreas", bestätigte Thomas. „Obwohl man denkt, dass der raue Nordwind ein Hitzkopf sein müsse. Zwar hat er versucht, mir deine Mutter abspenstig zu machen, aber das sehe ich ihm gern nach. Was bin ich schon gegen einen Gott."

„Püh! Das lassen wir mal fast unkommentiert stehen", lachte Viola, ihrem Vater einen Kuss auf die Wange drückend. „Wenn ich die Wahl zwischen einer Göttin, wie Ischtar, und zehn Unsterblichen von deiner Sorte habe, dann verzichte ich doch gern auf die Dame."

„Nur, dass du einen Ehrenmann, wie Boreas, nicht mit einem hinterhältigen Biest, wie Ischtar, das zudem noch ein Succubus ist, vergleichen kannst", wandte Thomas ein. „Trotzdem, danke für die Lorbeeren."

Viola wollte eigentlich in die Küche schweben, blieb aber neben Marc abrupt auf dem Fleck hängen, wandte sich sehr langsam zu Galantha um und fragte: „Ist euch nicht aufgefallen, dass irgendwas nicht stimmt?"

„Nein. Was?" Galantha ließ den Blick akribisch über ihren leblos liegenden Mann gleiten.

„Er ist voll bekleidet. Habt ihr nicht alle gesagt, sie sauge ihren Opfern das Leben durch einen Liebesakt aus?"

Im nächsten Augenblick umringten alle Marc und mussten Viola recht geben. Irgendetwas stimmte nicht.

„Entweder war es nicht Ischtar", überlegte Viola, „oder Stella hat diese ihrer Daten so verwurstelt, dass sie plötzlich eine andere Technik anwendet, weil sie sich an die alte nicht mehr erinnern kann."

„Das klingt am plausibelsten", ließ sich Aurëus vernehmen.

Thomas stieß einen Laut aus, der einem Grunzen ähnelte. „Wenn ich nur an das widerliche Monster denke, wird mir speiübel."

„Ich mache sie fertig!", versuchte Viola, ihn zu trösten.

Thomas nahm ihre Hand. „Du musst mir im Gegenzug schwören, dass du dabei jede Hilfe annehmen wirst, egal, wer sie dir bietet."

Alle warteten gespannt auf die Antwort.

„Ich schwöre es", sagte Viola nach kurzem Zögern. „Ich weiß ja, dass ich es nicht ganz allein schaffen kann, dass mindestens zwei, wenn nicht gar drei, Frauen nötig sind, um einen rasenden Succubus zu bändigen. Zudem wird die Jagd nicht einfach werden. Sie nutzt die Portale schon seit Jahrtausenden. Wer weiß, was sie für Türen kennt, von denen ich nicht einmal ahne, dass es welche sein könnten."

Auf die entschlossenen Blicke der anderen Elfen schüttelte Viola energisch den Kopf. „Nein, meine Lieben. Das ist meine Mission. Wenn es ganz böse kommt, ziehe ich mit Zephyra in die Schlacht. Ihrem Eisatem kann auch ein Succubus nicht entfliehen."

Ich habe Durst, wisperte es mitten in der Brandrede in Violas Kopf.

„Oh, ich glaube da regen sich Lebensgeister", rief sie, auf Marc deutend, nach Teeglas und Löffel fassend.

„Jetzt schon?", staunte Silvestra.

Marc versuchte, die Augen zu öffnen, doch mehr als einen spaltbreit ging es nicht. Aber immerhin.

Viola muss rasch handeln, hörten alle seine telepathische Stimme, weil er zum Sprechen viel zu schwach war. *Sie darf wegen mir nicht*

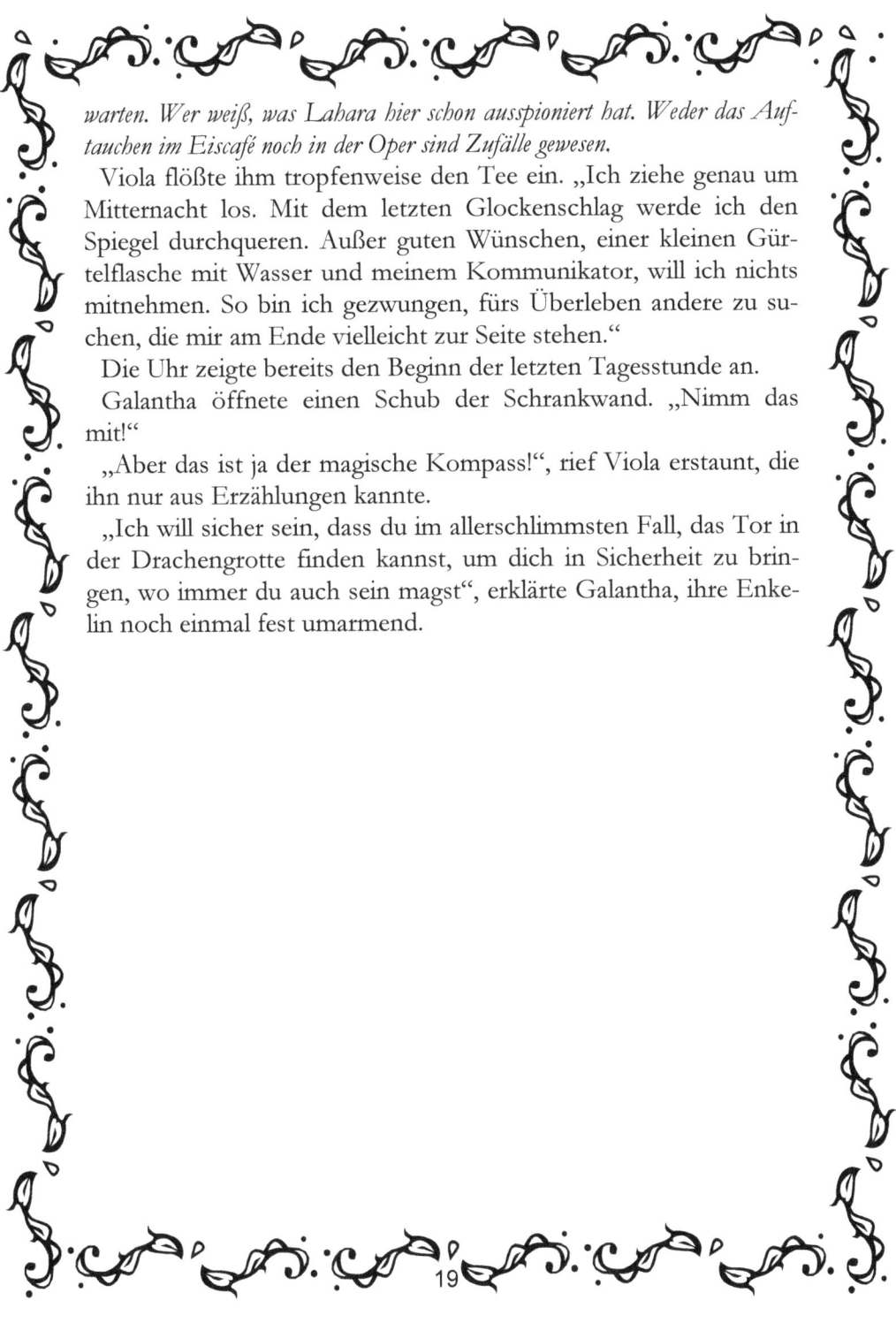

*warten. Wer weiß, was Lahara hier schon ausspioniert hat. Weder das Auf-
tauchen im Eiscafé noch in der Oper sind Zufälle gewesen.*

Viola flößte ihm tropfenweise den Tee ein. „Ich ziehe genau um
Mitternacht los. Mit dem letzten Glockenschlag werde ich den
Spiegel durchqueren. Außer guten Wünschen, einer kleinen Gür-
telflasche mit Wasser und meinem Kommunikator, will ich nichts
mitnehmen. So bin ich gezwungen, fürs Überleben andere zu suchen, die mir am Ende vielleicht zur Seite stehen."

Die Uhr zeigte bereits den Beginn der letzten Tagesstunde an.

Galantha öffnete einen Schub der Schrankwand. „Nimm das
mit!"

„Aber das ist ja der magische Kompass!", rief Viola erstaunt, die
ihn nur aus Erzählungen kannte.

„Ich will sicher sein, dass du im allerschlimmsten Fall, das Tor in
der Drachengrotte finden kannst, um dich in Sicherheit zu bringen, wo immer du auch sein magst", erklärte Galantha, ihre Enkelin noch einmal fest umarmend.

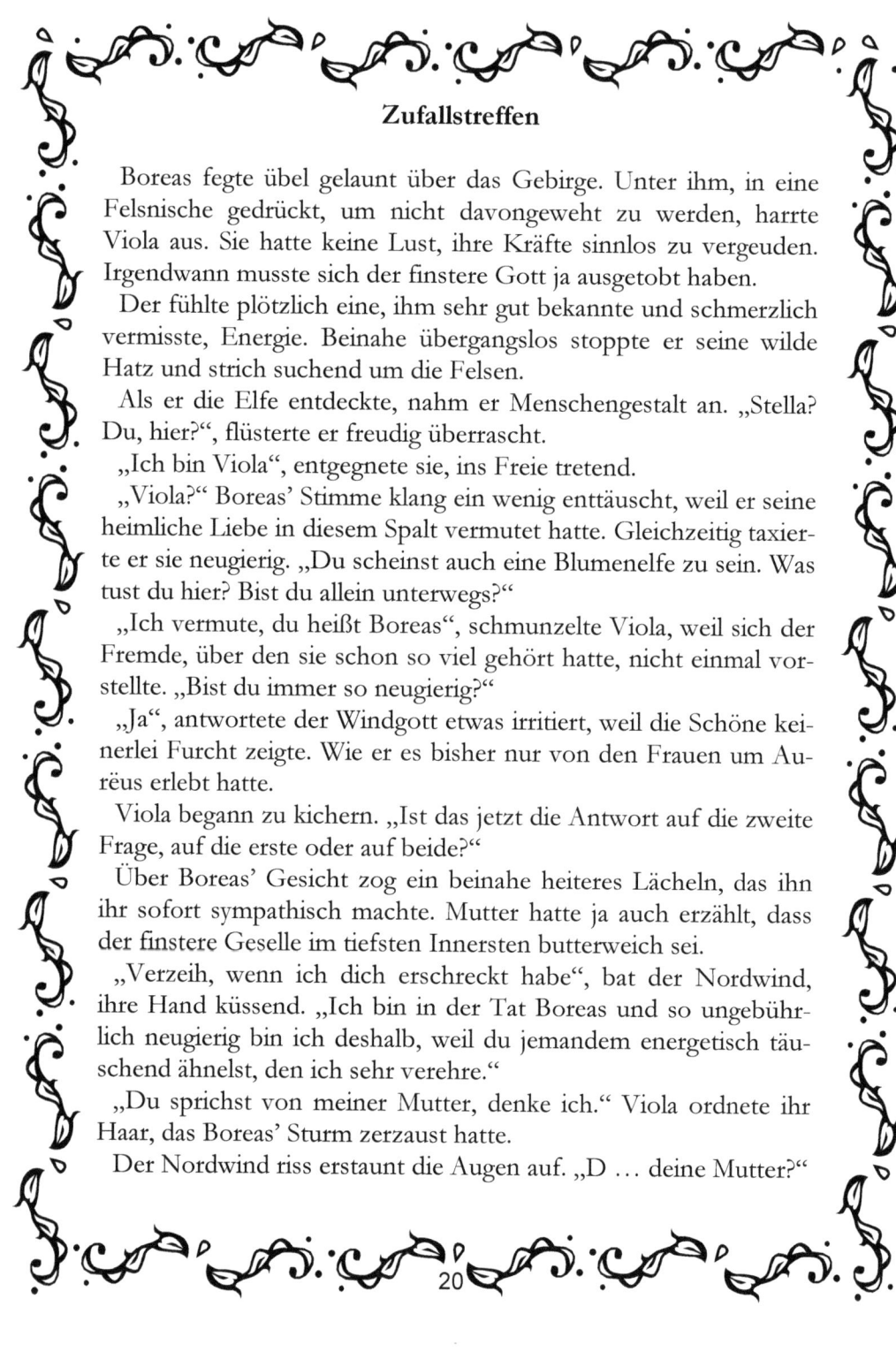

Zufallstreffen

Boreas fegte übel gelaunt über das Gebirge. Unter ihm, in eine Felsnische gedrückt, um nicht davongeweht zu werden, harrte Viola aus. Sie hatte keine Lust, ihre Kräfte sinnlos zu vergeuden. Irgendwann musste sich der finstere Gott ja ausgetobt haben.

Der fühlte plötzlich eine, ihm sehr gut bekannte und schmerzlich vermisste, Energie. Beinahe übergangslos stoppte er seine wilde Hatz und strich suchend um die Felsen.

Als er die Elfe entdeckte, nahm er Menschengestalt an. „Stella? Du, hier?", flüsterte er freudig überrascht.

„Ich bin Viola", entgegnete sie, ins Freie tretend.

„Viola?" Boreas' Stimme klang ein wenig enttäuscht, weil er seine heimliche Liebe in diesem Spalt vermutet hatte. Gleichzeitig taxierte er sie neugierig. „Du scheinst auch eine Blumenelfe zu sein. Was tust du hier? Bist du allein unterwegs?"

„Ich vermute, du heißt Boreas", schmunzelte Viola, weil sich der Fremde, über den sie schon so viel gehört hatte, nicht einmal vorstellte. „Bist du immer so neugierig?"

„Ja", antwortete der Windgott etwas irritiert, weil die Schöne keinerlei Furcht zeigte. Wie er es bisher nur von den Frauen um Auréus erlebt hatte.

Viola begann zu kichern. „Ist das jetzt die Antwort auf die zweite Frage, auf die erste oder auf beide?"

Über Boreas' Gesicht zog ein beinahe heiteres Lächeln, das ihn ihr sofort sympathisch machte. Mutter hatte ja auch erzählt, dass der finstere Geselle im tiefsten Innersten butterweich sei.

„Verzeih, wenn ich dich erschreckt habe", bat der Nordwind, ihre Hand küssend. „Ich bin in der Tat Boreas und so ungebührlich neugierig bin ich deshalb, weil du jemandem energetisch täuschend ähnelst, den ich sehr verehre."

„Du sprichst von meiner Mutter, denke ich." Viola ordnete ihr Haar, das Boreas' Sturm zerzaust hatte.

Der Nordwind riss erstaunt die Augen auf. „D … deine Mutter?"

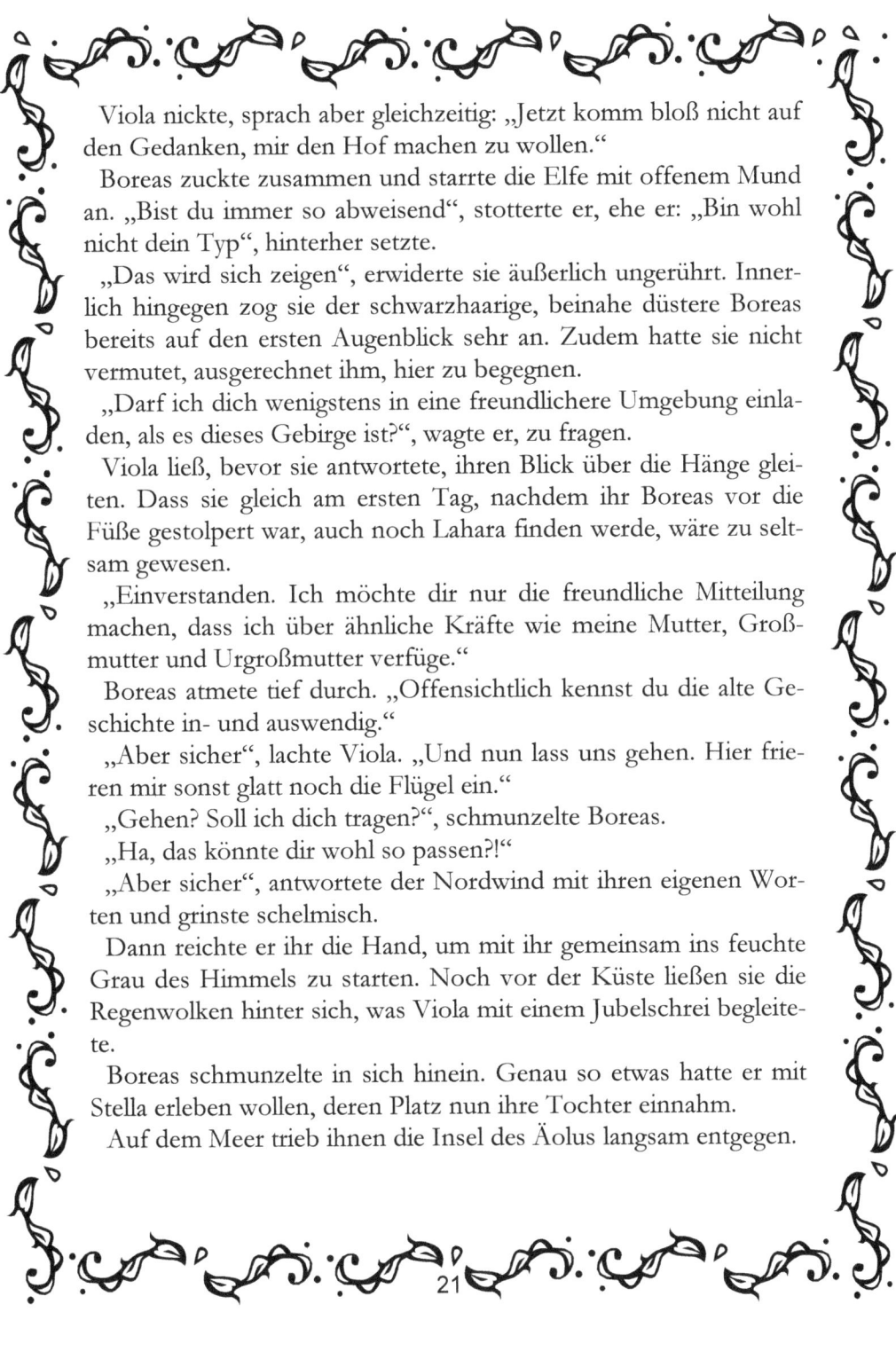

Viola nickte, sprach aber gleichzeitig: „Jetzt komm bloß nicht auf den Gedanken, mir den Hof machen zu wollen."

Boreas zuckte zusammen und starrte die Elfe mit offenem Mund an. „Bist du immer so abweisend", stotterte er, ehe er: „Bin wohl nicht dein Typ", hinterher setzte.

„Das wird sich zeigen", erwiderte sie äußerlich ungerührt. Innerlich hingegen zog sie der schwarzhaarige, beinahe düstere Boreas bereits auf den ersten Augenblick sehr an. Zudem hatte sie nicht vermutet, ausgerechnet ihm, hier zu begegnen.

„Darf ich dich wenigstens in eine freundlichere Umgebung einladen, als es dieses Gebirge ist?", wagte er, zu fragen.

Viola ließ, bevor sie antwortete, ihren Blick über die Hänge gleiten. Dass sie gleich am ersten Tag, nachdem ihr Boreas vor die Füße gestolpert war, auch noch Lahara finden werde, wäre zu seltsam gewesen.

„Einverstanden. Ich möchte dir nur die freundliche Mitteilung machen, dass ich über ähnliche Kräfte wie meine Mutter, Großmutter und Urgroßmutter verfüge."

Boreas atmete tief durch. „Offensichtlich kennst du die alte Geschichte in- und auswendig."

„Aber sicher", lachte Viola. „Und nun lass uns gehen. Hier frieren mir sonst glatt noch die Flügel ein."

„Gehen? Soll ich dich tragen?", schmunzelte Boreas.

„Ha, das könnte dir wohl so passen?!"

„Aber sicher", antwortete der Nordwind mit ihren eigenen Worten und grinste schelmisch.

Dann reichte er ihr die Hand, um mit ihr gemeinsam ins feuchte Grau des Himmels zu starten. Noch vor der Küste ließen sie die Regenwolken hinter sich, was Viola mit einem Jubelschrei begleitete.

Boreas schmunzelte in sich hinein. Genau so etwas hatte er mit Stella erleben wollen, deren Platz nun ihre Tochter einnahm.

Auf dem Meer trieb ihnen die Insel des Äolus langsam entgegen.

„Ist das da unten unser Ziel?", wollte Viola wissen und rief, als es Boreas bestätigte: „Sturzfluuuuuug!" Sie raste mit angelegten Flügeln dem Boden entgegen.

Besorgt überholte Boreas sie, um sie sanft aufzufangen. Doch Viola machte ihm einen Strich durch die Rechnung. Sie breitete plötzlich ihre glitzernden filigranen Flügel aus, stoppte genau vor ihm und erklärte: „Schlag dir so was ganz schnell aus dem Kopf."

„Spielverderberin."

Viola lachte übermütig, nahm den dargebotenen Arm und ließ sich in den Palast führen.

Äolus und seine drei anderen Söhne begrüßten den unerwarteten Gast mit allen Ehren. Dabei saßen auch sie dem Irrtum auf, Stella vor sich zu haben. Die Elfe lachte silberhell, als alle schworen, sie hätten glatt ihren Kopf verwettet, dass sie Stella sei.

„Diese Ähnlichkeit sorgt immer wieder für reichlich Verwirrung", schmunzelte sie, Boreas einen forschenden Blick zuwerfend.

Dem gab es einen heftigen Stich im Herzen, was wiederum Notus nicht entging. *Na, hat sie deinen Jagdinstinkt angestachelt*, hörte er die telepathische Stimme seines Bruders.

Schon, nur werde ich bei ihr kaum Chancen haben, gab Boreas ebenso zurück. *Sie ist mir gegenüber stacheliger als ein Kaktus.*

Notus grinste breit. *Vielleicht zeigt sie auf diese Weise, dass sie dich mag. Kann natürlich auch sein, sie steht eher auf sanfte Typen, wie mich.*

Boreas schnaufte.

Dabei hatten beide keine Ahnung, dass ihnen Viola amüsiert lauschte, obwohl sie sich intensiv mit Äolus unterhielt. Nebenbei naschte sie von der schier überquellenden Tafel süße Früchte und genoss sichtlich die Gesellschaft der fünf Winde. Noch immer war kein Wort darüber gefallen, was die Elfe auf diese Seite des Meeres gelockt hatte und warum sie allein hierher gekommen war. Viola erweckte allerdings ganz den Eindruck, als habe sie vor, längere Zeit diesseits des Ozeans zu bleiben.

Boreas begnügte sich in der Hauptsache mit dem Zuhören. Äußerst selten warf er ein paar Worte ein und dann auch nur, wenn man ihn fast dazu drängte. Er zuckte auch mit keinem Muskel, als Viola Äolus' Angebot, während ihres Aufenthaltes bei ihnen zu bleiben, dankend annahm.

Freust du dich gar nicht, fragte Notus erstaunt.

Boreas hob die Schultern. In seinem Kopf herrschte eine seltsame Leere. Er erhob sich, lächelte verloren in die Runde. „Viel Spaß noch. Ich mache mich wieder auf den Weg nach Norden", hörte er sich wie einen Fremden sagen.

Verblüfft starrten ihm alle nach, als er, ohne sich noch einmal umzudrehen, aus dem Saal schritt.

Es war nicht meine Absicht, dich zu kränken, hallte Violas Stimme in seinen Gedanken.

Das hast du auch nicht. Ich wünsche dir Glück auf allen Wegen. Vielleicht treffen wir uns ja zufällig irgendwo wieder.

Boreas, warte! Fliege nicht nach Norden! Viola war aufgesprungen, um ihm nachzueilen.

Da tanzte auch schon ein riesiger schwarzer Staubteufel zur Tür herein und verwandelte sich zurück in Boreas.

„Wirst du vergesslich?", witzelte Euros, der Ostwind.

Boreas grinste ihn breit an. „Nein, mein Lieber, vorsichtig."

„Flieg nicht nach Norden!", wiederholte Viola laut. „Und wenn, dann mit einem Umweg nach Osten. Ich bitte dich sehr."

Der Nordwind konnte echte Sorge und sogar eine Spur Panik in ihren Augen sehen. Die anderen schauten die Elfe verständnislos und fragend an.

Boreas legte den Kopf schief. „Weißt du etwas, was wir nicht wissen?"

„Möglich." Viola setzte sich wieder und deutete auf den Schemel neben sich. Sie seufzte. „Eigentlich wollte ich keine Hektik verbreiten, stattdessen ganz in Ruhe meinen Plan durchführen, vielleicht ein bisschen Urlaub machen und dann nach Hause zurückkehren. Aber das soll wohl nicht sein. Ich würde mir in alle Ewigkeiten Vorwürfe machen, geschähe Boreas etwas, weil ich geschwiegen habe." Der Blick, mit dem sie ihn bedachte, ließ einen ganz zaghaft kleinen Schmetterling in seinem Bauch flattern.

„Lahara, oder Ischtar, ist hier", erklärte Viola ohne weitere Umschweife.

„Wie? Was? Sag das nochmal!", riefen die Männer entsetzt durcheinander.

„Sie ist wirklich hier und ich bin ihr gefolgt, um sie endgültig zur Strecke zu bringen." Violas grüne Augen nahmen einen stahlharten Glanz an. „Sie hätte vor Jahren beinahe meinen Urgroßvater getötet und letztens hat sie sich an meinem Großvater vergriffen. Das Maß ist voll. Ich werde nicht eher ruhen, bis ich sie endgültig ausgelöscht habe. Deshalb bin ich auch allein aufgebrochen, damit ich auf nichts und niemanden Rücksicht nehmen muss."

„Brauchst du einen Lockvogel?", fragte Boreas sofort. „Ich habe gerade nichts anderes zu tun."

Viola schluckte. „Das wäre genau so ein Fall, den ich nicht haben will. Jeder Mann, der das tut, spielt mit seinem Leben."

Der Nordwind winkte müde ab. „Es wird nicht viele geben, die mich wirklich vermissen."

Äolus hob den Blick und auch seine drei anderen Söhne schauten irritiert auf ihren Bruder.

„Was habt ihr? Ich will doch nur helfen?"

„Indem du dich umbringen lässt?" Zephyros, der Westwind, schüttelte missbilligend den Kopf.

„Für mich musst du nicht den Helden spielen", ließ sich Viola vernehmen. „Ich mag dich auch so."

Boreas klappte der Unterkiefer beinahe bis auf die Schuhspitzen. „Jetzt verstehe ich gar nichts mehr."

Viola blinzelte. „Hab ziemlich viel über dich gehört. In diesem Augenblick weiß ich aber aus eigenem Erleben, dass ich mich darauf verlassen kann, Hilfe zu bekommen, wenn ich sie wirklich brauche. Du wirst es spüren, wenn ich in ernsten Schwierigkeiten stecke." Bei diesen Worten nahm sie seine Hand und ließ ein wenig ihrer unglaublichen Elfenenergie auf ihn übergehen.

Boreas durchzog ein wohliger Schauer. Diese Gabe enthielt eine Information, die ihn glücklich machte. Viola mochte ihn wohl doch etwas mehr, als ihre Worte ahnen ließen. *Fühlt sich nach erheblich mehr, als Sympathie an.*

Ja. Der zugehörige Augenaufschlag hätte ganze Gletscher zum Schmelzen bringen können.

Euros stieß Notus an. „Hast du eine Ahnung, was zwischen den beiden läuft?"

„Nein. Frag am besten sie, statt mich", grinste der Südwind und klopfte ihm auf die Schulter.

Viola lächelte verschmitzt. „Ich stehe eben auf die harten Typen, die zart dahinschmelzen, wenn man ganz tief hineinschaut."

Das einsetzende Gelächter, welches Boreas mit Siegermiene quittierte, schreckte sogar die Nereiden auf.

„Du weißt schon, dass du mich nun erst recht nicht davon abhalten kannst, auf irgendeine Art in deiner Nähe zu bleiben?", erklärte er an Viola gewandt.

Die hob die Augenbrauen. „Unter diesen Umständen sollten wir lieber von Anfang an zusammenarbeiten, damit keinem von beiden etwas geschieht.

„Warum nicht gleich so?!" Boreas tupfte ihr mit dem Finger auf die Nasenspitze.

Die Elfe hob die Schultern. „Vielleicht, weil ich noch Erfahrungen sammeln muss? Ich habe die eine Hälfte meiner zwanzig Lebensjahre unter Menschen verbracht und die andere im sicheren Schutz des Elfenlandes und der Drachen dort. Welche Gefahren mich, außer Lahara, hier erwarten, weiß ich nicht oder nur aus den Erzählungen meiner Familie."

Boreas machte eine Bewegung, als wolle er sie schützend in die Arme nehmen, worauf Viola zurückwich. Allerdings besann sie sich sofort, als sie sah, wie ein trauriger Schatten über sein Gesicht huschte und schmiegte sich mit einem Lächeln an seine Schulter.

„Ich mag dich wirklich", seufzte sie. „Ob es richtig war, dir das heute schon kundzutun, weiß ich nicht. Nur, dass es mir meine Mission viel schwerer macht."

„Am besten hecken wir morgen einen Schlachtplan gegen den Succubus aus", schlug Boreas vor. „Du siehst sehr müde aus. Komm, ich bringe dich zu deinem Zimmer."

„Da legt sich aber meiner mächtig ins Zeug!", staunte Euros.

Notus schmunzelte. „Was hast du erwartet? In den letzten 20 Jahren hat er nur von einer Frau gesprochen. Obwohl er weiß, dass er sie wohl niemals bekommen wird, hat er immer die Hoffnung aufrecht gehalten. Wenn plötzlich ein Wesen auftaucht, dass dieser Frau in beinahe jedem Detail gleicht und noch dazu deren Tochter ist, ist doch klar, wie er reagiert."

„Hast du ihr wenigstens einen Gutenachtkuss gegeben?", witzelte Zephyros, als Boreas allein zurückkam.

Boreas setzte sich wieder an den Tisch. „Ich muss doch nicht alles auf einmal haben."

„Das ist neu", stellte Äolus trocken fest und erntete grinsende Gesichter seiner drei anderen Söhne.

„Ich werde auch nichts machen, was ihr missfallen könnte."

„Zum Beispiel?", lauerte Notus.

„Alleingänge, um den Succubus zu finden." Boreas lächelte versonnen. „Dann bräuchte ich weder ihr noch irgendeinem aus dem Aurëus-Clan jemals wieder unter die Augen zu kommen. Ich hab mein Wort gegeben."

„Du wirst doch nicht etwa ein laues Lüftchen werden?", kicherte Euros anzüglich.

Boreas schürzte gemächlich die Lippen. „Ganz bestimmt nicht. Wenn sie es will, dann werde ich zu einem Tornado der Extraklasse."

Äolus rieb sich vergnügt die Hände. „Ich glaube, uns stehen recht turbulente Zeiten bevor."

„Darauf kannst du wetten." Boreas trollte sich mit einem breiten Grinsen in seine Gemächer. Nur war an schlafen nicht zu denken. Ihm spukten bis in die Morgenstunden Violas tiefgrüne Augen durch die Gedanken.

Trotzdem erschien er blendend gelaunt am Frühstückstisch. Die anderen erkannten den Griesgram vom vorhergehenden Morgen, der beinahe zornig das Haus verlassen hatte, fast nicht wieder.

Er las Viola die Wünsche von den Augen ab und kam erst auf Lahara zu sprechen, als die Elfe ganz selbstverständlich mit den Tisch abgeräumt hatte.

„Du bist hier zu Gast", versuchte Äolus, ihren Tatendrang zu bremsen.

„Was aber weder ein wirklicher Grund noch ein Hindernis ist, mich nützlich zu machen", entgegnete sie. „Ich weiß ja noch nicht einmal, wie lange ich euch mit meiner Gegenwart nerven werde."

„Ach, ich bin Kummer gewohnt", lachte der Gott. „Immerhin habe ich vier launische Söhne, die mitunter recht aufbrausend sein können."

„Das hat Wind nun mal so an sich." Viola blinzelte ihm lustig zu. „Wie weit sind wir heute vom Festland entfernt?", fragte sie dann, weil sie die Eigenheiten der wandernden Insel kannte.

„Mehrere Meilen. Ich werde dich tragen, wenn du ans Ufer möchtest", erbot sich Boreas.

„Wenn ich darf, dann möchte ich heute einfach nur ein bisschen am Strand entlang wandern, die Sonne genießen und vielleicht ein paar Muschelschalen sammeln."

„Wer sollte es dir verbieten?" Notus schaute Viola erstaunt an.

Die zuckte mit den Schultern. „Bei den Menschen in meiner Welt ist so vieles bei schlimmen Strafen verboten, dass ich mir angewöhnt habe, immer nach allem zu fragen, wenn ich irgendwo fremd bin."

„Darf ich dich begleiten?" Boreas setzte solch einen treuen Hundeblick auf, dass sogar Zephyros kichern musste.

Viola zog die Augenbrauen nach oben. „Gibt es hier versteckte Gefahren?"

„Wüstenwind, Tornados, Fallwinde …", begann Euros feixend aufzuzählen.

Zephyros begann zu lachen. „Klingt ganz so, als wolltest du sie begleiten, um sie von uns fernzuhalten."

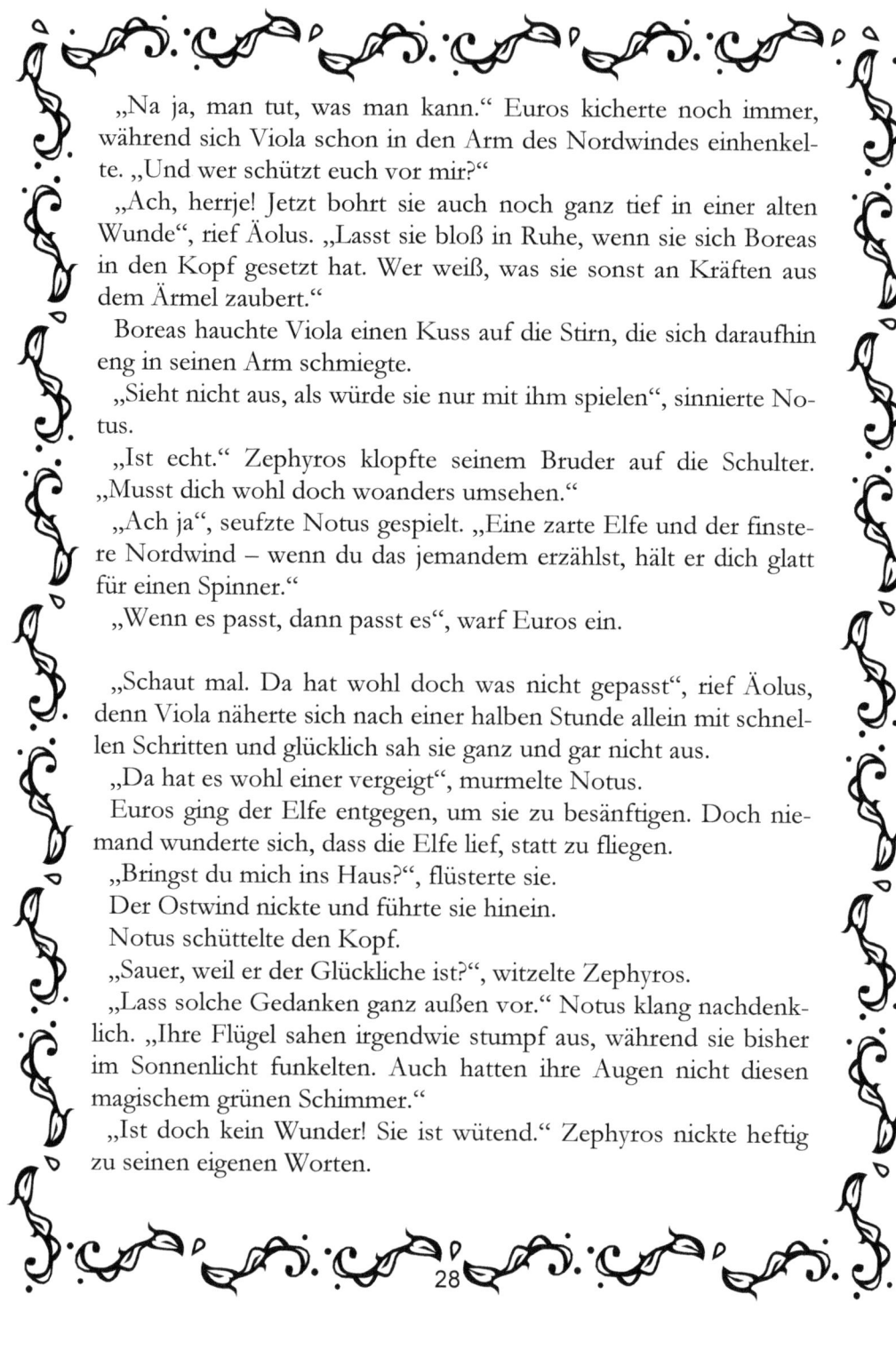

„Na ja, man tut, was man kann." Euros kicherte noch immer, während sich Viola schon in den Arm des Nordwindes einhenkelte. „Und wer schützt euch vor mir?"

„Ach, herrje! Jetzt bohrt sie auch noch ganz tief in einer alten Wunde", rief Äolus. „Lasst sie bloß in Ruhe, wenn sie sich Boreas in den Kopf gesetzt hat. Wer weiß, was sie sonst an Kräften aus dem Ärmel zaubert."

Boreas hauchte Viola einen Kuss auf die Stirn, die sich daraufhin eng in seinen Arm schmiegte.

„Sieht nicht aus, als würde sie nur mit ihm spielen", sinnierte Notus.

„Ist echt." Zephyros klopfte seinem Bruder auf die Schulter. „Musst dich wohl doch woanders umsehen."

„Ach ja", seufzte Notus gespielt. „Eine zarte Elfe und der finstere Nordwind – wenn du das jemandem erzählst, hält er dich glatt für einen Spinner."

„Wenn es passt, dann passt es", warf Euros ein.

„Schaut mal. Da hat wohl doch was nicht gepasst", rief Äolus, denn Viola näherte sich nach einer halben Stunde allein mit schnellen Schritten und glücklich sah sie ganz und gar nicht aus.

„Da hat es wohl einer vergeigt", murmelte Notus.

Euros ging der Elfe entgegen, um sie zu besänftigen. Doch niemand wunderte sich, dass die Elfe lief, statt zu fliegen.

„Bringst du mich ins Haus?", flüsterte sie.

Der Ostwind nickte und führte sie hinein.

Notus schüttelte den Kopf.

„Sauer, weil er der Glückliche ist?", witzelte Zephyros.

„Lass solche Gedanken ganz außen vor." Notus klang nachdenklich. „Ihre Flügel sahen irgendwie stumpf aus, während sie bisher im Sonnenlicht funkelten. Auch hatten ihre Augen nicht diesen magischem grünen Schimmer."

„Ist doch kein Wunder! Sie ist wütend." Zephyros nickte heftig zu seinen eigenen Worten.

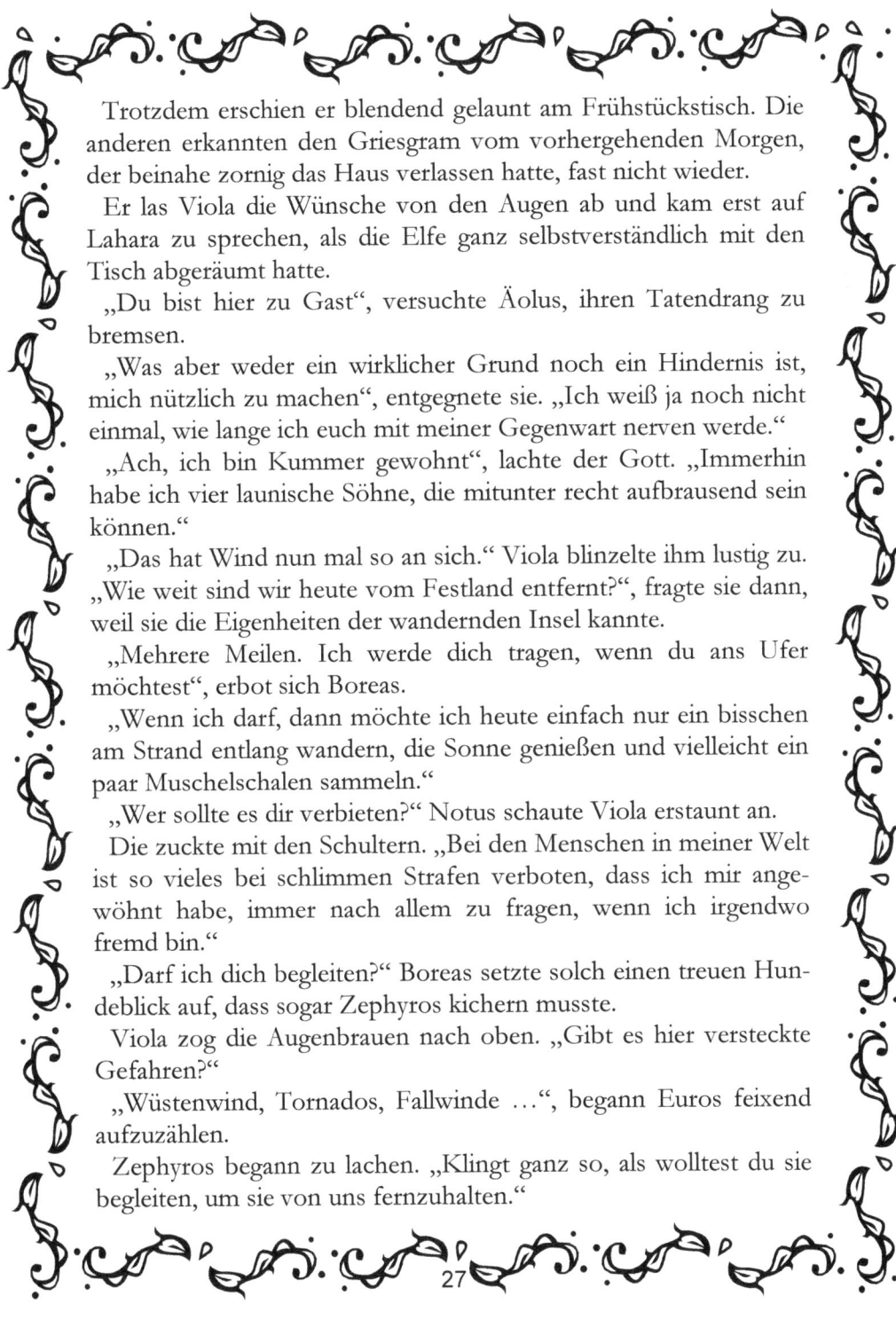

Trotzdem erschien er blendend gelaunt am Frühstückstisch. Die anderen erkannten den Griesgram vom vorhergehenden Morgen, der beinahe zornig das Haus verlassen hatte, fast nicht wieder.

Er las Viola die Wünsche von den Augen ab und kam erst auf Lahara zu sprechen, als die Elfe ganz selbstverständlich mit den Tisch abgeräumt hatte.

„Du bist hier zu Gast", versuchte Äolus, ihren Tatendrang zu bremsen.

„Was aber weder ein wirklicher Grund noch ein Hindernis ist, mich nützlich zu machen", entgegnete sie. „Ich weiß ja noch nicht einmal, wie lange ich euch mit meiner Gegenwart nerven werde."

„Ach, ich bin Kummer gewohnt", lachte der Gott. „Immerhin habe ich vier launische Söhne, die mitunter recht aufbrausend sein können."

„Das hat Wind nun mal so an sich." Viola blinzelte ihm lustig zu. „Wie weit sind wir heute vom Festland entfernt?", fragte sie dann, weil sie die Eigenheiten der wandernden Insel kannte.

„Mehrere Meilen. Ich werde dich tragen, wenn du ans Ufer möchtest", erbot sich Boreas.

„Wenn ich darf, dann möchte ich heute einfach nur ein bisschen am Strand entlang wandern, die Sonne genießen und vielleicht ein paar Muschelschalen sammeln."

„Wer sollte es dir verbieten?" Notus schaute Viola erstaunt an.

Die zuckte mit den Schultern. „Bei den Menschen in meiner Welt ist so vieles bei schlimmen Strafen verboten, dass ich mir angewöhnt habe, immer nach allem zu fragen, wenn ich irgendwo fremd bin."

„Darf ich dich begleiten?" Boreas setzte solch einen treuen Hundeblick auf, dass sogar Zephyros kichern musste.

Viola zog die Augenbrauen nach oben. „Gibt es hier versteckte Gefahren?"

„Wüstenwind, Tornados, Fallwinde …", begann Euros feixend aufzuzählen.

Zephyros begann zu lachen. „Klingt ganz so, als wolltest du sie begleiten, um sie von uns fernzuhalten."

„Na ja, man tut, was man kann." Euros kicherte noch immer, während sich Viola schon in den Arm des Nordwindes einhenkelte. „Und wer schützt euch vor mir?"

„Ach, herrje! Jetzt bohrt sie auch noch ganz tief in einer alten Wunde", rief Äolus. „Lasst sie bloß in Ruhe, wenn sie sich Boreas in den Kopf gesetzt hat. Wer weiß, was sie sonst an Kräften aus dem Ärmel zaubert."

Boreas hauchte Viola einen Kuss auf die Stirn, die sich daraufhin eng in seinen Arm schmiegte.

„Sieht nicht aus, als würde sie nur mit ihm spielen", sinnierte Notus.

„Ist echt." Zephyros klopfte seinem Bruder auf die Schulter. „Musst dich wohl doch woanders umsehen."

„Ach ja", seufzte Notus gespielt. „Eine zarte Elfe und der finstere Nordwind – wenn du das jemandem erzählst, hält er dich glatt für einen Spinner."

„Wenn es passt, dann passt es", warf Euros ein.

„Schaut mal. Da hat wohl doch was nicht gepasst", rief Äolus, denn Viola näherte sich nach einer halben Stunde allein mit schnellen Schritten und glücklich sah sie ganz und gar nicht aus.

„Da hat es wohl einer vergeigt", murmelte Notus.

Euros ging der Elfe entgegen, um sie zu besänftigen. Doch niemand wunderte sich, dass die Elfe lief, statt zu fliegen.

„Bringst du mich ins Haus?", flüsterte sie.

Der Ostwind nickte und führte sie hinein.

Notus schüttelte den Kopf.

„Sauer, weil er der Glückliche ist?", witzelte Zephyros.

„Lass solche Gedanken ganz außen vor." Notus klang nachdenklich. „Ihre Flügel sahen irgendwie stumpf aus, während sie bisher im Sonnenlicht funkelten. Auch hatten ihre Augen nicht diesen magischem grünen Schimmer."

„Ist doch kein Wunder! Sie ist wütend." Zephyros nickte heftig zu seinen eigenen Worten.

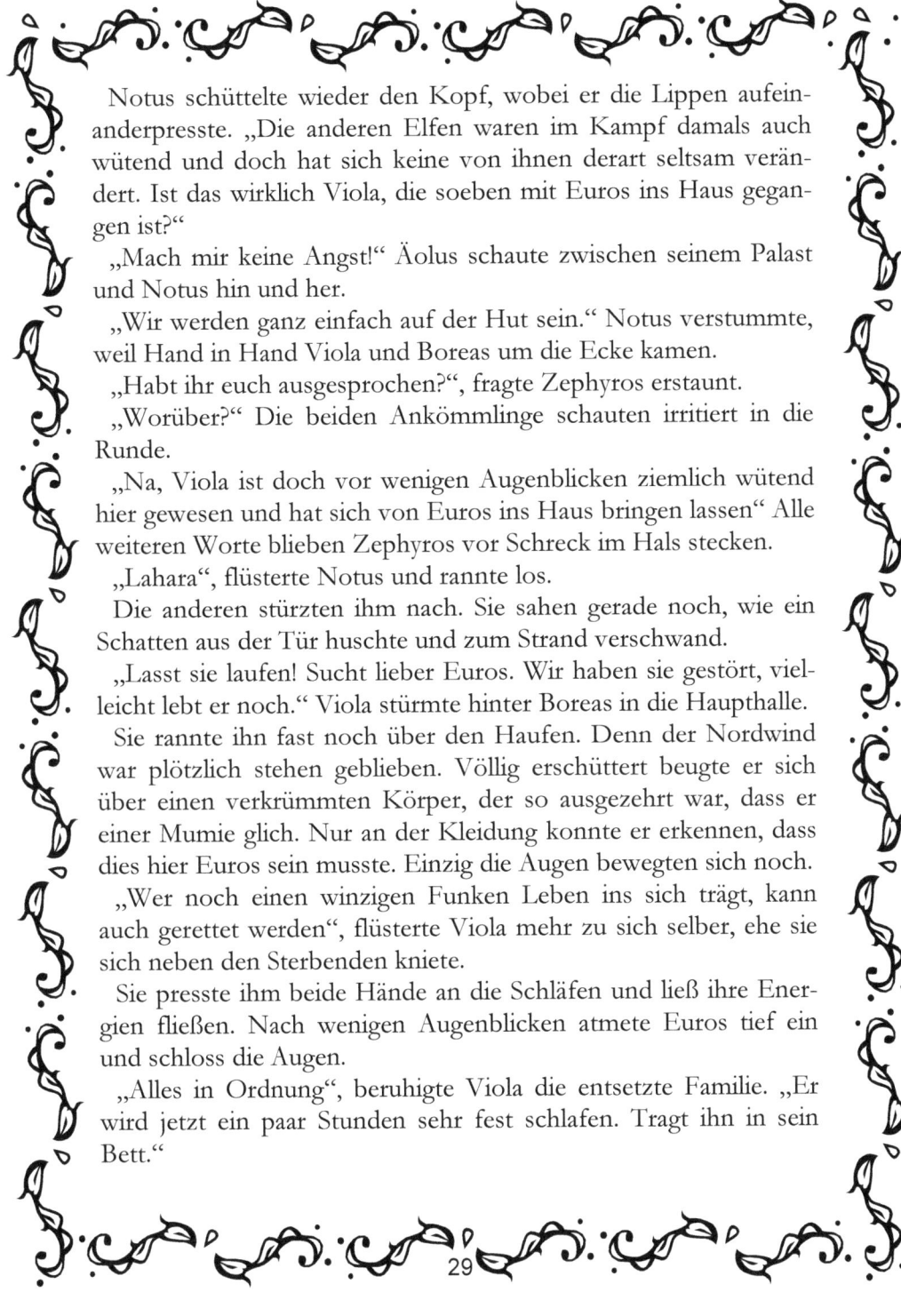

Notus schüttelte wieder den Kopf, wobei er die Lippen aufeinanderpresste. „Die anderen Elfen waren im Kampf damals auch wütend und doch hat sich keine von ihnen derart seltsam verändert. Ist das wirklich Viola, die soeben mit Euros ins Haus gegangen ist?"

„Mach mir keine Angst!" Äolus schaute zwischen seinem Palast und Notus hin und her.

„Wir werden ganz einfach auf der Hut sein." Notus verstummte, weil Hand in Hand Viola und Boreas um die Ecke kamen.

„Habt ihr euch ausgesprochen?", fragte Zephyros erstaunt.

„Worüber?" Die beiden Ankömmlinge schauten irritiert in die Runde.

„Na, Viola ist doch vor wenigen Augenblicken ziemlich wütend hier gewesen und hat sich von Euros ins Haus bringen lassen" Alle weiteren Worte blieben Zephyros vor Schreck im Hals stecken.

„Lahara", flüsterte Notus und rannte los.

Die anderen stürzten ihm nach. Sie sahen gerade noch, wie ein Schatten aus der Tür huschte und zum Strand verschwand.

„Lasst sie laufen! Sucht lieber Euros. Wir haben sie gestört, vielleicht lebt er noch." Viola stürmte hinter Boreas in die Haupthalle.

Sie rannte ihn fast noch über den Haufen. Denn der Nordwind war plötzlich stehen geblieben. Völlig erschüttert beugte er sich über einen verkrümmten Körper, der so ausgezehrt war, dass er einer Mumie glich. Nur an der Kleidung konnte er erkennen, dass dies hier Euros sein musste. Einzig die Augen bewegten sich noch.

„Wer noch einen winzigen Funken Leben ins sich trägt, kann auch gerettet werden", flüsterte Viola mehr zu sich selber, ehe sie sich neben den Sterbenden kniete.

Sie presste ihm beide Hände an die Schläfen und ließ ihre Energien fließen. Nach wenigen Augenblicken atmete Euros tief ein und schloss die Augen.

„Alles in Ordnung", beruhigte Viola die entsetzte Familie. „Er wird jetzt ein paar Stunden sehr fest schlafen. Tragt ihn in sein Bett."

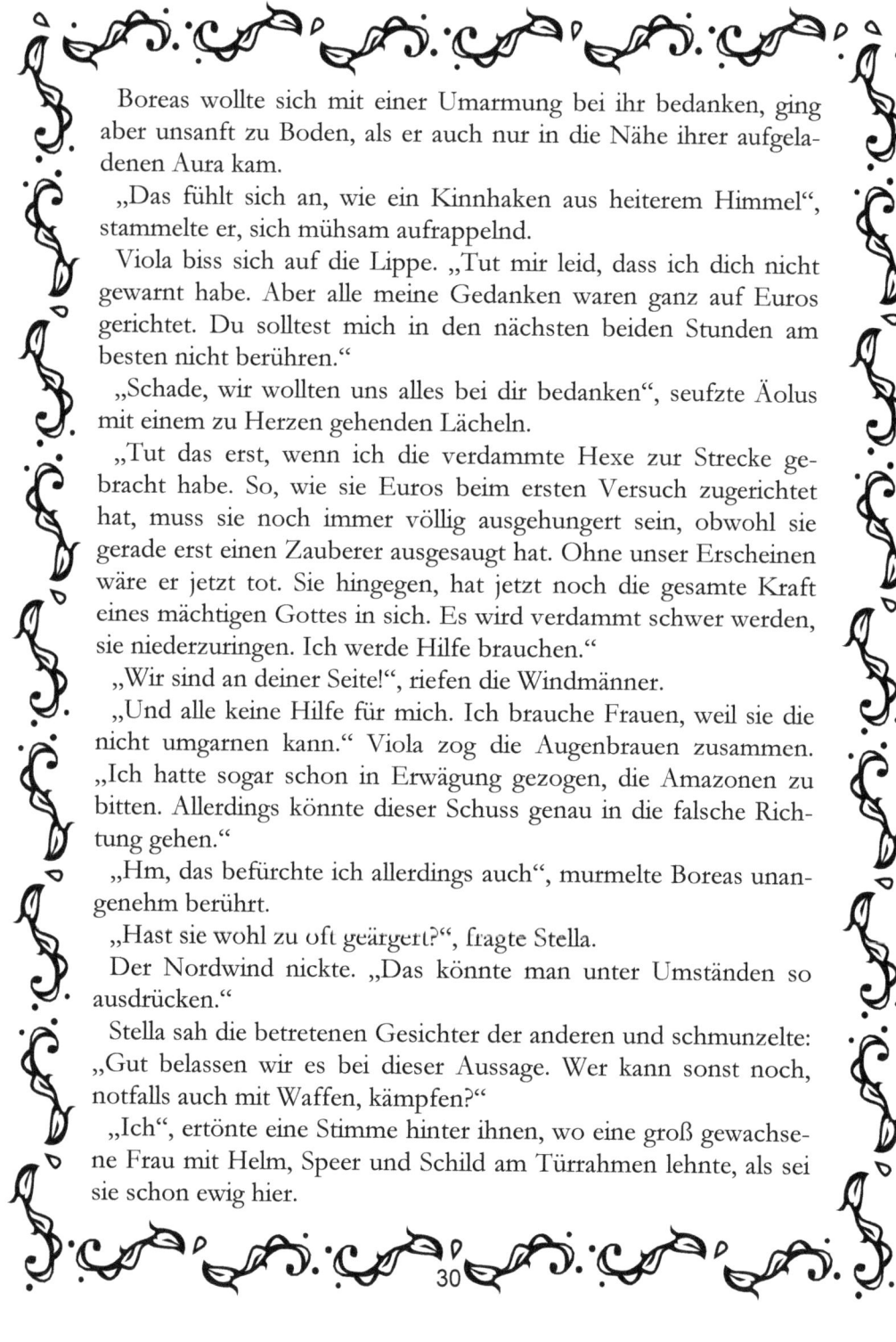

Boreas wollte sich mit einer Umarmung bei ihr bedanken, ging aber unsanft zu Boden, als er auch nur in die Nähe ihrer aufgeladenen Aura kam.

„Das fühlt sich an, wie ein Kinnhaken aus heiterem Himmel", stammelte er, sich mühsam aufrappelnd.

Viola biss sich auf die Lippe. „Tut mir leid, dass ich dich nicht gewarnt habe. Aber alle meine Gedanken waren ganz auf Euros gerichtet. Du solltest mich in den nächsten beiden Stunden am besten nicht berühren."

„Schade, wir wollten uns alles bei dir bedanken", seufzte Äolus mit einem zu Herzen gehenden Lächeln.

„Tut das erst, wenn ich die verdammte Hexe zur Strecke gebracht habe. So, wie sie Euros beim ersten Versuch zugerichtet hat, muss sie noch immer völlig ausgehungert sein, obwohl sie gerade erst einen Zauberer ausgesaugt hat. Ohne unser Erscheinen wäre er jetzt tot. Sie hingegen, hat jetzt noch die gesamte Kraft eines mächtigen Gottes in sich. Es wird verdammt schwer werden, sie niederzuringen. Ich werde Hilfe brauchen."

„Wir sind an deiner Seite!", riefen die Windmänner.

„Und alle keine Hilfe für mich. Ich brauche Frauen, weil sie die nicht umgarnen kann." Viola zog die Augenbrauen zusammen. „Ich hatte sogar schon in Erwägung gezogen, die Amazonen zu bitten. Allerdings könnte dieser Schuss genau in die falsche Richtung gehen."

„Hm, das befürchte ich allerdings auch", murmelte Boreas unangenehm berührt.

„Hast sie wohl zu oft geärgert?", fragte Stella.

Der Nordwind nickte. „Das könnte man unter Umständen so ausdrücken."

Stella sah die betretenen Gesichter der anderen und schmunzelte: „Gut belassen wir es bei dieser Aussage. Wer kann sonst noch, notfalls auch mit Waffen, kämpfen?"

„Ich", ertönte eine Stimme hinter ihnen, wo eine groß gewachsene Frau mit Helm, Speer und Schild am Türrahmen lehnte, als sei sie schon ewig hier.

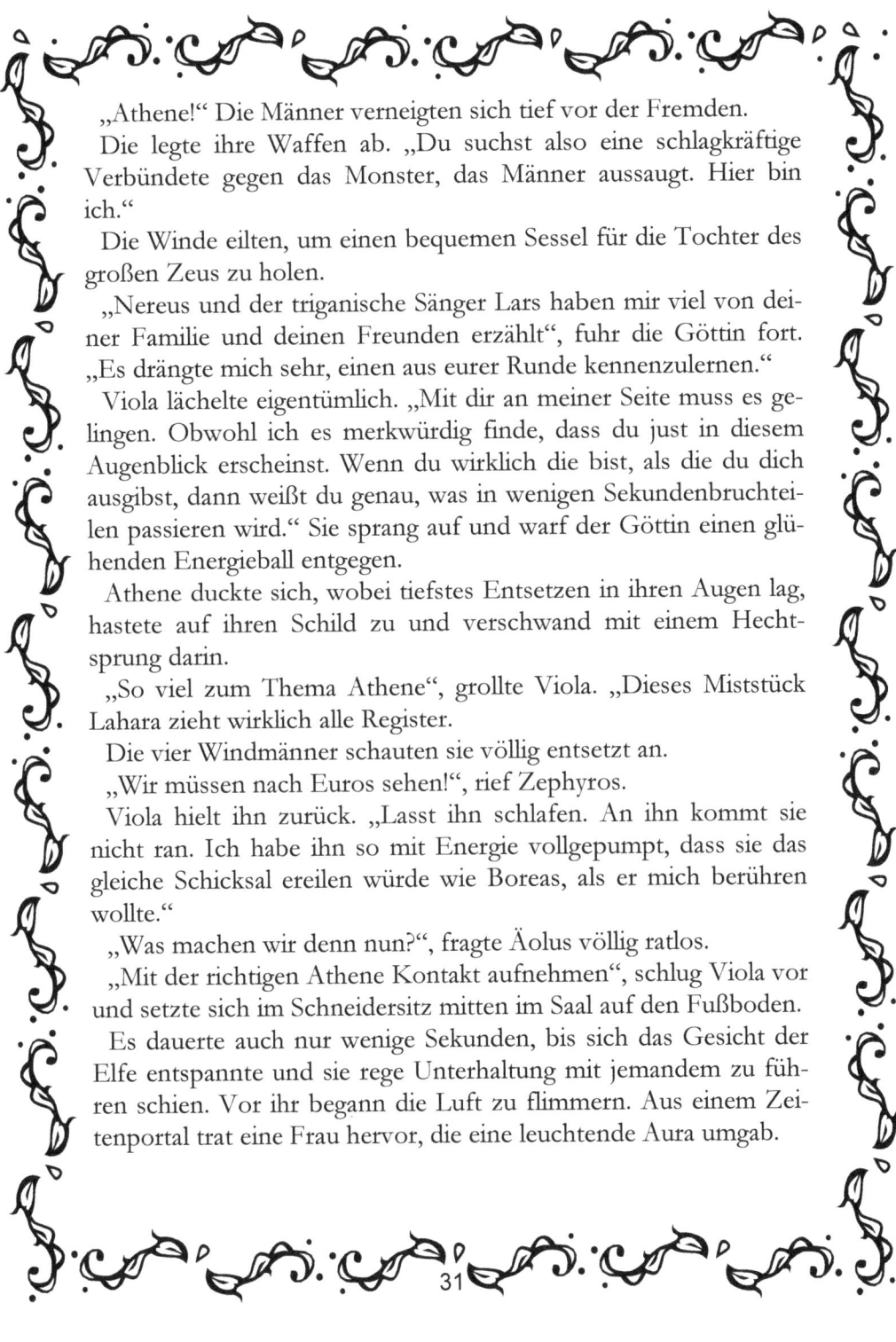

„Athene!" Die Männer verneigten sich tief vor der Fremden.

Die legte ihre Waffen ab. „Du suchst also eine schlagkräftige Verbündete gegen das Monster, das Männer aussaugt. Hier bin ich."

Die Winde eilten, um einen bequemen Sessel für die Tochter des großen Zeus zu holen.

„Nereus und der triganische Sänger Lars haben mir viel von deiner Familie und deinen Freunden erzählt", fuhr die Göttin fort. „Es drängte mich sehr, einen aus eurer Runde kennenzulernen."

Viola lächelte eigentümlich. „Mit dir an meiner Seite muss es gelingen. Obwohl ich es merkwürdig finde, dass du just in diesem Augenblick erscheinst. Wenn du wirklich die bist, als die du dich ausgibst, dann weißt du genau, was in wenigen Sekundenbruchteilen passieren wird." Sie sprang auf und warf der Göttin einen glühenden Energieball entgegen.

Athene duckte sich, wobei tiefstes Entsetzen in ihren Augen lag, hastete auf ihren Schild zu und verschwand mit einem Hechtsprung darin.

„So viel zum Thema Athene", grollte Viola. „Dieses Miststück Lahara zieht wirklich alle Register.

Die vier Windmänner schauten sie völlig entsetzt an.

„Wir müssen nach Euros sehen!", rief Zephyros.

Viola hielt ihn zurück. „Lasst ihn schlafen. An ihn kommt sie nicht ran. Ich habe ihn so mit Energie vollgepumpt, dass sie das gleiche Schicksal ereilen würde wie Boreas, als er mich berühren wollte."

„Was machen wir denn nun?", fragte Äolus völlig ratlos.

„Mit der richtigen Athene Kontakt aufnehmen", schlug Viola vor und setzte sich im Schneidersitz mitten im Saal auf den Fußboden.

Es dauerte auch nur wenige Sekunden, bis sich das Gesicht der Elfe entspannte und sie rege Unterhaltung mit jemandem zu führen schien. Vor ihr begann die Luft zu flimmern. Aus einem Zeitenportal trat eine Frau hervor, die eine leuchtende Aura umgab.

Viola ließ zwischen ihren Händen einen Feuerball entstehen, den ihr die Fremde abnahm und absorbierte, wobei sie lachend: „Zufrieden mit dem Test?", fragte.

„Voll und ganz", freute sich Viola, der mächtigen Göttin beide Hände reichend.

Die blinzelte Boreas zu. „Du darfst deine Angebetete nun auch wieder in die Arme nehmen. Ihr Energielevel ist jetzt harmlos. Zudem weiß Viola ganz genau, dass ihr und ich oft in gegnerischen Lagern gekämpft haben. Wir müssen also nichts mühsam verheimlichen."

Boreas beugte sich sofort zu Viola hinunter, um sie auf die Stirn zu küssen, dann erst setzte er sich mit an den Tisch.

„Ihr fragt euch sicher, was mich antreibt, Viola im Kampf gegen den Succubus zu unterstützen", sprach Athene auf die neugierigen Blicke. „Das ist recht schnell erklärt: Jeder weiß, dass mein Vater schönen Frauen nicht widerstehen kann. Sie ziehen ihn an, wie das Licht Motten. Was geschieht, wenn sie ihn aussaugt, muss ich wohl nicht näher erklären. Auf dem Olymp ist er bis jetzt sicher. Da habe ich mit Ares Kraftfelder errichtet, die sie nicht durchdringen kann. Zumindest hoffe ich das. Nur bleibt Zeus halt nicht auf dem Olymp, wenn er ein amouröses Abenteuer wittert."

„Woher weißt du eigentlich, dass sie hier ist?", fragte Viola nachdenklich.

„Von Kassandra", lautete die Antwort.

Viola lächelte. „Lars schätzt die Seherin sehr."

„Ich weiß. Sie hat es auch verdient", verriet Athene. „Jetzt muss ich aber zurück, ehe Zeus Dummheiten begeht, die nicht mehr zu ändern sind. Ich komme morgen wieder und dann ziehen wir beide in die Schlacht. Sichere gleich den Palast, wenn ich weg bin, und passe gut auf die Männer auf. Bis morgen."

Athene zog einen kleinen Handspiegel aus den Falten ihres Gewandes, aus welchem sich ein Portal aufbaute. Die Winde verneigten sich zum Abschied und schon war die Stelle leer, an der soeben noch die Göttin der Weisheit gestanden hatte.

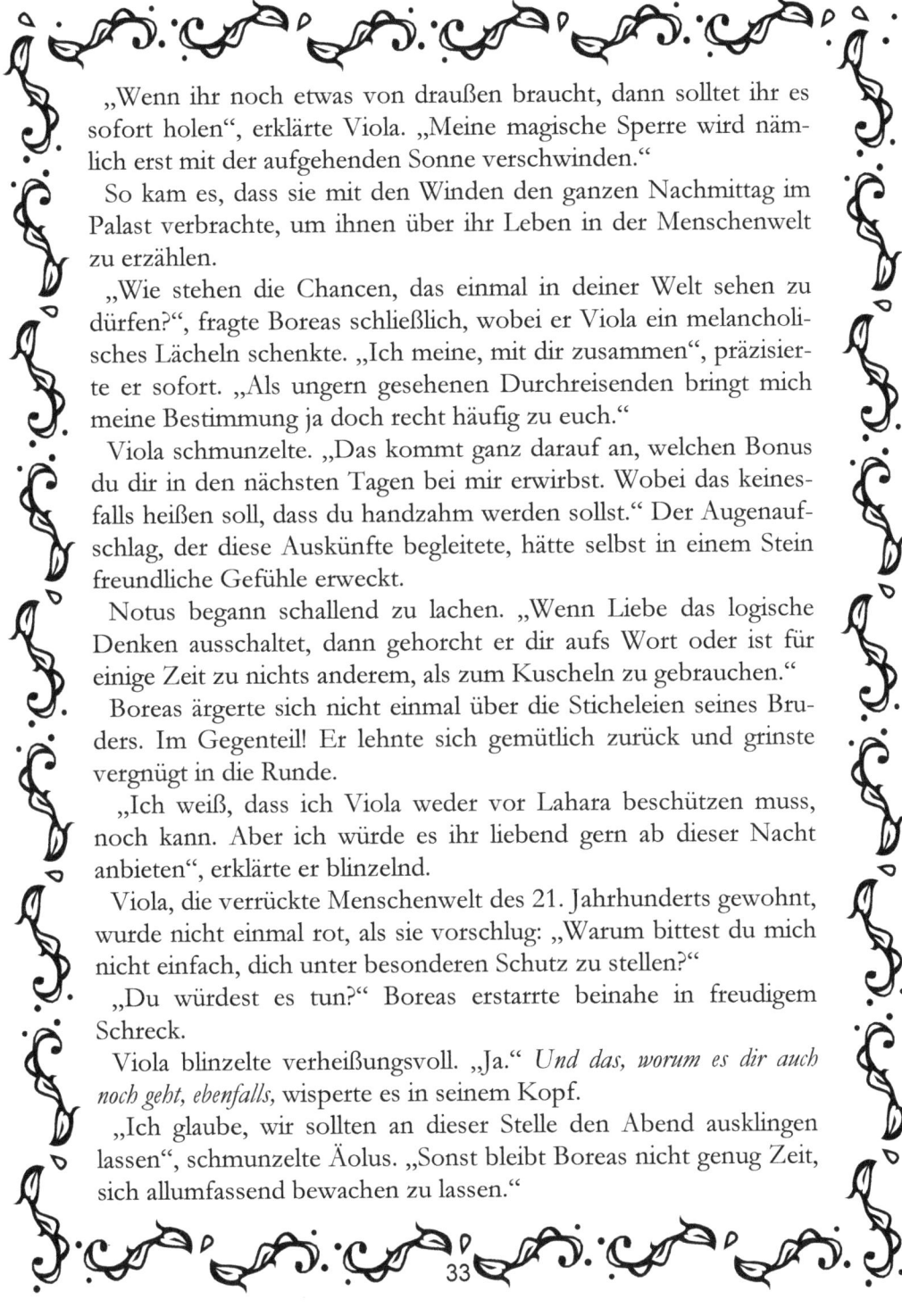

„Wenn ihr noch etwas von draußen braucht, dann solltet ihr es sofort holen", erklärte Viola. „Meine magische Sperre wird nämlich erst mit der aufgehenden Sonne verschwinden."

So kam es, dass sie mit den Winden den ganzen Nachmittag im Palast verbrachte, um ihnen über ihr Leben in der Menschenwelt zu erzählen.

„Wie stehen die Chancen, das einmal in deiner Welt sehen zu dürfen?", fragte Boreas schließlich, wobei er Viola ein melancholisches Lächeln schenkte. „Ich meine, mit dir zusammen", präzisierte er sofort. „Als ungern gesehenen Durchreisenden bringt mich meine Bestimmung ja doch recht häufig zu euch."

Viola schmunzelte. „Das kommt ganz darauf an, welchen Bonus du dir in den nächsten Tagen bei mir erwirbst. Wobei das keinesfalls heißen soll, dass du handzahm werden sollst." Der Augenaufschlag, der diese Auskünfte begleitete, hätte selbst in einem Stein freundliche Gefühle erweckt.

Notus begann schallend zu lachen. „Wenn Liebe das logische Denken ausschaltet, dann gehorcht er dir aufs Wort oder ist für einige Zeit zu nichts anderem, als zum Kuscheln zu gebrauchen."

Boreas ärgerte sich nicht einmal über die Sticheleien seines Bruders. Im Gegenteil! Er lehnte sich gemütlich zurück und grinste vergnügt in die Runde.

„Ich weiß, dass ich Viola weder vor Lahara beschützen muss, noch kann. Aber ich würde es ihr liebend gern ab dieser Nacht anbieten", erklärte er blinzelnd.

Viola, die verrückte Menschenwelt des 21. Jahrhunderts gewohnt, wurde nicht einmal rot, als sie vorschlug: „Warum bittest du mich nicht einfach, dich unter besonderen Schutz zu stellen?"

„Du würdest es tun?" Boreas erstarrte beinahe in freudigem Schreck.

Viola blinzelte verheißungsvoll. „Ja." *Und das, worum es dir auch noch geht, ebenfalls,* wisperte es in seinem Kopf.

„Ich glaube, wir sollten an dieser Stelle den Abend ausklingen lassen", schmunzelte Äolus. „Sonst bleibt Boreas nicht genug Zeit, sich allumfassend bewachen zu lassen."

Diesmal huschte doch ein rosiger Hauch über die Wangen der Elfe, was Boreas' Augen glänzen ließ.

Notus klopfte ihm amüsiert auf die Schulter. „Komm, wir spähen noch rasch nach Euros."

Der Ostwind schlief tief und fest. Er werde sicher einige Tage brauchen, um wieder zu vollen Kräften zu kommen. Dann wünschten sich alle gegenseitig eine gute Nacht, um schlafen zu gehen.

Viola folgte Boreas, wie sie es ihm mit Blicken versprochen hatte, in sein Schlafgemach. Seine Gedanken lesend, blinzelte sie: „Du musst dir keine Sorgen wegen meiner Flügel machen. Ich bin ja kein Schmetterling."

„Aber du wirkst genau so filigran, zart und verletzlich." Boreas ließ seine Fingerspitzen vorsichtig über die glitzernden Gebilde gleiten, die sich in der Tat fest und sehr elastisch anfühlten. Völlig vertieft in diese neue Erfahrung merkte er nicht einmal, dass er dazu überging, Violas Haut zu streicheln.

Erst als sie hauchte: „Nicht aufhören", weil er vor lauter Staunen die Hände zurückzog, wurde er aufmerksam. Genauso schnell huschte ein erfreutes Lächeln über sein Gesicht und das Streicheln wanderte unter den Stoff ihres kurzen Kleides. Mit dem anderen Arm hob Boreas die federleichte Elfe hoch und trug sie direkt ins Bett.

Viola hielt die Augen geschlossen, als sie jede liebevolle Zuwendung des Nordwindes in vollen Zügen genoss. Boreas beschloss sofort, alle Register zu ziehen und die Elfe ließ sich verwöhnen. Dafür wurde der Nordwind im Laufe der brandheißen Nacht so fürstlich für seine Zärtlichkeiten belohnt, wie er es in seinem ganzen langen Leben noch nicht erlebt hatte.

„Zu spät zum Schlafen", schmunzelte er, als plötzlich die Sonne ins Zimmer schien.

Viola gähnte. „Gib mir eine viertel Stunde, sonst hat Lahara leichtes Spiel."

Boreas nickte und die Elfe schlief auf der Stelle ein. Er betrachtete mit mildem Lächeln die schlummernde Schönheit. Noch immer erschien ihm alles wie ein wundervoller Traum.

„Unsterblich verliebt und es fühlt sich gut an", murmelte er, wobei ihm ein wohliger Schauer über den Rücken rann. Allerdings befürchtete er auch, dass er Lahara schnell auf den Leim gehen werde, sollte sie in Violas Gestalt erscheinen.

Die Elfe schlug pünktlich die Augen auf und wurde mit einem zärtlichen Guten-Morgen-Kuss begrüßt. Boreas führte seine große Liebe am Arm zum Frühstückstisch, wo sich die anderen auch langsam einfanden.

„Schon hellwach?!", staunte Äolus.

„Immer noch", gab Boreas zu, während Viola nickte und gleichzeitig mit den Schultern zuckte.

Das Erscheinen von Euros wurde mit einem tiefen Aufatmen begrüßt. Der Ostwind ähnelte noch immer mehr einer lebenden Mumie, als dem kraftstrotzenden Windgott vergangener Tage.

„Wie fühlst du dich?", fragte Viola besorgt.

„So, wie ich aussehe", erhielt sie zur Antwort. „Dabei muss ich dir von Herzen danken, dass ich überhaupt noch lebe. Ich kann nicht einmal sagen, wessen Gestalt Lahara annahm, um mich gefügig zu machen. Sicher ist nur, dass diese definitiv keine Flügel hatte."

„Merkwürdig", flüsterte Zephyros.

Viola betrachtete nachdenklich die Gestalt des geschundenen Gottes. „Wie viel Zeit lag zwischen ihrem und meinem Auftauchen?"

„Ein paar Minuten, meine ich", entgegnete Äolus.

„Hmm, das könnte hinkommen", bestätigte Notus. „Wenn es hoch gerechnet ist, dann bestenfalls fünf."

Viola presste die Lippen aufeinander. „Dann hat sie ihn nicht mit einem Liebesakt geschröpft. Ich ahne Schlimmes."

Die fünf Windmänner schauten sie verunsichert an. „Was meinst du?"

„Sie ist offenbar auf den Geschmack gekommen, ihre Opfer wie ein Vampir auszusaugen." Viola trat auf Euros zu. „Darf ich?" Dabei schob sie seine hellblonde schulterlange Mähne beiseite. „Wusste ich es doch!" Sie deutete auf eine Wunde an der linken Seite seines Halses. „Sie hat zwar keine Reißzähne, ihm aber trotzdem eine tiefe Wunde zugefügt, aus der sie seine Lebensenergie und -säfte gesogen hat. Sie muss wirklich restlos ausgehungert gewesen sein."

„Das befürchte ich auch", ertönte es hinter ihnen.

„Athene!"

„Du triffst uns schlecht vorbereitet an", erklärte Viola.

Äolus deutete auf den reich gedeckten Tisch. „Darf ich dich einladen?"

„Aber gern." Die Göttin nahm mit einem Schmunzeln Platz. „Ihr wisst doch, dass ich süßen Früchten und Honig nicht widerstehen kann." Sie zog einen kleinen Tonkrug hervor, welchen sie vor Euros auf den Tisch stellte. „Ambrosia. Damit du schnell wieder zu vollen Kräften kommst."

Der Ostwind bedankte sich erfreut. Die Olympier ließen schließlich nicht jeden vom Nektar der Götter trinken.

Viola legte beide Hände an das Tongefäß, schloss für einen kurzen Moment die Augen, ehe sie zufrieden sagte: „So, nun kann nur Euros allein den Krug öffnen. Nicht auszudenken, käme Lahara in den Genuss des Inhaltes."

„Denkst du immer an alles?", lachte Athene.

Viola spitzte die Lippen. „An vieles."

„Ich mag dich", blinzelte die Göttin.

„Ich auch", rutschte es Boreas heraus, worauf alle ein amüsiertes Grinsen aufsetzten.

Athenes Augen blitzten. „Ich kann mich nicht erinnern, den Nordwind jemals so fröhlich gesehen zu haben. Aber es gefällt mir. Habt ihr euch ein Erkennungszeichen ausgedacht, damit er der alten Hexe nicht in die Fänge gerät?"

„Noch nicht", murmelte Viola. „Sie kann ja beinahe alles kopieren."

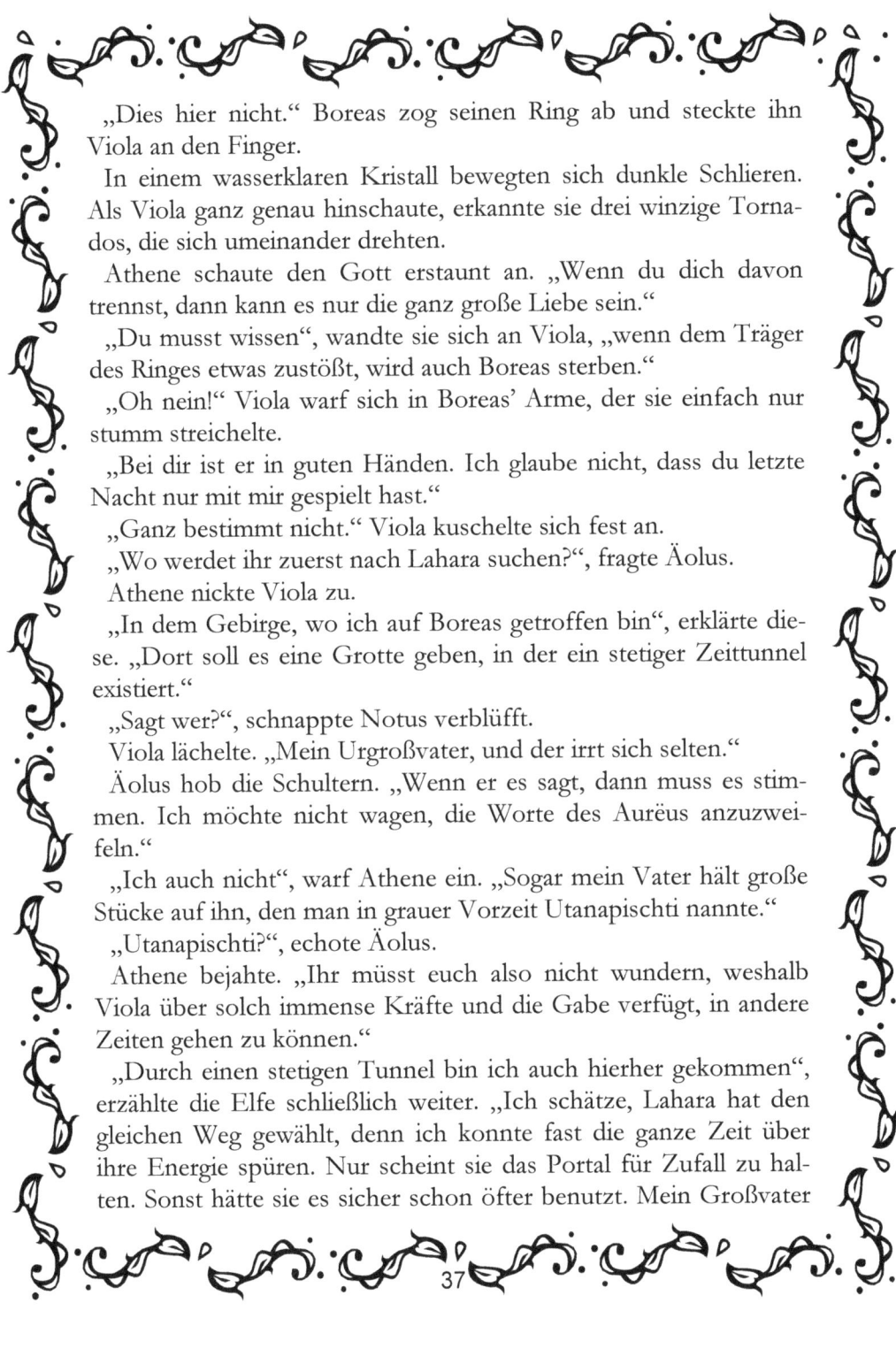

„Dies hier nicht." Boreas zog seinen Ring ab und steckte ihn Viola an den Finger.

In einem wasserklaren Kristall bewegten sich dunkle Schlieren. Als Viola ganz genau hinschaute, erkannte sie drei winzige Tornados, die sich umeinander drehten.

Athene schaute den Gott erstaunt an. „Wenn du dich davon trennst, dann kann es nur die ganz große Liebe sein."

„Du musst wissen", wandte sie sich an Viola, „wenn dem Träger des Ringes etwas zustößt, wird auch Boreas sterben."

„Oh nein!" Viola warf sich in Boreas' Arme, der sie einfach nur stumm streichelte.

„Bei dir ist er in guten Händen. Ich glaube nicht, dass du letzte Nacht nur mit mir gespielt hast."

„Ganz bestimmt nicht." Viola kuschelte sich fest an.

„Wo werdet ihr zuerst nach Lahara suchen?", fragte Äolus.

Athene nickte Viola zu.

„In dem Gebirge, wo ich auf Boreas getroffen bin", erklärte diese. „Dort soll es eine Grotte geben, in der ein stetiger Zeittunnel existiert."

„Sagt wer?", schnappte Notus verblüfft.

Viola lächelte. „Mein Urgroßvater, und der irrt sich selten."

Äolus hob die Schultern. „Wenn er es sagt, dann muss es stimmen. Ich möchte nicht wagen, die Worte des Auréus anzuzweifeln."

„Ich auch nicht", warf Athene ein. „Sogar mein Vater hält große Stücke auf ihn, den man in grauer Vorzeit Utanapischti nannte."

„Utanapischti?", echote Äolus.

Athene bejahte. „Ihr müsst euch also nicht wundern, weshalb Viola über solch immense Kräfte und die Gabe verfügt, in andere Zeiten gehen zu können."

„Durch einen stetigen Tunnel bin ich auch hierher gekommen", erzählte die Elfe schließlich weiter. „Ich schätze, Lahara hat den gleichen Weg gewählt, denn ich konnte fast die ganze Zeit über ihre Energie spüren. Nur scheint sie das Portal für Zufall zu halten. Sonst hätte sie es sicher schon öfter benutzt. Mein Großvater

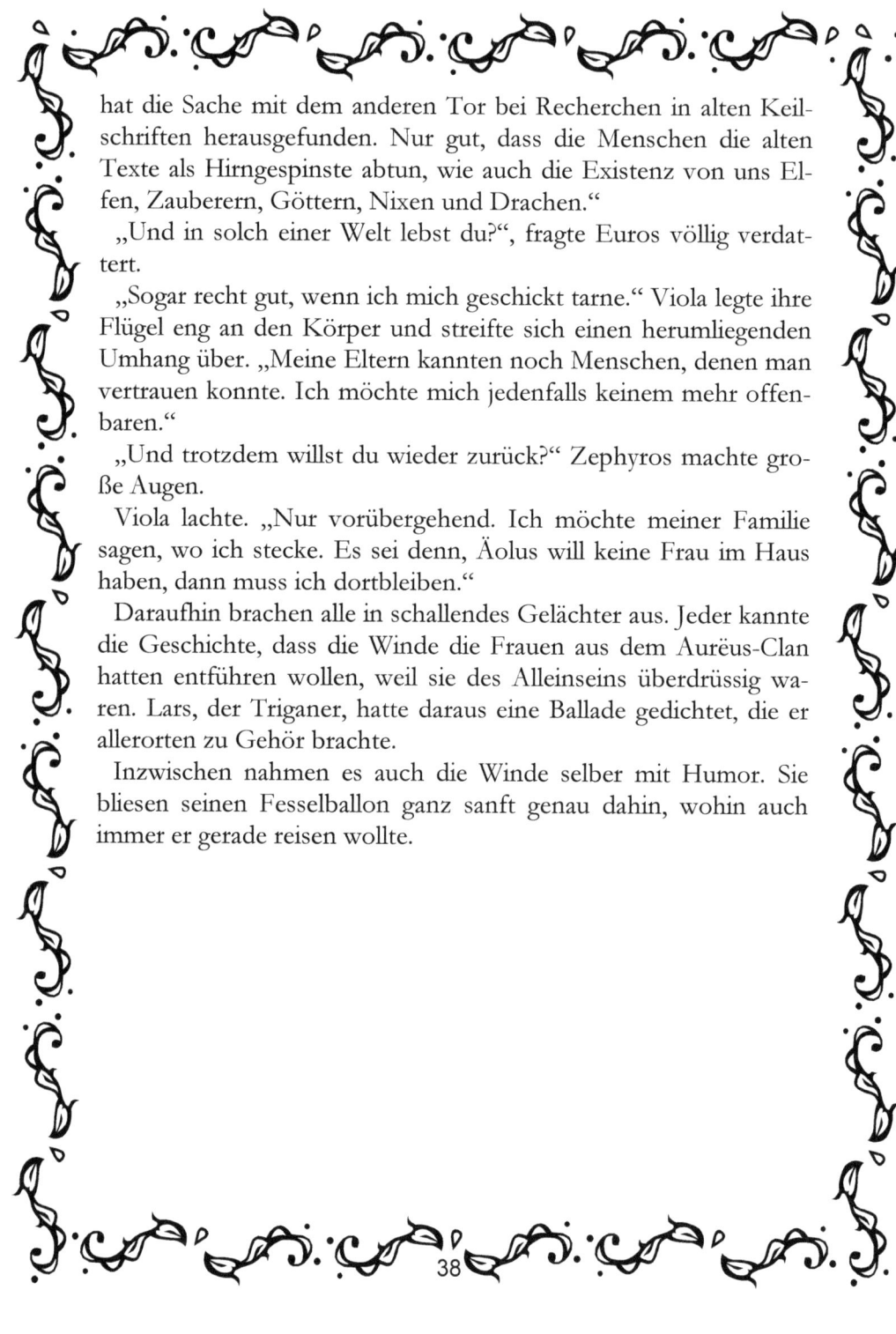

hat die Sache mit dem anderen Tor bei Recherchen in alten Keilschriften herausgefunden. Nur gut, dass die Menschen die alten Texte als Hirngespinste abtun, wie auch die Existenz von uns Elfen, Zauberern, Göttern, Nixen und Drachen."

„Und in solch einer Welt lebst du?", fragte Euros völlig verdattert.

„Sogar recht gut, wenn ich mich geschickt tarne." Viola legte ihre Flügel eng an den Körper und streifte sich einen herumliegenden Umhang über. „Meine Eltern kannten noch Menschen, denen man vertrauen konnte. Ich möchte mich jedenfalls keinem mehr offenbaren."

„Und trotzdem willst du wieder zurück?" Zephyros machte große Augen.

Viola lachte. „Nur vorübergehend. Ich möchte meiner Familie sagen, wo ich stecke. Es sei denn, Äolus will keine Frau im Haus haben, dann muss ich dortbleiben."

Daraufhin brachen alle in schallendes Gelächter aus. Jeder kannte die Geschichte, dass die Winde die Frauen aus dem Aurëus-Clan hatten entführen wollen, weil sie des Alleinseins überdrüssig waren. Lars, der Triganer, hatte daraus eine Ballade gedichtet, die er allerorten zu Gehör brachte.

Inzwischen nahmen es auch die Winde selber mit Humor. Sie bliesen seinen Fesselballon ganz sanft genau dahin, wohin auch immer er gerade reisen wollte.

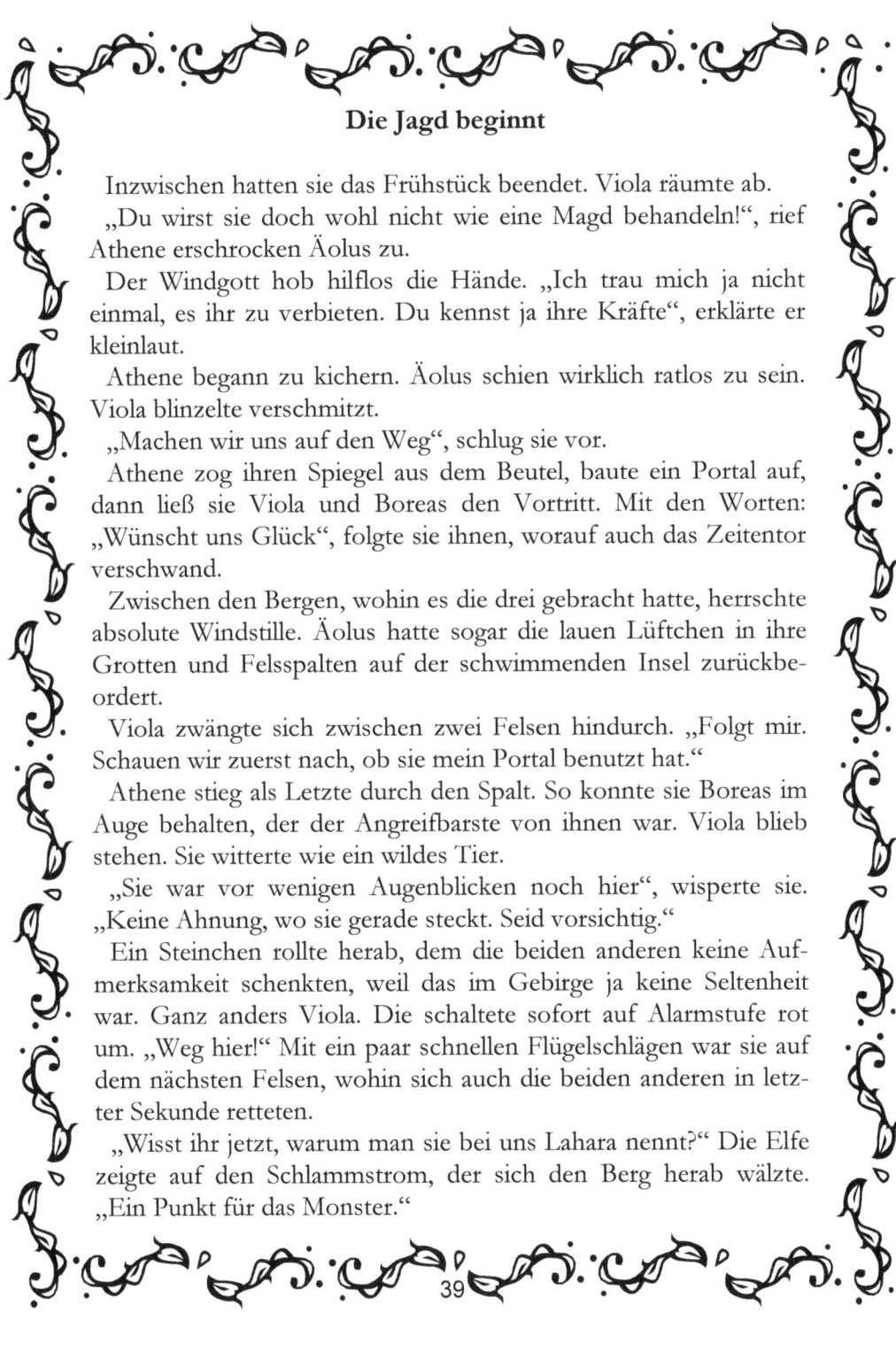

Die Jagd beginnt

Inzwischen hatten sie das Frühstück beendet. Viola räumte ab.

„Du wirst sie doch wohl nicht wie eine Magd behandeln!", rief Athene erschrocken Äolus zu.

Der Windgott hob hilflos die Hände. „Ich trau mich ja nicht einmal, es ihr zu verbieten. Du kennst ja ihre Kräfte", erklärte er kleinlaut.

Athene begann zu kichern. Äolus schien wirklich ratlos zu sein. Viola blinzelte verschmitzt.

„Machen wir uns auf den Weg", schlug sie vor.

Athene zog ihren Spiegel aus dem Beutel, baute ein Portal auf, dann ließ sie Viola und Boreas den Vortritt. Mit den Worten: „Wünscht uns Glück", folgte sie ihnen, worauf auch das Zeitentor verschwand.

Zwischen den Bergen, wohin es die drei gebracht hatte, herrschte absolute Windstille. Äolus hatte sogar die lauen Lüftchen in ihre Grotten und Felsspalten auf der schwimmenden Insel zurückbeordert.

Viola zwängte sich zwischen zwei Felsen hindurch. „Folgt mir. Schauen wir zuerst nach, ob sie mein Portal benutzt hat."

Athene stieg als Letzte durch den Spalt. So konnte sie Boreas im Auge behalten, der der Angreifbarste von ihnen war. Viola blieb stehen. Sie witterte wie ein wildes Tier.

„Sie war vor wenigen Augenblicken noch hier", wisperte sie. „Keine Ahnung, wo sie gerade steckt. Seid vorsichtig."

Ein Steinchen rollte herab, dem die beiden anderen keine Aufmerksamkeit schenkten, weil das im Gebirge ja keine Seltenheit war. Ganz anders Viola. Die schaltete sofort auf Alarmstufe rot um. „Weg hier!" Mit ein paar schnellen Flügelschlägen war sie auf dem nächsten Felsen, wohin sich auch die beiden anderen in letzter Sekunde retteten.

„Wisst ihr jetzt, warum man sie bei uns Lahara nennt?" Die Elfe zeigte auf den Schlammstrom, der sich den Berg herab wälzte. „Ein Punkt für das Monster."

„Hoffentlich hat sie die Grotte nicht verschüttet", murmelte Boreas.

„Es gäbe Schlimmeres", tröstete ihn Viola. „Dein Vater hat doch sicher noch den Kupferschild, durch welchen meine Familie zurück nach Hause reiste. Ich könnte mit euch ihrer Energie folgen. Von den Meinen machen wir uns auf die nächste Pirsch."

„Sie aktiviert gerade den Tunnel", ließ sich Athene vernehmen.

„Hinterher!" Viola flatterte auf.

Sie konnten gerade noch sehen, wie sich das Portal wieder schloss.

„Reicht euch die Hände", rief Viola, fasste nach Boreas und zog beide hinter sich her in das Zeitentor.

Es wurde ein rasender Fall. Viola riss sie mehrmals in Abzweigungen, deren Existenz sie nicht für möglich gehalten hätten.

Wie macht sie das nur, überlegte Boreas zutiefst beeindruckt.

Nur eine Frage der Übung, hörte er Violas telepathische Antwort. „Nasse Landung!", gab Viola bekannt.

Dann klatschten sie auch schon in eine braune schlammige Brühe.

Athene verzog angewidert das Gesicht. Boreas schnaufte unwillig. Viola blies die Wangen auf.

„Zwei Punkte für die Kandidatin", grollte sie. „Dieses Miststück ist buchstäblich mit allen Wassern gewaschen und Schlamm ist ihr Metier. Ich hasse es nur, verarscht zu werden." Sie schaute sich kurz um. „Wollt ihr euch säubern, oder können wir weiterreisen?"

„Weiter!", legte Athene fest. „Vielleicht sehen wir bei der nächsten Rast genau so aus."

Boreas fügte sich ohne Murren. Die Göttin hatte Recht.

„Auch das noch! Diese Schlammpfütze ist nur ein Ausgang." Viola schaute sich um. „Da lang!" Lahara hatte im feuchten Boden deutliche Spuren hinterlassen.

Boreas machte sich auf alles gefasst. In solcher Umgebung konnten die schlimmsten Monster hausen. Dabei schien diese Schlammwüste einfach kein Ende zu nehmen. Bis zum Horizont alles braungrün und matschig.

„Von oben sieht man die getarnten Spiegel besser", erklärte die Elfe. Sie wollte starten. Nur hatten die völlig verklebten Flügel keine Chance, sie zu tragen.

Boreas fragte nicht erst. Er nahm sie einfach in den Arm und stieg ein paar Meter in den Himmel auf. Ein kurzer Rundumblick, dann hatte Viola ein vielversprechendes Wasserloch entdeckt. Ein dankbares Küsschen für den Nordwind. Einige Minuten später tauchten sie in eine glitzernde Pfütze ein.

Dieser Tunnel führte durch die Schwärze des Alls und hatte so viele Gabelungen, dass selbst Athene das Fürchten ankam. Viola schien weder irritiert noch erstaunt zu sein. Sie glitt gemächlich mit ihnen dahin, passierte einige Zonen, in denen sie von Wirbeln herumgeworfen wurden, und sah mit jedem zurückgelegten Meter zufriedener aus. Schließlich begann sie zu kichern. „Na schaut mal, wen wir da haben!"

Ein paar Meter vor ihnen schwebte Lahara.

„Wo will sie hin?"

„In die Menschenwelt. Ich denke wir werden es gleich genau wissen. Hoffentlich entdeckt sie uns nicht." Viola beobachtete jede Bewegung des Succubus.

Lahara schien die Anwesenheit eines Mannes zu spüren, denn sie drehte sich mit einem Ruck um und starrte Boreas so intensiv an, dass diesem ganz seltsam zumute wurde.

„Ist sie nicht wunderschön?", flüsterte er verzückt.

„Oh nein! Das fehlte gerade noch", stöhnte Viola, während Athene ihr schon die freie Hand entgegenstreckte, um einen Kreis bilden und den Nordwind aus dem Blickfeld der gefährlichen Göttin rücken zu können. Nur unternahm der alles, mit Ischtar in Augenkontakt zu bleiben.

So merkte er auch als Erster, dass sich das Objekt seiner plötzlichen unnatürlichen Begierde anschickte, den Zeitenstrom zu verlassen. Seine Unruhe wiederum alarmierte Viola. Es katapultierte die drei genau nach Ischtar hinaus. Die rappelte sich auf und verschwand wie der Blitz in der Kanalisation.

Viola verdrehte die Augen. „Na bestens. Was kommt noch?"

„Willst du es wirklich wissen?", schmunzelte Athene, weil immer wieder Passanten stehen blieben, die die drei schmutzstarrenden Personen abschätzig musterten.

„Nein. Lieber nicht. Erst mal weg von den vielen Menschen." Viola dirigierte sie an das flache Ufer eines ziemlich breiten Flusses.

Boreas schaute sich um, als sei er soeben aus einem Traum erwacht. „Wo sind wir?"

„Weiß ich nicht, kriege ich aber schnell heraus", erwiderte Viola. Sie zog ihren wasserdicht verpackten Kommunikator aus dem Beutel, welcher einem Smartphone des 21. Jahrhunderts ähnelte. Einige Sekunden später lachte sie hellauf. „Wir sind in Prag. Also ziemlich weit von meinem Zuhause weg. Na macht nichts. Hier kenne ich mich einigermaßen aus. Wir suchen uns jetzt ein Hotel am Rande des Stadtzentrums und schauen, dass wir die Spur der alten Hexe wiederfinden."

„Was ist ein Hotel?", fragten Boreas und Athene wie aus einem Munde. Viola begann zu erklären.

„Womit bezahlen wir? Ich habe keine einzige Münze in der Tasche." Boreas wühlte vergeblich in seinem Beutel.

Athene schaute Viola verunsichert an.

„Hiermit!", lachte Viola. Sie hielt ihren Kommunikator hoch. „Meine Vater wird sicher nicht sauer sein, wenn ich ungeplante Kosten verursache. Ich muss allerdings zu einem Trick greifen, weil man uns in diesem Aufzug kein Zimmer geben würde. Tut genau und nur, was ich euch sage."

„Was hast du vor?"

„Ich dringe in die Gedanken der Menschen ein, damit sie andere Dinge sehen, als wirklich vorhanden sind."

Eine Stunde später saßen sie fast nackt in einem Doppelzimmer mit Aufbettung, während der hoteleigene Service die Kleidung reinigte. Kaum war Viola wieder angezogen, eilte sie in die Stadt und besorgte für ihre beiden Begleiter unauffällige Ausstattung. Sie konnten schließlich nicht in ihren weißen Faltengewändern herumlaufen, ohne die Aufmerksamkeit der Menschen zu erregen. Die beiden schauten staunend aus dem Fenster auf den flutenden Verkehr, hupende Autos und Flugzeuge, die am Himmel ihre Bahnen zogen.

„Ich glaube nicht, dass ich so was immer um mich haben möchte", seufzte Athene. „Da lobe ich mir meinen ruhigen Olymp."

„Ich kenne das alles nur von ganz weit oben, ohne rasten zu dürfen", verriet Boreas. „Jetzt kann ich mir aber ein Bild davon machen, wie sehr man mich hassen muss, wenn ich all diese Dinge mit meiner Kraft zerstöre."

„Es ist deine Bestimmung", wiegelte Athene ab. „Deine Kraft ist für die Erde wichtig. Vieles würde ohne dich in der Natur nicht so sein, wie es sein muss."

Viola kam zurück. „In einer halben Stunde gibt es Abendbrot. Zieht euch rasch um."

Nur war das leichter gesagt, als getan und die Elfe musste immer wieder mit Hand anlegen. Besonders die Reißverschlüsse der hautengen Jeans bereiteten den beiden Neulingen in dieser Welt Kopfzerbrechen.

„Ihr seht gut aus." Viola betrachtete beide hocherfreut. Boreas trug zu den Bluejeans ein schwarzes T-Shirt. Das von Athene war strahlend weiß. Violas rückenfreies Oberteil leuchtete himmelblau. Ihre Flügel tarnte sie unter einer dünnen königsblauen Jacke.

„Das glaubt mir keiner", kicherte Athene, sich von allen Seiten erfreut im Spiegel betrachtend. „Unsere Sandalen fallen hier nicht einmal wirklich auf, wenn ich mich nicht irre."

Boreas' Muskelpakete, da waren sich beide Frauen einig, sahen in diesem Outfit noch imposanter aus, als mit dem Faltengewand.

Das Piepsen des Kommunikators ließ alle erschreckt zusammenzucken.

„Vater?", fragte Viola überrascht. „Ja, ich bin wirklich in der Menschenwelt, zusammen mit Athene und Boreas. Lahara hat uns nach Prag gelockt. Nein, Hilfe brauchen wir im Augenblick noch nicht." Sie lauschte der Antwort. „Gut, das werde ich mir merken. Bis später. Uns knurrt gewaltig der Magen. Danke. Grüße alle von uns."

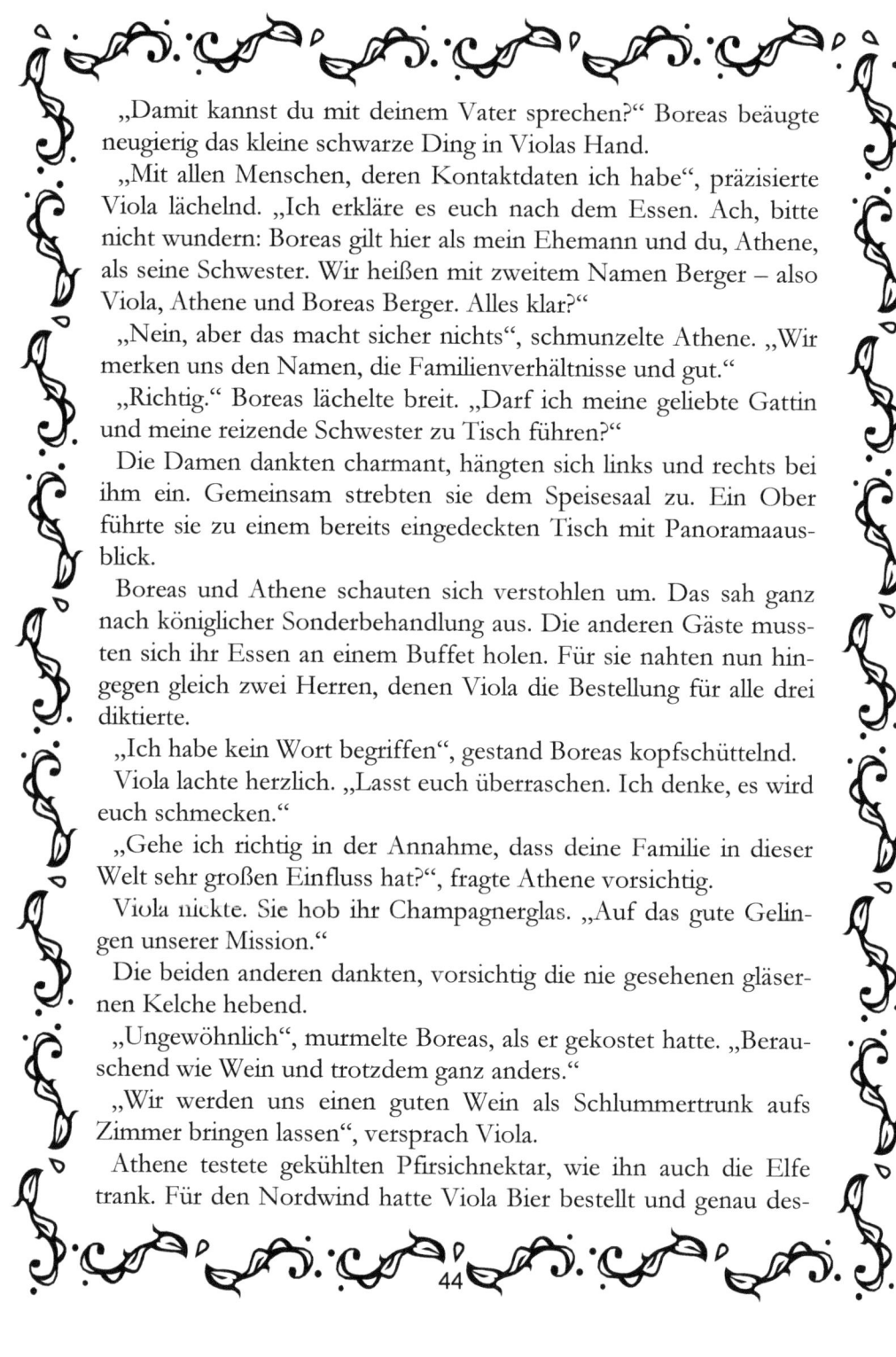

„Damit kannst du mit deinem Vater sprechen?" Boreas beäugte neugierig das kleine schwarze Ding in Violas Hand.

„Mit allen Menschen, deren Kontaktdaten ich habe", präzisierte Viola lächelnd. „Ich erkläre es euch nach dem Essen. Ach, bitte nicht wundern: Boreas gilt hier als mein Ehemann und du, Athene, als seine Schwester. Wir heißen mit zweitem Namen Berger – also Viola, Athene und Boreas Berger. Alles klar?"

„Nein, aber das macht sicher nichts", schmunzelte Athene. „Wir merken uns den Namen, die Familienverhältnisse und gut."

„Richtig." Boreas lächelte breit. „Darf ich meine geliebte Gattin und meine reizende Schwester zu Tisch führen?"

Die Damen dankten charmant, hängten sich links und rechts bei ihm ein. Gemeinsam strebten sie dem Speisesaal zu. Ein Ober führte sie zu einem bereits eingedeckten Tisch mit Panoramaausblick.

Boreas und Athene schauten sich verstohlen um. Das sah ganz nach königlicher Sonderbehandlung aus. Die anderen Gäste mussten sich ihr Essen an einem Buffet holen. Für sie nahten nun hingegen gleich zwei Herren, denen Viola die Bestellung für alle drei diktierte.

„Ich habe kein Wort begriffen", gestand Boreas kopfschüttelnd.

Viola lachte herzlich. „Lasst euch überraschen. Ich denke, es wird euch schmecken."

„Gehe ich richtig in der Annahme, dass deine Familie in dieser Welt sehr großen Einfluss hat?", fragte Athene vorsichtig.

Viola nickte. Sie hob ihr Champagnerglas. „Auf das gute Gelingen unserer Mission."

Die beiden anderen dankten, vorsichtig die nie gesehenen gläsernen Kelche hebend.

„Ungewöhnlich", murmelte Boreas, als er gekostet hatte. „Berauschend wie Wein und trotzdem ganz anders."

„Wir werden uns einen guten Wein als Schlummertrunk aufs Zimmer bringen lassen", versprach Viola.

Athene testete gekühlten Pfirsichnektar, wie ihn auch die Elfe trank. Für den Nordwind hatte Viola Bier bestellt und genau des-

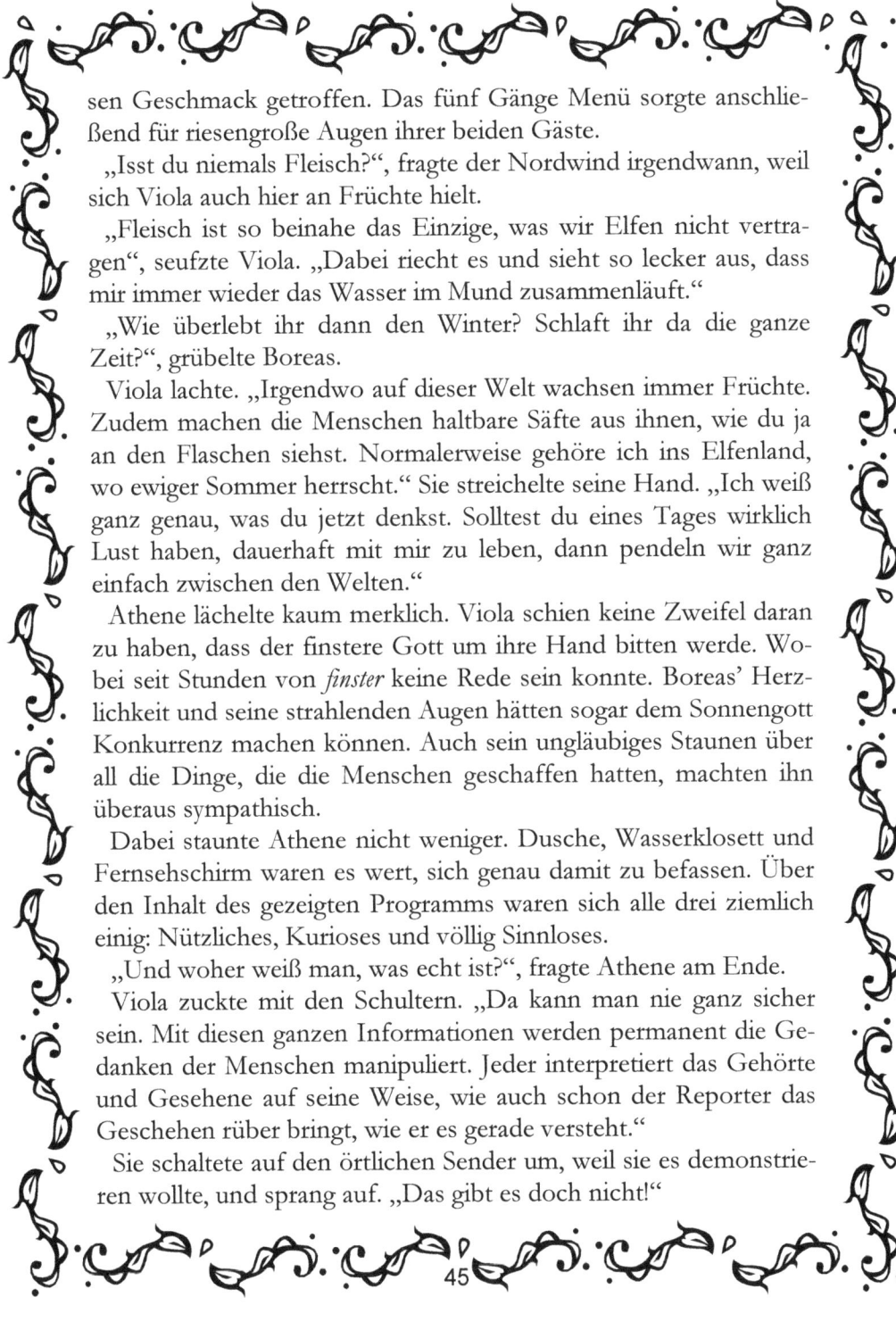

sen Geschmack getroffen. Das fünf Gänge Menü sorgte anschließend für riesengroße Augen ihrer beiden Gäste.

„Isst du niemals Fleisch?", fragte der Nordwind irgendwann, weil sich Viola auch hier an Früchte hielt.

„Fleisch ist so beinahe das Einzige, was wir Elfen nicht vertragen", seufzte Viola. „Dabei riecht es und sieht so lecker aus, dass mir immer wieder das Wasser im Mund zusammenläuft."

„Wie überlebt ihr dann den Winter? Schlaft ihr da die ganze Zeit?", grübelte Boreas.

Viola lachte. „Irgendwo auf dieser Welt wachsen immer Früchte. Zudem machen die Menschen haltbare Säfte aus ihnen, wie du ja an den Flaschen siehst. Normalerweise gehöre ich ins Elfenland, wo ewiger Sommer herrscht." Sie streichelte seine Hand. „Ich weiß ganz genau, was du jetzt denkst. Solltest du eines Tages wirklich Lust haben, dauerhaft mit mir zu leben, dann pendeln wir ganz einfach zwischen den Welten."

Athene lächelte kaum merklich. Viola schien keine Zweifel daran zu haben, dass der finstere Gott um ihre Hand bitten werde. Wobei seit Stunden von *finster* keine Rede sein konnte. Boreas' Herzlichkeit und seine strahlenden Augen hätten sogar dem Sonnengott Konkurrenz machen können. Auch sein ungläubiges Staunen über all die Dinge, die die Menschen geschaffen hatten, machten ihn überaus sympathisch.

Dabei staunte Athene nicht weniger. Dusche, Wasserklosett und Fernsehschirm waren es wert, sich genau damit zu befassen. Über den Inhalt des gezeigten Programms waren sich alle drei ziemlich einig: Nützliches, Kurioses und völlig Sinnloses.

„Und woher weiß man, was echt ist?", fragte Athene am Ende.

Viola zuckte mit den Schultern. „Da kann man nie ganz sicher sein. Mit diesen ganzen Informationen werden permanent die Gedanken der Menschen manipuliert. Jeder interpretiert das Gehörte und Gesehene auf seine Weise, wie auch schon der Reporter das Geschehen rüber bringt, wie er es gerade versteht."

Sie schaltete auf den örtlichen Sender um, weil sie es demonstrieren wollte, und sprang auf. „Das gibt es doch nicht!"

Zwar verstanden sie kein Wort, aber die Kamera zeigte den Platz vor dem Altstädter Orloj, wo man eine verkrümmte Mumie liegen sah. Zwei völlig aufgelöste Frauen erzählten irgendwas und zeigten immer wieder zu der Uhr aus dem 15. Jahrhundert hinauf.

Dann schwenkte die Kamera auf ein Personaldokument, welches man in der Hosentasche des Toten gefunden hatte.

Viola schrie auf. Sie fasste nach Boreas' Arm. „Oh mein Gott."

Der Nordwind saß wie gebannt. Er starrte entsetzt auf den Bildschirm. Der Tote hatte ihm in beängstigender Weise geähnelt.

„Nun haben wir ernsthafte Probleme", murmelte Viola. „Das ist eine Warnung von Lahara, die schon fast einem Versprechen gleicht. Wir müssen morgen irgendwie Kontakt mit Marek, dem Oberhaupt der Moldauwassermänner, aufnehmen. Falls sich die alte Vettel diese nicht als Nachthäppchen einverleibt hat."

„Wir sollten jetzt schlafen", schlug Athene vor. „Mir schwirrt von den vielen neuen Eindrücken schon der Kopf."

„Ich sichere nur noch schnell das Zimmer gegen den Succubus." Viola baute ein Kraftfeld auf.

In Sekundenschnelle zeigten tiefe Atemzüge an, dass alle dem Rat der Göttin gefolgt waren. Boreas hielt Viola in seinen Armen, obwohl er genau wusste, dass nicht er sie, sonders sie ihn beschützen musste.

Der nächste Morgen begann mit Dauerregen, welcher schon vor dem Sonnenaufgang eingesetzt hatte. „Wir brauchen wetterfeste Kleidung", erklärte Viola nach dem Frühstück. „Kommt, wir gehen einkaufen."

„Großer Gott!", stöhnte Boreas beim Anblick der Menschenmassen in der Stadt und erst recht im Kaufhaus.

Athene lachte. „Das sieht mir ganz wie eine Schlacht um die besten Stücke aus."

„Genau so ist das", bestätigte Viola. „Normalerweise gehe ich in Boutiquen einkaufen, wo ich individuell bedient werde. Das ist im Augenblick nur nicht machbar. Lahara kennt diese Welt und die Gepflogenheiten der Menschen sehr genau. Zudem weiß sie über meine Familie bestens Bescheid. Sie würde also genau dort lauern.

Sie ahnt nämlich nicht, dass wir durchaus ohne jeden Luxus leben können."

Viola packte drei praktische, vor allem aber unauffällige Regenmäntel in den Korb, bevor sie die Schuhregale ansteuerte. Kopfschüttelnd rissen die beiden Götter die Augen auf. Sie überließen gern Viola die Auswahl, denn das hier überstieg bei Weitem ihr Vorstellungsvermögen. Es dauerte auch gar nicht lange, dann hatte die Elfe für jeden die richtige Größe ermittelt.

Auf dem Weg zu den Kassen passierten sie mehrere Wühltische, von denen Viola noch Socken und warme Pullover zusammensuchte. „Es gibt nicht Schlimmeres, als frieren zu müssen", kommentierte sie die Auswahl.

Boreas schmunzelte. Er fror auch halb nackt im tiefsten Winter nicht, schätzte aber Wärme sehr.

Viola sah sich um. „Ah, da haben wir ja noch was Praktisches!"

„Oh, sieht aus wie ein Reisesack!" Athene untersuchte Violas Fundstück. „Was ist das für ein Material?"

„Das ist Nylongewebe. Das hält eine Menge aus. Vor allem hat der Rucksack ordentliche Riemen, damit man ihn auf dem Rücken tragen kann." Sie probierte es aus.

„Vorsicht!", mahnte Boreas. „Das ist ganz bestimmt nicht für deinen Rücken gut. Suche lieber einen in meiner Größe aus."

„Du liebst sie sehr", murmelte Athene lächelnd.

„Ja, und das gebe ich gern zu. Meinem wundervollen Schmetterling darf niemals etwas Böses geschehen."

Als sie mit vollgepacktem Rucksack das Geschäft schließlich verließen, goss es noch immer wie aus Eimern. Also eilten sie ins Hotel, um sich umzuziehen.

„Eigentlich das ideale Wetter, sich mit einem Wassermann zu treffen", lachte Athene, alle Verstellmöglichkeiten ihrer Kapuze testend.

„Theoretisch schon. Nur sind in dieser Welt immer Leute unterwegs", seufzte Viola.

„Das ist doch gut", erwiderte Athene, „da fallen wir wenigstens nicht auf. Wo wohnt dieser Marek? Kennst du ihn?"

„Nein. Mein Vater hat gemeint, Marek würde schon irgendwie auf uns reagieren."

„Dann gehen wir eben an den Fluss, wo zwar viele Menschen sind, er uns aber entdecken kann, weil wir auf einem Fleck verharren, statt wie die anderen herumzuwuseln", schlug Athene vor.

„Das wird das Beste sein", bekräftigte Boreas.

Ein paarhundert Meter vom Hotel, direkt unterhalb der Karlsbrücke an einem alten Wasserrad, postierten sie sich. Stunden vergingen und nichts deutete auf die Anwesenheit von Wassermännern hin. Es regnete und regnete und schließlich verließen sie kurzzeitig den Platz, um in einem der unzähligen Restaurants den Hunger zu stillen. Boreas drehte sich immer wieder um.

„Was hast du?", wollte Viola schließlich wissen.

Schulterzucken. „Ich fühle mich beobachtet."

„Lahara?" Athene schaute ebenfalls zurück.

„Die würde ich spüren", beruhigte sie Viola. „Vielleicht versucht da jemand, herauszufinden, ob wir in friedlicher Absicht kommen."

Die kleinen Lokale waren brechend voll. Alle suchten wohl ein trockenes Plätzchen, wo man sich auch etwas aufwärmen konnte. So dauerte es recht lange, ehe sie fündig wurden. Allerdings entschädigte sie das gute Essen für die lange Suche. Bei Böhmischen Knödeln und Gulasch hellten sich schließlich auch die Gesichter von Athene und Boreas wieder auf.

Viola löffelte zufrieden Gemüsebrühe. Sie bestellte zum Nachtisch eine Runde Eis mit Früchten.

„Sachen gibt es hier, die gibt es gar nicht", staunte Athene. „Bin ich froh, deinem Ruf gefolgt zu sein! Das erlebe ich bestimmt so schnell nicht wieder."

„Hoffentlich können wir unser Vorhaben zu einem guten Ende bringen", seufzte Viola. „Ich würde gern mit euch einen Abstecher zu meiner Familie und unseren Freunden machen, ehe ich euch wieder nach Hause führe. Die Hauptsache ist aber, dass in den Tagen bis dahin niemand zu Schaden kommt."

Viola zahlte, dann machten sie sich wieder an die Moldau auf. Inzwischen war es ziemlich finster geworden. Die drei beobachteten das Treiben auf der Brücke, wo trotz des schlechten Wetters und der späten Stunde, Touristen herumflanierten. „Dieser Ort passt mir gar nicht in den Kram", konstatierte Viola nach weiteren zwei Stunden", müde und enttäuscht. Wenigstens hatte sich inzwischen der Regen verzogen.

„Hast du mehr Bock auf Disco, Süße?", sprach sie jemand von hinten an.

Die drei fuhren herum.

Dem Fremden hing lässig eine Zigarette im Mundwinkel. Die verspiegelte Sonnenbrille, die zu dieser Stunde völlig albern wirkte, hatte er ins gegelte Haar hochgeschoben. Am Hals und den Handgelenken glitzerten Goldkettchen. Sein Sakko baumelte, am Aufhänger vom Zeigefinger gehalten, über der Schulter. Grinsend taxierte er die beiden Frauen und den Mann.

Viola hob eine Augenbraue. „Such dir andere Spielkameraden, bist nicht mein Typ."

Der Fremde begann zu kichern. „Wetten, dass ich genau der Typ bin, den du suchst?" Er deutete auf seine Füße, die in einer rasch wachsenden Wasserlache standen.

„Marek?"

„Wer sonst?", erwiderte er schmunzelnd. „Ich weiß, du hast einen alten graubärtigen Mann erwartet. Bist du nun sehr enttäuscht?"

„Völlig überrascht, trifft es eher", blinzelte Viola. „Ich konnte wirklich nicht ahnen, dass du auf Lebemann machst."

„Ehe wir weiter Komplimente austauschen, sollten wir ruhigeres Terrain aufsuchen", schlug der Wassermann vor. „Folgt mir."

Er schaute sich forschend um, dann führte er die drei in eines der kleinen uralten Häuser direkt am Fluss.

„Wie eine Disco sieht es nicht aus", stellte Viola amüsiert fest.

„Dafür ist es sicher wie Abrahams Schoß", erklärte Marek, die Brille und den Schmuck in einem Kästchen verstauend. Er fuhr sich mit den Fingern ein paar Mal durch die Haare, um das Gel zu lockern. Nun glich er optisch ganz dem netten Kerl von nebenan.

Athene und Boreas entspannten sich etwas. Hatte der Nordwind doch die ganze Zeit gelauert, ob er Viola beistehen müsse. Nun saßen sie alle am Tisch und Marek betrachtete seine Gäste bei Licht, ganz besonders aber den muskulösen Mann.

„Ich fühle, dass ihr alle keine Menschen seid. Ich bin mir nur noch nicht im Klaren, wen ich wirklich vor mir habe. Du", er wandte sich an die Elfe, „bist auf alle Fälle eine aus dem Aurëus-Clan, also Galantha oder Stella."

„Punkt eins stimmt. Punkt zwei ist falsch. Ich bin Viola, Aurëus' Urenkelin", schmunzelte sie.

„Ooooops!" Marek lachte und rückte scherzhaft etwas näher heran.

Viola schüttelte belustigt den Kopf. „Zu spät. Ich habe Boreas, dem Nordwind, Sohn des Äolus, mein Wort gegeben." Sie nahm die Hand ihres Liebsten. „Und diese Dame ist Athene, die Tochter des großen Zeus."

Marek sprang verblüfft auf. „Ganz zu euren Diensten!"

„Wir sind hier, um Lahara den Garaus zu machen", erklärte Viola sofort.

„Weiß sie es?"

„Leider ja. Sie hat uns sogar öffentlich eine unschöne Botschaft zukommen lassen. Vielleicht hast du in den Nachrichten gehört, was vor dem Orloj passiert ist."

„Hm, hab die Bilder gesehen. Jetzt weiß ich auch, warum mir Boreas so bekannt vorkam." Marek kratzte sich am Kinn. „Ihr könnt bei mir bleiben. Vor dem Haus patrouillieren mehrere Hydren, deren Abbilder die Čechův-Brücke schmücken. Die sind gegen den Succubus gefeit."

„Danke, das ist lieb von dir", entgegnete Viola. „Im Augenblick sind wir im Hotel noch sicher. Aber es könnte durchaus sein, dass wir in Bälde dein Angebot annehmen müssen."

„Ich werde euch die Standorte aller festen Portale in dieser Stadt nennen und euch mit den Informationen versorgen, die meine

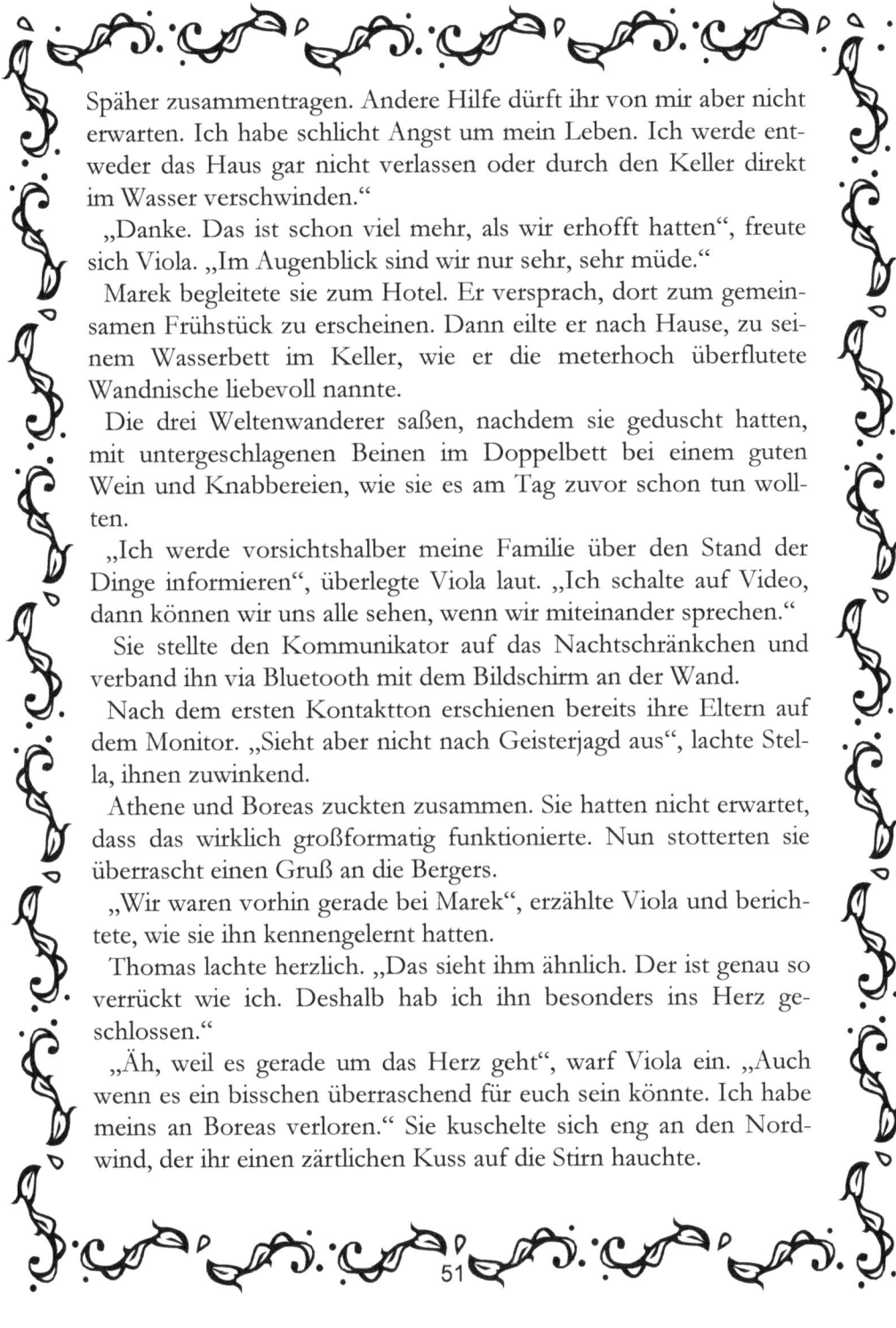

Späher zusammentragen. Andere Hilfe dürft ihr von mir aber nicht erwarten. Ich habe schlicht Angst um mein Leben. Ich werde entweder das Haus gar nicht verlassen oder durch den Keller direkt im Wasser verschwinden."

„Danke. Das ist schon viel mehr, als wir erhofft hatten", freute sich Viola. „Im Augenblick sind wir nur sehr, sehr müde."

Marek begleitete sie zum Hotel. Er versprach, dort zum gemeinsamen Frühstück zu erscheinen. Dann eilte er nach Hause, zu seinem Wasserbett im Keller, wie er die meterhoch überflutete Wandnische liebevoll nannte.

Die drei Weltenwanderer saßen, nachdem sie geduscht hatten, mit untergeschlagenen Beinen im Doppelbett bei einem guten Wein und Knabbereien, wie sie es am Tag zuvor schon tun wollten.

„Ich werde vorsichtshalber meine Familie über den Stand der Dinge informieren", überlegte Viola laut. „Ich schalte auf Video, dann können wir uns alle sehen, wenn wir miteinander sprechen."

Sie stellte den Kommunikator auf das Nachtschränkchen und verband ihn via Bluetooth mit dem Bildschirm an der Wand.

Nach dem ersten Kontaktton erschienen bereits ihre Eltern auf dem Monitor. „Sieht aber nicht nach Geisterjagd aus", lachte Stella, ihnen zuwinkend.

Athene und Boreas zuckten zusammen. Sie hatten nicht erwartet, dass das wirklich großformatig funktionierte. Nun stotterten sie überrascht einen Gruß an die Bergers.

„Wir waren vorhin gerade bei Marek", erzählte Viola und berichtete, wie sie ihn kennengelernt hatten.

Thomas lachte herzlich. „Das sieht ihm ähnlich. Der ist genau so verrückt wie ich. Deshalb hab ich ihn besonders ins Herz geschlossen."

„Äh, weil es gerade um das Herz geht", warf Viola ein. „Auch wenn es ein bisschen überraschend für euch sein könnte. Ich habe meins an Boreas verloren." Sie kuschelte sich eng an den Nordwind, der ihr einen zärtlichen Kuss auf die Stirn hauchte.

„Das kann ich bestätigen", schmunzelte Athene. „Sie sind ein Herz und eine Seele."

„Man sieht es ihnen auch überdeutlich an", blinzelte Stella. „So hat vorher wohl noch keiner den Nordwind strahlen sehen."

„Das hat Athene auch schon gesagt", erklärte Boreas lächelnd. „Ist es ein sehr vermessener Wunsch, wenn ich euch um Violas Hand bitte? Obwohl es sicher nicht weniger überraschend kommt."

„Ganz und gar nicht. Wenn sie dich mag, dann werden wir euch keine Steine in den Weg legen." Stella legte ihren Kopf an Thomas' Schulter. „Passt bitte alle drei gut auf euch auf. Und Viola, du kennst deine wahren Kräfte …"

Boreas schaute auf.

Stella nickte Athene zu. „Egal, wo euch der Succubus über den Weg läuft, versuche, Boreas hinter Viola zu halten. Es könnte sonst auch tödlich für ihn enden. Denn wenn Viola all ihre Macht ausspielt, kann das niemand mehr stoppen. Nicht einmal sie selber. Sie kann im Zorn noch größere Energien freisetzen, als ich und Galantha zusammen."

Boreas schüttelte fassungslos den Kopf. Er hatte schließlich am eigenen Leibe erfahren, wozu schon die anderen Elfen fähig waren. Und da hatten sich diese eher amüsiert verteidigt, weil sie niemanden verletzen wollten.

„Ich habe ihm etwas von meiner Energie abgegeben", verriet Viola. „Ich hoffe, ihn damit steuern zu können, wenn Lahara sein logisches Denken auszuschalten versucht. Athene soll mir nur den Rücken freihalten, damit ich ungehindert agieren kann."

„Sei vorsichtig!", mahnte Thomas. „Obwohl ich weiß, dass du auch erfolgreich an zwei Fronten kämpfen kannst."

„Aber ich konnte es nicht verhindern, dass sie sich an Euros vergriffen und ihn beinahe getötet hat", klagte Viola.

„Sie will dich reizen und zu Fehlern verleiten", erklärten Athene und Stella wie aus einem Munde.

Stellas Augen blitzten. „Mit der Göttin der Weisheit an deiner Seite wirst du erfolgreich sein. Wer von uns beiden dir Ratschläge

gibt, ist gleich. Wichtig ist nur, dass du jemanden hast, der dir hilft, vernünftige Entscheidungen als solche im rechten Augenblick zu akzeptieren. Danke, Athene, dafür dass du bei ihr bist. Aber auch dir, Boreas, gebührt Dank. Denn wie es aussieht, spielst du den Lockvogel, um in Violas Nähe sein zu können."

„Sein Risiko ist viel höher, als ihr glaubt", seufzte Athene und hielt Violas Hand mit dem Ring vor die kleine Kamera.

Während Thomas verständnislos schaute, erschrak Stella heftig. „Das ist sein Lebensring!", rief sie verstört.

„So ist es", bestätigte Boreas. „Ich bin bereit, für Viola alles zu geben."

Stella schloss die Augen und atmete ein Mal tief durch. „Wenn dieser ganze Albtraum mit Lahara vorbei ist, müsst ihr unbedingt bei uns reinschauen."

„Das machen wir", versprach Viola.

Thomas wollte am Ende noch wissen, wie es überhaupt zum Zusammentreffen mit Boreas gekommen war, denn der Nordwind war im Normalfall ein unsteter Geselle und selten zu Hause. Boreas gestand ohne Zögern, dass er Stella in der Felsnische vermutet und deshalb angehalten hatte. Bei seiner üblen Laune des bewussten Tages wäre er sonst sicher als Orkan weitergezogen.

Thomas grinste amüsiert. „Auf mein Exemplar der Superelfen hättest du bis in alle Ewigkeiten und vielleicht sogar vergeblich warten müssen."

Boreas lachte herzlich. „Diese Vermutung hegte ich auch und die Ewigkeit kann verdammt lang sein. Da habe ich doch lieber meinen ganzen Charme zusammengenommen …"

„Ach was! Ich konnte seine traurigen Augen nicht ertragen!", kicherte Viola, sich fest an ihn schmiegend.

Boreas streichelte blinzelnd ihr Haar. „Oder so. Irgendwie fügte sich eins zum anderen. Thomas, ich kann dich so gut verstehen. Für mein Exemplar der Superelfen setze ich ja jetzt schon mein Leben aufs Spiel."

„Ich mag deinen Vater", schmunzelte Boreas, als sie das Videogespräch beendet hatten.

„Ich auch", erklärte Athene. „Wir müssen die männermordende Bestie erledigen. Je eher, desto besser."

Marek erschien am nächsten Morgen pünktlich im Hotel. Er fühlte sich aber erst wirklich sicher, als er am Tisch zwischen der Elfe und der Göttin Platz genommen hatte. Diesmal trug er einen hellen Leinenanzug zum dunklen Hemd und sah wie der Manager eines Konzerns aus, der entspannt Urlaub macht.

„Erstaunliche Wandlung", stellte Viola erfreut fest.

Marek kicherte. „Ich will euch doch nicht mit gespieltem Großkotzgehabe die Laune verderben und jegliche positive Erinnerung an mich verscherzen."

„Wovon lebst du hier?", fragte Viola.

„Vom Wasser", schmunzelte Marek. „Das soll heißen, mir gehören mehrere der Ausflugsschiffe auf der Moldau."

Viola lachte. „Ich habe es fast geahnt. Zumal deine Leute sicher die Unterwasserarbeiten erledigen können, ohne dass ihr jedes Mal extra ein Dock ansteuern müsst."

„So ist es!", strahlte Marek. „Wir sind immer bestens gerüstet und jederzeit fahrbereit, was mir die wirklich hoch dotierten Aufträge einbringt."

„Ihr seid also alle das, was bei uns die Kleinkönige sind", stellte Athene erstaunt fest.

„Ja, das kann man wohl ganz banal so sagen", amüsierte sich Viola. „Viele haben ein kleines Imperium mit ein paarhundert Leuten, denen sie genaue Anweisungen geben, was man bei euch Befehle nennt. Nur nennt man diese Strukturen hier Firmen. Die richtigen Landesherrscher sind demokratisch gewählt und haben keinesfalls die Stati von Königen."

„Dann wird es auch schon kompliziert", warf Marek breit grinsend ein.

Athene winkte ab. „Dann erzähle es mir lieber nicht. Ich bin jetzt schon nur mit Staunen beschäftigt."

„Und gleich mit Genießen!", lachte Marek. „Ihr Olympier steht doch auf alles Süße, genau wie die Blumenelfen. Aber Boreas wird sicher auch nicht unzufrieden sein."

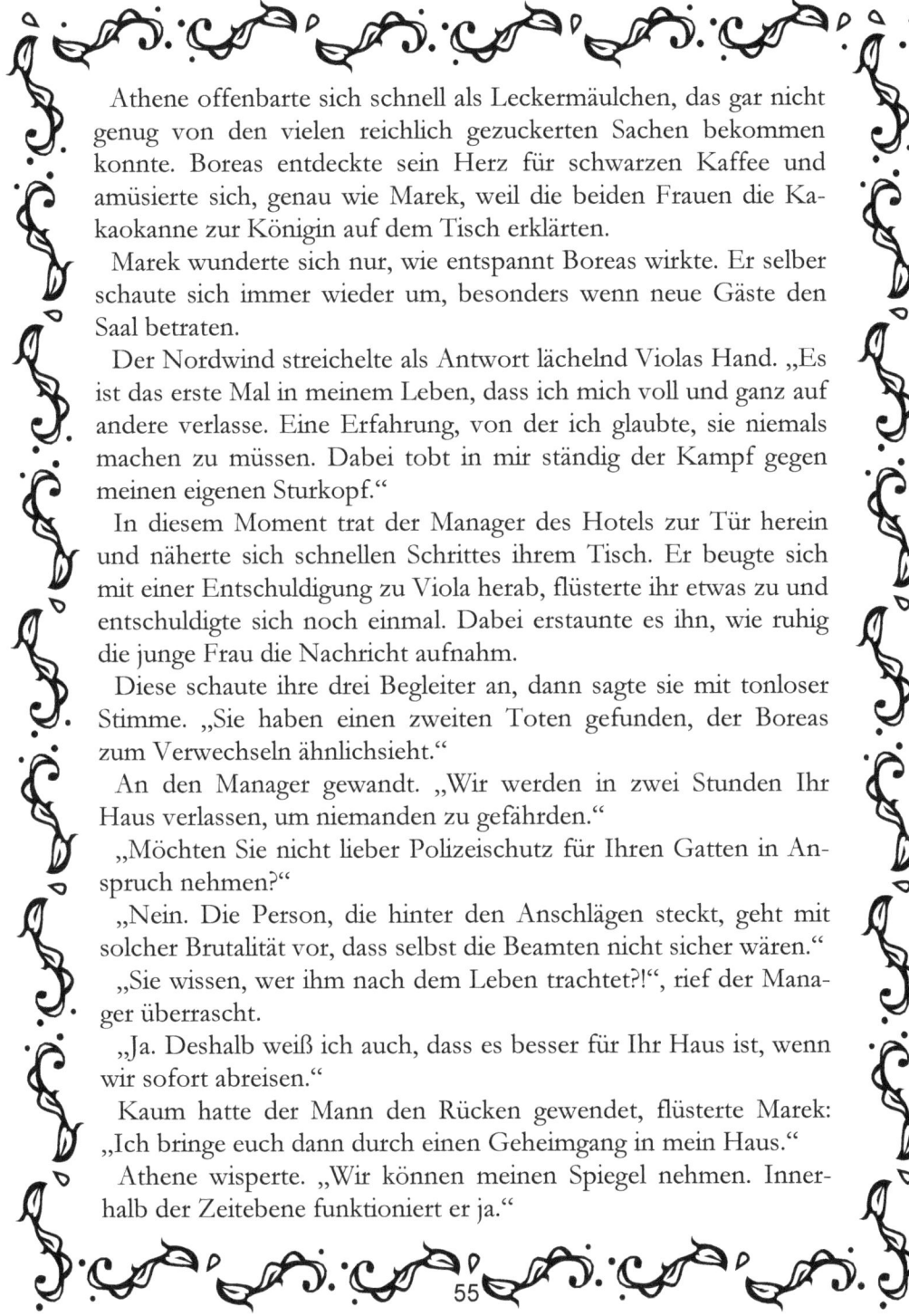

Athene offenbarte sich schnell als Leckermäulchen, das gar nicht genug von den vielen reichlich gezuckerten Sachen bekommen konnte. Boreas entdeckte sein Herz für schwarzen Kaffee und amüsierte sich, genau wie Marek, weil die beiden Frauen die Kakaokanne zur Königin auf dem Tisch erklärten.

Marek wunderte sich nur, wie entspannt Boreas wirkte. Er selber schaute sich immer wieder um, besonders wenn neue Gäste den Saal betraten.

Der Nordwind streichelte als Antwort lächelnd Violas Hand. „Es ist das erste Mal in meinem Leben, dass ich mich voll und ganz auf andere verlasse. Eine Erfahrung, von der ich glaubte, sie niemals machen zu müssen. Dabei tobt in mir ständig der Kampf gegen meinen eigenen Sturkopf."

In diesem Moment trat der Manager des Hotels zur Tür herein und näherte sich schnellen Schrittes ihrem Tisch. Er beugte sich mit einer Entschuldigung zu Viola herab, flüsterte ihr etwas zu und entschuldigte sich noch einmal. Dabei erstaunte es ihn, wie ruhig die junge Frau die Nachricht aufnahm.

Diese schaute ihre drei Begleiter an, dann sagte sie mit tonloser Stimme. „Sie haben einen zweiten Toten gefunden, der Boreas zum Verwechseln ähnlichsieht."

An den Manager gewandt. „Wir werden in zwei Stunden Ihr Haus verlassen, um niemanden zu gefährden."

„Möchten Sie nicht lieber Polizeischutz für Ihren Gatten in Anspruch nehmen?"

„Nein. Die Person, die hinter den Anschlägen steckt, geht mit solcher Brutalität vor, dass selbst die Beamten nicht sicher wären."

„Sie wissen, wer ihm nach dem Leben trachtet?!", rief der Manager überrascht.

„Ja. Deshalb weiß ich auch, dass es besser für Ihr Haus ist, wenn wir sofort abreisen."

Kaum hatte der Mann den Rücken gewendet, flüsterte Marek: „Ich bringe euch dann durch einen Geheimgang in mein Haus."

Athene wisperte. „Wir können meinen Spiegel nehmen. Innerhalb der Zeitebene funktioniert er ja."

So kam es, dass der Wassermann die beiden ins Zimmer begleitete, während Viola alle Rechnungen beglich. Anschließend verschwanden sie unbemerkt.

Sanft schob sie das Portal genau in Mareks guter Stube aus dem Zeittunnel.

„Perfekte Landung", seufzte er. „Wenn nur alle Ortswechsel so angenehm wären."

Viola lachte herzlich. „Das ist wahr. Mich hat es schon oft so bösartig hinaus katapultiert, dass ich dachte, mein letztes Stündlein habe geschlagen."

Marek zupfte sich am Ohr. „Ich werde euch als Erstes die Betten im Gästezimmer herrichten. Dann halten wir Kriegsrat."

Viola ging ihm rasch zur Hand. Athene und Boreas schauten sich inzwischen einen Bildband über Prag an.

„Hast du jemals solch eine Riesenstadt gesehen?", staunte Athene.

„Hab ich", erwiderte Boreas. „Ob du es glaubst oder nicht, es gibt noch viel größere Städte in dieser Welt. Nur habe ich sie eben bisher von ganz weit oben gesehen. Ich wusste nicht, welch wundervolle Fassaden sich unter den Dächern verbergen. Wenn ich dieses Abenteuer lebend überstehe, dann möchte ich all diese Dinge von Nahem sehen, verweilen und staunen."

„Das wirst du!", sagte Marek, der soeben wieder hereinkam. „Dann begleite ich euch durch die ganze Stadt und organisiere eine Fahrt mit meinem besten Schiff, damit ihr auch die Schönheit meines Heimatflusses bewundern könnt."

„Ist es sehr schlimm, dass ihr wieder zu dritt in einem Zimmer schlafen müsst?", wandte er sich an Athene.

Die schüttelte lächelnd den Kopf. „Wir sind im Krieg. Da nimmt man jeden sicheren Schlafplatz dankend an."

„Das sehe ich ganz genau so!", rief Boreas sofort. „Ich mache mir auch nichts daraus, zuzugeben, dass ich noch nie vorher wirklich Todesangst verspürt habe und froh bin, dass mich zwei wunderschöne Damen bewachen. Der große, starke, stolze Nordwind ist ein Bündel Angst, welches vor einer Frau zittert."

„Vor einem Monster", berichtigte Viola. „Vor einem, das schlimmer ist als jene, die Herakles besiegt hat. Vor einem, gegen das dir keine deiner Fähigkeiten helfen kann. Du musst dich seinetwegen nicht klein machen. In einem ehrlichen Duell könntest du ihm leicht den Hals umdrehen."

Athene nickte zu diesen Worten heftige Zustimmung.

„Danke", murmelte Boreas.

Marek faltete eine Karte des erweiterten Stadtzentrums auf dem Tisch aus. „Ist einfacher, als es auf dem Bildschirm zu zeigen", erklärte er.

„Vor allem für Athene und Boreas", bestätigte Viola. „Was haben wir an Fakten?"

„Wir sind hier." Marek kennzeichnete die Stelle mit einem Bleistiftkreuz. „Da und dort wurden die Toten entdeckt." Er fügte zwei Markierungen hinzu. „Das sind feste Portale", erklärte er, die betreffenden Orte mit einem Kringel versehend. „Späher habe ich in diesen Häusern sitzen." Diesmal tippte er nur mit dem Zeigefinger auf das Papier.

Athene meldete sich zu Wort. „Weiterhin wissen wir, dass Lahara die Lebensenergie eines Zauberers, eines Gottes und zweier Menschen in sich trägt. Was uns die Jagd nach ihr erschwert."

Marek schaute auf: „Ist sie wirklich so unwiderstehlich schön, dass ihr jeder verfällt?"

„So sehen sie nur Männer", seufzte Viola. „Sie projiziert das Gedankenbild auf sich, welches jeder Einzelne als Schönheitsideal hat. Wenn sie vor drei Herren erscheint, dann sieht sie einer vielleicht schwarzhaarig, vollbusig, aber gertenschlank. Der Zweite sieht sie zur gleichen Zeit blond und drall und für den Dritten ist sie rothaarig, mit eher knabenhaften Formen."

„Und wie sieht sie für euch aus?", fragte der Wassermann zaghaft.

„Grauhaarig, runzelig, zahnlos und spinnenbeindürr." Athene rümpfte die Nase. „Eben so, wie ihre wahre Erscheinung ist. Aber auch nur dann, wenn kein Mann in der Nähe ist."

„Igitt!" Marek schüttelte sich angewidert.

„Und noch etwas haben wir herausgefunden", warf Viola ein. „Sie tötet inzwischen nicht nur beim Liebesakt, sondern saugt die Lebensenergie aus einer Wunde, die sie ihren Opfern nach Vampirart am Hals zufügt."

Marek schluckte. „Ich glaube, mir wird schlecht."

Boreas war weit davon entfernt, den Wassermann deshalb für einen Weichling zu halten.

Marek atmete tief durch, schaute die drei an und meinte: „Ich stelle euch am besten erst einmal meinen Freunden vor. Folgt mir!"

Er führte sie in den Keller, der zum größten Teil unter Wasser stand. An der Hausmauer zum Flussufer ragte eine Metallkurbel aus der Wand, welche Marek mit beiden Händen packte und zu drehen begann. Knirschend öffnete sich ein großes Tor. Ein Schwall Wasser drang herein, der Viola aufflattern ließ, obwohl die kleine Welle nicht einmal die Stufe erreichte, auf der sie standen.

„Oh je", murmelte Marek. „Ich wollte dich keinesfalls erschrecken. Ihr seid nur die ersten Fremden, denen ich meine Geheimnisse verrate und da habe ich ganz vergessen, dass ihr es nicht so feucht mögt wie ich. Aber keine Sorge, ihr müsst mir jetzt nicht nachfolgen. Bleibt ganz einfach da stehen und wartet ab."

Er sprang in die Wogen, ohne einen einzigen Spritzer zu erzeugen. Es dauerte nur wenige Sekunden, als das Wasser zu rauschen begann und Viola vorsichtshalber hoch zur Decke des Raumes flog. Ein Strudel bildete sich. Athene fasste beinahe ängstlich nach Boreas' Arm, der völlig ruhig und sehr fasziniert beobachtete, wie ein riesiger geschuppter Kopf mit dolchspitzen Zähnen auftauchte. Gleich darauf noch zwei andere und hinter ihnen, auf dem Rücken des Wasserdrachen, der vergnügt lachende Wassermann.

„Sie war gerade auf dem Weg hierher!", rief er, die Hydra liebevoll unterm Kinn einer ihrer Köpfe kraulend.

Viola begriff sofort, dass sie auch ganz oben nicht sicher gewesen wäre, hätte das Tier feindliche Absichten gehegt, denn die Köpfe tauchten genau vor ihr auf, um sie mit den senkrecht stehenden Pupillen zu betrachten.

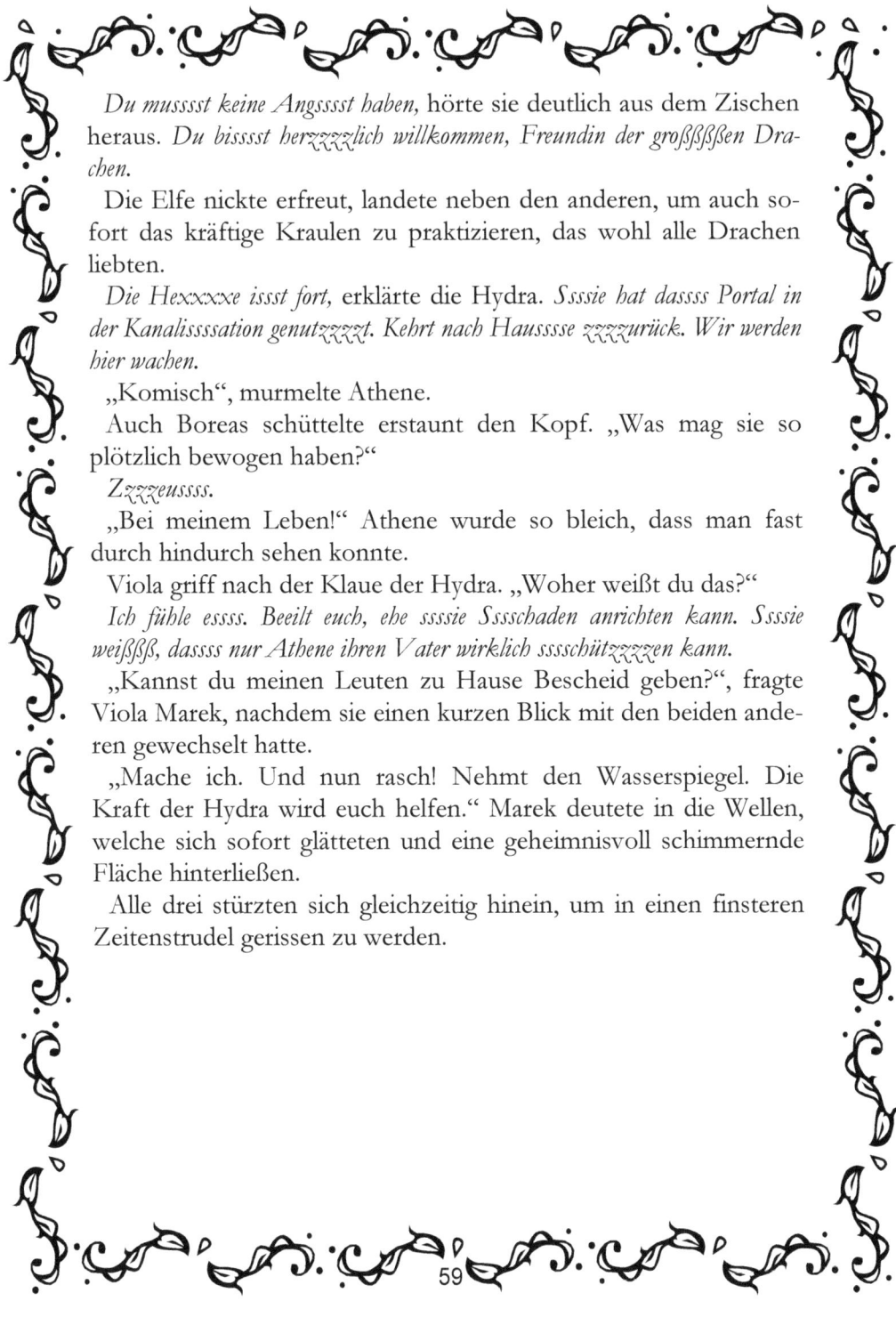

Du musssst keine Angsssst haben, hörte sie deutlich aus dem Zischen heraus. *Du bisssst herzzzzlich willkommen, Freundin der großßßßßen Drachen.*

Die Elfe nickte erfreut, landete neben den anderen, um auch sofort das kräftige Kraulen zu praktizieren, das wohl alle Drachen liebten.

Die Hexxxxxe issst fort, erklärte die Hydra. *Sssie hat dasss Portal in der Kanalisssssation genutzzzzzt. Kehrt nach Hausssse zzzzurück. Wir werden hier wachen.*

„Komisch", murmelte Athene.

Auch Boreas schüttelte erstaunt den Kopf. „Was mag sie so plötzlich bewogen haben?"

Zzzzeussss.

„Bei meinem Leben!" Athene wurde so bleich, dass man fast durch hindurch sehen konnte.

Viola griff nach der Klaue der Hydra. „Woher weißt du das?"

Ich fühle esss. Beeilt euch, ehe sssie Sssschaden anrichten kann. Sssie weißßß, dassss nur Athene ihren Vater wirklich sssschützzzzen kann.

„Kannst du meinen Leuten zu Hause Bescheid geben?", fragte Viola Marek, nachdem sie einen kurzen Blick mit den beiden anderen gewechselt hatte.

„Mache ich. Und nun rasch! Nehmt den Wasserspiegel. Die Kraft der Hydra wird euch helfen." Marek deutete in die Wellen, welche sich sofort glätteten und eine geheimnisvoll schimmernde Fläche hinterließen.

Alle drei stürzten sich gleichzeitig hinein, um in einen finsteren Zeitenstrudel gerissen zu werden.

Zeus in Nöten

„Viel Glück", flüsterte Marek.

Mit den Worten: „Dassss werden ssssie brauchen", tauchte die Hydra ab, um die anderen zu informieren, wie sich die Dinge entwickelten.

Die Macht des Wasserdrachen und die gigantischen Kräfte der Blumenelfe beschleunigten die Reise der drei so, dass sie schon nach wenigen Sekunden im hohen Bogen aus einem Portal an ihrem Zielort geschleudert wurden. Keiner von ihnen hatte so schnell damit gerechnet, entsprechend chaotisch war die Landung.

Boreas und Viola, die Fluggewandten, schafften es irgendwie, nach Athene zu greifen, ehe diese auf die Steinplatten des Palastvorhofes schlagen konnte. Im selben Moment stürmten auf sie Wächter mit gezückten Schwertern zu. Boreas stellte sich mit finsterer Miene vor die Frauen und den Kriegern entgegen. Athene löste das Problem auf ihre Weise, sie streckte kurz einen Arm aus, worauf eine unsichtbare Kraft den Männern die Waffen aus den Händen riss.

„Wagt es nicht, meine Gäste noch einmal zu belästigen", herrschte sie die verblüfften Wächter an und bat Viola und Boreas, ihr zu folgen.

„A ... A ... Athene", stammelte der Anführer, sich ehrerbietig verneigend.

Der Nordwind und die Elfe grinsten sich amüsiert an. Athenes Rüffel hatte gesessen. Dass der Mann der ungewöhnlichen Kleidung der Göttin trotzdem interessierte Blicke widmete, machte die Sache noch komischer.

Vor dem Eingangsportal blieb sie stehen, um sich lächelnd an Boreas zu wenden: „Er wird sich gleich sehr für Viola interessieren."

„Er ist mein König", gab der Nordwind zurück, dabei blinzelte er beiden Frauen vergnügt zu.

„Das beruhigt mich", erwiderte Athene erfreut, weil Boreas damit ein Eifersuchtsdrama ausschloss.

Sie sollte sich auch nicht getäuscht haben. Kaum erspähte Zeus die schlanke rothaarige Schönheit, sprang er mit einem Satz von seinem Ruhebett, auf dem er sich halb liegend gelangweilt hatte. Er ging ihr sogar entgegen. Boreas blieb völlig gelassen, denn für ihn wog Violas Wort mehr, als alle Schwüre, gleich, wer sie aussprechen würde.

Eine Sekunde genügte, um Zeus' Augen groß werden zu lassen. „Galantha?!", staunte er.

„Falsch", bekam er lächelnd zur Antwort.

„Stella", korrigierte Zeus mit fragendem Unterton.

„Auch falsch. Ich bin Viola, die Urenkelin des Aurëus."

„Und genau solch eine Augenweide, wie Mutter, Großmutter und Urgroßmutter", fügte Zeus charmant hinzu. „Und noch jemand, der bisher nie in meinem Palast zu Gast war. Sei gegrüßt Boreas, Sohn des Äolus. Da muss ich wohl nicht einmal fragen, welcher Wind euch her treibt."

Athene schüttelte belustigt den Kopf. Sie wurde genau so herzlich willkommen geheißen, wie ihre Begleiter.

Ein kurzes Fingerschnippen des Königs, schon eilten dutzende Dienerinnen herbei, die wahrhaft fürstlich auftafelten. Wie nicht anders zu erwarten gewesen war, bat er Viola an seine Seite und verschlang sie fast mit Blicken. Boreas schien das nicht zu bemerken, wie Athene leicht irritiert feststellte, obwohl Viola Zeus keine Antwort auf seine anzüglichen Reden schuldig blieb.

In dieser Weise zog sich das Gelage über zwei Stunden hin. Vom Jagdeifer auf eine neue Eroberung angestachelt, war es dem König der Olympier völlig entgangen, welch Kleinod die Elfe an ihrem Finger trug. Mitten in der Bewegung, ihre Hand streicheln zu wollen, zuckte er beinahe entsetzt zurück. „Das ist Boreas' Lebensring!"

Viola bestätigte das mit einem ernsten Nicken.

„Dann bist du ihm versprochen?", fragte Zeus deutlich verunsichert.

Wieder nickte die Elfe. „Auch das ist richtig. Aber hat dich Derartiges jemals abgehalten, dir zu holen, was du wolltest?"

Das gierige Funkeln in Zeus' Blick erlosch. „Wenn ich mich mit einer Sorte Götter nicht anlege, dann sind es die Winde. Ohne ihr Wohlwollen bei jedwedem Konflikt bin ich hilflos, auch wenn ich das nicht gern zugebe. Verzeiht bitte mein ungezügeltes Verlangen."

Als hätten sie sich abgesprochen, reagierten die Liebenden mit völlig synchroner Kopfbewegung, worauf ein heiteres Schmunzeln über Athenes Gesicht huschte.

„Dann können wir ja endlich zum ernsten Teil unseres Besuches kommen", meinte sie und erklärte ihrem Vater, weshalb sie plötzlich und unangemeldet hereingeschneit waren.

Der nahm die Worte überaus ernst und eine auffallende Blässe an. „Im Grunde genommen kann ich nie wissen, welche Frau mein Verderben heraufbeschwören könnte. Selbst, wenn ich es mit Abstinenz versuche, kann mir der Succubus an den Hals springen und mich aussaugen."

„Genau das ist es, was uns die meisten Sorgen bereitet", bestätigte Viola. „Eigentlich müsstest du dich von den Amazonen bewachen lassen, aber andererseits hast du dann die Versuchung genau vor der Nase und Ischtar leichtes Spiel."

Zeus öffnete ein paar Mal den Mund, schluckte aber die Worte immer wieder hinunter. Die drei merkten deutlich, wie schwer es ihm fiel, etwas nicht zu befehlen, sondern darum zu bitten. Schließlich rang sich der König doch noch durch. „Viola, ist es eine sehr vermessene Bitte, mich für ein paar Wochen in der Menschenwelt unterzubringen? Am sichersten würde ich mich fühlen, wenn ihr Elfen auf mich aufpasst."

„Dann wirst du dich mit Boreas arrangieren müssen, ob es dir gefällt oder nicht."

Zeus nickte zögernd. „Ich werde versuchen, keinen Ärger zu machen."

„Gut, dann gehen wir morgen gemeinsam in die andere Dimension, wo ihr Gäste im Haus meiner Eltern sein werdet", antwortete Viola.

„Willst du wirklich bis morgen warten?", fragte Athene beunruhigt.

Viola horchte auf. „Hast du Vorahnungen?"

„Das könnte man so nennen. Ich fühle mich belauert."

„Wo ist das nächste Portal?", fragte die Elfe kurz.

„Folgt mir." Zeus schritt ihnen zu seinen eigenen Gemächern voran. Er öffnete die Tür und blieb überrascht stehen, weil eine junge Dienerin emsig Staub wischte, wo gar keiner war.

Athene schob sich wie zufällig vor ihren Vater. „Was hast du hier zu schaffen?"

„Aufräumen, Herrin. Ich ..." Sie warf Zeus einen innigen Blick zu, der Viola in Alarmbereitschaft versetzte.

„Dann lass dich von uns nicht stören", erwiderte Zeus milde, wo er sonst, wenn man ungebeten seine Räume betrat, die schlimmsten Strafen verhängt hatte.

Viola und Athene griffen ohne Vorwarnung zeitgleich nach dem Mädchen, das sich wie der Blitz in den großen Kupferspiegel stürzte, um zu verschwinden. Die Elfe bekam gerade noch den Staubwedel zu fassen.

„Nicht eben viel", grollte sie, ihn auf ein Tischchen legend. „Und schon haben wir das nächste Problem."

Zeus stand wie vom Donner gerührt. Boreas kratzte sich am Kinn.

„Du meinst, sie wird irgendwo im Tunnel warten", vermutete Athene, was Viola bestätigte.

Aber die Elfe hatte sofort einen Ausweichplan parat. Sie legte einen Zeigefinger auf ihre Lippen, deutete stumm auf Athenes Beutel mit dem Handspiegel, dann auf Boreas. Einen Wimpernschlag später stiegen sie im Palast des völlig verdutzten Äolus aus dem polierten Kampfschild an der Wand.

„Sei bitte nicht böse, es ging nicht anders", sagte Viola, bevor sich die Winde vor ihrem König und dessen Tochter verneigten. „Wir müssen auch sofort weiter", erklärte sie. „Nehmt euch an den Händen!" Sie schloss mit Boreas den Kreis. Schon waren sie im nächsten Zeittunnel verschwunden.

Äolus und seine drei anderen Söhne schauten kopfschüttelnd hinterher. „Das riecht nach richtig großen Problemen. Zeus sah etwas mitgenommen aus."

„Viola legt falsche Spuren, wenn ich mich nicht irre", erklärte Euros.

„Wir scheinen relativ sicher zu sein. Sie hätten uns sonst gewarnt und wären auch nicht hier zwischengelandet", überlegte Notus, der Südwind.

Äolus setzte sich wieder an die Tafel. „Boreas vertraut Viola. Also vertraue ich ihr auch. Zudem ist Athene mit im Spiel. Wer von beiden es geschafft hat, Zeus aus seinem Palast zu locken, muss ich nicht lange rätseln."

In der Menschenwelt fühlte Stella, dass etwas nicht stimmte. Also bat sie ihren Vater, den Zauberer Marc, das Spiegelportal im Auge zu behalten. Zwei Stunden später sollte sich schon zeigen, dass sie sich nicht geirrt hatte. Zuerst wogte es wie dichter Nebel in der silbrigen Fläche, dann bildet sich ein Strudel, welchem nacheinander Viola und drei Begleiter entstiegen.

Mit Athene und Boreas hatten sie ja fest gerechnet, Zeus' Anblick ließ sie hingegen staunen. Und Zeus fühlte sich sichtlich unwohl. Er quälte sich ein verlegenes Lächeln ab, wobei er hilflos die Schultern hob.

Stella entspannte die Situation, indem sie ihm beide Hände reichte, strahlend lächelte und rief: „Hast du dich endlich entschlossen, uns auch mal zu besuchen! Ich dachte schon, ich müsste dich auf Knien anflehen." Dabei blinzelte sie unbemerkt den anderen zu, die amüsiert grinsten.

Zeus beeilte sich, zu versichern, dass es ihm ferngelegen hätte, sie verärgern zu wollen und wie sehr er sich freue, hier sein zu dürfen. Er reichte ihr seinen Arm. Neugierig geworden, ließ er sich ins Kaminzimmer führen. Augenblicke später hatte ihn die völlig fremde, nie zuvor gesehene Welt der Technik in ihren Bann geschlagen.

Als Athene jene Kenntnisse offenbarte, welche Viola ihr im Hotel beigebracht hatte, fiel es Zeus erst auf, dass seine Tochter, wie auch der Nordwind, die hiesige Kleidung trugen und diese wohl schon in seinem Palast angehabt haben mussten. Er gab es sogar freimütig zu, gerade eben darauf aufmerksam geworden zu sein.

Marc begann zu lachen. „In dieser Welt nehmen es die Damen sehr übel, Veränderungen nicht zu bemerken."

„Wirklich?" Zeus schaute irritiert von Marc zu Viola und Athene.

Viola blinzelte. „Nur den Herren, für die man sich schick gemacht hat."

Zeus blies die angehaltene Luft aus. „Oh, das beruhigt mich. Jedenfalls seht ihr alle drei richtig gut."

„Perfekt aus der Affäre gezogen", schmunzelte Stella.

„Du wirst dich sicher rasch an den lockeren Umgangston in dieser Welt gewöhnen", tröstete ihn Athene.

Thomas erklärte beiden Männern, als sich die Frauen in die Küche begaben: „In diesem und in meinem Haus seid ihr sicher. Es wird erst brenzlig, wenn ihr aus der Tür tretet. Das solltet ihr, solange der Succubus existiert, auch nur mit einer Frau an eurer Seite tun."

Boreas schaute zum Fenster, wo der Himmel in strahlendem Gold glühte. „Wie spät ist es eigentlich?"

„Es ist sieben Uhr morgens und gleich gibt es ein Begrüßungsfrühstück. Galantha ist schon auf dem Weg zum Bäcker und es duftet bereits nach Kaffee", stellte Marc fest, die Nase wie ein schnüffelnder Hund in die Luft steckend.

Boreas rieb sich die Hände. Er begann zu lachen, als Athene selig lächelnd mit der Kakaokanne erschien, welche sie übervorsichtig auf den Tisch stellte.

Es dauerte nicht lange, da hatte sich Zeus daran gewöhnt, dass alle am Tisch gleich galten, egal, ob sie Götter, Elfen oder andere Wesen waren. Auch jedem der Gäste kam das gleiche Interesse zu.

„Du scheinst dich nur langsam zu regenerieren", wandte sich Boreas an Marc, als dieser ihm Kaffee nachschenkte.

Marc betrachtete seine Hände, die noch immer wie ausgedörrt aussahen. „Ich bin froh, dass ich überhaupt noch existiere. Wäre Galantha nicht gewesen, dann würde ich schon die Radieschen von unten betrachten. Noch schlimmer ist, dass sich Stella die Schuld an allem gibt, weil sie den Succubus nicht gleich vernichtet hat. Dabei konnte niemand ahnen, wie sich die Dinge entwickeln würden."

Er betrachtete mit mildem Lächeln den Lebensring an Violas Hand. „Diese Entwicklung gefällt mir jedenfalls ausnehmend gut. Werdet glücklich für die Ewigkeit."

„Sobald die Mission erfüllt ist, wollen wir ganz intensiv daran arbeiten", versprach Boreas unter dem beifälligen Nicken seiner Liebsten.

Thomas' Kommunikator summte. „Oh, das ist Marek!", gab er bekannt.

Nach der Begrüßung schaltete er auf den riesigen Plasmabildschirm an der Wand um und Marek bekam große Augen. „Feiert ihr?", fragte er überrascht.

„Nein. Obwohl wir mehrere Gründe dafür hätten", entgegnete Thomas.

Da erspähte der Wassermann Athenes Vater und sah, dass Marc nur ein Schatten seiner selbst war. „Verdammt! Ich wollte euch warnen, aber sie war offensichtlich schon da! Wenigstens konntet ihr Marc retten und Zeus überreden, sich auf sichereren Boden zu begeben."

„Ach, wenn du wüsstest!", rief Zeus, der Marek nicht kannte, aber sofort Vertrauen zu ihm fasste. „Sie hatte sich, als Athene mit Viola und Boreas auftauchte, schon in mein Schlafgemach geschlichen. Mir ist jetzt noch ganz flau im Magen, wenn ich daran denke, dass ich nicht den Funken einer Chance gehabt hätte! Ich werde auch ganz brav tun, was man mir sagt, um zu überleben."

Marek kratzte sich am Kinn. „Oha!" Wenn der König des Olymp so offenkundig Hilflosigkeit zugab, dann musste das Problem Lahara größer sein, als bisher angenommen.

„Und bei euch? Alles in Ordnung?", wollte Zeus gleich noch wissen.

„Uns Wassermännern geht es gut, obwohl uns die Angst noch in den Knochen steckt. Es gab zwar keine weiteren Toten, aber die Behörden sind logischerweise ratlos."

Viola lachte bitter auf. „Nicht nur die. Wir stehen alle vor einem Rätsel."

Aurëus bestätigte das durch langsames Nicken. „Von der Lahara, wie wir sie kennen, sind nur der Durst auf Männer, die Wandlungsfähigkeit in eine wunderschöne Frau und das eigentlich widerliche Aussehen übrig. Sie ernährt sich jetzt auf eine Weise, die wir nicht ganz fassen können, welche aber dem Biss der Vampire ähnelt."

Stella fügte hinzu: „Am schlimmsten ist, dass sie im Augenblick vor Kraft nur so strotzt."

„Und von den beiden zuletzt ausgesaugten Unsterblichen, einige Fähigkeiten nutzen kann, wie mir scheint", murmelte Viola nachdenklich.

„Ihr müsst sie erwischen!", bat Marek inständig.

„Wir geben uns Mühe", versprach Viola. „Heute Abend gehen wir wieder auf Jagd zwischen den Dimensionen."

Als sich Marek verabschiedet hatte, herrschte bedrücktes Schweigen am Tisch.

„Violas Annahme, nun auch besondere Kräfte absaugen zu können, wird wohl zutreffen", sprach Aurëus mehr zu sich, als zu den anderen. „Wir müssen sie stoppen, ehe es unmöglich wird. Nicht auszudenken, wenn ein Succubus die Allmacht erringt."

Boreas fasste nach Violas Hand. Eine Geste, die den anderen zeigte, wie er darunter litt, ihr nicht wirklich helfen zu können.

Silvestra sprach schließlich ein Machtwort, um das Frühstück zu retteten und Lahara für eine Stunde aus den Unterhaltungen zu verbannen.

„Ihr müsst Zeus noch unauffällig einkleiden", riet sie den anderen und Aurëus reagierte sofort.

„Nicht übel", staunte Athene, als ihr Vater in einem ähnlichen Outfit steckte, wie Boreas und Bromer, und diesen in Sachen sehenswerter Muskelbepackung durchaus ebenbürtig war.

Als der Tisch abgeräumt war, schauten die Gäste so sehnsüchtig aus dem Fenster, dass Galantha und Stella ihre Fahrzeuge aus den Garagen holten. Eine Stadtbesichtigung, wo fünf Frauen, auf zwei Männer achteten, schien sicher zu sein, und Lahara auf Distanz zu halten.

Während Athene und Boreas in Prag schon einen kleinen Einblick erhalten hatten, bestaunte Zeus mit immer größer werdenden Augen die Welt der Menschen. Natürlich verfing sich sein Blick immer wieder und immer öfter in knappen Hotpants, Sonnentops, die mehr zeigten, als verbargen, Miniröcken und Stilettos. Die Frauen wechselten amüsierte Blicke mit Boreas, der die Begeisterung seines Königs gut verstehen konnte. Es gab durchaus eine große Anzahl Menschenfrauen, die sich mit ihrem Aussehen nicht hinter Elfen und Göttinnen verstecken mussten.

Das Mittagessen nahmen sie vorsichtshalber bei ihrem Stammitaliener ein, wo die Männer eine Wand im Rücken hatten, durch die der Succubus ganz sicher nicht kommen werde.

Emilio, der Inhaber des Restaurants, bediente die Ausflügler persönlich. „Ahhhh, noch eine schöne Frau!", schwärmte er bei Athenes Anblick, wobei er fröhlich auch die anderen vier anblinzelte. „Aber wo sind die Männer und eure Freunde?"

Galantha seufzte. „Marc ist sehr krank. Sie sind ganz für ihn da, bis wir wieder zu Hause sind."

„Oh Madonna mia! Grüßen Sie ihn von mir. Er soll rasch wieder gesund werden."

Silvestra bestellte für alle und Emilio wunderte sich, dass die ihm unbekannte Dame, völlig andere Essgewohnheiten zu haben schien, als er nach ihrer Figur vermutet hatte. Umso mehr freute er sich, als sie seinen Cappuccino mit dem Muster im Milchschaum, in den höchsten Tönen lobte.

Er entschloss sich rasch, als kleine Vorspeisen, ein paar Häppchen aus seiner Heimat Ligurien zuzubereiten. Damit eroberte er

sofort das Herz der drei Fremden, die seine Kochkünste zu schätzen wussten. Ob süß, ob deftig, sie schmeckten sofort heraus, welche Kräuter er verwendet hatte.

Das war heutzutage nicht mehr vielen Menschen gegeben und jenen, die es fertigbrachten, wie Familie und Freunde seiner hübschen Stammkundinnen, widmete Emilio seine volle Aufmerksamkeit und alle kulinarischen Extras, die seine Küche hergab.

„Das ist ja schon göttliches Auftafeln", staunte jemand am Nebentisch. „Du musst nur noch etwas dazu anbieten, das du *Ambrosia* nennen könntest, Emilio."

Die Gruppe um Galantha schmunzelte, besonders Zeus, der sich tatsächlich fast göttlich-königlich bedient fühlte, wie er es von zu Hause gewohnt war.

Emilio schüttelte den Kopf. „Ich werde mich doch nicht versündigen. Ambrosia gibt es nur auf dem Olymp. Mein Lokal ist viel zu unbedeutend, davon überhaupt träumen zu dürfen. Dass mich die einflussreichsten Familien beehren", er deutete eine Verbeugung zu den Elfen hin an, „ändert daran gar nichts. Ich bleibe auf dem Teppich und meiner Tradition treu."

„Ach, deshalb hast du noch immer die komischen Sauriertapsen auf dem Fußboden", witzelte der Gast, worauf Emilio mit den Schultern zuckte und nicht weiter reagierte.

„Was meint er damit?", raunte Zeus Stella ins Ohr, weil er die Spuren auch bemerkt, ihnen aber keine weitere Bedeutung zugemessen hatte. Stella erzählte daraufhin telepathisch die Geschichte, wie die Drachen aus dem Elfenland hier gewesen waren und in ihres alten Freundes Luigis Lokal, den Fußboden eingedrückt hatten. Nun gehörte das Lokal dem Sohn des Mannes, den Luigi adoptiert hatte, und der das Andenken seiner Stiefgroßeltern, genau wie sein Vater, ganz hoch in Ehren hielt.

Dann ist das wohl auch der Ort, wo euch Lahara belauert hat, fragte Athene.

Stella bejahte.

Boreas schaute sich um. *Gibt es hier ein Portal?*

Definitiv nicht, erwiderte Silvestra.

Inzwischen eilte Emilio umher, all seine vielen Gäste zu bedienen.

Zeus beobachtete das sehr genau. „Hat er keine Dienerinnen?"

„Normalerweise hilft ihm seine Frau.", erklärte Stella. „Nur geht es ihr seit Wochen schlecht. Sie kann die schweren Tabletts nicht mehr tragen. Bis sie operiert und wieder genesen ist, kommen abends Studenten zur Aushilfe."

Energieausbrüche

In den nächsten Tagen kehrten die Elfen immer wieder mit ihren Gästen bei Emilio ein. Zeus fiel schließlich auf, dass der Wirt zwar lächelte und sich ehrlichen Herzens freute, aber noch mehr Sorgenlast mit sich herumzuschleppen schien, als in den vergangenen Wochen.

„Kann ich helfen?", fragte er, als sie sich zufällig allein auf der Toilette des Restaurants trafen.

Emilio schüttelte traurig den Kopf. „Die Ärzte haben gesagt, dass sie nichts tun können, um die Schmerzen meiner Frau zu lindern. Die geplante Operation sei auch viel zu gefährlich. Alle Medikamente sind vergeblich. Nichts schlägt an. Ich muss tatenlos zusehen, wie sie leidet und immer mehr dahinsiecht."

Zeus fasste in die Hosentasche. Er reichte Emilio ein winziges verkorktes Gefäß. „Geben Sie ihr das. Es wird ihr guttun."

Zwei Tage später rieben sich die Elfen die Augen. Shanna wirbelte durch den Schankraum, als sei sie nie krank gewesen. Kaum gewahrten sie und Emilio Zeus, bedankten sie sich so überschwänglich, dass Athene zu ahnen begann, was die Wunderheilung bewirkt haben musste.

In diesem Augenblick erzählte Emilio: „Die Medizin hat sofort gewirkt. Meine Frau ist nach wenigen Sekunden auf den Beinen gewesen. So etwas habe ich noch gesehen und auch nicht davon gehört. Sie haben uns ein Wunder beschert!"

Athene legte ihrem Vater die Hand auf den Arm. „Danke."

„Von uns auch!" Stella zeigte auf sich und die anderen Elfen.

„Seit gestern haben wir auch eine Küchenhilfe", erzählte Shanna, als sie die Getränke brachte.

„Ich wusste gar nicht, dass ihr eine gesucht habt", erklärte Galantha überrascht.

„Na ja, haben wir auch nicht. Sie stand plötzlich vor der Tür und fragte nach Arbeit. Emilio hat nach anfänglichem Zögern ja gesagt, weil er Angst hat, dass ich einen Rückfall erleide." Shanna eilte zum nächsten Tisch.

„Komischer Zufall", murmelte Viola. „Ich werde mir das Mädchen dann mal ansehen."

Dazu sollte es wenig später auf eine Weise kommen, die die Elfe wohl geahnt haben musste. Ein unangenehmes Ziehen hinter der Stirn ließ sie fast übergangslos auf Kampfmodus gehen. Athene, Zeus und Boreas bekamen davon nichts mit, sie beobachteten interessiert die bläulichen Flämmchen des flambierten Eises, welches ihnen Emilio soeben servierte.

Auch Viola beobachtete etwas – Boreas' Lebensring an ihrem Finger. Die kleinen Tornados hatten eine bedrohlich rote Farbe angenommen. Ihr winziger Schreckenslaut ließ den Nordwind die Blickrichtung wechseln.

„Was hast du?", fragte er.

Viola hielt ihm die Hand hin. „Das sehe ich heute zum ersten Mal. Macht er das öfter?"

Boreas wiegte ganz langsam den Kopf, wobei er ziemlich ratlos wirkte.

Viola fasste nach seinem Arm. „Geht es dir gut? Oder fühlst du irgendwas Seltsames?"

„Alles in Ordnung, denke ich."

„Du denkst es?" Sie versuchte, in seinen Augen zu lesen. Sofort fiel ihr auf, dass diese trübe wirkten, als habe sich ein Nebel über das sonst so leuchtende Schwarz seiner Iris gelegt. Dann verengten sich plötzlich seine Pupillen. Viola erschrak. Sie packte ihn und Zeus am Oberarm, riss sie an sich und erzeugte eine bläulich flimmernde Energiezone, die sie einschloss.

Boreas stöhnte auf, kippte vom Stuhl und blieb regungslos liegen. Zeus schaute mit weit aufgerissenen Augen zuerst den Nordwind, dann Viola an, deren langes Haar durch die eigenen Energiewellen wie in einem heftigen Sturm wehte.

Die anderen Gäste verließen fluchtartig das Lokal.

Athene nickte kurz, ehe sie energetisch die nähere Umgebung abtastete. „Sie ist weg."

„Dieses verdammte Miststück", grollte Viola. „Bringen wir Boreas nach Hause und sehen zu, dass wir die Dimension wechseln."

Shanna schlug die Hände vors Gesicht und Emilio bat mit den Tränen in den Augen um Vergebung, obwohl er gar nicht begriffen hatte, was soeben passiert war. Ihm war nur klar, dass seinen Stammgästen etwas ganz Furchtbares widerfahren war und das in seinem Lokal.

Mit zitternden Händen öffnete er den kleinen Tresor, in welchem er die Firmengelder aufbewahrte. Er brachte das kleine Töpfchen von Zeus zu Tage und drückte es Viola mit den Worten in die Hand: „Vielleicht können Sie Ihrem Verlobten damit helfen. Ich habe nur vier Tropfen herausgenommen."

Athene atmete auf. „Das könnte ihn tatsächlich retten."

Zeus nickte, drückte Emilio die Hand und orakelte. „Das wird ganz bestimmt nicht unbelohnt bleiben."

Da hupte auch schon das Taxi, welches Shanna auf Stellas Bitte hin, statt eines Rettungswagens, wie sie es eigentlich tun wollte, gerufen hatte.

„Wollen Sie nicht lieber ins Krankenhaus gebracht werden?", fragte der Fahrer, mit Blick auf Boreas, der dank Stellas Energiespende zwar wieder auf den Beinen, aber völlig apathisch war.

Viola wehrte ab. „Nein, auf gar keinen Fall. Bringen Sie uns zur angegebenen Adresse und dort direkt in die Tiefgarage." Sie gurtete Boreas an, der ausschließlich auf das reagierte, was ihm Viola telepathisch auftrug.

Marc und Aurëus standen schon bereit, sich mit Stella des Nordwindes anzunehmen. Alfons zahlte den Taxifahrer aus, die anderen kümmerten sich um den sichtlich geschockten Zeus, der sich nun schon zum zweiten Mal in seinem Leben völlig hilflos gefühlt hatte.

„Wie hat sie das gemacht?", murmelte er das eine um das andere Mal vor sich hin, ohne dass ihm jemand hätte eine Antwort geben können.

Viola zählte inzwischen, nach Athenes Anweisung, zehn Tropfen jener Flüssigkeit ab, die Shanna geholfen hatte. Boreas saß teilnahmslos daneben. Er öffnete gehorsam den Mund, als Viola es verlangte und schluckte den Inhalt des kleinen Löffels hinunter.

Sogleich verschwand der trübe Schleier von seinen Augen. Er atmete einmal tief durch und schaute die anderen verständnislos an, wie einer, der soeben aus tiefem Schlaf erwacht ist, und sich nicht an seinen Traum erinnern kann.

„Er ist zurück", jauchzte Viola, erst auf den Ring deutend, wo die kleinen Wirbelstürme in gewohnter Farbe ihre Bahnen zogen, und sich dann in Boreas' Arme werfend.

Der Nordwind hielt die zierliche Elfe so eng umschlungen, dass sich Athene um die Flügel zu sorgen begann.

Denen passiert nichts, hörte sie Viola sagen. *Boreas drückt nicht zu.*

Der Windgott wäre in der Tat untröstlich gewesen, hätte er seinem geliebten Schmetterling Schmerzen zugefügt. Er hielt seine Liebste noch lange umfangen, als er sich endlich wieder an den Unterhaltungen beteiligen konnte.

Viola schob Zeus das Medizingefäß zu. „Das solltest du lieber wieder verwahren. Wie nennt man dieses unglaubliche Gebräu eigentlich?"

„Ambrosia", schmunzelte Zeus, das Töpfchen in seiner Hosentasche verschwinden lassend.

„In dieser Form hochkonzentriert", verriet Athene lächelnd. „Euros hat eine trinkfertige Verdünnung bekommen."

Am späten Abend, die Freunde saßen noch in Thomas' Haus zusammen, klingelte es an der Gartenpforte.

„Das sind Emilio und Shanna", gab Alfons nach einem Blick auf den Monitor der Überwachungskamera bekannt. Er ging auch gleich öffnen und bat die nächtlichen Besucher herein.

„Wir haben noch Licht gesehen und wollten fragen, wie es Violas Liebstem geht", erklärte Emilio das späte Kommen.

„Es geht mir gut", entgegnete Boreas lächelnd. „Das habe ich auch Ihnen zu verdanken."

„Gott sei Dank!", seufzte Shanna. „Wir haben uns die allerschlimmsten Sorgen gemacht. Zumal wir Dinge gesehen zu haben glaubten, die sicher nur unserer überhitzten Fantasie entsprungen waren."

„Haben Sie das Lokal geschlossen, als wir gegangen sind?"

Emilio wiegte langsam den Kopf. „Nein. Wir haben aufgeräumt und die nächsten Gäste bedient, als sei nichts gewesen. Natürlich kamen auch Fragen, weil sich das Vorkommnis herumgesprochen hatte …“

„Was haben Sie geantwortet?“

„Dass die Zuleitung der Absauganlage gebrochen sei. Dieser Luftstrom sei auch der Grund gewesen, warum es Violas Haar so hoch geweht habe“, murmelte Emilio mit stockender Stimme. „Ich wusste mir auf die Schnelle keinen anderen Rat.“

„Perfekt, mein Lieber!“, lachte Aurëus.

Shanna schaute indes unverwandt Marc an, der noch immer Spuren des Überfalls durch Lahara trug, obwohl er schon wieder fast Normalgewicht hatte. Er las ihre Gedanken, wie in einem offenen Buch.

So antwortet er auf ihre Überlegungen laut: „Nein, Shanna, es geht auch ohne diese Medizin.“

„Ach herrje!“ Die Wirtin wurde blass. „Ich hab doch gar nichts gesagt!“

„Aber ziemlich laut gedacht“, schmunzelte Marc.

„Wie?“ Shanna fasste sich an den Kopf. „Sie können wirklich Gedanken lesen?“

„Nicht nur ich. Alle hier können das“, erwiderte Marc blinzelnd.

Emilio ließ vor Schreck sein Trinkglas fallen. Es zerbrach auf dem Parkettboden und das Bier lief unter die riesige Couch. Der Italiener nahm eine wächserne Blässe an. „Es tut mir leid“, stammelte er.

„Darüber müssen Sie sich wirklich keine Sorgen machen“, tröstete ihn Aurëus, mit den gespreizten Fingern der rechten Hand dreimal über den Scherben kreisend, die sich brav wieder zusammenfügten. Das heile Glas schwebte auf den Tisch. Ein kurzes Fingerschnippen, dann war die Bierlache verschwunden. Bromer tippte das Glas an, worauf es sich bis an den Rand neu füllte.

Der Unterkiefer des Italieners war inzwischen auf den Schuhspitzen angekommen, seine Frau schaute vorsichtig durch die Finger

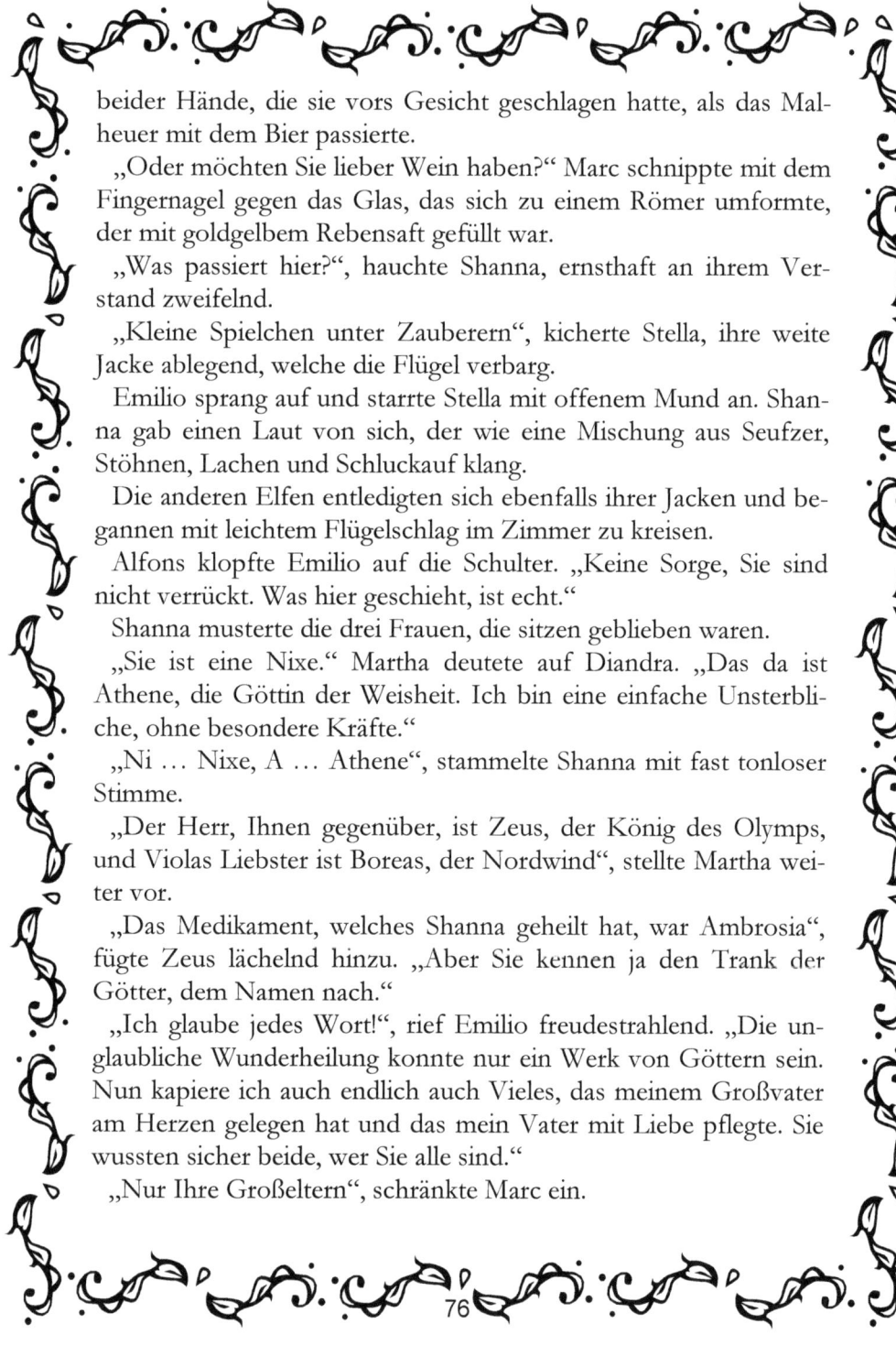

beider Hände, die sie vors Gesicht geschlagen hatte, als das Malheur mit dem Bier passierte.

„Oder möchten Sie lieber Wein haben?" Marc schnippte mit dem Fingernagel gegen das Glas, das sich zu einem Römer umformte, der mit goldgelbem Rebensaft gefüllt war.

„Was passiert hier?", hauchte Shanna, ernsthaft an ihrem Verstand zweifelnd.

„Kleine Spielchen unter Zauberern", kicherte Stella, ihre weite Jacke ablegend, welche die Flügel verbarg.

Emilio sprang auf und starrte Stella mit offenem Mund an. Shanna gab einen Laut von sich, der wie eine Mischung aus Seufzer, Stöhnen, Lachen und Schluckauf klang.

Die anderen Elfen entledigten sich ebenfalls ihrer Jacken und begannen mit leichtem Flügelschlag im Zimmer zu kreisen.

Alfons klopfte Emilio auf die Schulter. „Keine Sorge, Sie sind nicht verrückt. Was hier geschieht, ist echt."

Shanna musterte die drei Frauen, die sitzen geblieben waren.

„Sie ist eine Nixe." Martha deutete auf Diandra. „Das da ist Athene, die Göttin der Weisheit. Ich bin eine einfache Unsterbliche, ohne besondere Kräfte."

„Ni … Nixe, A … Athene", stammelte Shanna mit fast tonloser Stimme.

„Der Herr, Ihnen gegenüber, ist Zeus, der König des Olymps, und Violas Liebster ist Boreas, der Nordwind", stellte Martha weiter vor.

„Das Medikament, welches Shanna geheilt hat, war Ambrosia", fügte Zeus lächelnd hinzu. „Aber Sie kennen ja den Trank der Götter, dem Namen nach."

„Ich glaube jedes Wort!", rief Emilio freudestrahlend. „Die unglaubliche Wunderheilung konnte nur ein Werk von Göttern sein. Nun kapiere ich auch endlich auch Vieles, das meinem Großvater am Herzen gelegen hat und das mein Vater mit Liebe pflegte. Sie wussten sicher beide, wer Sie alle sind."

„Nur Ihre Großeltern", schränkte Marc ein.

Shanna schien die vielen Informationen auch besser zu verdauen, als befürchtet.

„Sprechen Sie die Fragen ruhig aus", schlug Thomas vor.

„Sie lesen sie ja doch", seufzte Shanna. „Was sind das auf unserem Fußboden wirklich für Spuren?"

„Sie vermuten richtig", antwortete Aurëus. „Das sind keine uralten, versteinerten Saurierstapsen. Es sind die ziemlich frischen Abdrücke der Drachen aus dem Elfenland, die mit uns bei Emilios Großvater zu Gast waren und sich ihm für wenige Augenblicke in ihrer wahren Gestalt zeigten."

„Ja, es hat uns sehr gefreut, als Emilio sie mit dem Panzerglas hat bedecken lassen, damit ihnen bloß nichts zustößt", gab Stella bekannt.

„Kann man auch leise denken?", stöhnte Shanna.

„Als Mensch eher nicht", führte ihr Aurëus schmunzelnd vor Augen. „Sie beide hätten sich noch nie Ihrer Gedanken schämen müssen. Was glauben Sie, warum wir uns bei Ihnen im Lokal so wohl fühlen, auch wenn wir mit einem Fingerschnippen alles selbst machen könnten?"

„Bei uns herrscht aber die Devise: Gezaubert wird nur im Notfall", fügte Stella an, in die Küche schwebend, und ein paar Knabbereien für alle holend.

„Ich habe aber noch immer nicht begriffen, was heute Mittag geschehen ist", gab Emilio zu.

Galantha hob die Hände. „Wir auch nicht. Sicher ist nur, dass es sich bei Ihrem Küchenmädchen um eine Hexe aus der finsteren Urzeit gehandelt hat, die unsere Männer umbringen will. Sie hat Marc erwischt, Boreas und seinen Bruder Euros, den Ostwind."

Viola schaltete den Bildschirm an, um ihnen Nachrichtenbilder aus Prag zu zeigen. „So sehen ihre Opfer aus, wenn sie in Sekundenschnelle mit ihnen fertig ist."

„Das ist ja furchtbar", hauchte Shanna völlig entsetzt. „Hoffentlich kommt sie nicht wieder! Zumindest begreife ich jetzt, warum die wundervoll geflügelten Damen in den letzten Wochen immer allein mit Ihren Gästen da waren. Sie leben in einer Art Belagerungszustand."

Thomas lachte auf. „Treffend formuliert. Genau so ist es."

Emilio schaute auf die Uhr. „Wir wollen nicht weiter stören. Nun wissen wir ja, dass es soweit allen gut geht. Ich hatte zudem Furcht, wir könnten schuld an dem Unglück gewesen sein und Sie kommen nicht mehr wieder."

„Sie können sicher sein, dass Sie uns auch in Zukunft ertragen müssen", witzelte Thomas.

Shanna klatschte erfreut in die Hände. „Oh, ist das schön! Danke, danke, danke!"

Emilio musste, genau wie die anderen, herzhaft über den Jubelruf lachen. Er reichte Shanna die Hand. „Komm, Schatz, wir haben noch ein Stückchen Weg vor uns."

„Den wir Ihnen ein wenig abkürzen können." Aurëus nickte Marc zu.

Beide taten, als wollten sie sich als Erste verabschieden, indem sie ihren Gästen die Hand reichten. Emilio wollte auch gerade auf Wiedersehen sagen, als er mit weit aufgerissenen Augen um sich schaute. Er stand in seinem eigenen Hausflur, vor ihm, grinsend bis über beide Ohren, Professor Doktor Marc Wendler. Neben ihm tauchten soeben aus dem Nichts Aurëus und Shanna auf.

Das „Gute Nacht!", der beiden Männer schwebte plötzlich im Raum und von ihnen war keine Spur mehr zu sehen.

„Mich laust der Affe", stotterte Emilio, während sich Shanna kräftig in den Handrücken kniff, um sicher zu sein, dass sie nicht träumte.

Im Haus der Bergers war man sich einig, das Richtige getan zu haben, indem man Shanna und Emilio einzuweihen begann. Niemals waren irgendwelche Dinge, welche die beiden in ihrem Lokal als Gesprächsfetzen von ihren solventen Gäste aufgeschnappt hatten, in die Öffentlichkeit gelangt. Es war ein ungeschriebenes Gesetz des Italieners, Vertrauen mit Vertrauen zu vergelten.

Im Morgengrauen waren alle bereits wieder auf den Beinen. Viola drängte zur Eile. So kam es, dass sie noch vor dem Frühstück mit

Athene und Boreas durch das Spiegelportal in die Elfenwelt wechselten, um Lahara zu verwirren.

Wie immer, wenn Besuch nahte, war Zephyra zu Hause geblieben. Pyron, der voll auf die hellseherischen Fähigkeiten seiner Partnerin vertraute, war bereits auf der Jagd nach einem Leckerbissen für die Gäste. Er traf gerade wieder ein, als das Portal die Reisenden mit dem altbekannten Schwung in diese Welt katapultierte. Beide Drachen staunten, als sich ihnen Athene und Boreas vorstellten.

„Fühlt euch wie zu Hause!", rief Zephyra, alle drei mit der Nase zur Begrüßung anstupsend.

Boreas schmunzelte. Die kleine Geste hatte bewirkt, dass er sich tatsächlich sofort hier wohlfühlte. Im nächsten Augenblick ging er schon Pyron zur Hand, der einen kapitalen Hirsch erlegt hatte und dankbar die Hilfe des Windgottes annahm, diesen für das Abendbrot vorzubereiten. Denn in dieser Welt ging die Sonne gerade unter.

Die Frauen bedienten sich aus dem Früchtevorrat, den die Gastgeber für die kleinen Elfen angelegt hatten und bereiteten einen schmackhaften Salat vor.

„Ihr glaubt ja nicht, wie sehr wir uns freuen, dass ihr da seid", seufzte Zephyra. „Seit zwei Tagen hängt eine schwarze Wolke im Traumfänger in euerem Schlafraum fest und wir haben keine Ahnung, wie wir sie wieder loswerden können."

Viola sprang auf. „Das sagst du erst jetzt?!"

„Ich habe sie im dort sicher gewähnt."

Die Gäste eilten in den Seitenstollen, wo tatsächlich ein dunkle geballte Masse in den Fäden des Traumfängers waberte, ohne sich befreien zu können.

„Oha ja, diese ekelhafte Energie kenne ich nur zu gut", bemerkte die Elfe, sich vorsichtig nähernd. „Dann hat sie es also schon zum zweiten Mal versucht, in diese Welt zu kommen. Pech für sie, dass sie nichts von Galanthas Wunschzauber weiß."

Athene und Boreas schauten Viola neugierig an.

„Erzähle ich euch dann. Jetzt muss ich erst einmal diesen bösen Zauber beenden." Sie formte unter den anerkennenden Blicken ihrer Begleiter mit den Händen eine Kugel aus reiner Energie, welche den Alptraum zuerst nur einschloss, ihn aber wenige Sekunden später auflöste.

Die Drachen atmeten auf, als die drei wirklich sehr zufrieden zurückkamen. Viola begann auch sofort zu erzählen, wie die Gruppe um ihre Eltern vor über 20 Jahren das Zauberwasser gefunden hatte. Pyron übernahm es, von genau jenem Zeitpunkt an zu berichten, als die Suchenden mit hängenden Ohren und völlig frustriert in die Drachengrotte gekommen waren, weil sie das Kraut der ewigen Jugend nicht gefunden hatten, um das zu finden, sie ausgezogen waren. Schließlich waren er und Zephyra nicht nur Augenzeugen, sondern auch Nutznießer des Zaubers geworden.

„Ach, jetzt schließt sich der Kreis", murmelte Boreas. „Wir haben zwar erfahren, wodurch Diandra ihren Nixenschwanz gegen Beine getauscht hat und wie Martha und Alfons unsterblich geworden sind, aber von den anderen Wünschen wussten wir noch nichts."

„Nur eure Bitte scheint sich nicht erfüllt zu haben", bemerkte Athene mitleidig.

Zephyra winkte lachend mit der Vorderklaue ab. „Ich bin doch jetzt erst in das Alter gekommen, wo überhaupt mit Nachwuchs gerechnet werden kann. Das wird schon noch.

„Da bin ich aber froh", schmunzelte Athene. „Ich war in echter Sorge."

Zephyra stupste sie mit der Nase an. „Danke."

In Pyrons Augen hüpften die kleinen Funken, die immer erschienen, wenn er besonders gut gelaunt war. Boreas blinzelte ihm lustig zu. Er hatte die beiden wundervollen Geschöpfe vom ersten Augenblick an ins Herz geschlossen.

Viola kam zum Kern ihres Besuches. „Weil Lahara hier nicht körperlich auftauchen kann, möchten wir uns bei euch einen Stützpunkt einrichten, von dem aus wir sie jagen wollen." Dabei zog sie den kleinen Kompass aus der Tasche. „Durch ihn werden wir immer hierher zurückfinden. Dabei gedenke ich auch, weil er ihr einmal gehört haben soll, herauszufinden, ob ich ihn nicht auch einsetzen kann, um ihr auf die Spur zu kommen."

„Warum hast du das den anderen nicht gesagt?", fragte Athene.

Viola lachte. „Weil ich den Kompass vorher noch nie gesehen hatte und es mir gerade eben erst eingefallen ist." Sie legte ihn vor sich auf den Tisch, ihn detailliert betrachtend.

Hier in der Drachengrotte, genau vor dem Portal, dem Zielort des magischen Gerätes, drehte sich die Nadel so rasend schnell, dass sie optisch einer Scheibe glich.

Die Elfe schloss die Augen. „Mir kommt da gerade so eine Idee …"

Im nächsten Augenblick flog sie davon und die anderen hörten nur ihre telepathische Stimme: *Bin gleich wieder da.*

Boreas schüttelte amüsiert den Kopf, während die anderen völlig verblüfft hinterherschauten.

„Sie hat verdammt viel von ihrem Großvater", strahlte Pyron.

„Du meinst sicher Marc", warf Athene ein.

„Ja, genau den meine ich", erwiderte der schwarze Drache mit Zufriedenheit. „Ich verehre ihn zutiefst. Sie improvisiert genau so grandios wie er."

Da kam Viola auch schon zurück. So breit, wie sie schmunzelte, musste sie wohl etwas entdeckt haben, das hilfreich sein konnte.

„Ich habe doch geahnt, dass das Ding wie ein Astrolabium funktionieren könnte", rief sie.

„Du wirst uns doch hoffentlich erklären, was das ist, dieses Astrodingsbums", warf Pyron ein.

„Mit einem Astrolabium, auf Griechisch Stern-Nehmer", begann Viola zu dozieren, „kann der, sich während der Jahreszeiten drehende, Himmel der Menschenwelt nachgebildet werden.

Auf dem Boden, also der festen Scheibe, ist das horizontale Koordinatensystem zu finden. Darüber liegen Scheiben oder Ringe, die die Jahresbahn der Sonne und den Menschen wichtiger Sterne darstellen. Auf der Rückseite ist ein Winkelmessgerät zur genauen Positionsbestimmung."

„Oooops", machte Pyron. „Ist bestimmt nicht schlimm, wenn ich das nicht begreife."

„Ganz und gar nicht", lachte Viola. „Das Flirren des Zeigers hat mich nur an ein Astrolabium erinnert und daran, dass es ja noch viele andere Geräte gibt, mit denen man irgendwas messen und damit somit gegebenenfalls auch Orte wiederfinden kann, die irgendwo im System liegen.

Ich habe also ganz richtig vermutet, dass die Scheibe, in die der Drache eingraviert ist, nicht alles ist, was den Kompass so wertvoll macht. Dort, wo das pfeilförmige Ende des Drachenschwanzes auf den Rand triff, ist eine winzige dreieckige Aussparung im Metall. Darunter liegt noch eine Scheibe, die, anstelle einer Nadel, genau so eine Kerbe hat. Wenn man den Kompass so lange dreht, bis die beiden Markierungen exakt übereinander liegen, dann kommt man, wenn man die Richtung des kleinen Pfeils einschlägt, mit Sicherheit auch an einen ganz bestimmten festen Ort.

Ich denke, wir sollten ihn aufsuchen."

„Wow", hauchte Zephyra. „Ich bin schwer beeindruckt."

„Na rate mal, wer noch", kicherte Pyron, auf sich, Athene und Boreas deutend.

„Wobei uns der Kompass nicht sagen kann, in welcher Dimension dieser Ort ist", überlegte Athene laut.

„Das ist richtig", bestätigte Viola. „Ich hoffe allerdings sehr, dass er hier in der Elfenwelt liegt und das Portal beherbergt, welches uns geradenwegs zur Grotte der alten Hexe bringt."

„Ach, so meinst du das!" Boreas nickte langsam. „Das leuchtet sogar mir ein."

„Dürfen wir mit auf die Suche gehen?", bat Pyron.

Viola streichelte seine schuppige Klaue. „Aber ja doch."

„Ich werde mit Vulkanus sprechen", schlug Pyron vor. „Er soll, an unserer Stelle das Portal und den Wandelnden Turm bewachen, solange wir unterwegs sind. Aurëus und Silvestra werden sicher nichts dagegen haben."

„Gut. Ich werde sie sofort davon unterrichten." Viola setzte sich mit untergeschlagenen Beinen vor den Spiegel, berührte mit den

Fingerspitzen die milchige Fläche und begann, telepathisch nach Aurëus zu rufen. Wenige Augenblicke später, schien sie Kontakt zu haben, denn das Portal begann in goldenem Licht zu strahlen.

„Alles bestens", freute sie sich, als sich der letzte helle Schein zurückzog. „Ihr dürft mit uns durch die Dimensionen reisen."

Zephyra faltete die Vorderklauen. „Ich glaube, ich werde heute Nacht davon träumen. Oder aber, ich bekomme vor lauter Aufregung kein Auge zu."

„Und ihr seid ganz sicher, dass ihr Drachen seid?", amüsierte sich Boreas über diese Freudenbezeugung, welche auch Athene herzhaft lachen ließ.

Der intensive Kontakt zu ihren Freunden hatte die beiden zu den ungewöhnlichsten Geschöpfen werden lassen, die die Drachenwelt wohl je hervorgebracht hatte. Die beiden Götter fühlten sich wohl bei ihnen, was sie die Drachen auch merken ließen.

Nun saßen sie bei einem Glas Wein mit ihnen zusammen und erzählten über Marek und seine Hydren.

Zephyra betrachtete die ganze Zeit schon sehr interessiert den ungewöhnlichen Ring an Violas Hand. „Sag mal, hat dir den Boreas geschenkt?"

„Hat er", strahlte Viola.

„Du", Zephyra dehnte das Wort, „heißt das dann nicht, dass er dich ganz besonders gern hat und heiraten wird?" Sie schaute beide neugierig an.

„Heißt es", entgegnete Boreas lächelnd.

„Ist das schön!", seufzte Zephyra und Pyron nickte ganz heftig.

„Nur ist es nicht irgendein Verlobungsring", erklärte Athene, ihnen die ganze Wahrheit präsentierend.

„Ich hasse Lahara." Zephyra fasste vorsichtig nach den Händen von Viola und Boreas, ohne den Ring zu berühren. „Passt gut auf einander auf."

„Wir versprechen es."

Showdown

Am nächsten Morgen verwöhnten die Drachen ihre Gäste mit einem reichhaltigen Frühstück, zu dem Viola Kaffee und Kakao beisteuerte. Athene blätterte mit Boreas in den alten Zeitungen, die die Berichte von den Märchenhochzeiten ihrer Freunde in der Menschenwelt enthielten.

„Ihr seid schon ganz schön rumgekommen", schmunzelte Boreas. „Ich werde alle Hebel in Bewegung setzen, mit euch im selben Lokal Hochzeit zu feiern, wenn wir endlich Ruhe vor Lahara haben."

„Wundervolle Idee! Das haben sich Shanna und Emilio wirklich verdient", stimmte Viola zu. „Sie sollen alle vier Drachen sehen dürfen."

„Ich werde auch ganz brav den Händetrockner in Ruhe lassen", sagte eine tiefe Stimme aus dem Hauptgang der Grotte.

„Vulkanus! Schön, dass du schon da bist!" Viola schwebte Pyrons älterem Bruder entgegen.

Der bekam große Augen, als er den Windgott und die Göttin der Weisheit gewahrte. „Hier trifft sich ja wirklich immer, was Rang und Namen hat. Ich bin schwer beeindruckt." Er begrüßte beide ausgesucht freundlich und genoss es sichtlich, dass ihm Viola ein Küsschen auf die Nasenspitze gab.

Inzwischen verriet Pyron, was es mit dem Händetrockner auf sich hatte, worauf Boreas in schallendes Gelächter ausbrach. Vulkanus stimmte ein. Die Situation war aber auch zu grotesk gewesen, wie er, in seiner menschlichen Gestalt, an die Wand geflüchtet war und den imaginären Feind suchte, der ihn mit heißer Luft angegriffen hatte.

„Ich werde keinen Schaden anrichten und mich nur zum Schlafen in euere Grotte zurückziehen", erklärte Vulkanus. „Stellt den Feind, vernichtet ihn und kommt alle gesund wieder!"

Er folgte ihnen hinaus zum Plateau, wo Viola die Richtung vorgab, in die man starten musste. Noch ein paar kurze Absprachen, dann zog das Drachenpärchen mit seinen Reitern gemächlich da-

hin. Athene genoss den Flug nicht minder als Boreas, der zum ersten Mal nicht selber fliegen musste. Hin und wieder spähte Viola auf den Kompass.

„Was sind denn das für Monster!", entsetzte sich Athene, als sie das Savannenland mit dem Brutplatz der Brontornis überflogen.

Zephyra erklärte es ihr und berichtete, wie mühevoll sie immer wieder ein paar Eier stibitzten, wenn Gäste in der Grotte weilten.

Gegen Mittag landeten die beiden Riesen an einem der letzten Wasserlöcher, um zu trinken und auszuruhen. Die drei Reisenden flüchteten sich in den Schatten der Drachen, weil die Sonne geradezu unbarmherzig brannte. Selbst dort wurde es so heiß, dass Boreas schließlich begann, den beiden Frauen kontinuierlich kühle Luft zuzublasen.

„Mir ist was Kraftsparenderes eingefallen", wandte sich Zephyra schließlich an Boreas, der überrascht innehielt.

Da hatte das Drachenweibchen auch schon eine blaue Energie-Garbe in den Sand gespien, die ihn auf mehrere Meter im Umkreis vereisen ließ.

„Tut das gut", stöhnte Pyron, der nicht weniger unter der Hitze gelitten hatte.

Athene und Boreas standen wie erstarrt und schauten abwechselnd den Eispanzer, dann wieder Zephyra an.

„Das Lied", flüsterte Athene mit erhobenem Zeigefinger. „Lars hat das bestimmt mit eigenen Augen beobachtet."

„Aber sicher", lachte Zephyra. „Ihr dürft ruhig wörtlich nehmen, was der Triganer in seinen Balladen beschreibt. Wir sind viele Monate zusammen geflogen. Er wiederum hat mir erzählt, dass man solche wie mich, bei euch für eine Legende hält, und dass Zeus immer wieder vergeblich versucht hat, Eis speiende Drachen zu erschaffen."

Athene streichelte das Drachenweibchen liebevoll zwischen den Hörnern. „Du bist das erste Wunder, das mich wirklich erstaunt. Fast möchte ich Lahara dankbar sein, weil ich dich wegen ihr kennenlernen darf."

„Die wird mich aber auch kennenlernen!", prophezeite Zephyra kampfeslustig.

Pyron streckte sich. „Dann sollten wir uns langsam wieder auf den Weg machen. Ich brenne ebenfalls darauf, ihr meine Aufwartung zu machen." Er ließ ein Flämmchen aus seinem Rachen züngeln.

Bis zum Sonnenuntergang flogen die Drachen weiter, auf der Suche nach einem sicheren Übernachtungsplatz. Unterwegs erlegte Pyron zwei Antilopen, die er kurzerhand mit seinen scharfen Krallen packte und mit sich in die Lüfte riss. Zwei schnelle Bisse töten die Tiere sofort. Eine Hinterkeule garten die Götter am Lagerfeuer, während die Drachen den ganzen Rest gleich roh verzehrten. Viola aß ein paar Beeren aus ihrem Beutel, spendierte eine Runde heißen Tee und bettete sich, in Ermangelung eines Verstecks, mit ihren Begleitern zwischen die Drachen, die alle mit ihren Schwingen vor der nächtlichen Kälte, vor Regen, Tau und Feinden schützten. Hin und wieder erwachte Pyron und blies seinen heißen Atem unter die Flügel, um seine Freunde warm zu halten.

Nach weiteren zwei Tagen war Viola sicher, dass sie der Kompass zu einem unbeweglichen Ziel führen werde, denn sie waren bisher schnurgerade in eine Richtung geflogen.

„Der unterirdische Fluss wird bald wieder ans Tageslicht kommen", erklärte Pyron soeben und fügte hinzu: „Ach, da ist er ja schon!"

„Stopp!", rief Viola. „Die Nadel des Drachenportals beginnt gerade, sich wie wild zu drehen."

„Dann haben wir es wohl wieder mal mit einem buchstäblichen Wasserspiegel zu tun", schlussfolgerte Athene, weil auf der weiten Ebene weder Baum noch Strauch zu sehen waren.

Die Drachen setzten direkt neben der Quelle zu Landung an.

„Haltet euch an Händen und Klauen und lasst bloß nicht los!", gebot Viola, ihrerseits nach Pyron und Boreas fassend.

Zephyra hakte sich zwischen ihn und Athene ein.

„Ich werde die Sache mal etwas genauer betrachten", gab Athene bekannt, langsam auf das Wasser zugehend und sich darüber beugend.

„Merkwürdig. Ich hätte schwören mögen, dass hier ein Portal ist", murmelte Viola erstaunt.

In diesem Augenblick erhob sich eine Säule aus blauem Licht, die Erde schien unter ihnen wegzusacken, dann riss es die fünf auch schon in einen Zeitentunnel, der der Vorhof zur Hölle sein musste.

Ich glaube, wir sind richtig, hörten alle Violas zufriedene Stimme in ihren Gedanken. *Haltet euch nur gut aneinander fest.*

Pyron löste das Problem des sich Verlierens ganz praktisch, indem er seine Schwingen mit denen Zephyras verhakte, die so die ganze Gruppe fest umschlossen. Dann stürzten sie aus einiger Höhe aus dem Tunnel ungebremst dem Boden entgegen. Pyron krachte auf den Rücken. Boreas erzeugte geistesgegenwärtig einen Gegenstrom aus Luft, der nicht nur ein Polster für ihn und die Frauen bildete, sondern auch unter Zephyras Schwingen fuhr und sie emporhob, statt sie auf die anderen fallen zu lassen.

„Puhhhh, das war knapp!", stöhnte Pyron, als er sich mühsam aufrappelte. „Bloß gut, dass unsereiner gut gepanzert ist! Alles noch dran", blinzelte er, als er sich gründlich untersucht hatte. „Ohne Boreas hätten wir aber alle ganz schön alt, oder vielmehr platt, ausgesehen."

Zephyra saß etwas benommen neben ihm. „Boreas ist es ja auch gewohnt, wie wild herumzuwirbeln, während ich kaum noch einen klaren Gedanken fassen konnte", gab sie zu bedenken.

„Das sieht nur so aus. Ich ruhe eigentlich im Zentrum meiner Windhose. Einen ähnlichen Höllenritt habe ich nur einmal erlebt, nämlich an jenem Tag, als uns Galantha, Stella und Silvestra abgeschossen haben", verriet Boreas grinsend.

„Passen wir lieber auf, dass uns keiner abschießt", warf Viola ein, mit zusammengekniffenen Augen die Vulkanhänge taxierend, auf die es sie verschlagen hatte. „Das ist definitiv Laharas Welt.

Bromer hat sie mir so detailliert beschrieben, dass wir den Weg zum nächsten Portal mühelos finden sollten."

Athene schüttelte sich. „Da sind ja die Schmieden von Hephaistos einladender."

„Hättest du immer dort leben müssen, als dich Zeus ihm antrauen wollte?", fragte Viola.

Athene nickte, überrascht, dass die Elfe davon wusste.

„Dann kann ich voll und ganz verstehen, warum du die Flucht ergriffen hast", sagte Viola und bereitete den Aufbruch vor.

Boreas fasste sie liebevoll um die Taille, als er mit ihr auf Pyron über die feurigen Schlünde segelte. Seine Traumfrau werde weite Wiesen, Schmetterlinge, Vögel und die herrliche Sonne genießen können, wann immer sie mochte. Das hatte er sich von ersten Augenblick an geschworen.

Keiner, nicht einmal der bocksbeinige Pan, ist hässlicher als er, hörte er Athene wispern. *Zudem bist du nicht so ein ungehobelter Klotz.*

Ganz abgesehen davon, dass er dein Bruder ist, ließ sich Viola vernehmen. *Aber die Verwandtschaftsverhältnisse einiger Götterfamilien sind mehr als kompliziert. Schon allein das Chaos der Linien um Horus …*

Weiter kam Viola nicht. Genau unter ihnen brach ein kleiner Krater auf, der eine Glutwolke in den Himmel schleuderte, welcher die Drachen nur mit knapper Not entkamen.

„Nur gut, dass unsereiner ordentlich gepanzert ist", wiederholte der völlig entsetzte Pyron immer wieder.

„Sie weiß also, dass wir hier sind", sinnierte Athene. „Kein normaler Vulkan bricht ohne jegliche Vorzeichen aus."

Dabei schien sich die Hexe sofort davon gemacht zu haben, denn sie blieben bis zum Abend beinahe unbehelligt, obwohl sie gut sichtbar über einen alten erkalteten Lavastrom flogen. In jener Grotte, in der die Retter von Aurëus übernachtet hatten, betteten auch sie sich zur Ruhe, nachdem Viola die Höhle magisch versiegelt hatte.

„In der Luft sind wir trotzdem erheblich sicherer als auf dem Boden", stellte Viola abschließend fest, „Lahara kann nämlich nicht fliegen."

„Noch nicht", schränkte Boreas vorsichtig ein. „Wer weiß, wen sie in der Zwischenzeit noch ausgelutscht hat und wer der Nächste ist."

Viola richtete sich auf. „Warum plötzlich so pessimistisch?"

„Weil ich Angst habe", flüsterte Boreas. „Ja, ich habe Angst, seit wir in ihrer Welt sind", wiederholte er, um sich selbst zu bestätigen, dass das genau beschrieb, was er fühlte.

„Ich kann sie dir leider nicht nehmen", erwiderte Viola sehr ernst. „Ich kann nur hoffen, dass alles zu einem guten Ende kommt."

„Das weiß ich doch", flüsterte Boreas, Viola fest an seine Brust drückend.

„Wir machen sie fertig, auch wenn sie fliegen könnte, wie eine Schwalbe!", schwor Viola.

Lahara blieb allerdings auf dem Boden. Sie hatte recht schnell herausgefunden, wo ihre Häscher unterschlüpft waren und leitete Wasser in einen der Magmakanäle. Das Rumoren, bevor es zur Explosion kam, weckte die Drachen und im nächsten Augenblick war die Grotte leer. Aus rund 500 Metern Entfernung sahen die fünf Freunde zu, wie der halbe Berg in die Luft flog.

Viola begann, die tiefen Kratzer an Athenes Armen zu heilen. Hätten die Drachen nicht blindlings zugefasst, wären jetzt wohl alle tot gewesen. Boreas wartete geduldig, bis er an der Reihe war. Er sträubte sich mit aller Macht, sich behandeln zu lassen, bevor Viola ihre eigenen Risswunden geschlossen hatte.

Eine Stunde später erreichten die das Tal, in welchem die Familie von Viola vor der Mure geflohen war. Da es die einzige Möglichkeit für die Drachen war, noch einmal ausreichend zu trinken, landeten sie notgedrungen. Nach dem ersten Schluck sah sich Pyron auffällig um.

„Was hast du?", raunte Viola.

„Es schmeckt schlammig", erwiderte der Drache.

„Stimmt", pflichtete Zephyra bei.

Da hörten sie auch schon das Poltern, von herabstürzenden Felsmassen. Die drei sprangen auf die Rücken der Drachen, die bereits nasse Füße bekamen und machten, dass sie ein paar Meter in die Luft kamen. Zephyra hatte die Nase voll. Sie war nicht nur sehr durstig, sondern auch sehr sauer über diesen Zustand. Sie stieß einen schrillen Schrei aus und belegte das weite Tal mit einem Fächer aus blauer Energie. Knirschend erstarrten die schlammigen Fluten als schmutziger meterdicker Eispanzer.

„Leg es trocken!", rief sie Pyron zu. „Trinken kann man es ja doch nicht mehr!"

Der schwarze Drache lachte und spie Feuer. Das Eis ging sofort in Dampf über und bald waberte warmer Dunst, dick wie Fischleim, über dem ganzen Ödland.

„Einmal Eis in die Wolken", bat Viola mit einem Blinzeln, wobei sie Athene und Boreas unter Pyrons Schwingen zog.

Zephyra gehorchte. Zuerst passierte gar nichts, dann begann es zu hageln. Erst ein bisschen, dann immer heftiger. Zephyra staunte, begriff aber den Sinn der Aktion und fing mit ihren nach vorn gekrümmten Schwingen den Hagel auf. Pyron machte es sofort nach. Die drei anderen krochen unter seinen Körper, um von den Hagelgeschossen nicht verletzt zu werden.

„Wenn Viola nicht die richtige Frau für einen Wettergott ist, dann weiß ich auch nicht weiter", lachte Athene, weil Boreas völlig verdattert dem Treiben der Drachen zusah.

Zephyra lutschte ein paar Hagelschloßen, den Rest taute sie mit ihrem heißen Atem auf und trank in langen Zügen aus ihren Flughäuten.

„So und jetzt machen wir ernst", legte Viola fest. „Boreas, ich möchte dich sehr bitten, dich auf diesen Felsblock dort zu setzen und als Köder Lahara aus ihrem Versteck zu locken. Die Drachen und Athene werden sich hier verschanzen, während ich talaufwärts wandere, um Lahara glauben zu lassen, ich ginge fort."

Boreas schluckte und versprach mit kratziger Stimme, dass er es genau so tun werde. Mit einem schwermütigen Kuss verabschiedete er sich von Viola, als sei es für immer.

Viola spürte deutlich, in welche Richtung sich Lahara durch den eingetrockneten Schlamm der Mure bewegte.

Athene und die Drachen belauerten ebenfalls jeden Schritt, wussten sie doch, dass sie sich stark zurückhalten mussten, denn die Elfe hatte durch die letzten Angriffe durch Lahara, besonders auf Boreas schon lange jene Grenze überschritten, an der ihre Kräfte noch zu stoppen gewesen wären. Sie würde die Hexe vernichten, selbst wenn sie dabei ganze Landstriche verwüstete.

Vorsicht, signalisierte Viola.

Athene kauerte sich tief hinter einen Felsblock, um vor einer möglichen Druckwelle besser geschützt zu sein. Niemand konnte wissen, in welcher Form Violas Kräfte zuschlugen.

Inzwischen war Lahara nur noch wenige Meter von Boreas entfernt, der bereits den Zauber des Succubus zu spüren begann und Anstalten machte, sich von seinem Platz zu entfernen, um ihm entgegenzugehen.

Einen Wimpernschlag später tobte das Inferno. Ein lautloser Lichtblitz blendete die völlig überraschten Zuschauer für einen Augenblick. Als sie endlich wieder klar sehen konnte, schwebte Lahara in einem Kraftfeld ein paar Meter über dem Erdboden. Das kugelförmige Gebilde überliefen blaue Energieentladungen, die direkt aus Violas Fingerspitzen strömten. Lahara krümmte sich unter unsäglichen Schmerzen. Doch ihre Schreie konnten die langsam kleiner werdende Kugel nicht durchdringen.

Mit großen Augen beobachteten Athene und die Drachen den langsamen Todeskampf der uralten Göttin, die seit der Urzeit der menschlichen Rassen bei allen Völkern als unsterblich und durch nichts angreifbar gegolten hatte. Als sie genauer hinschauten, bemerkte sie, dass Viola die Energie des Succubus gar nicht in sich aufnahm, wie sie zuerst geglaubt hatten. Die Elfe leitete Partikel für Partikel aus dem Strom einzeln in den Wind, der sie so weit verstreute, dass sie niemals wieder zueinanderfinden und Schaden anrichten konnten.

Athene war sich allerdings ganz sicher, dass Viola das Ende der verhassten Ischtar absichtlich verzögerte, um sie möglichst lange unsäglich leiden zu sehen. Dabei ahnte die Elfe nicht, dass all jene Männer mitlitten, die einst dem Succubus verfallen waren.

Boreas, direkt am Ort des gespenstigen Geschehens, ging mit einem markerschütternden Schrei als Erster bewusstlos zu Boden und wurde von Zephyra aus der Gefahrenzone gebracht. Aber auch in anderen Welten durchlitten die Überlebenden von Ischtar eine Hölle voller Qualen. Bei Familie und Freunden von Viola in der Menschenwelt, schien der Wahnsinn ausgebrochen zu sein.

Die Männer wanden sich unter Krämpfen auf dem Boden, stöhnten, schrien, wimmerten und bettelten sogar darum, ihnen endlich den Gnadenstoß zu geben.

Weil Thomas als Einziger verschont blieb, begann Silvestra zu ahnen, was sich gerade in einer anderen Dimension zutrug. Sie nickte Galantha und Stella stumm zu, dann versetzten sie die Männer kurzerhand in einen magischen Schlaf.

Es entsetzte sie, Viola derart sadistisch zu erleben, obwohl die es ja mehrfach angekündigt hatte, das Ende der Hexe genießen zu wollen. Und dieses Ende ließ noch lange auf sich warten. Fast eine halbe Stunde nahm sich die Elfe Zeit, Lahara zuerst ihre eigene Kost schmecken zu lassen, um sie, bevor sie ohnmächtig wurde, in kaltem blauem Feuer zu verbrennen.

„Es ist vorbei", flüsterte Silvestra in die Stille. „Eine der mächtigsten Göttinnen, die je gelebt haben, ist unwiederbringliche Vergangenheit."

„Einerseits freut mich dieser Zustand unglaublich", seufzte Stella, „andererseits erschreckt mich das zutiefst."

Silvestra zuckte mit den Schultern. „Erlösen wir lieber die Männer aus ihrem Zauberschlaf."

Augenblicke später erschienen, wie aus dem Nichts, Athene, Viola und Boreas mitten im Wohnzimmer der Bergers, obwohl es nicht einmal den Anflug eines Portals gegeben hatte.

„Ach herrje!" Diesmal schlug sogar Silvestra die Hände überm Kopf zusammen. „Du dürftest die erste Elfe sein, die kein Portal mehr braucht, sondern wirkliche Teleportation beherrscht."

Viola warf sich in Boreas' Arme, der, wie die anderen, noch völlig benommen war. „Bin ich überhaupt eine Elfe? Ich denke eher, nur von Gestalt, ansonsten ich habe von vielem etwas."

Aurëus grinste breit, genau wie Marc und Thomas. „Aber von all dem, genau das jeweils Beste", erklärte er, sich die Hände reibend.

„So eben auch die beste menschliche Erziehung", lachte Galantha. „Da brauchen wir uns alle keine Sorgen machen, dass du die Nachfolge der alten Hexe antrittst."

„Dass so etwas jemals geschehen könnte, hat Viola selbst verhindert", sprach Athene und berichtete bis ins Detail vom Ende Ischtars.

„Am meisten werden sich Bromer, alias Gilgamesch, und Aurëus, als Utanapischtim, freuen", schmunzelte Boreas, auf deren Identitäten aus grauer Vorzeit anspielend. „Für die meisten kaum vorstellbar, tausende von Jahren in unterschwelliger Todesangst leben zu müssen."

Zeus nickte kaum merklich, während er Boreas und Viola beobachtete, die noch immer eng umschlungen standen und denen man ihr Glück überdeutlich ansah.

„Machen wir jetzt ein paar Tage richtig Urlaub?", fragte der Nordwind vorsichtig, die Elfe an sich drückend.

„Nichts lieber als das! Zuerst bei den Drachen und dann in der Menschenwelt, genau so, wie ich es Euch allen versprochen habe", jubelte Viola. „Wir werden die Einhörner besuchen und am Nixensee baden gehen."

Athene klatschte wie ein Kind in die Hände. Zeus legte ihr wahrhaft väterlich lächelnd den Arm um die Schulter. „Klingt nach Spaß, wie wir ihn selten hatten, meine Kleine."

„Ich will jetzt lieber nicht fragen, wie lange du das nicht mehr zu ihr gesagt hast", blinzelte Thomas.

Zeus grinste breit. „Viel zu lange. Ich bin sicher, ihr wisst, dass sie meine Lieblingstochter ist. Sie hat mich nie an Hera verpetzt, wenn ich gewildert habe."

Die Versammelten brachen in schallendes Lachen aus.

„Hera ist ja auch nicht meine Mutter", schmunzelte Athene. „Aber da fällt mir ein, dass ich meinen Ziehvater Triton bei Gelegenheit fragen werde, ob die verschollene Leier des fliegenden Poeten schon entdeckt worden ist."

„Oh, Triton ist wirklich dein Ziehvater?!", staunte Diandra. „Ich habe das irgendwo gelesen, aber nicht geglaubt."

Athene schmunzelte. „Hast du Lust, ihn mit mir zu besuchen?"

„Aber gern, wenn die anderen nichts dagegen haben", erwiderte die Nixe und bekam von allen Seiten zustimmendes Nicken.

„Wir nehmen sie am besten alle mit, damit sie sich keine unnötigen Sorgen machen", versprach Athene.

„Apropos alle: Habt ihr die Drachen etwa in der anderen Dimension gelassen." Martha schaute Viola beunruhigt an.

Viola lachte. „Ach, i wo! Die habe ich vorher in ihrer Grotte abgesetzt! Ich lasse doch Freunde nicht im Stich!"

Zeit für Freunde

Das Erste, nachdem sich die Aufregung etwas gelegt hatte, war, dass Marc bei Emilio eine Tafel für den Abend bestellte. Der mühsam unterdrückte Jubelschrei des Italieners ließ ihn, den anderen mit einem Auge heftig zublinzeln, die das mit einem vergnügten Schmunzeln quittierten. Immerhin hatten sich in den letzten Wochen, nach Zeitrechnung der Menschenwelt, auch noch die Frauen so rar gemacht, dass Emilio schon fürchtete, sie könnten gar nicht mehr wiederkommen.

Natürlich heuerte er sofort ein paar seiner zuverlässigsten Studenten als Küchen- und Kellneraushilfen an. Diesen Abend sollte nicht mal ein Stäubchen auf einem Glas trüben. Zudem hatte er in den letzten Wochen in den alten Geschäftsbüchern seines Großvaters recherchiert und mit einem vergnügten Lächeln festgestellt, dass dieser tatsächlich speziell für die Elfen allerlei extrasüße Dinge eingelagert hatte. Es war nur ein kurzer Anruf, dann standen mehrere Kisten Nektar und Zutaten für Süßspeisen in seiner Warenschleuse.

Vater Antonio hatte, aus Unkenntnis der Tatsachen, irgendwann auf *gesunde* Kost umgestellt, die weniger Zucker enthielt. Nun holte Shanna die alten Rezepte hervor, die Luigi fein säuberlich in einem Ordner *Stammkunden* abgeheftet hatte.

So kam es dann, dass die Damen, nach einer herzergreifenden Begrüßung, plötzlich ihr Lieblingshäppchen vor sich stehen hatten, wie vor vielen, vielen Jahren. Für Athene hatte Shanna kurzerhand mehrere kleine Eiskleckschen mit verschiedenen Soßen in einer flachen Schale arrangiert und voll ins Schwarze getroffen.

„Sie haben Aufzeichnungen gefunden?", fragte Marc kurz.

Emilio nickte. „Aber nur über die bevorzugten Speisen unter der Überschrift Stammgäste", entgegnete er, genau wissend, was Marc eigentlich interessierte. „Aus den Zutaten habe ich eins und eins zusammengezählt und mit den Informationen verbunden, die ich von Ihnen bekommen habe. Den erfreuten Mienen nach, habe ich mich auch nicht geirrt."

Shanna brachte Sekt. Als sie ihn eingeschenkt und die Gläser ausgeteilt hatte, bedeutete ihr Aurëus, sich mit Emilio zu ihnen an den Tisch zu setzen. Er zauberte rasch noch zwei Gläser.

„Ich denke, wir sollten alle zum Du übergehen", erklärte er kurz und hob sein Glas. „Auf gute Freundschaft!"

Die anderen folgten ihm nur zu gern. Shannas Hände zitterten vor Aufregung so, dass sie das Glas mit allen beiden festhalten musste.

Diandra streichelte Shannas Arm. „Ich kann dich verstehen. Als ich das erste Mal in Pyrons Drachenhöhle war, ging es mir ebenso. Ich bin aus einer tiefen Ohnmacht aufgewacht und sehe genau vor mir zwei riesige grüne Augen und Zähne, so groß wie Fleischermesser. Dass da noch ganz viele andere Wesen waren, die mich besorgt, aber auch erleichtert beobachteten, habe ich vor Schreck gleich gar nicht begriffen. Das war alles so … so unwirklich. Doch schon am selben Abend vermisste ich den großen Drachen und die anderen, die mich gerettet und in meinen See zurückgebracht hatten. Und die nun keine Fremden mehr für mich waren. Es tut so gut, Freunde zu haben."

Zeus nickte kaum merklich. Er hatte nie wirkliche Freunde gehabt. Was dieses Wort überhaupt bedeutete, hatte er erst in den letzten Wochen und Monaten begriffen.

Da sagte auch schon Bromer: „Mich, den immer muffeligen Einzelgänger, haben sie genau so herzlich aufgenommen. Du siehst ja, was daraus geworden ist." Er hob dankbar lächelnd sein Glas zu Marc und Thomas mit ihren Frauen.

„Darauf trinken wir alle!", rief Aurëus, nach dem Kristallglas fassend. Er stutzte. „Sag mal, Emilio, sind das nicht die Gläser, die dein Großvater immer mit der Hand geputzt hat, weil sie nicht spülmaschinenfest sind?"

„Das sind sie", erwiderte der junge Gastwirt lächelnd. „Ich habe geahnt, wie wertvoll sie für ihn gewesen sein müssen, weil sie alle einzeln eingewickelt in einer zugeklebten Kiste aufbewahrt waren. Zudem habe ich euch, oft davon erzählen hören, dass er ihnen immer selbst den höchsten Glanz gab. Da habe ich ganz schnell

wieder den Zusammenhang begriffen. Ihr habt sie praktisch geadelt, wenn ihr daraus getrunken habt. Ich will es genau so halten wie mein Großvater."

„Und wir haben noch etwas entdeckt, das besonders sicher verpackt auf dem Boden stand!", rief Shanna, ins Büro eilend.

Wenige Augenblicke kam sie wieder, die kristallene Skulptur auf den Tisch setzend, die einen Drachen mit zwei Elfen darstellte und die Pyron einst mit Auréus gemeinsam erschaffen hatte.

Marc begann daraufhin, die ganze Geschichten um die Figur zu erzählen, womit er auch Viola, Athene, Bromer und Zeus eine Freude machte. Am Ende trug Shanna das wertvolle Stück zu einer gesicherten Glasvitrine an der Bar, um es genau so zu würdigen, wie es Luigi getan hatte.

Erst kurz nach Mitternacht ging die fröhliche Runde auseinander. Viola kuschelte sich in zu Boreas unter die Decke. Von nun an war es seine Aufgabe, sie zu beschützen. Und weil es nach Laharas Tod beinahe völlig ausgeschlossen war, einem Trugbild in Frauengestalt aufzusitzen, verwöhnte er Viola mit allen erdenklichen Zärtlichkeiten. Dass die anderen nicht um ihren Schlaf gebracht wurden, war nur der Tatsache zu verdanken, dass Viola ihr Schlafzimmer mit Elfenkraft schalldicht versiegelte.

Noch vor dem Frühstück versammelten sie sich vor dem Spiegelportal, um mit den Drachen gemeinsam zu schmausen. Boreas trug einen gewaltig großen Beutel in der Hand, welchen Emilio bis an die Beladegrenze mit Schinkenröllchen für die sanften Riesen gefüllt hatte.

Zephyra hatte noch schlummernd genau vor dem magischen Spiegel gelegen, als es die Freunde mit Macht hinausschob. Nun purzelten sie alle über das Drachenweibchen und durcheinander, womit sie es unsanft weckten.

Mit dem Schreckensruf: „Großer Gott, die Grotte stürzt ein!", sprang Zephyra auf und warf die Ankömmlinge dabei in alle Ecken.

Pyron, ebenfalls noch schlaftrunken, riss die Augen auf. Da klebten ihm auch schon zwei buntschillernde Flügel auf der Nase.

„Tut mir leid, Großer!", hörte er Viola lachen. „Kannst du mir mal helfen? Ich glaube, ich hänge fest."

Pyron pflückte die Elfe mit äußerster Vorsicht von seinem Riechorgan, dann begann er zu kichern. In der Höhle sah es auch zu komisch aus. Quer über Zephyras Hals baumelte Thomas, Martha klemmte zwischen zwei Stühlen. Galantha hockte unfreiwillig auf dem Sims mit dem Drachenschatz, während es die anderen beiden Elfen in den Seitengang geweht hatte.

Athene stand auf dem Tisch, unter welchen es Marc, Aurëus und Zeus gedrückt hatte. Bromer und Diandra steckten unter Pyrons Flügel. Boreas schien verschwunden zu sein. Den entdeckten sie erst, als er über ihre verdutzten Gesichter in schallendes Gelächter ausbrach. Er spazierte, sich prächtig amüsierend, kopfüber an der Decke entlang.

Pyron ging laut schnüffelnd auf ihn zu. „Oh, du hast einen verführerischen Duft mitgebracht. Darf ich erst dich von da oben und danach dir den Beutel abnehmen?"

„Aber gern doch!", schmunzelte Boreas und ließ sich buchstäblich herunterpflücken.

„Hach! Die sehen ja genau so lecker aus, wie die von Luigi", schwärmte Pyron, nachdem er übervorsichtig in den Beutel gelugt hatte. „Wer ist der edle Spender?"

„Emilio und Shanna", erklärte Marc, der eben noch versucht hatte, Zephyra zu trösten, der es furchtbar peinlich war, solch ein Chaos angerichtet zu haben. „Wir haben die beiden in alles eingeweiht und nun lässt Emilio unsere alten Rituale und Gewohnheiten neu aufleben. Dazu gehört eben auch, euch beide mit Schinkenröllchen zu erfreuen."

„Vielen, lieben Dank", riefen die Drachen zugleich. „Vergesst nur nicht, die beiden von uns zu grüßen, wenn ihr sie das nächste Mal seht."

„Machen wir", versprach Stella, Geschirr und Besteck austeilend.

Viola wandelte inzwischen das heiße Wasser in Kaffee, während sich die Teetrinker aus dem Kräutervorrat der Drachen bedienten.

Athene lehnte sich behaglich auf ihrem Stuhl zurück und sog den Duft ihres Pfefferminztees ein. „Ach, ich liebe es, bei euch zu sein. Es ist alles so unkompliziert."

„Dann komm uns doch einfach hin und wieder besuchen", bot Zephyra an. „Wir würden uns jedenfalls sehr darüber freuen. Platz haben wir genug und es gibt viel zu entdecken."

„Das Angebot nehme ich gern an! Da kann ich sicher auch irgendwann mit den Einhörnern sprechen. Vielleicht darf ich ja sogar mal eins anfassen", freute sich Athene.

„Fliegen wir nach dem Frühstück zum Nixensee?", fragte Diandra bei diesem Thema.

„Wohin immer du willst, mein Schatz." Bromer hatte einen schnellen Blick mit den anderen gewechselt und volle Zustimmung erhalten. Er wusste, wie sehr sich seine Frau darauf freute, ihren Schwestern Neues aus der Menschenwelt zu berichten. Zudem ahnte er, dass Diandra ganz bewusst die Frage gestellt hatte, weil die Einhörner jeden Mittag den See aufsuchten und sie Athene eine große Freude machen wollte.

Natürlich setzten alle den Plan auch in die Tat um. Thomas, der schon ewig nicht mehr mit Zephyra auf Fischfang gewesen war, versprach, mit ihr für ein reichhaltiges Mittagessen zu sorgen.

Die Drachen waren noch nicht einmal gelandet, da tauchten auch schon die Nixen und Wassermänner auf, um die Gäste mit fröhlichem Gelächter zu empfangen. Diandra, die ihre Monoflosse aus der Drachengrotte mitgenommen hatte, sprang mit einem mehrfachen Salto über dem See von Zephyras Rücken und bewies, dass sie in der Menschenwelt gut in Übung geblieben war.

Natürlich bekam sie Beifall von allen Seiten. Auf den bewundernden Blick von Zeus, begann Thomas schallend zu lachen, während Bromer breit grinsend mit dem Finger drohte und: „Untersteh dich!", rief.

Zeus grinste burschikos zurück. „Man wird doch wohl mal träumen dürfen?!"

Athene wiegte amüsiert den Kopf. Ihr Vater hatte jetzt monatelang abstinent gelebt. Kein Wunder, dass er, jetzt wo keine Gefahr mehr drohte, wieder nach Frischfleisch Ausschau hielt und Diandra, die clevere Nixe, passte perfekt in sein Beuteschema. Aber Zeus hatte auch die Kraft der Elfen erlebt. Es war klar, dass er sich hier, im Freundeskreis sehr zügeln werde.

Niemand nahm es ihm übel, dass er sich stattdessen gleich von drei Nixen aus dem See verwöhnen ließ. Die anderen dösten im Sand, schwammen oder schauten zum anderen Ende des Sees, wo das Flüsschen einmündete und Thomas sehr erfolgreich Forellen angelte.

Athene betrachtete fasziniert die in der Sonne schillernden Flügel der Elfen und gab bekannt, die wundervolle Musterung weben zu wollen, wenn sie wieder zu Hause sei. Sie wollte gerade noch etwas hinzufügen, als sie trommelnder Hufschlag innehalten ließ. Sie kreiselte herum und staunte – die ganze Herde Einhörner hielt direkt auf sie und die Freunde zu. Augenblicke später waren sie auch schon von den weißsilbern glänzenden Tieren umringt.

„Steig auf, wir traben eine Runde um den See", sprach der Leithengst zu Athene, die einfach nur dastand und ihn mit großen Augen bestaunte.

Marc half ihr, die eigentlich eine exzellente Reiterin war und sogar auf den Rücken galoppierender Pferde springen konnte, beim Aufsitzen.

Das Einhorn wieherte belustigt, weil sie sich kaum wagte, es zu berühren. „Du musst keine Angst haben, wir gehen nicht kaputt, wenn man uns anfasst."

Ein anderes hatte sich Thomas zugewandt, der es sanft am Hals kraulte und nun seufzte: „Ich kann sie verstehen. Mir kommt es auch jedes Mal wie ein wundervoller Traum vor, wenn ich euer seidiges Fell spüren darf."

„Stell dir einfach vor, ich sei ein Pferd", bat der Leithengst die Göttin der Weisheit, die gehorsam nickte und endlich fest in die dichte Mähne griff. Dann trabte er auch schon langsam an, um wenige Sekunden später in halsbrecherischem Galopp eine lange Staubfahne hinter sich zu lassen.

„So, nun seid ihr dran", erklärte die Stute den anderen, wobei sie Zeus, der seiner Tochter sehnsüchtig hintergeschaut hatte, leicht mit dem Horn berührte.

„Ich weiß genau, wie du dich jetzt fühlst", schmunzelte sie, als er auf ihrem Rücken saß.

Zeus lachte herzlich. „Ja, wie der König der Götter. Und das gebe ich gerne zu."

Boreas blinzelte amüsiert. Seinem König hatte die Zeit unter echten Freunden in der Welt der Menschen eindeutig gut getan. Der oft grausame Despot war kaum wiederzuerkennen. Nur werde er die neuen Erfahrungen in seinem Reich tief in seinem Herzen vergraben müssen, um auch in Zukunft überleben zu können.

Hast leider Recht, hörte er die Stimme seines Reittiers in seinen Gedanken. *Er wird aber trotzdem nie mehr der sein, der er vorher war.*

Stimmt, erwiderte Boreas, wohl wissend, dass es positiv zu werten war.

Aurëus hatte inzwischen mit den Elfen und den anderen Zauberern die Köpfe zusammengesteckt, die Nixen und Wassermänner zusammengerufen, um eine Überraschung für alle vorzubereiten.

„Ach herrje!", rief Diandra freudig, als sie von ihrem Einhorn gesprungen und eingeweiht worden war. „Das erinnert mich ganz stark an unsere Beschwörung, um Nereus herbeizulocken."

Augenblicke später stand sie mit den Zauberern, Elfen und Drachen im flachen Wasser, fasste die nebenstehenden Geschöpfe an Hand oder Schwinge und stimmte mit ihnen in den melodischen Singsang Galanthas ein.

Athene, Zeus und Boreas beobachteten mit Spannung, was da im Wasser geschah. Wen mochten die Freunde wohl rufen? Noch bevor der Lockruf endete, rauschte es in der Mitte des Sees, ein gigantischer Strudel bildete sich, stieg als Wasserhose in die Wolken, fiel wieder zusammen und entließ als kreisrundes magisches Tor drei Wesen, die sich verblüfft umschauten.

Viola flog ihnen lachend entgegen. „Hallo Marek, hallo Freunde! Herzlich willkommen in der Elfenwelt!"

Die sechs Köpfe der beiden Hydren wandten sich ihr zu. „Sssschön, dassss es euch gut geht! Wir haben unssss großßßße Ssssorgen gemacht!"

Viola kraulte beide unterm Kinn eines Kopfes. „Alles ist gut." Dann schwebte sie auf Marek zu, der sich noch immer verwundert die Augen rieb. „Du träumst nicht. Wir waren so frei, euch für ein paar Stunden in unsere Welt zu entführen. Hoffentlich seid ihr uns deswegen nicht böse."

Inzwischen hatten die Hydren die beiden Drachen entdeckt, die zu ihnen ins Wasser stiegen, um sie mit einem dreifachen Nasenstupser zu begrüßen, worauf sich alle neugierig musterten.

„Ihr ssssseid ja noch viel größßßßer, alssss ich erwartet habe", staunte einer der Wasserdrachen, als Pyron die Schwingen ausbreitete.

Marek erging es nicht anders. Der tauschte mit wachsender Verzückung Händeschütteln und Umarmungen aus, um schließlich mit großen Augen vor den Einhörnern zu stehen und sich stumm ergriffen vor ihnen zu verneigen.

Die Zauberer tafelten erneut auf und alle fassten erfreut zu.

„Ihr könnt mich für verrückt halten, aber ich habe Lust auf Eis", seufzte Athene plötzlich.

„Kannst du haben." Galantha wandelte schmunzelnd ein paar Früchte um.

„Herzlichen Dank!", rief Athene. Dann wurde sie hektisch. „Ich hab ja völlig vergessen, Zeus zu erzählen, dass Zephyra Eis speien kann!"

Zeus sprang auf. „Wie? Was? Sag das nochmal!"

„Sie kann Eis speien", wiederholte Athene. „Ich habe es mit eigenen Augen gesehen."

Das Drachenweibchen nickte bestätigend. „Soll ich eine kleine Kostprobe geben?"

„Aber ja!" Zeus deutete auf den See.

Zephyra stellte sich in Position. „Keine Angst, liebe Wesen im See, ich ziehe nur eine schmale Bahn und taue sie gleich wieder auf!" Dann hauchte sie eine gut gezielte Garbe blauer Energie auf das Wasser, welches auf fast fünf Metern Breite einen halben Meter dick gefror. Sofort schickte sie heißen Atem hinterher, damit sich der See nicht abkühlte und seine Bewohner nicht frieren mussten.

Zeus gelang es gerade noch, ein Stückchen Eis zu erhaschen, das in seinen Händen rasch taute. „Irrtum ausgeschlossen", murmelte er beeindruckt.

Alle Wesen, denen Zephyras besondere Fähigkeit bis dahin unbekannt gewesen war, schüttelten ungläubig die Köpfe.

Das Drachenweibchen schmunzelte. „Vielleicht sollte Athene erzählen, wie es uns auf der Jagd nach Lahara ergangen ist. Ich könnte wetten, dass ihr alle nur das Nötigste erfahren habt."

„Die Wette hättest du gewonnen", bestätigte die Göttin der Weisheit und begann, weil auch Viola darum bat, die ganze erfolgreiche Mission sehr detailliert zu beschreiben."

„Ihr habt ab sofort einen Monat Urlaub!", rief Marek seinen Wasserdrachen zu, als er ganz sicher wusste, dass es Lahara nicht mehr gab.

„Klasse! Dann können wir euch doch mit in unsere Welt nehmen und Lars' alte Leier suchen", schlug Boreas vor. „Gegen eure Zähne und harten Panzer haben selbst die größten Haie keine Chance."

„Und das Salzwasser?", warf Diandra zaghaft ein.

„Dasss halten wir sssschon aussss, sssolange man unsss nicht zzzzwingt, immer darin zzzzu leben", zischte eine der Hydren.

Zephyra zupfte vorsichtig an Boreas' Arm. „Dürfen Pyron und ich auch mit?"

„Aber selbstverständlich! Ihr werdet unsere Insel mögen. Da könnt ihr euch stundenlang von den lauen Lüftchen, die in den vielen Spalten wohnen, tragen lassen, ohne einen Flügel rühren zu müssen." Boreas streichelte Zephyra zwischen den Hörnern.

Zeus räusperte sich, zeigte auf Athene. „Habt ihr auch ein Plätzchen für uns beide?"

„Für unseren König oder gute Freunde immer!" Boreas strahlte vor Freude.

„Dann rechne mich bitte zur zweiten Kategorie, wenn die Bitte nicht zu vermessen ist", erklärte Zeus leise. „Ich bin sicher, dass ihr alle wisst, dass das unser Geheimnis bleiben muss."

Boreas nickte kurz, mit sehr ernstem Gesicht.

„Wann hatte ich eigentlich zuletzt Urlaub?", fragte Zeus plötzlich seine Tochter.

Die lachte herzlich. „Nie, soweit ich weiß."

„Dann werde ich es doppelt genießen." Zeus ließ sich von Galantha auch ein Vanilleeis zaubern, zu welchem Stella einen heißen Espresso spendierte. Mit der freien Hand streichelte er Pyron. „Wärst du so lieb, mich hin und wieder durch die Gegend zu fliegen?"

„Was für eine Frage! Und ob ich das machen werde!" Pyron blinzelte ihm verschwörerisch zu.

Diandra hatte zur gleichen Zeit ein ähnliches Gespräch mit den Hydren geführt. Sie freute sich darauf, auf deren Rücken die Tiefe erkunden zu können, ohne Angst haben zu müssen, von irgendwelchen Tieren gefressen zu werden. Bromer wusste, dass sie bei Mareks Wächtern gut aufgehoben war und ließ ihr das Vergnügen. Nur Marek selber behielt er im Auge, denn der machte keinen Hehl daraus, wie angetan er von Diandra war.

Allerdings merkte der auch recht schnell, wie eifersüchtig Bromer reagierte und zog es vor, öffentlich zu erklären, keinesfalls amouröse Abenteuer heraufbeschwören zu wollen. Bromer war beruhigt und stieß mit dem Wassermann sogar auf gute Freundschaft an.

Als die ersten Sterne am Himmel standen, suchten sich die einen ein feuchtes Schlafplätzchen im See, die anderen ein trockenes in der Grotte der Drachen. Zeus stutzte kurz, dann nahm er dankbar das einfache Heulager an und baute sich wie alle anderen ein gemütliches warmes Schlafnest.

Abenteuer auf der Insel der Winde

Am nächsten Morgen nahmen alle das Frühstück gemeinsam am See ein und bereiteten sich mental auf die Reise zur Windinsel vor.

„Wie bekommt ihr nur so viele Wesen wohlbehalten in die unsere Dimension?", überlegte Athene laut.

Aurëus winkte ab. „Genau so, wie wir die Wasserdrachen und Marek hierher geholt haben, nämlich durch den Wasserspiegel. Wenn alle ihre Kräfte bündeln, dürfte es wenig Probleme geben. Kann natürlich sein, dass wir auf der anderen Seite des Tores auch durch einen Wasserspiegel geworfen werden."

„Oh je, hoffentlich nicht im Meer!", rief Galantha erschreckt.

„Das ist selten so glatt, als dass das funktionieren würde", tröstete sie Marc. „Ich vertraue da ganz auf Viola und Aurëus. Die werden schon den passenden Ausgang finden."

„Wir sind aber nicht allmächtig", warf Viola ein, „und müssen nehmen, was sich uns gerade anbietet."

Zuerst musste aber der passende Eingang geschaffen werden. Also wateten alle ins Wasser, fassten sich an den Händen oder Krallen, wobei jene in der Mitte des Kreises standen, die nicht magisch begabt waren. Ein goldenes Leuchten, vom Grund des Sees her, zeigte an, dass sich ein Portal aufbaute. Ein starker Sog riss die ganze Gruppe plötzlich in einen gigantischen Strudel. Durch einen nachtschwarzen Tunnel raste sie dahin.

„Achtung!", schrie Viola.

Es wurde nass, kalt und zugig, dann rutschten sie auch schon mitten in einem ansehnlichen Wasserfall aus einer Felsspalte, in das fast kreisrunde Becken darunter. Das heißt, nicht alle flutschten heraus. Die vier riesigen Drachen hingen fest, während die Zweibeiner ziemlich erschreckt im Wasser saßen.

„Hat jemand eine Idee?", hörten sie Pyrons Stimme dumpf aus der Grotte.

„Ich komme erst mal rein und sondiere die Lage!", antwortete Marc, den Worten Taten folgen lassend.

Schnell stand fest, dass die steinerne Barriere etwa zwei Meter dick war.

„Feuer und Eis", schlug er sofort vor. „Damit können Zephyra und Pyron das Gestein sprengen. Wir gehen beiseite, falls es einen Bergrutsch gibt."

„Wir sind ganz vorsichtig", versprach Zephyra.

Als Marc die kleine Grotte verlassen hatte, machten sich die beiden Drachen ans Werk, wobei sie von den Hydren äußerst interessiert beobachtet wurden.

Zuerst heizte Pyron mit seiner Drachenflamme den Fels auf, dann belegte ihn Zephyra mit einem Eisstrahl. Schon nach wenigen Sekunden knackte und knirschte es, Risse bildeten sich, die immer größer wurden. Und schließlich war das Material so mürbe, dass Pyron fast mühelos große Stücke herausbrechen konnte.

Als die Engstelle groß genug war, die Wasserdrachen durchzulassen, bat Pyron sie, sofort zu gehen und sich weitab in Sicherheit zu bringen. Sie robbten auch sogleich durch das flache Wasser zur Kante und ließen sich fallen. Draußen dirigierte Marek seine beiden Wächter auf sicheren Boden.

Es krachte mörderisch, als Pyron einfach voran stürmte, um das letzte Hindernis aus dem Weg zu räumen. Kürbisgroße Felsbrocken flogen wie Kanonenkugeln durch die Gegend, denen der schwarze Drache folgte, der Mühe hatte, noch rasch die Schwingen auszubreiten, um den Fall zu mildern. Schließlich segelte die zierliche Zephyra majestätisch herab.

„Das nenne ich einen Auftritt!", rief Zeus. „Am liebsten würde ich euch zu mir auf den Olymp locken und nie wieder gehen lassen."

„Untersteh dich!", rief Viola, wobei sie ihm mit erhobenem Zeigefinger drohte.

Zeus grinste harmlos. „Man wird doch wohl noch träumen dürfen."

Die Elfe grinste zurück. „Ich werde dich im Auge behalten."

Äolus, der soeben als Windhose nahte, blieb vor Staunen der Mund offen stehen. Noch nie hatte jemand straflos so mit seinem König gesprochen. Dass dieser Boreas dabei lustig zublinzelte, brachte Äolus völlig aus der Bahn. Der Windgott vergaß glatt, langsamer zu werden, und wurde von Pyrons schuppiger Brust unsanft gestoppt.

„Oh, ein laues Lüftchen", kicherte der Drache amüsiert, als sich Äolus völlig konfus materialisierte. „Du hast dir doch hoffentlich nicht weh getan?"

„Nicht wehgetan", wiederholte der entgeistert und betastete das Hindernis. Es dauerte auch ziemlich lange, bis er begriff, dass er sich gerade an einem Drachenpanzer zu schaffen machte. Er war so auf die Zweibeiner fixiert gewesen, dass ihm die Anwesenheit der vier gigantischen Echsen völlig entgangen war. Jedenfalls sah er sich plötzlich von mehreren gewaltigen Köpfen mit Reißzähnen umringt und beobachtet.

Boreas übernahm es mit einem Lächeln, die Lage aufzuklären und die bisher noch Unbekannten, seinem Vater vorzustellen. Der musste schließlich auch lachen und hieß alle herzlich als Gäste auf seiner Insel willkommen.

„Wie geht es Euros?", fragten Viola und Boreas im nächsten Moment.

„Dank Viola und Athene blendend", antwortete eine Stimme aus dem Nichts, worauf der Ostwind Gestalt annahm. „Schön, dass ihr alle gekommen seid!" Dabei begrüßte er die beiden genannten Damen besonders herzlich. „Wenn ich eure entspannten Gesichter sehe, bin ich sicher, dass euer Kampf erfolgreich war."

„Sieg auf ganzer Linie!", schmunzelte Viola. „Aber ohne Zephyra und Pyron wäre es ungleich schwerer geworden. Sie und ihre dicken Panzer haben uns vor manchem Übel beschützt, das sonst hätte tödlich enden können."

Auf der Suche nach Lars' Leier

Äolus hängte sich vergnügt lächelnd zwischen Viola und Boreas ein, als er seine Gäste zum Palast führte. Die Zauberer teleportierten die Hydren und ließen im Garten ein großes Bassin entstehen, damit die auch die Wasserdrachen an der Wiedersehensfeier teilnehmen konnten. Zeus ging zwischen Galantha und Silvestra, Athene mit Aurëus und Marc. Wassermann Marek und Thomas hatten Stella in die Mitte genommen. Die anderen ließen sich kurzerhand von den Drachen tragen.

Zeus, der König der Winde, sollte den Ehrenplatz bekommen. Nur winkte der Viola heran. „Ich glaube, dieser Platz gebührt dir."

Viola lachte. „Den müsste ich mir aber mit Athene, Boreas, Zephyra und Pyron teilen. Denn allein hätte ich das Monster nicht erledigen können. Also bleibe ich, wie alle anderen, hübsch in der Runde sitzen."

„Mein lieber Äolus, dann bleibt dir nichts weiter übrig, als Hausherr deinen angestammten Sitz wieder einzunehmen", schmunzelte Zeus. „Denn ich habe keinen Anteil am Sieg." Er setzte sich mit einem breiten Grinsen neben Marek.

Mit einem irritierten Kopfschütteln ließ sich Äolus schließlich nieder. Athene entspannte die Situation, indem sie von all den Abenteuern, zu erzählen begann, die sie mit Viola, Boreas und ihren Freunden erlebt hatte. An jenem Punkt, wo Zephyra auf Geheiß Violas Hagel erzeugt hatte, schnellte Äolus von seinem Stuhl und starrte das Drachenweibchen mit riesengroßen Augen an.

Zeus begann schallend zu lachen. „Genau so habe ich auch geschaut, als sie mir erzählt hat, dass Zephyra nicht nur Feuer, sondern auch Eis speien kann." Er hielt einen Apfel am Stiel hoch und Zephyra ließ sich nicht lange bitten. Mit einem winzigen blauen Hauch fror sie die Frucht ein. Zeus ließ los und der Eisapfel zersplitterte mit einem Knall auf der Tischplatte.

Äolus trat an Zephyra heran, streichelte ihre schuppige Nase und erklärte: „Betrachte dich ab heute als meine Wahltochter. Damit steht es dir zu, den Lüftchen und Windgesellen in den Spalten und Grotten meiner Insel Befehle zu erteilen."

„Lass dich herzen, Schwesterchen!", rief Zephyros erfreut, ihr einen Kuss auf die Nasenspitze drückend.

„Und damit keine Unklarheiten entstehen", fügte Äolus hinzu, „Viola steht ebenfalls die Befehlsgewalt zu. Weil Boreas schon lange um ihre Hand angehalten hat, wodurch ich sie schon jetzt als Familienmitglied betrachte."

„Und darauf trinken wir!", rief Zeus, seinen Weinbecher erhebend.

Pyron rieb seinen Kopf an Zephyras Wange. Er war unendlich stolz auf seine Gefährtin.

Athene erzählte schließlich weiter und alle lauschten gespannt. Die Windmänner blickten immer wieder zu Viola hinüber, die an Boreas' Schulter geschmiegt, überaus schutzbedürftig wirkte. Es entsetzte sie, als die Göttin der Weisheit das langsame Sterben Ischtars in allen Details beschrieb.

„Mich beruhigt es jedenfalls, dass die viele ausgesaugte Energie niemandem mehr schaden kann", strahlte Euros, worauf alle ehemaligen Opfer des Succubus heftig nickten.

Für den Nachmittag verstreuten sich die Urlauber auf der ganzen Insel. Zeus und Pyron verschwanden zu einem Rundflug über dem Meer. Die Hydren starteten einen Tauchgang mit Diandra und Marek, während die anderen in der Sonne lagen und dösten.

„Erzählst du uns, wie du zu dem Beinamen *Pallas* gekommen bist?", wandte sich Bromer an Athene.

„Nicht gern und nur, weil ihr meine Freunde seid und Vater nicht anwesend ist." Die Tochter des Zeus setzte sich auf, umfing die angewinkelten Beine mit den Armen und schaute wehmütig übers Meer. „Dass mich Triton aufgezogen hat, wisst ihr ja bereits. Über das Warum ist nie ein Wort gefallen, weder von ihm, noch von meinem leiblichen Vater. Na, ihr kennt ja auch die Geschichte mit Hephaistos. In dieser Welt geschehen Dinge, die sind ganz einfach so. Und ich bin eine von denen, die nicht alles als Schicksal hinnehmen. Aber das nur als Information am Rande.

Meine beste Freundin hieß Pallas und war Tritons Tochter. Er unterrichtete uns in allem, was man hier wissen muss, aber auch in verschiedenen Kampftechniken. Pallas und ich liebten besonders den Schwertkampf und übten bei jeder nur möglichen Gelegenheit.

Einmal haben wir es dabei besonders wild getrieben. Zeus, der keinen Hehl daraus macht, dass ich sein Lieblingskind bin, fürchtete, mir könnte etwas geschehen und hielt seinen Schild vor mich. Pallas erschrak so sehr, dass sie meinen gerade begonnenen Angriff nicht mehr parieren konnte." Athene schluckte. „Mein Hieb war tödlich. Ich habe den Verlust meiner Freundin nie verwunden und trage deshalb auch ihren Namen, damit sie niemals vergessen wird."

Bromer atmete tief durch. „Ich habe gehofft, die alten Aufzeichnungen würden sich irren."

Athene schüttelte traurig den Kopf. „Leider nein. Hades gibt sie nicht mehr frei, egal, was ich auch unternehme. Wäre sie eine Unsterbliche gewesen, dann hätte ich wenigstens eine kleine Chance gehabt. Durch diesen bedauerlichen Vorfall kam ja überhaupt erst ans Licht, dass ihre Mutter sterblich gewesen sein muss. Aber ich weiß bis heute nicht, wer sie gewesen war. Triton hüllt sich in Schweigen. Vielleicht aus gutem Grund. Zeus hat meine Mutter Methis verschlungen, bevor ich zur Welt kam. Ich musste mir mein Leben hart erkämpfen. Möglich, dass er mich deshalb nicht sofort in seiner Nähe haben wollte."

„Ich erinnere mich, von der Weissagung gelesen zu haben", murmelte Martha. „Eine Tochter solle ihm ebenbürtig sein, ein Sohn werde ihn stürzen."

„Ja, hier herrscht ausschließlich das Wolfsgesetz: Fressen und gefressen werden." Athene ließ sich wieder in den Sand sinken.

„Deine Mutter war eine Okeanide", warf Viola ein. „Hat dich Triton deshalb aufgezogen?"

„Das ist ziemlich wahrscheinlich. Ich bin als Kind zwischen den grazilen Wasserwesen kaum aufgefallen. Das hat sich erst geändert, als ich mich endgültig dem Landleben zugewandt habe."

„Und Hera?", ließ sich Martha vernehmen.

Athene lachte. „Ich weiß, was du eigentlich fragen willst. Ich bin vor der Zeit geborgen, als sie Zeus' Gattin wurde. Meine Mutter war seine erste Geliebte und galt als die klügste Frau in dieser Dimension. Hera weiß, dass sie mir nicht gefährlich werden kann. Sie hätte das Gros aller Götter gegen sich und als tödlichen Gegner Zeus persönlich. Er würde sie, ohne zu zögern, ihre eigene Kost schmecken lassen."

Thomas verzog das Gesicht. „Das glaube ich dir aufs Wort."

Diandra und Marek tauchten aus den Meereswogen auf.

„Wir haben Nereus und die Nereiden getroffen!", rief die Nixe schon von weitem. „Wir sollen euch alle ganz lieb grüßen."

„Sie haben sich sofort mit meinen Hydren angefreundet und passen auf, dass ihnen niemand dumme Streiche spielt", verriet Marek zufrieden.

„Das beruhigt mich", gab Äolus zu. „Hier ist buchstäblich alles möglich. Deshalb möchte ich Viola auch nicht unter Druck setzen, bei uns zu leben. Mir genügt, zu wissen, dass sie meinen Boreas glücklich macht. Seiner Bestimmung kann er auch in euerer Welt folgen. Er wird herausfinden, wie das geht."

Lautes Rauschen deutete an, dass auch Pyron und Zeus im Anflug waren.

Pyron stupste Zephyra an. „Danke für die Hilfe. Ich bin noch nie so viele Stunden einfach nur gesegelt."

„Gern geschehen. Ich wusste doch, dass ihr beide viel vorhattet."

„Wo wart ihr denn?", fragte Athene.

„Überall!", lachte Zeus. „Wir haben Poseidon gesucht, ihn aber nicht gefunden. Dafür ist uns Triton über den Weg geschwommen. Er will morgen mal vorbeikommen."

„Ohhhh!", riefen Athene und Diandra gleichzeitig, worüber die anderen herzlich lachen mussten.

Wie sehr sich die Nixe darauf freute, Athenes Ziehvater kennenzulernen, wusste jeder aus der Runde.

Als die ersten Sterne funkelten, steckten die Hydren noch einmal die Köpfe aus dem Wasser. „Leckere Fissssche gibt essss hier! Und großßßß ssssind die!"

„Ihr habt doch nicht etwa …?" Marek blieben glatt die Worte weg.

„Nur zzzzwei kleine", versuchte der eine Wasserdrache abzuwiegeln und deutete etwa drei Meter an.

Diandra begann schallend zu lachen. „Ihr habt wirklich zwei Weiße Haie verputzt?"

„Issst dassss ssssehr ssssschlimm?" Die sechs Köpfe der beiden Hydren schauten betreten in die Runde.

Thomas schlug sich wiehernd auf die Schenkel, Zeus wischte sich Lachtränen aus den Augen. Es war einfach urkomisch, die gigantischen Tiere wie ertappte Sünder zu erleben.

„Ssssie waren in der Überzzzzahl", verteidigte sich die andere Hydra, worauf das Gelächter erneut aufflammte.

„Keine Sorge, von den Biestern könnt ihr essen, bis ihr satt seid", erklärte Notus, der Südwind. „Die gibt es hier in solchen Scharen, dass sie eine richtige Plage sind. Hauptsache, ihr lasst die Wale und Delfine in Ruhe."

„Dassss versssssprechen wir. Die haben auch nicht verssssucht, unssss zzzzu beißßßßen." Beruhigt ließen sich die beiden Riesen wieder ins Wasser sinken.

„Wir holen uns auch erst mal ein Häppchen", verkündeten Zephyra und Pyron, in den Sternenhimmel fliegend.

„Ich glaube, heute haben die Haie ganz schlechte Karten", schmunzelte Stella.

„Morgen auch, schätze ich", meinte Galantha, „die werden freiwillig das Feld räumen, wenn unsere Wassermission startet. Es wird nicht oft vorkommen, dass denen einer ans Leben will, und die Jagden von heute dürften nachhaltig wirken."

Die Frauen räumten gemeinsam die Tafel ab, dann zog Ruhe auf der Insel ein. Sogar der Nachtwind strich so sacht umher, dass er nicht einmal die Grashalme bewegte.

Zephyra und Pyron bezogen eine der größeren Grotten, deren eigentliche Bewohner freiwillig das Feld räumten und lieber in der Menschenwelt für Sandstürme in den Wüsten Afrikas und Asiens sorgten. Das Zischeln und Wispern der Nachbarn störte die Drachen nicht.

Am Morgen hatte die ständig wandernde Insel den nördlichsten Punkt des Meeres erreicht. Boreas hauchte Viola einen Kuss auf die Nase.

„Ich mache etwas Frühsport", erklärte er lächelnd, sich wohlig streckend.

„Darf ich mitkommen?", fragte Viola, die ahnte, was er gleich tun werde.

„Wenn du versprichst, dich ordentlich an meinem Hals festzuhalten."

„Ich schwöre!" Sie zog sich sogar einen Umhang über, damit ihn ihre Flügel nicht störten.

Boreas nahm sie in die Arme, dann tanzte er auch schon inmitten eines schwarzen Staubteufels mit ihr aus der Tür. Er stieg hoch in die Wolken auf, die er umherwirbelte und die eine bedrohliche Farbe annahmen. Im nächsten Augenblick ging ein Wolkenbruch nieder, der die Küste meilenweit in Morast verwandelte. Nach zehn Minuten hatten sich die Wolken leer geregnet, und die Sonne kam hervor.

„Genug für heute." Der Nordwind küsste Viola, nahm sie bei der Hand und flog mit ihr gemächlich nach Hause.

„Man hat dich schon vermisst", witzelte Euros.

„Ach ja?", feixte Boreas. „Sie wissen, dass sie ohne mich nicht wirklich gute Ernten einbringen. „Ihr Schlawiner trocknet ihnen ja nur die Böden aus, statt Regen zu bringen." Er tippte Euros und Notus vor die Brust.

„Wir sind die Guten", kicherte Zephyros, auf sich und Boreas zeigend.

Äolus schmunzelte. „Im Normalfall würden jetzt alle vier aufeinander losgehen und am Ende beleidigt das Weite suchen. Gäste zu haben, kann manchmal recht entspannend sein."

„Sie sollten sich Frauen suchen", schlug Boreas vor, für Viola den Stuhl zurechtrückend.

Seine drei Brüder schnitten ihm lustige Grimassen quer über den Tisch.

Zeus grinste vergnügt Athene an. Was würde er wohl dafür geben, genau so relaxt sein zu können!

„Es nicht tun zu dürfen, ist leider deine Bestimmung", sagte sie laut und alle nickten.

„Ach ja", seufzte er. „Ich muss ja auch morgen spätestens nach Hause, ehe das Chaos ausbricht."

Wie ernst die Worte gemeint waren, sollten sie schon wenige Stunden später erfahren. Poseidon wusste durchaus, dass sein jüngster Bruder, Zeus, nach ihm gesucht hatte. Insgeheim hatte er gehofft, Ischtar habe ihn doch noch erwischt und er könne die Macht des Olymp an sich reißen. Nereus und seine Nereiden hatten die Informationen, die ihnen Diandra und Marek gegeben hatten, brühwarm weitererzählt. Zeus schien es blendend zu gehen. Entsprechend übellaunig hatte Poseidon in seinem Palast am Meeresgrund gehockt, weil es anders gekommen war, als er es sich in buntesten Farben ausgemalt hatte.

Wenn all das stimmte, was ihm nun zu Ohren gekommen war, dann konnte er es sich auch abschminken, seinen Bruder offen anzugreifen. Die zwei Hände voll Wesen, die mit diesem zu Äolus gekommen waren, wogen ganze Armeen auf. Aber man konnte sie ja ein bisschen necken und ihnen die gute Laune vergällen.

Gleich nach dem Frühstück waren die beiden Hydren, begleitet von Zephyra und Pyron, der das Boot mit Diandra, Marek, Bromer, Aurëus und Marc zog, zu jener Stelle aufgebrochen, wo sie damals den Fesselballon geborgen hatten. Zeus saß auf Pyrons Rücken und genoss ganz einfach den schönen Tag. Er beobachtete, wie sich Nereus und die Meermädchen einfanden, um die Freunde zu unterstützen. Die Winde waren alle auf der Insel geblieben und selbst die kleinen Lufthauche, durften sie nicht verlassen. Entsprechend glatt war die Meeresoberfläche. Der vermeintliche Schaum bestand einzig und allein aus den Schleiern der Nereiden und eigentlich hätte das Wasser klar und durchsichtig sein müssen. War es aber nicht, wie die Hydren beunruhigt den anderen mitteilten.

Zeus wurde stutzig, weil das Phänomen nur auf knapp dreihundert Meter Umkreis auftrat und genau dort, wo die Grotte sein musste. Irgendjemandem schien daran zu liegen, sie zu verärgern.

„Steig mal höher!", bat er schließlich den schwarzen Drachen, um die Stelle genauer in Augenschein zu nehmen.

Tatsächlich, im Wasser, ziemlich tief unter der Oberfläche, drehte sich ein Strudel, der vorher nicht dagewesen war.

„Na, Brüderchen, das gibt Saures", knurrte er, Zephyra heranwinkend. „Schicke einen Eisstrahl genau ins Zentrum", flüsterte er ihr zu und ließ Pyron das Boot aus der Gefahrenzone bringen, wohin die anderen rasch folgten.

Zephyra vergewisserte sich, dass alle in Sicherheit waren, positionierte sich mit rauschenden Schwingen genau über dem Strudel und spie ein ziemlich dickes Bündel blauer Energie ins Wasser. Statt sich zu beruhigen, wanderte der Strudel in Zickzacksprüngen weiter, worüber Zeus in dröhnendes Gelächter ausbrach und „Volltreffer!", rief. „Du hast ihn so heftig erwischt, dass er wie auf einer heißen Herdplatte hüpft! Geschieht ihm recht!"

„Wen meinst du?", fragte Zephyra.

„Poseidon." Zeus lachte noch immer.

„Oooooops", murmelte das Drachenweibchen. „Soll ich ihn wieder ein bisschen aufwärmen?"

„Nein, da haben wir länger Ruhe vor ihm. Schadenfreude, schönste Freude!", erwiderte Zeus.

Inzwischen trieb der gefrorene Kanal nach oben, den die Energie ins Meer gezeichnet hatte.

„Ach herrje!", staunte Marc. „Das sind doch bestimmt 30 Meter Länge mit einem Durchmesser von fünf Metern an der dicksten Stelle! Bei Süßwasser hättest du bestimmt gleich den ganzen See eingefroren."

„Na ja, ich habe ein bisschen mehr getan, weil ich aus eigener Erfahrung weiß, dass Salzwasser oft anders reagiert. Ich bin ja schließlich, wie alle anderen Drachen der Elfenwelt, an einem Meer, wie diesem hier, geschlüpft. Da habe ich selber erlebt, wie kalt es sein muss, damit das Meer gefriert."

„Das hatte ich glatt verdrängt", gab Marc zu. „Das Beste wird sein, du bleibst in der Nähe."

„Keine Sorge, ich lasse das Boot nicht aus den Augen!"

In den nächsten drei Stunden ließ sich Poseidon weder blicken noch machte er sich anderweitig bemerkbar. Diandra, Marek und die Nereiden inspizierten jeden Stein und jede Bodenerhebung, die auch nur annähernd die Größe des gesuchten Instrumentes hatte. Dabei entfernten sie probeweise Algen, und festsitzende Seetiere, um zu schauen, was sich darunter verbarg.

Nereus selbst blieb bei der Gruppe, während die Hydren weiträumig ihren Runden zogen, um Gefahren rechtzeitig erkennen und abwenden zu können.

„Ich kann mir nicht vorstellen, dass die Leier schon zerfallen sein soll!", grübelte Marc schließlich. „Salzwasser konserviert doch hervorragend."

„Vielleicht hat sie ja jemand gefressen", meinte Marek. „Bohrwürmer oder so was."

„Unschöner Gedanke", murmelte Aurëus. „Aber wo kann sie sonst stecken?"

„Die Frage habe ich mir auch oft gestellt", meldete sich Nereus. „Wir suchen doch schon seit langer, langer Zeit. Die Strömung haben wir dabei immer beachtet."

„Vielleicht hat sie ja die alte Spaßbremse?" Diandra zeigte senkrecht nach unten.

„Ha! Das kann durchaus sein!" Nereus schaute die Nixe bewundern an. „Das ist der einzige Ort, wo wir sie nicht vermutet haben."

„Was tun?", überlegte Marc. „Freiwillig wird er sie nicht zurückgeben."

„Sprecht mit Zeus, Athene oder Triton", schlug Nereus vor. „Die kennen Poseidon am besten und wissen um seine Schwächen."

Zephyra zog das Boot zurück zur Insel.

Äolus teilte Nereus' Meinung. Poseidon war nicht zu trauen, der war zudem noch launischer als seine Söhne und das wollte was heißen.

Gegen Mittag erklang vom Meer ein Muschelhorn und alle liefen oder flogen an den Strand. Diandra staunte am meisten über Athenes Ziehvater. Nereus hatte, wie alle Nixen, die sie kannte, einen Fischschwanz. Triton hingegen ähnelte einem Zentauren. Der äußerst muskulöse Oberkörper ging in den Leib eines Pferdes über, der in einem kräftigen Fischschwanz endete.

Die immer verspielten Nereiden umringten ihn fröhlich kichernd.

„Fast wie meine Schwestern im See", schmunzelte Diandra.

Athene stellte die beiden auch sofort einander vor.

„Ich habe viel von dir gehört", erklärte der Meeresgott, der Nixe die Hände reichend und sie neugierig musternd.

Diandra lächelte. „Bestimmt auch, dass ich den Najaden gedroht habe, ihre Quelle auszutrocknen."

„Auch das", blinzelte Triton. „Du hast es ein kluges Köpfchen, kleine Nixe. Umso mehr freue ich mich, dich in Gesellschaft meiner Ziehtochter zu sehen."

Dann erspähte er Marek. „Ach, wen haben wir denn da? Den Herr über die dreiköpfigen Wasserdrachen! Deine beiden Wächter habe ich schon bewundert. Ihr lebt wirklich in der Menschenwelt? Unglaublich!"

Triton zog seinen Fischschwanz aufs Trockene. „Und wer, von euch Zauberern, hat Poseidon erschreckt?", wandte er sich an Aurëus.

„Das war ich", meldete sich Zephyra aus dem Hintergrund.

„Huch! Ich habe dich für eine Statue gehalten", lachte Triton und bat das Drachenweibchen, etwas näher heranzukommen. „Dann stimmt es also, was die Nereiden überall herumerzählen!"

Zephyra nickte ganz vorsichtig.

„Hast du prima gemacht. Der alte Zausel da unten hat schon lange eine Abreibung verdient. Ich glaube, davon kann jeder hier ein Lied singen, der im oder am Meer lebt."

Diesmal nickte Äolus ganz vorsichtig.

„Ihr seid wieder auf der Suche nach der Leier des Triganers, habe ich gehört."

„Das ist richtig", erwiderte Aurëus und erklärte, welchen Verdacht Diandra dazu geäußert hatte.

Triton nickte ihr amüsiert zu. „Wie ich schon sagte, du hast ein kluges Köpfchen. Vielleicht kannst du ihn ja überlisten."

„Ich wüsste auch schon wie, wenn ich nahe genug herankäme", erwiderte Diandra. „Ich kann nämlich singen, wie die Sirenen. Im Gegensatz zu ihnen bringe ich aber Wesen zum Einschlafen. Davor ist auch Poseidon nicht gefeit, wenn ich mich nicht irre. Vorher müssen wir nur erfahren, wo er das Instrument aufbewahrt, falls er es denn wirklich hat."

„Weißt du was?", schlug Athene vor. „Wir drei, also du, Triton und ich, besuchen ihn ganz offiziell. Dann reizen wir ihn ein bisschen, indem wir dich als beste Sängerin aller Meereswesen hinstellen, und warten ab, was passiert. Wir sind doch beide Meisterinnen beim Improvisieren."

„Au weia", murmelte Thomas. Er konnte sich gut vorstellen, dass es die clevere Nixe wirklich schaffte, Poseidon aus der Reserve zu locken und ihm die Leier abzunehmen.

Athene fackelte nicht lange herum. Sie zitierte Hermes herzu, der die Besuchsabsicht an den Herrscher der Meere übermitteln sollte.

Es dauerte nicht lange, da war Hermes zurück und verriet: „Er erwartet euch heute Abend. Er scheint ein bisschen angesäuert zu sein."

„Perfekt!", lachte Athene. „Da macht er noch leichter Fehler."

Zeus rieb sich die Hände, als er vom Plan der drei erfuhr. Es tat ihm fast leid, den Ausgang des Besuchs nicht hier abwarten zu können. Er verabschiedete sich von allen sehr herzlich, kraulte Pyron zwischen den Hörnern und löste sich vor ihren Augen in Luft auf.

„Passt bitte gut auf meine Frau auf", bat Bromer inständig, als sich Triton mit den beiden Damen auf den Weg machen wollten.

„Das schwöre ich bei meinem Leben", antwortete Athene. „Nie wieder soll einer Freundin in meiner Gegenwart ein Leid geschehen."

„Du hast ihnen die Geschichte von Pallas erzählt?", staunte Triton.

„Ja, das habe ich."

„Dann sind sie wirklich Freunde." Und an Bromer gewandt: „Ich werde nicht von ihrer Seite weichen."

„Danke."

Thomas legte dem Zauberer den Arm um die Schulter, der die Geste dankbar annahm.

„Kannst du denn unter Wasser atmen?", fragte Diandra, als Athene zum Aufbruch drängte.

Die lachte herzlich. „Ich komme schon klar."

Wenig später begriff Diandra. Während sie von Triton getragen wurde, der sich diese Ehre nicht hätte nehmen lassen, glitt Athene neben ihnen in einer Art riesiger Luftblase durch die Fluten.

Der Korallenpalast Poseidons ließ die Nixe staunen. Atemberaubende Bögen, Säulen und Türme in strahlenden Farben, umschwommen von tausenden Fischen und anderem Meeresgetier, boten eine grandiose Kulisse für das Abendessen bei dem Herrscher der Meere.

Vor dem Portal glitt Diandra von Tritons Rücken. Er reichte ihr den Arm und so überschritten sie zusammen mit Athene die Schwelle des Palastes. Sollte Poseidon noch Groll gehegt haben, wich der sofort der Neugier. Es war das erste Mal seit hunderten von Jahren, dass sein Sohn Triton auf diese Weise eine Frau offiziell begleitete. Noch dazu, wo Athene anwesend war. Der Meeresgott vergaß bei diesem Anblick glatt, dass er eine Nixe vor sich hatte, zumal die hübsche Besucherin auf zwei Beinen einherging. Eigentlich hätte er aus Lars' Balladen wissen müssen, wen er vor sich sah.

Triton stellte sie ihm jedenfalls nur als „Diandra aus der Elfenwelt, die bei den Menschen lebt" vor, ohne zu erwähnen, welcher Art Wesen sie war.

Dass Poseidon nicht nachfragte, war für das, was sie vorhatten, umso besser.

Diandra unterhielt sich so charmant und unbefangen mit ihrem Gastgeber, dass Athene hin und wieder ein verstecktes Schmunzeln mit Triton tauschte, weil die Nixe schon mit Worten den Meeresgott einlullte. Natürlich befragte er auch Athene ganz intensiv über die Jagd auf Ischtar und die schlug ganz bewusst den Bogen zu den Berufen in der Menschenwelt.

Poseidon ließ sich wirklich locken und bat Diandra, zu erzählen, womit sie ihr Geld in jener Welt verdiente.

„Mit Gesang", antwortete die Nixe im Brustton der Überzeugung. „Ich hatte das Glück, schon einige Male auf großen Bühnen zu stehen."

Poseidon zog eine Augenbraue hoch. „Nun, meine Liebe, in unserer Welt würdest du dann wohl verhungern. Gegen die Stimmen der Nereiden, Najaden und der Sirenen hättest du kaum eine Chance."

Diandra zuckte mit den Schultern. „Dann bin ich so vermessen, dagegen zu wetten."

„Wie???" Poseidon glaubte, sich verhört zu haben. „Du willst ernsthaft gegen eines meiner Meermädchen antreten?"

„Natürlich. Jetzt und auf der Stelle!" Diandra schaute ihn gespielt beleidigt an.

Der Hausherr begann schallend zu lachend. „Übermut tut selten gut. Gewinnt meine Sängerin, dann wirst du eine Woche lang meinen Palast putzen, bis die Böden wie Diamanten blinken. Gewinnst du, dann hast du einen Wunsch frei. Meine Sängerin beginnt." Er blies auf einem Muschelhorn, worauf eine der Nereiden erschien.

Das Lied, welches sie sang, hätte wohl einen Menschen um den Verstand gebracht, aber bei einer Nixe wirkte es nicht. Poseidon beobachtete mit Erstaunen, dass Diandra während des Vortrags weiter Meeresfrüchte naschte und kein bisschen beeindruckt schien. Am Ende meinte sie nur: „Recht nett. Das kannte ich noch nicht", worauf Poseidon einen fast hilflosen Blick zu Athene sandte.

Diandra nahm den Platz der Nereide ein und begann mit einem Bogen glockenheller Töne, denen die beiden Meergötter verwundert lauschten. Das war genau die Aufmerksamkeit, die die Männer unvorsichtig werden ließ, denn nun steigerte Diandra die Darbietung zu einem einschläfernden Sirenengesang. Die Melodie umschmeichelte die beiden, entrückte ihren Geist in andere Welten, und Triton konnte gerade noch sehen, dass Poseidon zuerst einschlief, dann fiel auch schon sein Kopf auf die Brust.

„Das war es dann wohl", lachte Athene. „Aus die Maus." Sie zog sich die Baumwollpfropfen aus den Ohren, die sie vorm Zauber der Nixe geschützt hatten. Dann rüttelte sie zuerst Triton wach. Der wiederum machte sich den Spaß, Poseidon zu wecken. Der schaute sich so verloren um, dass Diandra in schadenfrohes Kichern ausbrach. Erst recht, als er die schlummernde Nereide gewahrte, die Athene jetzt sanft antippte und die auch erst überlegen musste, was geschehen war.

„Was bist du?!, fragte Poseidon schließlich, Diandra mit tellergroßen Augen musternd.

„Eine Nixe. Oder hast du etwa nicht gesehen, dass ich auf Tritons Rücken hier angekommen bin. Nicht einmal Athene hätte so lange die Luft anhalten können und die hat ihre Wurzeln im Meer."

„Du bist verdammt gut informiert", stöhnte Poseidon. „Ich glaube, mich zu erinnern, dass und wo ich deinen Namen schon mal gehört habe. Der Triganer besingt dich in seinen Balladen!"

„Richtig! Und weil wir gerade bei Lars sind: Ich möchte seine alte Leier als Belohnung haben. Das ist mein einziger Wunsch."

Wortlos kopfschüttelnd ließ Poseidon das Instrument holen. Diandra nahm es dankend entgegen. „Da hat sich der Besuch doch richtig gelohnt."

Poseidon klappte der Mund auf. „Dann war das alles ein abgekartetes Spiel?"

„Ja natürlich. Freiwillig hättest du die Leier doch nicht hergegeben", schmunzelte Diandra. Hättest du nicht versucht, uns aus dem Meer zu vertreiben, wäre ich gar nicht auf den Gedanken gekommen, dass du sie hast. So konnte ich mir an fünf Fingern abzählen, wo sie steckte."

Poseidon schüttelte lächelnd den Kopf. „Du bist klug und vor allem ehrlich. Das gefällt mir. Es hat auch schon lange keiner mehr geschafft, mich so an der Nase herumzuführen." Er reichte ihr eine riesige schwarze Perle. „Nimm dies, weil du deinen Wunsch dem Triganer geschenkt hast."

Diandra bedankte sich überaus erfreut.

Erst im Morgengrauen verließen sie den Palast auf dem Meeresgrund, und beeilten sich, an die Oberfläche zu kommen, um die Freunde zu beruhigen, die die ganze Nacht kein Auge zugetan hatten.

Lösegeld für Ares

Zeus informierte natürlich, kaum dass er auf dem Olymp angekommen war, Ares, den Gott des Krieges, über alles, was sich in den letzten Wochen ereignet hatte. Ares hörte mit wachsender Verblüffung zu. Dann war er eine Weile ziemlich schweigsam.

„Superelfen?! Ha, ich kann nicht glauben, dass Viola größere Macht haben soll als du oder ich!", rief er schließlich.

Zeus hob den Zeigefinger. „Athene war dabei. Sie hat mit eigenen Augen gesehen, was geschehen ist."

Ares schnaufte unwillig.

„Dann stelle sie doch auf die Probe. Schließlich sind sie noch bei Äolus auf der Insel. Aber sieh dich vor, sie ist Boreas versprochen", erwiderte Zeus mit hintergründigem Grinsen.

Und als Ares wirklich mit seinem Streitwagen Richtung Meer davonfuhr, brach er in dröhnendes Lachen aus. Im nächsten Augenblick folgte er ihm unsichtbar. Das zu erwartende Schauspiel wollte er sich keinesfalls entgehen lassen.

Auf der Insel der Winde amüsierte man sich gerade über das, was Athene und Triton von Diandra und Poseidon erzählten. Dann ging die schwarze Perle von Hand zu Hand.

„Die ist unglaublich wertvoll", stellte Auréus schnell fest. „Und das nicht nur in der Menschenwelt, sondern auch hier."

Diandra reichte sie Bromer. „Bewahrst du sie bitte auf. Du kannst sie besser schützen."

Zephyra zuckte deutlich sichtbar zusammen.

„Stimmt irgendwas nicht mit der Perle?", fragten mehrere überrascht.

Zephyra verengte die Augen zu Schlitzen. „Die Perle ist unschuldig. Ich fühle Unheil anderer Art auf uns zukommen."

„Wie?!" Äolus sprang auf. „Sollte etwa Poseidon …?"

Das Drachenweibchen schüttelte den Kopf. „Nein, dessen Energie kenne ich. Es muss ein Fremder sein."

„Wenn du das sagst, dann muss es stimmen", murmelte Pyron. „Ich fliege mal eine Runde und sondiere die Lage. Bleib du bei unseren Freunden."

„Warte!" Viola erhob sich ebenfalls. „Nimm mich mit. Mein Kampfmodus aktiviert sich auch soeben von ganz allein."

Boreas erschrak. „Keinen Schritt ohne mich."

„Steigt auf!", rief Pyron, ein wenig Platz zwischen sich und die am Strand Sitzenden bringend, um sie beim Starten nicht umzu- wirbeln.

Sie umrundeten zuerst im Tiefflug die Insel, um schließlich im- mer größere Spiralen in immer größerer Höhe zu fliegen. Über dem offnen Meer näherte sich ihnen von Süden rasch eine tief- schwarze kleine Wolke.

„Das ist Ares. Und in absolut mieser Laune", staunte Boreas. „Sonst umhüllt er seinen Streitwagen nicht so drohend. Was will er hier? Ob vielleicht doch Poseidon dahinter steckt?"

„Das glaube ich nicht. Das Meer ist spiegelglatt. Zudem hält Ares ja schnurgerade auf uns zu!" Pyron stand in einer Art Rüttelflug in der Luft.

„Der will tatsächlich was von uns und nicht von Äolus", bemerk- te Viola. „Wenn er Streit sucht, den kann er haben!"

„Den wird er auch suchen", schlussfolgerte Boreas daraus, dass die Wolke ihren Flug nicht verlangsamte.

„Hab viel darüber gelesen, dass er aus blanker Freude an der Gewalt zuschlägt", erklärte Viola. „Den knöpfe ich mir vor. Of- fenbar braucht er dringend eine ordentliche Abreibung von einer Frau, damit er merkt, dass er nicht allmächtig ist. Zeus wird es mir sicher nachsehen." Sie bat die beiden Begleiter, sich zurückzuhal- ten, und schwebte dem Unheil entgegen.

Wenige Meter, bevor sie der Streitwagen rammen konnte, errich- te sie mit ausgebreiteten Armen eine Energiebarriere und wartete einfach ab, was passieren werde. Es gab einen mächtigen Donner- schlag und violette Blitze zuckten auf, als Ares' vier Pferde unge- bremst in die Barriere galoppierten. Sie brachen zusammen, der

Streitwagen kippte um und der finstere Gott flog, sich mehrfach überschlagend, heraus.

„Ich hätte es, an deiner Stelle, mit Ausweichen versucht, wenn mir was im Wege stände", grollte Viola, gut geschauspielert. „Oder willst du mir jetzt etwa erzählen, du hättest den riesigen Drachen nicht gesehen?"

Ares' Mund klappte auf. Noch nie hatte sich jemand gewagt, so mit ihm zu sprechen. Das schrie förmlich danach, kurzen Prozess zu machen. So rappelte er sich auf, riss das Schwert aus der Scheide und brüllte im gleichen Moment vor Schmerzen, denn Viola ließ die Waffe rotglühend heiß werden. Ihm blieb nicht weiter übrig, als sie fallen zu lassen, denn diese Attacke hatte ihn genau so überrascht, wie der Sturz mit dem Wagen.

„Unterlasse die dummen Spielchen, ich habe keine Lust darauf", herrschte ihn Viola noch dazu an, als sich Zeus vor Lachen schon kaum noch halten konnte.

Sie erreichte auch genau das, was sie hatte haben wollen. Ares wurde immer wütender und damit immer unvorsichtiger. Er sprang auf Viola zu, um ihr den Hals umzudrehen. Boreas schrie auf, Pyron hielt den Atem an und Zeus drückte ihr die Daumen, bis die Gelenke knackten.

Die Elfe ließ den Angreifer bis auf wenige Zentimeter herankommen, dann umschloss sie ihn mit einer ähnlichen Energiekugel wie Ischtar. Nur wirkte die diesmal so, dass sich Ares' eigene Energie gegen ihn richtete. Je mehr er wütete, umso größer wurden die Schmerzen. Und das begriff der völlig entsetzte Gott ziemlich schnell. Nach einer Viertelstunde hockte er entkräftet und ratlos am Boden der bläulichen Kugel. Weil er zu stolz war, Viola um Frieden zu bitten, ließ die ihn ein paar Stunden einfach schmoren.

Sie zog sich mit Boreas und Pyron sogar zurück und beobachtete aus der Ferne die sinnlosen Versuche des Gottes, sich zu befreien. Der merkte irgendwann, dass er sich damit noch mehr schwächte und auch, dass er inzwischen von unzähligen Augen amüsiert gemustert wurde. Der Ozean war weiß von den Meerschaumschleiern der Nereiden, Poseidon, Triton und Nereus hatten sich eingefunden und auch die Winde strichen um den Ort des Geschehens.

Zähneknirschend rief Ares schließlich nach Viola. „Ich will verhandeln!"

Die erschien auch sofort. „Verhandeln? Dann lass mal hören."

„Lass mich hier raus und ich schwöre, sofort zu verschwinden."

„Vergiss es. So einfach kommst du mir nicht davon. Auch glaube ich dir nicht."

„Wenn mein Vater, Zeus, hier wäre, der würde für mich bürgen!", stieß Ares düster hervor.

Vila zog eine Augenbraue nach oben. „Bist du sicher?"

„Was soll das heißen?! Ich will hier raus!", tobte Ares und knickte sofort in die Knie, weil ihm die Kugel durch diesen Wutausbruch wieder ein bisschen seiner Kraft raubte.

„Ich habe Zeit", schmunzelte Viola, sich mit untergeschlagenen Beinen auf dem zersplitterten Streitwagen niederlassend, dessen Zugtiere ganz langsam wieder zu sich kamen.

Ares fühlte erneut Wut aufsteigen, weil ihn die Elfe öffentlich derart lächerlich machte und gleich liefen wieder bläuliche Entladungen über sein Gefängnis.

„Lass mich raus!", bettelte er schließlich.

Viola schüttelte den Kopf. „Das Zauberwort fehlt."

Nun materialisierte sich Zeus. „Das Wort *bitte* kennt er nicht. Er ist gewohnt, alles auf Befehl zu bekommen. Da werde ich ihm wohl doch aus der Patsche helfen müssen. Mal sehen, was ich dir zum Tausch bieten kann …

Ach, da fällt mir doch glatt was ein. Nimm eines seiner schwarzen Rösser, damit siegst du in der Menschenwelt in jedem Rennen."

„Nicht meine Pferde!"; schrie Ares.

„Was glaubst du eigentlich, in welcher Lage du dich befindest?", fragte Viola. „Wenn mir der Sinn danach stände, würde ich einfach alle vier Pferde nehmen, ohne dass du auch nur das Geringste dagegen tun könntest. Halt den Mund und sei froh, dass ich mit einem Pferd zufrieden bin!"

Sie tippte mit dem Finger die Energiekugel an, die daraufhin mit einem zarten Glockenton zersprang. Dann wandte sie sich den Pferden zu und suchte sich jenes heraus, welches auf ihr Streicheln besonders sanft reagiert. Denn was nutzte ihr ein Pferd, das schwer zu bändigen war und womöglich noch auf seine Pfleger losging.

Ares schnitt die übrigen drei vom Wagen los, schwang sich auf eines, dann raste er in vollem Galopp davon. Zeus ließ unter dem Gelächter der Meerwesen den zerborstenen Streitwagen ins Wasser fallen, wo ihn sich Poseidon als besondere Trophäe in den Park seines Palastes stellte. Zeus winkte grinsend in die Runde, ehe er Ares zum Olymp folgte.

Viola schwebte auf dem Rücken ihres Pferdes zur Insel des Äolus zurück, wo sie das herrliche Tier frei laufen ließ. Ungesehen konnte es keinesfalls verschwinden und freiwillig würde es sicher nicht gehen. Es war wohl das erste Mal in seinem ganzen Leben gestreichelt worden. Im Augenblick folgte es ihr auf Schritt und Tritt.

„Wolltest du nicht schon immer einen Hund haben?", witzelte Thomas.

Marc rieb sich das Kinn. „Willst du es wirklich mit in unsere Welt nehmen?"

Viola seufzte. „Ich glaube nicht, dass es sich da wohlfühlen würde. Vor allem: Wer sollte es trainieren, ohne dass es auffällt? Dieses Tier muss frei galoppieren, damit es sich wirklich gut fühlt." Sie wandte sich zu den Winden um. „Darf ich es bei euch lassen? Ihr seid genau so schnell wie dieses Ross und ihr werdet es sicher immer gut behandeln."

Zephyros streckte vorsichtig die Hand nach der seidigen Mähne aus und das Pferd ließ ihn gewähren. „Ich verspreche, mich gut darum zu kümmern. Wenn du es irgendwann zu einem Rennen abholst, wirst du sicher sehr zufrieden sein."

„Danke, Brüderchen!" Boreas klopfte ihm erfreut auf die Schulter.

„Hoffen wir, dass Ares nicht versucht, das Prachtstück zu entführen", seufzte Euros.

„Das wird er sicher versuchen, sonst wäre er nicht Ares", orakelte Äolus.

„Macht es dem Hottehü so gemütlich, dass es nicht auf ihn reagiert, egal was er tut", schlug Thomas vor.

Das *Hottehü*, wie es Thomas nannte, war in den nächsten Tagen ständig mit ihnen unterwegs, nahm Leckerbissen von allen und ließ sich auch von jedem streicheln. Besonders Martha und Diandra verwöhnten es von morgens bis abends und so war es kein Wunder, dass es die beiden auch rasch auf seinem Rücken duldete.

Zephyros blieb stets bei ihnen, um einzugreifen, sollte es plötzlich in den Himmel starten. Aber der schwarze Hengst dachte gar nicht daran.

Marc, Auréus und Bromer nahmen sich der Leier des Triganers an, um sie vor dem Verfall zu schützen, nachdem sie an die Luft zurückgeholt worden war. Einig darüber, sie so zu erhalten, wie sie Diandra bekommen hatte, konservierten sie sie mitsamt der Muscheln und Korallen, die sich darauf angesiedelt hatten.

Die Hydren, Diandra und Marek durchstreiften zusammen die Tiefen des Meeres, wobei ihnen die Nereiden die wundervollsten Plätze zeigten. Ob Zufall oder nicht, einmal trafen sie auf Poseidon, der kein Geheimnis daraus machte, wie sehr er die Niederlage des Kriegsgottes gegen Viola genossen hatte. Immerhin war er ja auch der List einer kleinen Nixe aufgesessen. Nun versuchte er, herauszufinden, wie viel Wahres an dem Gerücht, der rote Drache habe ihn mit Eis attackiert, zu finden sei.

„100 Prozent!", lachte Diandra. „Wenn Zephyra will, dann friert sie dir den halben Ozean ein. Man sollte die Lady also nicht über Gebühr reizen."

Zwar war das reichlich übertrieben, aber Poseidon glaubte es aufs Wort. Marek musste sich mühsam ein schadenfrohes Grinsen verkneifen. Die kleine Nixe war buchstäblich mit allen Wassern gewaschen. Auf alle Fälle werde es sich der Herr der Meere nun mehrfach überlegen, ob er ausgerechnet da, wo die Insel der Winde trieb, haushohe Wellen oder Seebeben hervorrief. Womöglich holten die dann ihre Freunde und dann war sicher Schluss mit lustig. Ares und Ischtar waren die besten Beispiele.

„Ich möchte gern Ladon besuchen", bat Pyron am nächsten Abend.

„Oh, darf ich mitkommen?" Zephyra faltete bittend die Vorderklauen, worauf Pyron nickte.

„Du kennst den Weg?", fragte Äolus kurz.

„Ja, ich habe ihn wie auf einer Landkarte im Kopf", verriet der schwarze Drache. „Schließlich ist er ein guter Freund aus alter Zeit."

„Passt bitte auf euch auf! Und wenn ich euch einen guten Rat geben darf: Trennt euch nie und geht Hera aus dem Weg!" Äolus kraulte beide zwischen den Hörnern.

„Wer ist Ladon und was hat Hera mit ihm zu schaffen?", fragte Zephyra, als sie gen Westen flogen.

„Ladon ist ein Drache und Hera hat ihn beauftragt, die goldenen Äpfel der Hesperiden zu bewachen", erklärte Pyron kurz.

„Alles klar!", rief Zephyra. „Das sind die Früchte, deren eine, Lars die Unsterblichkeit gegeben hat!"

„Richtig", lobte Pyron. „Und mit Hera ist nie gut Kirschen essen."

„Wie mit den meisten hier, die irgendwas zu sagen haben", seufzte Zephyra.

„Auch wahr", gab Pyron zu. „Lass uns einfach vorsichtig sein."

Pyron führte seine Gefährtin über unbewohntes Gebiet, um jedwedem Ärger aus dem Weg zu gehen. Sie übernachteten sogar in einem dichten Wald, um bloß nicht entdeckt zu werden.

„Siehst du da drüben die Berge?", fragte er am Morgen des nächsten Tages. „Davor liegt der Garten, den Ladon bewacht."

Zephyra spähte nach dem fremden Drachen aus, beziehungsweise nach etwas, das nach ihren Vorstellungen einem Drachen glich.

Pyron hatte erzählt, dass Ladon mit seinem Schwanz die Bäume komplett einringeln konnte, der Besitzer desselben musste also gigantisch sein.

Wie sehr sie sich geirrt hatte, merkte sie, als zwischen dem Laub etwas hervorschoss, das eher einer überdimensionalen Schlange mit unzähligen Köpfen ähnelte.

Eingedenk der Worte des Äolus war Zephyra stets hinter Pyron geblieben. Die Mäuler der wild wimmelnden Köpfe gierten wohl nach allem Fremden, das sich bewegte.

Sie schossen auch auf Pyron zu und Zephyra rechnete mit dem Schlimmsten. Nur schnappten sie nicht zu. Stattdessen begannen die Köpfe den schwarzen Drachen eingehend zu beschnüffeln, dann senkten sich alle, bis auf einen.

„Schau an, schau an! Pyron hat mich nicht vergessen", zischte er, wobei die grünen Augen freudig aufleuchteten. „Doch ich rieche noch mehr. Ihr seid doch hoffentlich nicht gekommen, um mir Äpfel zu stehlen?"

„Ladon, alter Knabe, schön, dass du dich an mich erinnerst", erwiderte Pyron. „Die Äpfel interessieren uns nicht. Ich möchte dir meine Gefährtin, Zephyra, vorstellen."

Der Hauptkopf der merkwürdigen Schlange pendelte auf das Drachenweibchen zu. „Willkommen! Willkommen! Pyron ist ein richtiger Glückspilz. Ich dachte immer, er müsse den Wandelnden Turm bewachen und dürfe nicht nach einer Gefährtin suchen."

„Er hat nicht gesucht", schmunzelte Zephyra. „Ich bin zu ihm gekommen und durfte bleiben. Jetzt bewachen wir gemeinsam den Turm."

„Aber ihr seid doch beide hier", bemerkte Ladon irritiert.

„Meine Brüder vertreten uns im Augenblick", erklärte Pyron.

Ladon staunte. Mit den älteren Brüdern Pyrons hatte er sich nie gut verstanden. Die hatten einfach zu viel Unsinn im Kopf gehabt.

Pyron kicherte. „Zephyra hat ihnen die Mucken ausgetrieben. Ihr Wort ist Gesetz."

„Oh weh!" Ladon schaute Pyron mitleidig an, der daraufhin in schallendes Lachen ausbrach.

„Ich muss weder kuschen noch gehorchen, mein Lieber. Wir beide sprechen miteinander, damit keine Missverständnisse entstehen. Sonst würde ich heute auch kaum vor dir stehen, um sie mit dir bekanntzumachen."

„Auch wieder wahr", stellte Ladon fest, die rote Drachendame neugierig mit all seinen Augen betrachtend. „Sie ist hübsch."

„Danke." Zephyra neigte den Kopf.

„Ja, sie ist ausgesprochen reizend. Du bist wahrlich zu beneiden." Ladon ringelte sich in voller Länge aus dem Apfelhain. „Von meiner Sorte gibt es leider nicht mehr viele. Und die einzige Dame ist mir zu zänkisch. Da lebe ich lieber allein und bewache diesen Garten."

„Welche Dame meinst du?", fragte Pyron nachdenklich.

Ladon seufzte tief. „Die Lernäische Schlange. Muss man sich denn wirklich ständig mit den Menschen anlegen? Ich fresse doch auch keine Weidetiere, weil es genug Viehzeug im Wald gibt. Wildschweine gibt es zuhauf, hin und wieder gönne ich mir einen Hirsch als Delikatesse."

Zephyra gingen ganz andere Gedanken durch den Kopf. Wenn sie so die Familienverhältnisse betrachtete, die sie bisher in dieser Welt kennengelernt hatte, dann musste Ladon vielleicht nicht zwangsläufig ein Weibchen seiner Art haben, um eine Familie zu gründen.

„Von euch gibt es hier gar keine mehr", sagte Ladon soeben und riss Zephyra aus ihren Gedanken. Sie war unendlich glücklich, in einer anderen Dimension leben zu dürfen.

„Dann bin ich der letzte Drache, der den Weg übers Meer geschafft hat?", fragte sie erstaunt.

„Scheint so. Ich habe von anderen seit vielen Jahren weder etwas gehört noch gesehen", bestätigte Ladon. „Die Letzten hatten sich in die Sümpfe geflüchtet, weil Medusa Jagd auf sie machte. Keine Ahnung, was aus ihnen geworden ist."

„Ich vermute, sie werden bei ihrem Anblick als Steine im Moor versunken sein", flüsterte Pyron.

„Das befürchte ich auch", meinte Ladon. Dann seufzte er. „Ich muss euch bitten, nun zu gehen. Hera wird bald kommen und die ist noch streitsüchtiger als das letzte Weibchen meiner Art."

„Dann leb wohl, alter Freund." Pyron nickte Zephyra zu, die sich nun ebenfalls verabschiedete.

Aus der Luft konnten sie sehen, wie Ladon den Ring um die Apfelbäume wieder schloss.

„Und nun?", fragte Pyron.

„Möchte ich eigentlich nur noch nach Hause, in die Elfenwelt, in unsere gemütliche Höhle", gab Zephyra zu. „Ich glaube fast, sogar die Menschwelt ist harmloser, als das, was hier geschieht."

„Gruselig?"

„Gruselig!", bestätigte Zephyra im Brustton der Überzeugung.

Pyron lachte. „Wenn ein gefährlicher Drache das sagt, dann muss es wohl stimmen."

„Ich möchte nur dieser Hera nicht in die Quere kommen. Was ich bisher über sie gehört habe, wirft nicht gerade ein positives Licht auf sie. Zeus tut mit irgendwie leid. Ich kann ihn fast sogar verstehen, dass er sich so oft nach anderen Frauen umschaut." Zephyra hatte die Worte geflüstert, damit sie nicht irgendein Lufthauch davontragen konnte.

„Vielleicht reagiert sie ja so, eben weil er wildert?", versuchte Pyron, zu erklären.

„Ich will es lieber gar nicht wissen. Lass das ihre Sorge sein." Zephyra wirkte sehr deprimiert.

„Möchtest du die Nacht durchfliegen?", fragte Pyron.

„Ja, ich will." Zephyra warf einen liebevollen Blick zu ihrem großen, verständnisvollen Gefährten hinüber, der sich hier erstaunlich gut auskannte. Dabei war er schon vor so unglaublich langer Zeit ins Elfenland ausgewandert.

Zephyra hielt tapfer durch, weil Pyron geschickt sämtliche Höhenströmungen zu nutzen wusste. Am Mittag des nächsten Tages landeten sie auf der Insel der Winde, wo das Drachenweibchen vor Erschöpfung gleich am Strand einschlief.

„Alles in Ordnung?", fragten die Freunde beunruhigt, worauf Pyron zu erzählen begann.

„Für ein so sensibles Wesen wie Zephyra ist unsere Welt sicher ein Schock", bestätigte Boreas. „Aber schaut mal da!"

Er deutete an den Strand, wo der schwarze Hengst aus dem Nichts auftauchte und den Drachen zu bewachen schien, denn er jagte neugierige Seevögel davon, die sich auf dem Schuppenpanzer Zephyras niederlassen wollten. „Er war heute schon den ganzen Tag unruhig", erklärte Zephyros. „Wollt ihr eure Entscheidung, ihn hierzulassen, nicht noch einmal überdenken?"

Viola zog die Augenbrauen zusammen. „In die Menschenwelt nehme ich ihn definitiv nicht mit. Aber vielleicht dulden ihn die Einhörner, damit er sich nicht so einsam fühlt. Da kann er auch immer wieder seine große Freundin besuchen, die er so tapfer gegen die geschnäbelten Quälgeister verteidigt."

„Ich habe nichts dagegen", schmunzelte Pyron. „Bei uns kann er galoppieren und fliegen, wie es ihm beliebt. Dass er sich nicht dahin wagen darf, wo die Brontornis leben, kann man ihm sicher erklären. Schließlich ist er kein gewöhnliches Pferd. Von meinen Brüdern droht ihm auch keine Gefahr, die würden nie angreifen, was auch nur annähernd wie ein Einhorn aussieht. Die Farbe ist da völlig egal."

„Dann ist es jetzt beschlossen. Wir nehmen ihn mit." Viola atmete auf. Aus der Elfenwelt konnte ihn Ares jedenfalls nicht entführen, das stand felsenfest.

„Wir werden uns morgen auch alle nach Hause begeben", legte Aurëus fest.

„Nicht ganz", lachte Viola. „Boreas und ich nehmen Athene mit nach Prag. Das haben wir ihr fest versprochen."

„Und wann ist Hochzeit?", platzte Euros heraus.

Die Versammelten lachten herzlich, während Boreas ein paar schnelle Worte mit Viola wechselte.

„In halben Jahr in der Menschenwelt", gab er dann bekannt, worauf alle Beifall klatschten.

Davon erwachte Zephyra. „Oh je, hab ich was verpasst?"

„Nicht wirklich. Du wirst es erfahren, wenn wir wieder zu Hause sind", schmunzelte Pyron, worauf die anderen verschwörerisch blinzelnd nickten.

Rückkehr in die Menschenwelt

Zephyra reimte sich aus den Gesprächen der großen Abschiedsfeier zusammen, dass man in zwei Gruppen die Insel der Winde verlassen werde und das das wohl mit einer Überraschung zusammenhängen musste, die man ihr bereiten wollte. Entsprechend neugierig war sie auf den nächsten Tag. Noch mehr wunderte sie, dass der Rappe ständig in ihrer Nähe blieb, als wolle er sich besonders intensiv von ihr verabschieden.

„Wie heißt er eigentlich? Komm her, Pferd, klingt so unpersönlich", sagte sie schließlich zu Viola.

„Wie er bisher hieß, weiß ich nicht. Ich werde ihn Blitz nennen", erklärte die Elfe. „Du scheinst ihn zu mögen."

„Ja sehr. Er erinnert mich an die Einhörner, nur dass er größer und schwarz ist und kein Horn hat. Aber das Fell glänzt genau so wundervoll, Schweif und Mähne sind ebenso so lang und seidig, wie die der Einhörner."

„Das ist ja fast eine Liebeserklärung", meinte Thomas.

„Die hat er sicher auch verdient." Zephyra senkte den Kopf auf Augenhöhe des Pferdes, das herankam und leicht schnaubte. „Ich werde mich immer gern an ihn erinnern."

Thomas biss sich auf die Zunge, um sich bloß nicht zu verplappern.

„Wie kommen die Drachen eigentlich wieder zurück?", fragte Martha besorgt. „Ich habe nirgends einen Süßwassersee entdeckt, der groß genug wäre."

Marc winkte ab. „Wir werden das Becken des Wasserfalls nutzen, das uns aufgefangen hat, als wir aus dem Berg rutschten. Man ist ja schließlich nicht ganz umsonst ein Zauberer. Und deshalb wird auch die Gruppe mit den vier Drachen zuerst abreisen."

Nun war das einfacher gesagt als getan. Es wurde eng, sehr eng, um genau zu sein. Auréus schichtete die Drachen ein, wie Sardinen in eine Dose, dann steckte er Marek, Boreas und Viola dazwischen.

„Heb deinen linken Flügel etwas an", bat er Zephyra.

Die gehorchte und spürte, wie ihr buchstäblich noch jemand untergeschoben wurde. Völlig erfolglos versuchte sie, hinunter zu schielen, wer das wohl jetzt gewesen sein mochte. *Ach ja! Athene! Die hatte ich doch völlig vergessen! Wer sollte es denn auch sonst sein?*

Die war es auch, aber auf dem Rücken von Blitz, um das Verwirrspiel für Zephyra perfekt zu machen. Dem Drachenweibchen fiel es in der allgemeinen Hektik gar nicht auf, dass sich die Göttin plötzlich ziemlich voluminös anfühlte.

„Alle aneinander festhalten!", rief Viola. „Es geht los! Bei drei, zwei, eins, Start!"

Aurëus half ihr, das Portal zu aktivieren, und die Gruppe sackte nach unten weg.

Bloß nicht, mit der Schwinge zudrücken, hämmerte es in Zephyras Hirn.

Ein schwieriges Unterfangen, wenn man von Kräften umhergewirbelt wurde, die man nicht steuern konnte. Der nächste Gedanke blitzte nur im Keim auf, denn es wurde ohne Vorwarnung nass – sehr, sehr nass sogar. Zephyra begriff, dass sie soeben tief in ein größeres Gewässer sank. Instinktiv stieß sie sich mit den Beinen ab, um Höhe zu gewinnen, und schon durchstieß ihr Kopf die Wasseroberfläche. Das Ufer war nur zehn Meter entfernt. Sie beeilte sich, ihren Flügel, unter dem Athene stecken musste, zu öffnen. Eine riesige Luftblase blubberte heraus und dann schoss etwas hervor, das nicht Athene gewesen sein konnte. Es raste auf das Ufer zu und schüttelte sich wild, kaum dass es auf dem Trockenen stand.

Zephyra rieb sich die Augen. „B … B … Blitz?!", stotterte sie völlig verwirrt und bekam ein lustiges Wiehern zur Antwort.

Athene spazierte indes trockenen Fußes übers Wasser zu Viola hinüber, der von allen die Landung, oder vielmehr Wasserung, am meisten zugesetzt hatte. Boreas war bereits dabei, ihre völlig durchnässten Flügel warm anzupusten.

„Spar dir deine Kräfte für die schönen Dinge", schlug er vor, mit den Fingern ihr nasses Haar lockernd, damit der Luftzug es schneller trocknen konnte.

Eine schöne Sache war, wie Zephyra aus dem Wasser watete und von Blitz, freudig wiehernd empfangen wurde. Pyron lachte noch immer, denn seine Partnerin wirkte ziemlich konfus. Sie, die beinahe alles kommen fühlte, war mit der Aktion, den Hengst mit ins Elfenland zu nehmen, völlig überrascht worden.

„Darf er etwa hierbleiben?", fragte sie ganz vorsichtig, weil sie es einfach nicht fassen konnte, dass er überhaupt anwesend war. Andererseits konnte es ja sein, dass dies nur eine Etappe war, ihn doch noch mit in die Welt der Menschen zu nehmen.

„Wie hättest du es denn gern?", schmunzelte Boreas.

„Weiß nicht", druckste Zephyra herum. „Hier gibt es satte grüne Wiesen und er kann hingehen, wo er möchte, machen, was er möchte und muss nicht in einem Stall eingesperrt sein."

„Dann sag doch einfach, dass er hierbleiben soll", kicherte Marek.

Zephyra schaute verunsichert von einem zum anderen und wandte sich schließlich an Blitz. „Was möchtest du lieber? Die Wiesen hier oder einen Stall?"

Es konnte kein Zufall sein, dass der Rappe bei dem Wort *Wiesen* heftig nickt und bei *Stall* unwillig schnaufte.

„Beruhige dich, Zephyra", bat Viola. „Zephyros und Pyron haben doch schon lange dafür plädiert, dass er hier leben soll. Blitz hat dich doch sogar gesucht, als ihr bei Ladon wart und dann hat er dich gegen alle Vögel verteidigt, die deinen Schlaf am Strand stören wollten. So gebe ich ihn euch in Obhut, weil es wirklich das Beste für ihn ist."

„Oh! Ist das schön!", hauchte Zephyra.

Aus dem See erklang fröhliches Kichern, denn die Nixen hatten Marek und die Hydren entdeckt, mit denen sie nun durchs Wasser tobten.

„Wir bleiben am besten hier, bis die Einhörner kommen", legte Viola fest. „Miteinander sprechen, beugt Missverständnissen vor."

Vom Drachenberg näherten sich Magmatus und Vulkanus, die gesehen hatten, dass am Wasser großer Trubel herrschte.

„Wo stecken die anderen?", fragten sie besorgt. „Und woher kommt das herrliche Pferd?"

„Das ist Violas Blitz, der wird ab heute bei uns leben", antworte-te Pyron. „Wobei es durchaus sein könnte, dass er euch beim Wolkenschloss besuchen kommt."

„Wie das?", staunte Magmatus.

„Er hat Ares gehört." Pyron erzählte in Kurzform, wie das Ross in den Besitz der Elfe gekommen war.

Vulkanus kicherte. „Obwohl es ein wundervolles Tier ist, zählt es wohl eher als symbolischer Gegenwert für einen Gott wie Ares."

„Nein, ich könnte jedes Pferderennen mit ihm gewinnen", erzählte Viola, „und könnte so Millionen scheffeln. Nur würde sich der Hengst bei den Menschen ganz und gar nicht wohlfühlen."

Blitz hatte sich wohl vom ersten Schock einer völlig fremden Umgebung erholt, denn er begann seelenruhig zu grasen. Das Trommeln der Einhornhufe ließ ihn neugierig den Kopf heben. Da umringten ihn die silberweißen Tiere auch schon. Der Leithengst senkte den Kopf mit dem Horn, scharrte drohend mit dem Vorderhuf und schnaufte wie ein angriffsbereiter Stier. Blitz wieherte und bot dem Einhorn die Stirn.

Viola fasste nach Boreas' Hand. „Damit habe ich nicht gerechnet."

„Abwarten", flüsterte er. „Ich denke, das ist von beiden Schaugehabe. Eben heißblütige Männer unter sich und ein Haufen Frauen in der Nähe."

Da gingen die Hengste auch schon auf die Hinterhand und schlugen mit den Vorderhufen aufeinander ein. Genau so schnell war der Spuk allerdings auch vorüber und die beiden kamen Seite an Seite auf Viola zu.

„Er ist uns willkommen", erklärte das Einhorn. „Ganz offensichtlich ist er kein einfaches Pferd, nicht nur wegen seiner Größe, sonst hätte ich ihn locker in die Flucht geschlagen. Er möchte, dass du mir seine Geschichte erzählst."

Viola streichelte Blitz und berichtete: „Bis vor kurzem war er eines der Zugtiere vor dem Streitwagen des Ares. Zeus hat ihn mir als Lösegeld geschenkt, als ich Ares gefangen genommen hatte."

Der Hengst brach in belustigtes Wiehern aus. „Du hattest tatsächlich Ares in deiner Gewalt?"

„Und wie! Wäre Zeus nicht eingeschritten, dann würde er wohl heute noch in seinem Gefängnis schmoren", kicherte Pyron und erzählte haarklein, wie Viola den Kriegsgott fertiggemacht hatte.

Magmatus und Vulkanus kamen aus dem Lachen gar nicht mehr heraus. Sie beide hatte Viola ja auch oft genug buchstäblich zusammengefaltet, wenn jeder gegen jeden kämpfte. Da spielte Größe gar keine Rolle.

„Ich muss trotzdem noch einmal direkt auf Blitz zurückkommen", sagte Viola zum Leittier der Einhörner. „Was geschieht, wenn er sich für deine Stuten zu interessieren beginnt?"

„Das ist der unbekannte Punkt", erwiderte das Einhorn. „Meine eigene Zukunft kann ich nämlich nicht sehen und er ist ein Teil davon. Warten wir es einfach ab."

Viola klopfte den Hals ihres Hengstes. „Tu mir einen Gefallen, Großer, bring die Elfenwelt nicht völlig durcheinander."

Blitz rieb seine Wange an ihrer.

„Das beruhigt mich etwas", seufzte Viola, während der Leithengst der Einhörner seinen Stuten zum Trinken an den See folgte. „Sie sind jeden Tag zur gleichen Zeit hier. Du kannst sie also leicht finden und selbst entscheiden, ob du ihnen folgen willst. Heute zeigen wir dir noch die Drachengrotte."

„Damit du immer weißt, wo du Hilfe finden kannst, auch wenn wir deine Sprache nicht verstehen", erklärte Zephyra.

Pyrons Brüder verabschiedeten sich und übergaben die Geschicke des Wandelnden Turmes wieder an die beiden regulären Wächter.

Marek blieb bei seinen Hydren im Wasser. Pyron trug Viola und Boreas, als Zephyra, mit Athene auf dem Rücken, im Tiefflug Blitz zum Drachenberg führte. Der Rappe machte seinem Namen alle Ehre. Seine Hufe schienen kaum den Boden zu berühren.

„Vielleicht kann er ja nur in den Wolken galoppieren, wenn Ares' Zauber ihn leitet?", überlegte Viola, weil er auf dem Boden blieb.

„Möglich", gab Boreas zu.

„Nein, er will den Weg laufen, weil er ihn dann immer wiederfinden wird. Ob er hier fliegen kann, will er morgen probieren", meldete sich Zephyra.

„Woher weißt du das?", fragte Boreas erstaunt.

„Ich kann mich in Gedanken mit ihm unterhalten", gab Zephyra zurück. „Fragt mich aber bitte nicht, warum gerade jetzt und vorher nicht."

„Die Magie des Drachenberges macht vieles möglich", warf Pyron ein, „und wir sind ihm ja schon ganz nahe."

Am Fuße des Berges landete Zephyra. „Schade, ich kann dich nicht hinauf tragen. Ich würde dich mit meinen Krallen verletzen", wandte sie sich an Blitz. Wenn du bei irgendetwas Hilfe brauchst, dann rufe nach mir."

Der Rappe sah hinterher bis der Drache auf dem Plateau des Eingangs zur Grotte verschwand. Er schaute sich forschend um und trabte der Nase nach durch die Gegend, um sie eingehend zu erkunden. Viola nutzte inzwischen das Spiegelportal, um sich zu erkundigen, ob die zweite Gruppe wohlbehalten ihr Ziel erreicht hatte.

Marc lachte, als er die Geschichte des reichlich feuchten Vergnügens hörte. „Wir mussten ja keine großformatigen Schwergewichte transportieren und konnten ganz bequem durch den Spiegel steigen. Er ließ uns sogar Zeit, einzeln hindurch zu gehen, und warf uns nicht auf einen Haufen, wie er es manchmal tut.

Ansonsten hoffe ich, dass sich Blitz und die Einhörner gut miteinander arrangieren. Zephyra wird schon ein Auge darauf haben, erst recht, wo sie nun mit ihm kommunizieren kann.

Wann reist ihr weiter?"

„Morgen. Marek möchte wieder nach Hause. Er ist nicht der Typ für endlose Abenteuer in der Ferne. Kannst du mir bitte meinen Kommunikator rüberschicken? Ich hätte fast vergessen, dass ich ja mit irgendwas bezahlen muss", rief Viola.

Marc wählte Thomas' Nummer. Es dauerte nicht einmal drei Minuten, da hielt Viola eine wasserdichte Reisetasche mit persönlichen Papieren und dem Gerät in der Hand. „Ich habe euch Capes eingepackt", verriet Thomas. „Wie es aussieht, hast du vergessen, dass du deine Flügel wieder verstecken musst."

„Stimmt", antwortete Viola verlegen. „Ich hätte wieder improvisieren müssen. Vielen lieben Dank!"

„Viel Spaß in Prag!", wünschten Vater und Großvater, worauf sich das Portal wieder schloss.

„Wir kümmern uns erst mal um Essen", legte Pyron fest. „Mir ist vor Hunger schon ganz flau im Magen."

„Du holst Fische, ich fliege auf den Berg und ernte ein paar Früchte." Viola griff nach einem der Weidenkörbe. Zephyra inspizierte das Vorratslager für die kleinen Elfen und die Schlafhöhle. Es war alles in bester Ordnung.

Athene hatte inzwischen Teewasser aufgesetzt, Boreas schürte das Feuer und beinahe gleichzeitig kamen der Drache und die Elfe von der Nahrungssuche zurück. Pyron hatte mehrere große Fische erbeutet. Einen teilten sich Boreas und Athene, die anderen wanderten gleich roh in die Mägen der Drachen, die sich dann noch die Reste der anderen schmecken ließen. Viola naschte Beeren und schien mit dem Lauf der Dinge zufrieden zu sein.

„Morgen müssen wir noch einmal durch den Wasserspiegel reisen", seufzte sie. „Sonst bekommen wir die Hydren nicht vom Fleck. Aber danach gehen wir es gemächlich an!"

„Wo werden wir wohnen?", fragte Athene.

„Im gleichen Hotel wie beim ersten Besuch. Jetzt, wo mein *Gatte* nicht mehr bedroht wird, können wir es richtig genießen." Viola streichelte den Lebensring, in dem die Mini-Tornados völlig gleichmäßig ihre Bahnen zogen.

Boreas nahm ihre Hand. „Weißt du, worauf ich mich am meisten freue? Dass wir bald nicht nur das glückliche Ehepaar spielen."

„Ich mich auch!", strahlte Viola. „Und weil wir diesmal nicht im Krieg sind, nehmen wir eine Suite mit zwei Schlafzimmern, damit Athene wenigstens nachts etwas Ruhe vor uns hat."

„Eher umgekehrt", lachte die vergnügt und Boreas nickte heftig.

Als sie am nächsten Morgen zum Nixensee flogen, wartete Blitz am Ufer auf sie. Er schmuste ausgiebig mit Viola, ließ sich von Athene und Boreas kraulen, tupfte Zephyra und Pyron mit seinem weichen Maul auf die Nase und schaute neugierig zu, wie die Vorbereitungen zum Öffnen des großen Portals liefen. Marek hatte sich zwischen die Hydren gestellt, welche er an den Flossen festhielt. Boreas und Viola hatten Athene in die Mitte genommen und schlossen mit den Hydren den Kreis. Viola stimmte schließlich Diandras Nixenlied an, denn sie wollte möglichst direkt in der Moldau landen. Das goldene Flimmern ließ nicht lange auf sich warten, dann riss es sie auch schon in einen Schacht, der einer Wasserrutsche glich.

Es gluckerte, gurgelte, toste, dann wurde es still. Im hohen Bogen katapultierte es die Zweibeiner in die Welt der Menschen, während die Hydren, wohl auf Grund ihrer Masse, sanft hineinflutschten. Marek landete irgendwo im Gras, Athene hing wie ein nasser Sack zwischen Boreas und Viola, die sie zuverlässig festhielten.

„Wo sind wir?", fragte Boreas, denn in der Finsternis konnte man kaum etwas erkennen.

Marek rappelte sich auf. „Auf alle Fälle in meiner Stadt. Das erkenne ich am Geruch." Er begann schallend zu lachen. „Wir sind in einem Springbrunnen gelandet!"

In der Ferne schlug eine Turmuhr.

„Oh, Geisterstunde", witzelte Viola.

Marek blinzelte fröhlich. „Ruft ihr euch ein Taxi und fahrt zum Hotel. Ich führe meine beiden Geister zur Moldau. Mal sehen, wen wir unterwegs alles erschrecken können."

„Meinst du das ernst?" Athene schaute Marek mit großen Augen an.

„I wo! Ich werde alles daran setzen, dass uns bloß keiner entdeckt. Aber keine Sorge, es sind nur rund zweihundert Meter bis zum Fluss. Um diese Zeit dürfte, in der Gegend hier, kaum einer unterwegs sein. Bis morgen, liebe Freunde!"

Viola führte ihre Begleiter vorsichtshalber zwei Straßenecken weiter, ehe sie ein Taxi rief.

„Ach herrje! Vor Aufregung habe ich glatt vergessen: So nass können wir nicht ins Auto steigen!" Sie legte rasch mit Elfenkraft Hand an und teilte auch gleich noch die Umhänge aus. Gerade noch rechtzeitig, bevor das Taxi kam.

Der Hotelmanager begrüßte *Familie* Berger höchst erfreut und stellte ihr die Präsidentensuite zur Verfügung. Auch wenn er in den Medien nichts davon gehört und gelesen hatte, glaubte er Viola aufs Wort, dass man die Verbrecher gestellt habe, die ihrem Mann nach dem Leben getrachtet hatten. Sonst wären die drei sicher nicht so entspannt wiedergekommen. Das Frühstück orderte Viola für den nächsten Morgen ins Zimmer, da sie alle Blicke auf sich ziehen würde, säße sie im Cape am Tisch.

„Dein Wunderkästchen hat gerade gepiept", erklärte Boreas, als Viola aus dem Bad kam.

„Wer schickt mir denn um diese Zeit eine Nachricht?", wunderte sie sich und strahlte wenige Augenblicke später über das ganze Gesicht. „Wir brauchen morgen keinen Gewalteinkauf wegen neuer Kleidung machen. Mein Urgroßvater hat per Express zwei Koffer voll geschickt, die morgen, ach nein, heute Abend spätestens da sein müssten. Wir haben ja schon zwei Uhr in der Früh!"

„Du hast eine wunderbare Familie", stellte Athene wieder einmal fest, wie schon so oft.

Trotz aller Aufregung und Jetlag durch den Sprung in eine andere Dimension zog wenig später Ruhe ein. Boreas hielt Viola im Arm und genoss den Schlafkomfort des Nobelhotels. Die Tierfelle zu Hause waren ja auch nicht ganz schlecht, konnten aber beim besten Willen nicht mithalten. Vom Härtegrad der *Matratze* dort, ganz zu schweigen. Dabei hatte er von seinen Reisen an den Nordpol im Laufe der Zeit sogar für jeden ein Eisbärenfell mitgebracht. Die hatte er von den Menschen als Opfergaben bekommen, um ihn milde zu stimmen. Aber irgendwann, nach jahrzehnte- und jahrhundertelanger Benutzung wurde eben auch ein Bärenfell dünn.

Das Klopfen des Zimmerkellners weckte die drei. Boreas sprang aus dem Bett, um ihn einzulassen. Der Anblick der Köstlichkeiten auf den Tellern machte ihn endgültig munter.

„Oh! Kakao!", hatte Athene sofort erschnüffelt und rief sich erfreut die Hände.

„Ich brauche jetzt auch erst mal was Warmes", gab Viola zu. „Mir war gestern gar nicht aufgefallen, dass es hier ja schon mit großen Schritten auf den Spätherbst zugeht und wir etwas zu dünn angezogen sind. Außer Boreas natürlich. Imposant, wie das überhaupt Lebewesen ertragen können." Sie wärmte sich die Hände an der heißen Tasse.

„Seht ihr, ich frage mich immer, wie sich Notus in der Wüste gut fühlen kann. Mir ist der Nordpol lieber."

„Brrrrrr! Da soll es bis zu Minus 70 Grad Celsius kalt sein. Am Südpol ist es noch extremer, Dort liegt der gemessene Kälterekord bei Minus 89,2 Grad Celsius." Viola schüttelte sich wie ein nasser Hund. „Einigen wir uns lieber auf 30 Grad über Null."

„Ach, dann bilde ich es mir gar nicht nur ein, dass es am Südpol fast immer kälter ist", rief Boreas erstaunt.

Viola lachte. „Nein, mein Lieber, das ist eine beweisbare Tatsache."

„Woran macht ihr die Skala überhaupt fest?", wollte Athene wissen.

„Ganz einfach", erklärte Viola. „Bei null Grad Celsius gefriert das Süßwasser und bei zirka 100 Grad beginnt es bei normalem Luftdruck zu sieden. Beispiel: An der Ostsee bei Normalhöhennull. Übrigens hieß das früher ganz einfach Normalnull, aber Menschen sind so geartet, für einfache Dinge immer gestelztere Begriffe zu kreieren." Sie grinste. „Jetzt müsste ich eigentlich noch einen ellenlangen Vortag darüber halten, was wo der normale Luftdruck ist, und so weiter und so fort. Denn im Gebirge ist der Druck ja viel geringer und da siedet das Wasser zu einem minimal anderen Zeitpunkt."

„Danke. Lass gut sein. Ich habe meinen Wissensschatz trotzdem erweitert", freute sich Athene. Dann blinzelte sie. „Mir genügt zu

Hause, dass ich Holz habe, um das Wasser überhaupt zum Sieden zu bringen."

Viola seufzte. „Für mich hat Wärme einen sehr hohen Stellenwert. Obwohl in mir ziemlich viele menschliche Gene stecken, geht es mir wie allen anderen Elfen. Ich würde sterben, gingen die Temperaturen in den Frostbereich." Sie schaute nachdenklich aus dem Fenster. „Meine Mutter verdankt ihre Existenz der Tatsache, dass mein Großvater Marc meiner Großmutter Galantha ihren letzten Wunsch erfüllte, als sie kurz davor stand, einen Kältetod zu erleiden. Er hat schon gesehen, wie sie immer durchsichtiger wurde …

Wir Elfen können selber keine Körperwärme erzeugen. Wenn es kalt ist, erstarren wir und sterben, wenn der Zustand zu lange anhält. Und dieses Zeitfenster ist sehr, sehr kurz. Na ja, jedenfalls hat Marcs heißer Körper im Liebesakt Galantha wieder so erwärmt, dass sie weiterleben konnte. Ein Hoch auf die Liebe und meinen Großvater!"

Alle drei hoben ihre Tassen, um anzustoßen.

Urlaubsvergnügen

Für den ersten Tag, an dem ihnen noch die richtige Kleidung für Freiluftveranstaltungen fehlte, nahmen sie ganz einfach wieder ein Taxi und ließen sich ins Technische Nationalmuseum fahren. Besonders Athene, als Schutzherrin des Handwerks und der Handarbeiten, staunte, wie sich die Technik der Menschen entwickelt hatte.

„Trotzdem bin ich froh, dass in unserer Dimension alles, seit unglaublich langer Zeit, gleich bleibt", gab sie am Ende zu, worauf Boreas nickte.

„Ob ihr es glaubt, oder nicht, ich genieße die Zeit in der Elfenwelt auch mit vollen Zügen", verriet Viola. „Ich kann nur nicht sagen, welche Art zu leben, ich wirklich bevorzuge. Es hat alles sein Für und Wider."

Marek meldete sich. „Habt ihr Lust auf eine Lichterfahrt mit dem Schiff heute Abend?"

„Klingt gut, falls unsere Koffer pünktlich eintreffen", erwiderte Viola.

„20 Uhr geht es los. Wo die Anlegestelle an der Čechův most ist, weißt du ja."

Viola versprach, sich zu melden, falls sie nicht teilnehmen konnten, stellte aber in Aussicht, lieber passende Kleidung zu besorgen, als die Fahrt zu verpassen. Das trockene Wetter schrie geradezu nach einer Lichterfahrt auf der Moldau. Als die drei gerade überlegten, doch den Einkaustempel heimzusuchen, brachte ein Bote die beiden großen Koffer.

„Juhuuuu, warme Hosen und Pullover!", jubelte Athene unter dem Gelächter von Viola und Boreas.

Rasch wurden die beiden Koffer geöffnet und der Inhalt verteilt. Beim Anblick seiner blauen Sneaker ging auch auf Boreas' Gesicht die Sonne auf.

„Sie wissen halt alle, was du am meisten magst", schmunzelte Viola, ihre Flügel unter einem weiten langen Pullover versteckend.

„Dich, zum Beispiel", erwiderte Boreas sofort, sie auf die Nasenspitze küssend.

„Wobei die Braut des Windes keine Windsbraut ist", sinnierte Athene mit einem lustigen Blinzeln.

Viola lachte hellauf. „Es reicht doch auch, wenn einer ordentlich für Wirbel sorgt. Oh, da sind wir gleich beim Thema. Wir müssen uns sputen, wenn wir das Schiff nicht verpassen wollen!"

Statt auf den Fahrstuhl zu warten, eilten sie die Treppe hinunter und schnellen Schrittes zum Fluss. Marek stand auf der Gangway. Er kam ihnen sogar ein paar Schritte entgegen., um sie alle zur Begrüßung freudig zu umarmen.

Mit den Worten: „Herzlich willkommen an Bord meines Flaggschiffes!", führte er sie hinein.

Der schönste Tisch war für sie reserviert und die beiden Gäste aus der Welt des Olymps schauten sich neugierig um.

„Das ist ja ein fahrendes Wirtshaus!", staunte Athene, denn in der Mitte des Raumes war ein riesiges Buffet mit kalten und warmen Speisen aufgebaut, Musik spielte und dutzende Menschen unterhielten sich angeregt.

Marek orderte Getränke. „Verträgst du Sekt?", fragte er Viola besorgt, weil er sie bisher nur hatte Kakao und Fruchtsaft trinken sehen.

„Ja. Wenn es geht, heute bitte nur Alkoholfreien", erwiderte Viola.

„Na, das ist das kleinste Problem", schmunzelte Marek. „Wir haben von Apfelsaft bis Absinth alles im Angebot."

Nach dem Begrüßungstrunk gingen die vier, wie alle anderen, auf die Jagd am Buffet. Viola holte sich von jeglichem süßen Obst ein Häppchen. Athene und Boreas wählten den ersten Gang in warmer Form, um später zu Salaten und Süßigkeiten überzugehen. Ehe die besten Plätze auf Deck vergeben waren, stiegen sie hinauf, wo soeben die Fackeln angezündet wurden.

Diesmal war Viola jene, die mit glänzenden Augen die Atmosphäre genoss. „Das ist bei uns nun wieder etwas sehr Seltenes", erklärte sie, sich in Boreas' Arme kuschelnd.

„Hmm, hmm, das habe ich schon bemerkt", murmelte Boreas. „Hier gibt es ja fast nur elektrisches Licht. Deshalb sind die Kerzen auf den Tischen bei den Menschen auch etwas Besonderes und haben wunderschöne Formen."

„Und wir brennen bei jeder möglichen Gelegenheit wenigstens ein Teelichtchen an, um eine anheimelnde Stimmung zu schaffen." Viola beobachtete die Lichtreflexe auf dem Wasser. Etwas, knapp unter der Oberfläche, erregte ihre Aufmerksamkeit. „Schaut mal da! Die beiden Großen begleiten uns." Sie winkte, in der Hoffnung, dass es die Hydren bemerkten.

Eine Nasenspitze tauchte auf und verschwand wieder, ehe ein Mensch sie entdecken konnte.

Marek kicherte: „Darauf haben sie sich schon den ganzen Tag gefreut. Ihr habt uns den wundervollsten Urlaub beschert, den wir je hatten. Nun passen sie auf, dass euch in der Dunkelheit nichts geschieht. Hin und wieder treiben ja Äste und ganze Baumstämme auf dem Wasser heran. Die fangen sie ab, ehe sie Schaden an den Bordwänden oder den Schrauben anrichten können. Wenn wir in ein paar Minuten zur Schleuse kommen, solltet ihr nach links schauen. Oben auf der Mauerkrone werden einige Herren stehen. Das sind meine Leute." Er blinzelte zwei Mal, um anzudeuten, dass all jene die Wassermänner der Moldau waren.

Die standen dann nicht einfach nur da, sondern waren in historische Kostüme gewandet und schwenkten farbige Laternen. Viola winkte ihnen mit Athene und Boreas zu. Die Wassermänner winkten zurück und sprachen etwas im Chor, das die drei nicht verstanden.

Marek schmunzelte. „Das ist ein Segen, den sie sonst nur für einen neuen König ausgesprochen haben. Diesmal ist er für Viola bestimmt. Mädchen, sie verehren dich wie eine Heilige."

„Warum?"

„Weil du uns allen Ischtar vom Hals geschafft hast. Ein Übel, vor dem seit grauer Vorzeit alle unsterblichen Männer, und solche mit viel Macht, gezittert haben. Alle anderen Succubi sind nur ein Kinderschreck gegen dieses Monster."

„Solange ich nicht das Schicksal der heiligen Viola teile …“, murmelte die Elfe.

„Wer war sie?“, fragte Marek beunruhigt.

„Das weiß man nicht ganz genau. Sie soll im 3. Jahrhundert in Verona gelebt haben und unter dem römischen Kaiser Diokletian den Märtyrertod gestorben sein.“

„Oh weh, wir wollten dir eigentlich nicht die Laune verderben“, stöhnte Marek.

„Habt ihr doch auch nicht“, wiegelte Viola ab. „Mich hätte es im Kampf gegen Ischtar ja wirklich erwischen können, was dann auch eine Art Märtyrertod gewesen wäre. Insofern passt doch alles zusammen.“

Der wundervolle Abend war auch nicht dazu angetan, trübe Gedanken zu wälzen. Der samtschwarze Himmel prangte im Glanz der Sterne, kein Lüftchen regte sich und nur die Strömung des Flusses kräuselte leicht die Oberfläche der Moldau. Marek gab zu allen wichtigen Gebäuden am Ufer Erklärungen und versprach, die gleiche Tour mit ihnen noch einmal bei Tageslicht zu machen.

Bis dahin traf er sich jeden Morgen mit ihnen in der Hotellounge, um ihnen zu Fuß oder aus einem Oldtimercabrio heraus, die schönsten Straßen des Stadtzentrums zu zeigen. Vor allem hatte es Boreas der Orloj angetan, wo der erste, seiner Doppelgänger, den Tod gefunden hatte. Sie mischten sich unter die Menschenmassen, um das Spektakel der vollen Stunde zu genießen.

Dann flanierten sie über den Altstädter Platz, durch die kleinen Gassen zum Wenzelsplatz, besichtigten Kirchen und Museen und ließen sich von Marek die wundersamsten Sagen erzählen, die die Menschen allesamt als Spinnerei abtaten.

„Die meisten sind genau so wahr, wie wir vier hier stehen“, verkündete der Wassermann mit breitem Grinsen. „Ich liebe es, eine Märchenfigur zu sein.“

„Ich auch!“, rief Viola fröhlich.

„Ich schließe mich an“, verkündeten Athene und Boreas synchron.

„Du hast uns gestern an einer Ecke der Pariser Straße Georg mit dem Drachen gezeigt", überlegte Athene. „Das hat sich dann wohl auch so zugetragen?"

„Vermutlich", meinte Marek. „Ähnliche Abbilder dieses Ereignisses stehen in vielen Städten der Welt. Der heilige Georg soll übrigens auch im 3. Jahrhundert gelebt haben, und genau wie Viola unter demselben Kaiser, dasselbe Schicksal wie sie erlitten haben. Und alles nur wegen des Glaubens, dem sie angehörten."

„Seht ihr, genau das ist der Punkt, der sich bei den Menschen niemals ändern wird!", rief Viola. „Selbst im 21. Jahrhundert bringen die einen die anderen aus Glaubensgründen um."

„Ich bekomme langsam ein steifes Genick vom Fassadengucken und Hunger von so viel Bewegung", witzelte Athene.

Marek peilte die allgemeine Lage. „Dann gehen wir ins U Fleků. Das ist ein Brauhaus und seit langer Zeit Touristenattraktion. Man sollte es gesehen haben, um mitreden zu können, wenn es um Prag geht."

„Meine Güte, ist hier ein Trubel!" Boreas schaute sich kopfschüttelnd um. „Das hat ja fast Volksfestcharakter."

„Na ja, die Gäste sollen animiert werden, reichlich zu trinken", gab Marek zu. „Wir werden nur zu Mittag essen, und dann ein bisschen am Fluss bummeln gehen."

Athene lächelte. „Man merkt, wie sehr du deine Stadt liebst."

„Ja, ich liebe sie. Ich bin hier schließlich zur Welt gekommen und habe es geschafft, bis heute zu überleben. Aber auch nur, weil ich mich anpassen kann, wenn es die Situation unbedingt erfordert."

„Apropos anpassen – wir wollen nächste Woche auf Stippvisite nach New York", erzählte Viola. „Das müssen wir per Dimensionsportal tun, weil Athene und Boreas ohne gültige Papiere ja nicht mit dem Flugzeug fliegen können."

Marek zog den Mund in die Breite. „Und nun willst du mir sagen, dass du ihnen gern einen Flug bescheren würdest, damit sie auch diese Art der Fortbewegung kennenlernen können. Das lässt sich kurzfristig einrichten."

„Wirklich? Du bist der Größte!", jubelte Viola.

„Weiß ich doch", grinste Marek und griff zum Kommunikator. Wenige Sekunden später stand fest, wann das Kleinflugzeug mit ihnen zu einem Rundflug über die Dächer von Prag aufbrechen würde. „Nur der Hubschrauber steht im Augenblick nicht zur Verfügung", setzte er noch hinzu.

Das war den beiden aus der Dimension der olympischen Götter auch völlig egal. Sie fanden es auch so erstaunlich, dass die Menschen Wege gefunden hatten, sich in die Lüfte zu erheben.

Als der Abschied nahte, stellte ihnen Marek sein Versteck zur Verfügung, um komplikationslos ans andere Ende der Welt zu kommen, wie Athene nach einem Blick auf die Karte bemerkt hatte.

Das Portal entließ sie ausgerechnet zur ungünstigsten Zeit inmitten einer Wasserfläche im Central Park und Viola musste sofort handeln. Es kostete sie sehr viel Kraft, eine Illusion zu schaffen, die sie unsichtbar werden ließ. Hinter ein paar Büschen beeilten sie sich, ihre Kleidung zu trocknen.

„Das ist nicht meine Welt", flüsterte Athene beim Anblick der Wolkenkratzer.

Boreas hatte eine Hand vor den Mund genommen. Was er dachte, war ihm nicht wirklich anzumerken. „Von ganz oben sieht es harmloser aus", sagte er schließlich lakonisch.

Nach den ersten Stunden Stadtrundgang war klar, dass diese Art zu leben, die Gäste eher erschreckte, als neugierig machte. Als Viola den Vorschlag unterbreitete, lieber noch ein paar schöne Tage bei ihrer Familie zu verbringen, waren sich alle sofort einig. In der Siedlung der vielen, durch die Gärten miteinander verbunden, Einfamilienhäuschen lebte es sich fast paradiesisch.

Viola kontaktierte kurz ihren Vater und ein paar Minuten später verschwanden sie durch den Spiegel der Umkleidekabine eines Kaufhauses. Bei Großvater Marc im Haus entstiegen sie dem uralten Portal Urgroßvater Auréus', wo sie von der gesamten Familie und all ihren Freunden herzlich begrüßt wurden. Nach den Eindrücken von New York City befragt, trugen Boreas und Athene zusammen: „Zu laut, zu hektisch, zu unpersönlich, zu schrill, zu überladen, schier unglaublich, aber ganz und gar nichts für uns. Prag hingegen, ja, das ist eine Stadt, die eine Seele hat. Und Marek ist ein hervorragender Fremdenführer."

Athenes letzte beiden Urlaubswochen gestaltete Viola, trotz einsetzendem Schneetreiben, mit Tagesausflügen, die in die schönsten Städte führten, wo noch mittelalterliches Flair herrschte. Alte Wassermühlen, Webstühle und Schmiedkunst ließen das Herz der Göttin höher schlagen. Fast einen ganzen Tag verbrachten sie in einer Glasbläserei, wo Athene jeden Handgriff mit Adleraugen beobachtete und am Ende sogar selber eine Blumenkugel blasen durfte.

„Bis bald, liebe Freunde", sagte sie beim Abschied, denn bis zur Hochzeit des Nordwindes und der Elfe war nur noch ein Vierteljahr.

Und die begannen alle ganz intensiv zu planen.

„Ihr müsst mir nur sagen, wie ihr aussehen wollt, dann werfe ich sofort meine Nähmaschine an", versprach Galantha, der es schon regelrecht in den Fingern juckte, ein Traumkleid für die nächste Braut zu kreieren.

Überraschung gelungen

Shanna und Emilio hatten alle freiwilligen Helfer versammelt, die sie bekommen konnten, um den großen Saal ihres Restaurants in eine grandiose Bühne für die bevorstehende Hochzeit zu verwandeln. Während die einen noch Girlanden und Luftballons aufhängten, überzogen die nächsten alle Stühle mit Hussen und schmückten sie mit großen roten Schleifen. Shanna breitete die Tischdecken aus und kontrollierte, dass ja kein Fleckchen das strahlende Weiß verunzierte.

Emilio blinzelte ihr immer wieder beruhigend zu, denn Shanna war aufgeregt, als ginge es um ihre eigene Hochzeit. Natürlich konnte er sie verstehen. Die, die kommen würden, wogen die komplette Highsociety der Menschenwelt um ein Vielfaches auf.

Mitten im dicksten Trubel der Vorbereitungen verdeckte plötzlich ein großer Schatten die Sonne und im Garten landete ein lustig bunter Fesselballon.

„Bin ich zu spät?", rief jemand aus dem Korb und gleich darauf tauchte ein lächelndes Gesicht auf, dessen Stirn ein breites blaues Band zierte.

Emilio hätte gar nicht böse sein können, denn das fröhliche Lächeln übertrug sich sofort auf ihn. „Zu spät wofür?", fragte er nur, obwohl er die Antwort ahnte.

Der Fremde sprang auf den Boden, zurrte die Halteseile an einem Baum fest, verbeugte sich vor dem Italiener und deklamierte: „Bin Lars, der Triganer, und kein Japaner. Will Grüße bringen und Lieder singen, will Freunde sehen, im Tanz mich drehen." Da fiel sein Blick durch das offene Fenster in den Festsaal. „Ich gehe davon, dass hier die Hochzeit von Viola und Boreas gefeiert wird."

„Das ist richtig", erwiderte Emilio, den Fremden neugierig musternd.

„Punktlandung!", lacht der. „Auf meinen fliegenden Kürbis ist wirklich Verlass."

„Sie sind noch auf dem Standesamt, werden aber in etwa zwei Stunden hier eintreffen", erklärte Emilio. „Ich habe noch sehr viel zu tun und kann mich leider nicht wirklich um Sie kümmern. Suchen Sie sich ein Plätzchen hier im Garten, ich bringe Ihnen eine Kleinigkeit, damit die Zeit nicht zu lang wird."

Augenblicke später standen ein großes Glas Bier und eine Schale Knabberkram vor Lars auf dem Gartentisch. Der holte schließlich seine Leier hervor, und begann ein paar Melodien zu spielen. Die Töne schwebten natürlich auch ins Haus hinein, wo Shanna verwundert lauschend den Kopf hob.

„Das ist sicher eine Überraschung von Viola und Boreas für ihre Gäste", murmelte sie. „Ich kann mich nicht erinnern, dass sie von solch einem begnadeten Spielmann gesprochen haben." Um das ganz genau herauszufinden, ging sie schließlich zu ihm hinaus. Immerhin lag man mit allen Vorbereitungen gut in der Zeit.

Lars verzichtete auf seine geliebten Schüttelreime, um die Wirtin nicht zu verwirren. Zudem hatte er immer noch ein bisschen Angst vor fremden Menschen, auch wenn ihm bisher nur Gutes Widerfahren war.

„Eigentlich bin ich die Überraschung für das Brautpaar", erklärte er vorsichtig. „Sie wissen nicht, das ich hier bin und werden sich hoffentlich freuen."

„Was halten Sie davon, den Hochzeitszug mit Ihrer Musik zu empfangen?", fragte Shanna.

„Sehr viel!", rief Lars. „Oh, bin ich auf die großen Augen gespannt! Ich muss mich verkleiden!"

„Gute Idee! Kommen Sie mit!" Shanna zog ihn an der Hand hinter sich her.

In einem Stübchen mit einem großen Spiegel ließ sie ihn los, um in mehreren Schränken zu wühlen und mit immer breiterem Lächeln diverse Kleidungsstücke hervorzusuchen. Am Ende hätte wohl die eigene Mutter den Triganer nicht mehr erkannt. Er trug Frack und einen Zylinder, unter dem eine dichte schwarze Kurzhaarperücke, ein angeklebter Schnauzbart und lange Koteletten herausschauten, als seien sie dort natürlich gewachsen. Lackschuhe rundeten das Bild perfekt ab.

Lars betrachtete sich schmunzelnd von allen Seiten, grüßte sein Spiegelbild mit dem Knauf des Gehstöckchens und kicherte amüsiert.

Shanna blinzelte verschwörerisch und platzierte ihn direkt an der Tür des Saales, damit er zeitig genug sehen konnte, wann er sich in Positur werfen musste.

Nach einer halben Stunde war es schon soweit. Im Schritttempo rollte ein festlich geschmückter Doppelstockbus heran, dem zuerst Boreas in schwarzem Anzug entstieg, der seine reizende frisch angetraute Liebste die Stufen herunterhob. Die weiße Seide des Kleides strahlte mit der Sonne um die Wette, genau wie die überglückliche Elfe darin. Sie hatten sich bewusst für tiefes Schwarz und reines Weiß entschieden. Langsam formierte sich der Zug, um das rosengeschmückte Portal in den Saal zu durchschreiten. Da trat ihnen der Herr im Frack entgegen und entlockte seiner Leier jauchzende Freudenklänge.

Sofort fächerte der zweireihige Zug auf, umringte den fremden Künstler und alle betrachteten ihn mit großen Augen.

„Also, wenn ich nicht genau wüsste, dass er es gar nicht sein kann, dann würde ich ihn glatt für Lars halten!", sagte Stella schließlich. „Ich habe noch nie einen Menschen getroffen, der dieses Instrument so meisterhaft spielt. Zudem kann ich den Zauber des Apollo fast körperlich spüren."

Shanna rieb sich die Hände, was schließlich auch Thomas auffiel, der Stella antippte.

Der Künstler hatte seine Darbietung unter donnerndem Applaus beendet und zog sich wieder auf seinen Platz an der Tür zurück, damit die Hochzeiter ihren Einzug im Saal halten konnten. Und da bekam er plötzlich große Augen, denn in der Aufregung war ihm gar nicht aufgefallen, dass nicht nur alle Winde versammelt waren, sondern auch Athene und Zeus unter den Gästen weilten.

Emilio enthüllte die Torte, die bis jetzt hinter einem Vorhang verborgen gewesen war.

„Aber das ist doch …" Galantha sprang auf und auch alle anderen umringten sofort das gigantische Kunstwerk.

Shanna und Emilio strahlten. Sie hatten kurzerhand die vielen Aufzeichnungen Luigis kombiniert und eine Torte geschaffen, die alle Wesen vereinte, die jemals darin beschrieben worden waren.

„Fehlt eigentlich nur einer", seufzte Stella. „Lars mit seinem fliegenden Kürbis."

„Das ist so nicht ganz richtig", antwortete Emilio und zog die dichte Gardine der Tür zum Garten beiseite.

„Wundervoll! Dieser Ballon sieht Lars' fliegendem Kürbis unglaublich ähnlich!"

Thomas ging das richtige Licht auf. „Wie wäre es, wenn der Musiker den Zylinder abnähme und die vielen falschen Haare entfernte? Ich möchte meinen Hintern verwetten, dass da ein ziemlich bekanntes Gesicht zum Vorschein käme! Komm her, du alter Schwerenöter! Lass dich umarmen!"

Lars flog dem guten alten Freund regelrecht in die Arme, ehe er ganz brav dem Brautpaar zur Vermählung gratulierte. Erst jetzt legte er seine Verkleidung ab.

„Shanna, Shanna, die Überraschung ist dir gelungen!", schmunzelte Viola. „Aber keine Sorge, du wirst auch eine erleben, die du so garantiert nicht erwartest!" Sie schaute auf die Uhr. „Deshalb werden wir auch noch zwei Minuten mit dem Anschneiden der Torte warten. Und stellt schon mal vier riesige Bierkrüge mit Wasser bereit."

Emilio eilte davon und brachte das Gewünschte. Gerade noch rechtzeitig, um zu sehen, wie vier Punks in langen Ledermänteln die Straße herabkamen und direkt auf sein Lokal zuhielten. Das Erscheinen der drei sehr groß gewachsenen Männer mit der kleinen zierlichen Frau wurde stürmisch begrüßt. Boreas eilte ihnen entgegen, um persönlich die Tür aufzuhalten. Er zog alle vier in seine Arme, was Viola mit einem strahlenden Lächeln genau so machte.

„Schau an! Unser fliegender Sänger ist da!", staunte der größte Punk beim Anblick von Lars, mit sehr tiefer Stimme.

„Pyron, alter Kumpel! Ach, ist das schön, dass auch ihr hier sein dürft!", schluchzte Lars und fiel den vier Neuankömmlingen genau

so um den Hals, wie das Brautpaar, die anderen Elfen und Diandra.

„Pyron???" Emilio zuckte zusammen. „DER Pyron???"

„Darf ich vorstellen?", schmunzelte Viola. „Zuerst die Dame: Zephyra, Drachenlady aus dem Elfenland. Pyron, Magmatus und Vulkanus. Ja, meine Lieben, Shanna und Emilio, genau DER Pyron."

„Willkommen! Willkommen!" Die Wirtsleute schüttelten den ungewöhnlichen Gästen die Hände, wobei sie fasziniert die übergroßen, strahlend grünen Augen betrachteten und beinahe unbewusst zu den großen Fußabdrücken unter dem Panzerglas spähten.

„Oh! Man sieht sie ja wirklich noch immer wie am ersten Tag", murmelte Zephyra erstaunt.

Als sich die Aufregung etwas legte, schnitten Viola und Boreas endlich die Torte an, um die Feier zu eröffnen.

Lars blinzelte hin und wieder Diandra zu, die schließlich verstand, dass er mit ihr eines der berühmten Nixenlieder vortragen wollte. Natürlich erfüllte ihm Diandra die Bitte gern. Das Ende vom Lied war allerdings, dass sowohl Zeus als auch die Windmänner am liebsten die Nixe entführt hätten und Bromer schließlich, halb im Scherz, halb im Ernst, mit erhobenem Zeigefinger drohte.

Boreas konnte sich das Lachen nicht verkneifen, als er daraufhin seinen Vater und die Brüder an das kleine Abenteuer beim ersten Zusammentreffen mit dem Aurëus-Clan erinnerte. Viola schmiegte sich lächelnd an seine Schulter. Ohne dieses kleine Abenteuer, wie er es nannte, hätten sie sich womöglich nie kennengelernt.

„Und das wiederum kam nur davon, weil ich viele gute Freunde habe!", rief Lars. „Denn schließlich waren alle auf der Suche nach meinem goldenen Apfel und meiner alten Leier. Sie hätte es verdient gehabt, den heutigen Tag zu erleben. Aber inzwischen wird sie wohl auf dem Meeresgrund unwiederbringlich verrottet sein."

„Sagt wer?", fragte Diandra.

„Die Erfahrung", seufzte der fliegende Poet.

Viola blinzelte ihm zu. „Heute sollen alle glücklich sein."

Da war ihr Platz auch schon leer und Lars rieb sich ungläubig die Augen. Noch ehe er die Hände wieder heruntergenommen hatte, war Viola zurück, ihm eine Leier entgegenhaltend, der man ansah, dass sie etwas mehr Meer erlebt hatte, als andere Instrumente. So klebten eben auch ein paar kleine Korallenreste und Muscheln an ihr.

„Ohhhhhhhh", hauchte Lars verzückt, sowohl Leier als auch Viola fest an sich drückend. „Wer hat sie gefunden?"

„Diandra", erklärte Viola. „Zurückgeholt hat sie sie auch, zusammen mit Athene und Triton. Poseidon hat sie als Gegenwert für das Portal betrachtet, mit dem dich Nereus damals rettete. Aber, da unsere pfiffige Nixe weiß, wie man renitente Wasserbewohner zur Räson bringt, hast du nun deine geliebte Leier wieder."

Lars hastete zu Diandra. „Auch, wenn Bromer jetzt vielleicht böse guckt, ich muss dich herzen!"

Bromer schüttelte nur schmunzelnd den Kopf. Lars war keine Gefahr. Der lebte einzig und allein für seine Lieder, da hatten Frauen nur Platz, wenn es ums Musizieren ging.

„Wie kommt Poseidon eigentlich dazu, eine Leistung einzufordern, die Nereus zugestanden hätte?", fragte Lars plötzlich.

Zeus lachte. „Eben weil er Poseidon ist. Er glaubt öfter, sich etwas einfach unter den Nagel reißen zu können, was anderen gehört. Er lässt es dann in seinen Fluten verschwinden, bis an Land Gras über die Sache gewachsen ist. Zwar ist die Macht des Wassers gewaltig, aber wenn man weiß wie, dann kann man es bändigen. Diandra hat genau seinen wunden Punkt, nämlich seine Eitelkeit mitten ins Zentrum getroffen."

Zeus grinste fröhlich in die Runde. Da traf sein Blick natürlich auch Zephyra. Er hatte sich nicht vorstellen können, wie sie wohl in Menschengestalt aussehen mochte und war angenehm überrascht. Die Schwingen der Drachen hatten sich in glänzende Ledermäntel verwandelt und die Krallen in extravagant lange Fingernägel. Nur die Reißzähne und die übergroßen Augen verrieten, dass die vier keine Menschen sein konnten.

„Du schaust so fragend?", bemerkte Zephyra nach einer Weile.

„Ich überlege, ob ihr in dieser Erscheinungsform die gleichen Kräfte habt, wie in Drachengestalt."

„Darüber habe ich noch nie nachgedacht", erwiderte sie, die Schultern hebend. „Es war ja auch noch nie erforderlich, sie einzusetzen." Zephyra nahm eine Kirsche am Stiel, betrachtete sie einen Augenblick, spitzte die Lippen und tippte die Frucht an, als wolle sie sie küssen.

„Eis!", rief Athene überrascht.

Zephyra lächelte. „Wie ich es vermutet habe." Dann blies sie eine Kerze aus, um sie mit einem ähnlichen Kuss wieder zu entzünden. Sie stellte die brennende Kerze vorsichtig zurück auf die Tafel. „Schluss mit der Spielerei, ehe ich noch Schaden anrichte."

Pyron warf seinen Brüdern kurze Blicke zu. „Wir drei unterlassen jeden Versuch, es ihr gleich zu tun."

„Versprochen!", riefen die beiden sofort. Nicht auszudenken, was alles geschehen konnte!

Zeus schüttelte stumm den Kopf. Erst jetzt begriff er wohl, dass wirklich nur die Drachen das Meer zwischen ihren Welten überqueren konnten, die die Anlagen hatten, besonders mächtige Wesen zu werden und den eisernen Willen besaßen, andere zu beschützen.

„Weil wir gerade so schön beim Beschenken und Überraschen sind", meldete sich Aurëus, „sollten wir auch an Shanna und Emilio denken. Kommt mal her, meine Großen!" Damit winkte er die Drachen heran. „Ihr habt genau 120 Sekunden."

Die Vier hockten sich auf den Boden und im selben Augenblick begann die gespenstige Verwandlung.

Shanna sah sich plötzlich einem gigantischen schwarzen Maul gegenüber, aus dem Reißzähne wie Schwerter hervor blitzten. Statt zu erschrecken, fiel ihr ein, dass zwei Minuten nicht eben lang waren und so huschte sie von einem Drachen zum anderen, um sie wenigstens ein Mal alle berühren zu können. Emilio stand einfach nur da und staunte. Da war der Zauber auch schon vorbei und die Drachenmenschen rappelten sich auf. Shanna reichte Zephyra die Hand, um ihr aufzuhelfen.

„Ihr seid wundervolle Wesen!", rief sie. „Ich bin tief beeindruckt!" Sie streichelte die schlanke Hand mit den langen roten dolchartigen Fingernägeln.

Zephyra lächelte. „Wir haben aber auch wieder tiefe Eindrücke auf dem Fußboden hinterlassen."

„Die kommen, so schnell es geht, auch unter Glas", schwor Emilio. „Ich möchte sie genau so für die Kinder und Enkel erhalten, wie es Großvater Luigi getan hat."

Aurëus hob den Kopf, denn die Wirtsleute hatten keine Kinder.

„Na ja", murmelte Emilio, „wir können im größten Notfall ja auch den Weg gehen, den Luigi und Maria eingeschlagen haben."

Shanna fasste nach seiner Hand. „Noch ist ja nicht aller Tage Abend."

„Und darauf trinken wir!", rief Zeus. „Aber erst, wenn ich für Shanna drei Tröpfchen Ambrosia ins Glas gemischt habe."

Gesagt, getan. Da hielten ihm auch Viola und Zephyra mit bittendem Blick ihre Gläser entgegen. Der König der Olympier begann zu lachen. „Na gut, bei euch heißt es dann: Doppelt hält besser. Aber ich wasche mich völlig in Unschuld. Es ist euer Wunsch und Wille. Aber denkt daran, meine Herren, ein bisschen müsst ihr schon mithelfen, damit sich der Kinderwunsch erfüllt."

„Ehrlich?!", fragte Pyron gespielt überrascht, womit er wieder einmal für Lachsalven sorgte.

Zephyra rieb ihre Wange an seinem Kinn und blinzelte fröhlich. Da waren die anderen schon dabei, sich auszumalen, wie der Nachwuchs von Viola und Boreas aussehen könnte.

„Wunderschön mit rabenschwarzen Schmetterlingsflügeln und Turboantrieb", schmunzelte Thomas.

„Und einer Zauberkraft, die allen aus den Socken haut", fügte Marc hinzu.

„Das ist mir völlig egal", gab Viola gern zu. „Hauptsache, es ist gesund. Von mir aus kann es auch ganz einfach unsterblich sein und Spaß am Leben haben. Es muss nicht alles immer besser, größer, toller sein."

„Das sehe ich genau so", stimmte Boreas zu.

„Dann steht einem glücklichen Familienleben ja nichts im Wege", schmunzelte Äolus. „Ach, ich freue mich darauf, einen Enkel zu haben! Oder eine Enkelin", fügte er lachend hinzu, weil Boreas tief Luft holte.

„Und wenn es ein Mädchen wird, dann reiht sich der stolze Papa, wie alle anderen vor ihm, in die Riege der überbesorgten Väter ein", orakelte Thomas.

Boreas nickte lächelnd. „Das ist zu vermuten."

„Manchmal nicht ganz ohne Grund", murmelte Aurëus, Galanthas Hand streichelnd. Immerhin hatten er und Silvestra am eigenen Leibe erfahren, wie es sich anfühlte, das einzige Kind zu verlieren.

Viola hob ihr Glas. „Da man ja nicht schlecht über Tote reden soll, trinken wir jetzt auf das einzig Gute, das Ischtar je bewirkt hat, nämlich darauf, dass durch ihre Schuld alle zusammengefunden haben, die heute an diesem Tisch sitzen. Prost!"

„Exakt", schmunzelte Pyron. „Hätte sie damals Galantha nicht die Blume des Vergessens in die Hand gedrückt und zudem nicht ihren Kompass verloren, dann würde sie möglicherweise heute noch leben. Was sagt uns das? Leg dich nie mit einem Mitglied des Aurëus-Clan an!"

„Stimmt", erwiderten die Winde im Chor, worüber die ganze Gesellschaft in fröhliches Gelächter ausbrach.

Lars' Gesicht sah man an, dass er bereits wieder Stoff für neue Lieder sammelte. Und für eine Episode sorgten wieder einmal, und das ziemlich unfreiwillig, Magmatus und Vulkanus. Die beiden standen nämlich ein paar Minuten mit Emilio vor der Tür, als sich ein Auto auf der abschüssigen Straße selbstständig machte, dessen Fahrer wohl vergessen hatte, die Handbremse anzuziehen.

Es rollte geradenwegs auf das Lokal zu und Emilio wollte schon in höchster Panik seine Freunde warnen, als sich die beiden Drachenbrüder dem herrenlosen Gefährt in den Weg stellten und es mit bloßer Muskelkraft stoppten. Marc übernahm es schließlich, mit einem kleinen Zaubertrick, die Handbremse festzustellen. Nun war das Ereignis nicht ganz ohne Zeugen abgegangen und irgendwann schneite ein Reporter einer lokalen Zeitung herein.

Viola übermittelte geistesgegenwärtig telepathisch einige Gedanken an die Brüder, die sich dem neugierigen Frager als Wrestler und Kraftsportler vorstellten, für die es kein Problem sein sollte, zu zweit ein rollendes Auto zu bändigen.

„Und wie nennen Sie sich?", lautete die nächste Frage.

„Dragon-Boys", schmunzelte Magmatus, seine Reißzähne zur Schau stellend.

Dass ihnen am Ende des Tages Aurëus versprach, die nächste Ausgabe der Zeitung mit dem Interview zum Schloss in den Wolken zu bringen, verstand sich von selbst. Genau, wie Emilio ein Exemplar dem Schatz im Nachlass seines Großvaters hinzufügen werde.

„So viel zum Thema: Alte Kräfte in menschlicher Gestalt", resümierte Zeus.

„Jetzt muss uns Viola nur noch erklären, was Wrestler sind", bat Vulkanus.

Sie rief kurzerhand zu Emilio hinüber: „Wärst du so nett, den großen Bildschirm anzuwerfen?"

Im nächsten Augenblick lief großformatig auf einer ganzen Wand eine Wrestlingshow über die Bühne. Die Drachen schauten sich zwei Kämpfe an, dann waren sie sich einig: „Kinderkram."

Zephyra schüttelte amüsiert den Kopf. „Ich glaube nicht, dass auch nur einer von ihnen zwei Minuten gegen einen von uns bestehen könnte."

„Stimmt auffallend. Ihr kämpft in einer ganz anderen Liga", gab Thomas kichernd zu.

Und wie bei jeder Hochzeit im Clan wurde in der Nacht noch privat weitergefeiert.

„Wie bist du denn überhaupt in diese Welt gekommen?", fragte Marc den fliegenden Sänger.

Der begann zu lachen und verriet dann: „Ich habe von den Nereiden erfahren, wann und wo die Hochzeit sein soll und auch, wie Viola Ares gefangen hat. Natürlich ist in wenigen Tagen ein Lied aus Ares' Desaster geworden, was die Meermädchen mit- und weitergeträllert haben. So ist es dann auch dem Kriegsgott zu Ohren gekommen. Da habe ich den Plan gefasst, ihn so lange zu reizen, bis er ein Portal öffnet, um mich loszuwerden. Ich hockte also in meinem Korb, spielte die Leier und sang lauthals immer wieder das ihm so verhasste Lied. Da ist Ares plötzlich mitten im Flug in meinem Ballon erschienen und hat mich fast zu Tode erschreckt. Zudem hat er verlangt, ich solle aufhören, schlecht über ihn zu reden, weil ich es sonst bereuen werde.

Mir den Hals umzudrehen, hat er sich wohl wegen Viola nicht getraut", blinzelte Lars treuherzig. „Jedenfalls habe ich mich standhaft geweigert, Ares' Wunsch zu entsprechen, worauf er wie ein Verrückter zu toben begann und am Ende schrie: *Dann scher dich zu Hades!*

Sein Tornado fiel, weil ja alle mächtigen Winde schon hier waren, mehr als kläglich aus, sodass er vor Wut endlich das ersehnte Portal öffnete, um mich doch noch in die Unterwelt zu schicken, wo aller Tage Abend ist. Mein Ballon flutschte hinein und ich wünschte mir inständig, wie damals, genau dort zu landen, wo ihr seid. Warum es funktioniert hat, weiß ich auch diesmal nicht. Es ist mir auch fast egal, Hauptsache, mein verwegener Plan ist aufgegangen und ich bin unversehrt und pünktlich angekommen."

Nicht nur Zeus bekam einen Lachanfall. Ares hatte offensichtlich ein schweres Trauma erlitten, wenn schon der Gedanke an die Elfe solche Auswirkungen mit sich zog. Vulkanus und Magmatus japsten nach Luft. Lars, der immer aussah, als könne er kein Wässerchen trüben, hatte sich wohl wissentlich und allen Ernstes mit einem der gefürchtetsten Götter angelegt, nur um Viola eine Freude machen zu können.

„Ich hoffe doch, dass diese Episode auch in einer Ballade gipfelt", sprach Zephyra mit blitzenden Augen.

„Aber ja doch!", frohlockte Lars. „Ich hoffe nur, dass mir Zeus nicht zu hart die Leviten liest."

„Nur, wenn du es wieder übertreibst", schmunzelte der.

Lars schüttelte den Kopf. „Ich verspreche, ich werde brav sein."

Thomas prustete los. „Weißt du denn überhaupt, wie das geht?"
„Kannst es mir ja beibringen", kicherte Lars.

„Ach du lieber Himmel! Na, das würde was werden!", rief Martha, worauf das Gelächter erneut aufflammte.

Im Morgengrauen hieß es Abschied nehmen. Die Gäste überlegten, wie sie wohl am sichersten nach Hause kämen und besonders Lars war ratlos, wie er denn, mitsamt seinem Ballon, die Menschenwelt wieder verlassen sollte.

„Ich hab die Lösung!", rief Marc. „Wir schrumpfen den Ballon auf Taschenformat, dann gehen alle in Begleitung eines Zauberers in die Elfenwelt. Dort wird der Fesselballon wieder auf das normale Maß gebracht, Lars, Athene und Zeus steigen in den Korb und die Winde blasen das Gefährt sanft und sicher übers Meer. Wir brauchen keine zusätzlichen Portale, die Ärger machen könnten und müssen uns nicht sorgen, ob alle gut nach Hause gekommen sind."

„Genial!", rief Thomas, dem völlig aufgeregten Lars den Arm um die Schulter legend.

Marc holte sofort den Ballon, der noch immer im Biergarten von Emilio stand. Natürlich klebte er, damit die Wirtsleute keinen Schock erlitten, weil dieser plötzlich weg war, eine Nachricht so an die Glastür, dass sie von innen gut zu lesen war. AuRëus übernahm es, alle in die Drachengrotte zu bringen und Lars' fliegenden Kürbis auf dem Plateau vor dem Eingang wieder wachsen zu lassen. Er schaute noch lange hinterher, wie die beiden zurückverwandelten Drachen Magmatus und Vulkanus das Gefährt eskortierten, bis sie zum Himmelsschloss abdrehten.

Pyron und Zephyra stupsten ihn dankbar mit der Nase an, als er sich auch von ihnen verabschiedete, um in die Welt der Menschen zurückzukehren.

Athene, die auf der Jagd nach Ischtar auf dem Rücken Zephyras einen Großteil der Strecke schon einmal geflogen war, erklärte für die anderen, was es unten zu sehen gab.

„Ach! Monster gibt es hier auch?!", rief Zeus erstaunt, als sie die Brutplätze der Brontornis überflogen.

„Ja, nur werden die von den Drachen regelrecht gehegt und ge-
pflegt, weil die Eier so gut schmecken", lachte Athene. „An den
Vögeln selber ist nicht viel dran, meint Pyron, und der muss es ja
wissen. Schließlich legt er sich öfter mit den Riesenviechern an."

Zephyros, der Schnellste der Winde, huschte davon, griff sich ein
paar herumliegende Federn, welche er in den Korb des Ballons
fallen ließ, wo sie von den drei Insassen eingehend betrachtet wurden. Lars steckte sich eine als Glücksbringer ins Geflecht seines
Korbes, die beiden anderen deponierten sie in ihren Beuteln am
Gürtel.

Dann gelangten sie zu jener Stelle, wo sich das Portal in Ischtars
Welt aufgetan hatte und Athene bat die Winde, den Ort weiträumig zu umfliegen.

„So, an diesem Punkt enden meine persönlichen Erfahrungen",
gab sie bekannt. „Alles andere weiß ich nur aus den Gesprächen
mit den Drachen."

„Immerhin bist du schon ziemlich weit in dieser Dimension he-
rumgekommen und kannst den Titel *Göttin des Wissens und der Weisheit* mit großem Stolz tragen", erklärte Zeus sehr zufrieden.

Die Winde trieben den Fesselballon gleichmäßig voran, wobei sie
noch eine Höhenströmung nutzten, die in die gleiche Richtung
führte. Es dauerte auch nur einen Tag, bis Äolus' Insel in der Ferne auftauchte.

„Oh, fast zu Hause", frohlockte Athene, als der Ballon hart zur
Seite gerissen wurde. Die Passagiere purzelten übereinander. Zeus
sprang auf und wollte sich gerade bei den Winden beschweren, als
es zischte und ein Speer knapp zwischen seinem Kopf und dem
Ballon hindurch flog.

„Ares!", knirschte der Götterkönig, beugte sich über den Rand
des Korbes und ließ einen seiner gefürchteten Blitze genau im
Streitwagen seines renitenten Sohnes einschlagen. Der Wagen zer-
barst und Ares fiel, sich wieder mehrmals überschlagend, heraus.
Da lag er nun auf dem Rücken und hatte Mühe, seine Gedanken
zu ordnen.

Der Erste war gewesen: *Was??? Der Ballon! Wie konnte der verdammte Triganer nur Hades entkommen?*

Der Zweite: *Na warte! Jetzt gebe ich dir endgültig den Rest und garantiert ohne Wiederkehr!*

Dann flog der erste Speer.

Nur hatte Ares keine Ahnung, wer außer Lars noch in der Gondel saß und auch nicht, dass diese durch die Windmänner persönlich angetrieben wurde. Euros hatte Ares' Griff nach dem Speer gesehen und sofort reagiert, indem er den Ballon aus der Schusslinie brachte. Den zweiten Speer lenkte Notus ein wenig ab, damit er keinen Schaden anrichten konnte.

Nicht schon wieder, war der Gedanke, mit dem Ares klar wurde, dass er gerade erneut den Kürzeren gezogen hatte und auch gegen wen.

Das Ende vom Lied war, dass er die Riemen seiner Pferde vom Wagen schnitt, in halsbrecherischem Galopp zum Olymp zurück ritt und sich der schadenfroh lachende Poseidon die nächste Trophäe in den Park stellte.

Lars war noch etwas blass um die Nase, als Äolus grinsend verkündete: „Weg ist er."

Natürlich fragte Zeus gespielt naiv nach Ares, als sie den Olymp erreichten und Hermes erklärte mit hintergründigem Lächeln: „Er kam wenige Augenblicke vor euch, ohne seinen Streitwagen, an und sah etwas leidend aus."

Die geschwätzigen Najaden hatten schon weitergetragen, was geschehen war und das verbreitete sich nun wie ein Lauffeuer.

„Oh, oh", stöhnte Lars. „Das wird ihn noch jähzorniger und brutaler machen!"

„Darauf kannst du wetten!" Zeus reichte dem fliegenden Poeten die Hand und öffnete ein Portal, das diesen ohne Umwege nach Triga bringen sollte. Denn, ob Ares irgendwo im Hinterhalt lauerte, das wusste auch Zeus nicht zu sagen.

Flitterwochen

In der Welt der Menschen richteten es sich Viola und Boreas gerade gemütlich ein und überlegten, wo sie die Flitterwochen verbringen wollten. Beim Frühstück mit Stella und Thomas fragte Viola plötzlich: „Boreas, was hältst du davon, wenn wir uns bei den Drachen einquartieren? Nirgends sonst gibt es so viel Ruhe und Frieden. Zudem zwingen mich da nichts und niemand, meine Flügel verstecken zu müssen."

„Fantastische Idee!", freute sich der Nordwind. „Vielleicht können wir mit Zephyra und Pyron ein paar Ausflüge bis an die Grenzen des Elfenlandes unternehmen."

Zwei Tage später verabschiedeten sich die beiden von Freunden und Familie, um sich in der Drachenhöhle einzuquartieren. Zephyra erwartete sie schon mit strahlenden Augen.

„Oh, ihr habt umgestaltet", bemerkte Viola sofort, denn in der hintersten Ecke der Grotte türmte sich ein Berg von Steinen. Zumindest sah es auf den ersten Blick so aus.

Genauer betrachtet, waren die Steine kunstvoll zu einem fast drei Meter hohen eiförmigen Gebilde aufgeschichtet, welches viele Fensterchen hatte und deutliche Wärme ausstrahlte.

„Ein Nest!", rief Boreas überrascht.

Viola schaute erst ihn, dann Zephyra an. „Wirklich?"

Das Drachenweibchen nickte begeistert. „Richtig! Und darin sind zwei prächtige Eier, die ich rund um die Uhr genau temperieren muss, damit wundervolle Küken ausschlüpfen können."

„Zwei Eier?" Boreas glaubte, sich verhört zu haben.

„Ihr dürft gern durch die Öffnungen hineinsehen", rief Zephyra, gleich noch einmal heißen Atem in den Brutofen blasend.

Tatsächlich! In der flimmernden Hitze lagen zwei große graugrüne Eier.

Viola drückte Zephyra einen Kuss auf die Nasenspitze. „Jetzt habe ich endlich kapiert, was Zeus gemeint hat, als er sagte, doppelt hielte besser, aber er wasche sich in Unschuld." Sie nahm Boreas' Hand. „Denkst du auch, was ich denke?"

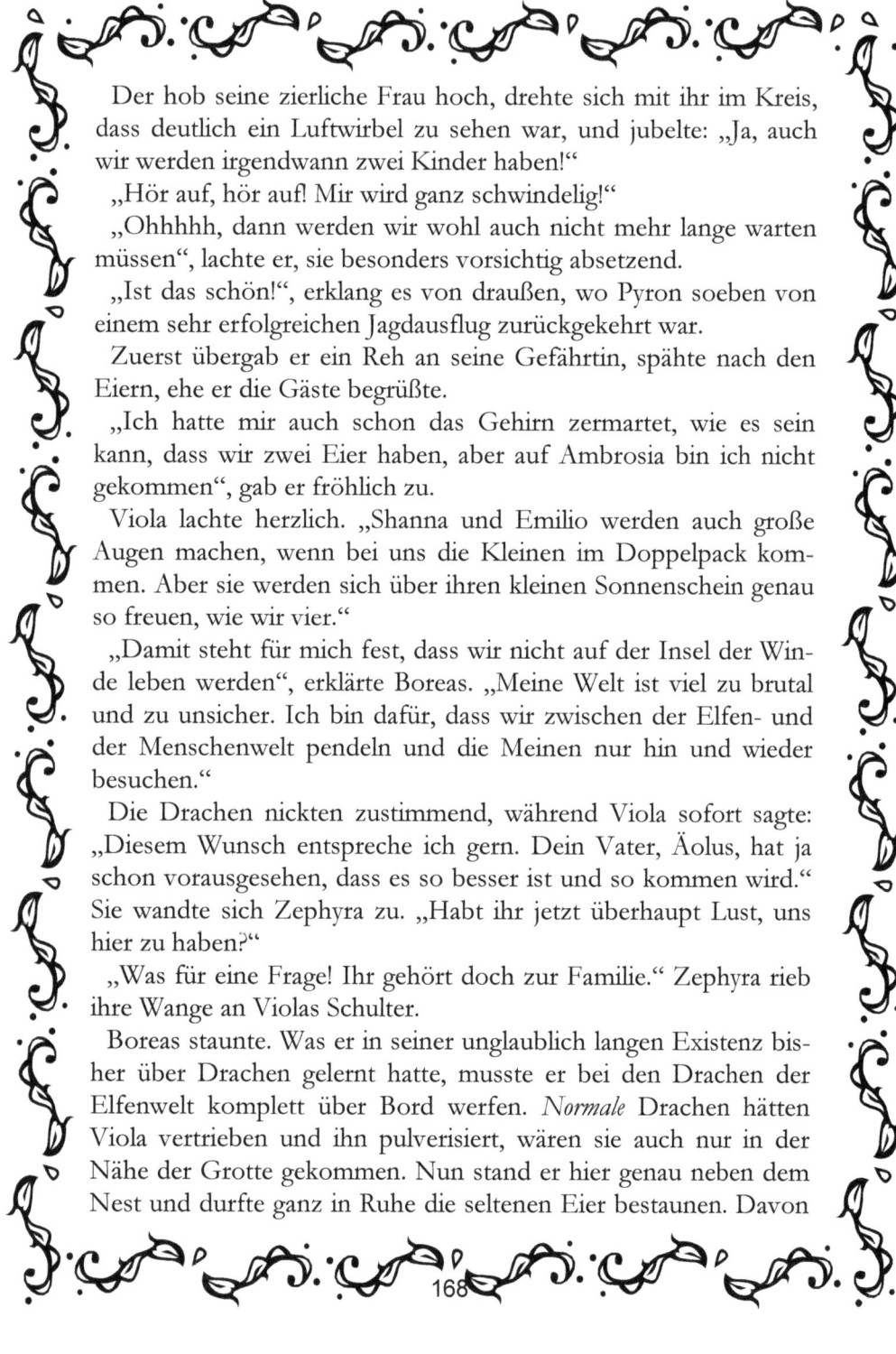

Der hob seine zierliche Frau hoch, drehte sich mit ihr im Kreis, dass deutlich ein Luftwirbel zu sehen war, und jubelte: „Ja, auch wir werden irgendwann zwei Kinder haben!"

„Hör auf, hör auf! Mir wird ganz schwindelig!"

„Ohhhhh, dann werden wir wohl auch nicht mehr lange warten müssen", lachte er, sie besonders vorsichtig absetzend.

„Ist das schön!", erklang es von draußen, wo Pyron soeben von einem sehr erfolgreichen Jagdausflug zurückgekehrt war.

Zuerst übergab er ein Reh an seine Gefährtin, spähte nach den Eiern, ehe er die Gäste begrüßte.

„Ich hatte mir auch schon das Gehirn zermartet, wie es sein kann, dass wir zwei Eier haben, aber auf Ambrosia bin ich nicht gekommen", gab er fröhlich zu.

Viola lachte herzlich. „Shanna und Emilio werden auch große Augen machen, wenn bei uns die Kleinen im Doppelpack kommen. Aber sie werden sich über ihren kleinen Sonnenschein genau so freuen, wie wir vier."

„Damit steht für mich fest, dass wir nicht auf der Insel der Winde leben werden", erklärte Boreas. „Meine Welt ist viel zu brutal und zu unsicher. Ich bin dafür, dass wir zwischen der Elfen- und der Menschenwelt pendeln und die Meinen nur hin und wieder besuchen."

Die Drachen nickten zustimmend, während Viola sofort sagte: „Diesem Wunsch entspreche ich gern. Dein Vater, Äolus, hat ja schon vorausgesehen, dass es so besser ist und so kommen wird." Sie wandte sich Zephyra zu. „Habt ihr jetzt überhaupt Lust, uns hier zu haben?"

„Was für eine Frage! Ihr gehört doch zur Familie." Zephyra rieb ihre Wange an Violas Schulter.

Boreas staunte. Was er in seiner unglaublich langen Existenz bisher über Drachen gelernt hatte, musste er bei den Drachen der Elfenwelt komplett über Bord werfen. *Normale* Drachen hätten Viola vertrieben und ihn pulverisiert, wären sie auch nur in der Nähe der Grotte gekommen. Nun stand er hier genau neben dem Nest und durfte ganz in Ruhe die seltenen Eier bestaunen. Davon hatte er bisher bestenfalls einmal Schalenreste gesehen. Auch der männliche Drache wäre eigentlich verjagt worden. Aber hier war eben eine Welt für sich, mit Gesetzen, die sich die Drachen selber auferlegten.

„Musst du eine bestimmte Temperatur einhalten?", fragte Boreas, als Zephyra immer wieder das lodernde Feuer kontrollierte.

„Ja. Denn damit ich kann ich steuern, ob es Männchen oder Weibchen werden."

„Lass mich raten: Es sollen Weibchen werden!"

„Genau. Männchen gibt es ja schon in der Überzahl und wenn ich alles richtig mache, dann haben Pyrons Brüder irgendwann eine kleine Chance, Gefährtinnen zu bekommen." Zephyra tastete mit der Zunge die Außenseite der Neststeine ab. „Sinkt die Temperatur, dann werden es Männchen oder die Küken sterben im Ei ab, was die absolute Katastrophe wäre. Deshalb kann ich euch auch nicht begleiten."

„Das ist doch selbstverständlich!", rief Viola. „Wenn wir bei irgendwas helfen können, dann sind wir sofort für euch da."

Die Urlauber stellten ihre Tasche in die Schlafgrotte, dann brachen sie zum Nixensee auf. Die fischschwänzigen Damen hielten sich sehr stark zurück, als Boreas ein paar Längen schwamm. Sie wollten weder riskieren, dass er mit einem Sturm das Wasser aufwühlte noch, dass Viola zu Strafmaßnahmen griff, die schmerzhaft enden konnten. So lag die Elfe auch ganz entspannt im Sand, bewegte hin und wieder die Flügel, wenn es gar zu heiß wurde und wunderte sich, wo einmal der Schatten herkam, der ausgerechnet sie traf.

Sie sprang auf. „Blitz! Ist das eine Freude, dich zu sehen! Lass dich kraulen, mein Großer!" Sie strählte mit den Fingern die seidenweiche Mähne.

Boreas kam ans Ufer, um den Rappen ebenfalls zu begrüßen. „Gut siehst du aus", freute er sich, denn Blitz' Fell glänzte blauschwarz, wie das Gefieder eines Raben und der Hengst schien die Ruhe selber zu sein.

Er drehte sich um, wieherte leise und tänzelte auf der Stelle.

„Was hast du?", fragte Viola, während Boreas bereits große Augen bekam und flüsterte: „Eine Gefährtin."

Aus dem hohen Gras tauchte nämlich gerade eine Einhornstute auf, die zielstrebig auf Blitz zutrabte und keinen Zweifel daran ließ, zu ihm zu gehören.

„Hat er sie dir freiwillig überlassen?", staunte Viola, worauf Blitz den Kopf schüttelte und die Stute sagte: „Nein, er hat um mich gekämpft. Aber keine Sorge, die beiden sind trotzdem keine Feinde."

„Freunde wohl auch nicht", überlegte Boreas.

Das Einhorn lachte. „Nein, aber sie respektieren und arrangieren sich. Blitz hat ihm klargemacht, dass er nicht an der ganzen Herde, sondern nur an mir interessiert ist. So sind wir auch meist mit ihnen zusammen unterwegs."

„Ich liebe gute Nachrichten!", jubelte Viola.

„Heute wollen wir die Lichtung der Waldelfen aufsuchen. Kommt ihr mit?"

„Aber gern!", erwiderte Boreas.

„Dann steigt auf!"

Boreas wählte Blitz, damit die zierliche Stute nur die federleichte Elfe tragen musste. Nach ein paarhundert Metern stießen sie auf die Herde, die die Urlauber mit fröhlichem Wiehern begrüßte und sofort mit allen gemeinsam zum Wald trabte.

Der Einhornhengst gesellte sich zu Viola und Boreas. „Schön, dass sie euch gefunden haben. Wir sind doch alle begierig, was ihr Neues zu erzählen habt."

„Das berichten wir dann am besten auf der Lichtung, damit wir es nicht doppelt tun müssen", schlug Viola vor. „Kläre du uns lieber erst mal auf, welche Absprachen du mit Blitz getroffen hast."

Das Einhorn nickte. „Absprachen kann man es nicht nennen. Ich habe die beiden ganz einfach darüber informiert, dass eventueller Nachwuchs steril ist. Da es somit keine negativen Auswirkungen auf die Herde geben wird, stand einem friedlichen Zusammenleben nichts im Wege."

„Akzeptabel", meinte Boreas mit einem Schulterzucken.

Sie erreichten die ersten Bäume. In langer Reihe drangen die Tiere hintereinander ins Unterholz ein. Boreas beugte sich tief über Blitz' Rücken, der nicht ganz so einfach den Zweigen auf den ausgetretenen Pfaden ausweichen konnte. Der Nordwind half ein bisschen mit den Händen nach, die Engstellen zu erweitern.

Bald schon schwirrten winzige grüne Wesen um sie herum, wisperten, kicherten und stoben wieder auseinander. Boreas fasste blitzschnell zu, ohne die Finger fest zu schließen, und hielt tatsächlich eine der winzigen Elfen in der Hand. Da erreichten sie auch schon die Lichtung.

Die Waldelfe setzte sich auf Boreas' Handteller und schaute ihn neugierig an. „Jetzt weiß ich, dass wahr ist, was man sich über dich erzählt. Du bist ja wirklich blitzschnell und zudem nicht so finster, wie wir immer gedacht haben. Ich mag dich!"

„Dankeschön!", strahlte Boreas. „Freut mich sehr, dass du nicht böse auf mich bist, weil ich dich einfach gefangen habe."

„Ich will auch mal den Nordwind anfassen!", rief es von allen Seiten, worauf Boreas lachend die Arme ausbreitete, um allen reichlich Platz zu lassen, weil die ganze Wolke mit einem Mal auf ihn zustürzte.

Viola stand schmunzelnd daneben. Blitz hätten die Kleinen wohl auch gern so überfallen, trauten es sich aber dann doch nicht. Das Eis brach erst, als der riesige Hengst vorsichtig begann, die Elfen auf Boreas' Armen mit der Nase anzutupfen. Dann saß die ganze Bande auf Blitz' Rücken, der die winzigen Gestalten kaum spürte. Viola begann zu erzählen.

Am Ende fragten sie ganz aufgeregt: „Warum heißt Boreas jetzt auch Berger?"

„Weil es uns egal ist, welchen Familiennamen wir tragen und es für Aurëus einfacher war. Durch die Hochzeit haben wir offiziell gültige Papiere bekommen, ohne die man in der Menschwelt nicht problemlos leben kann", erklärte Viola. „Ich bin schließlich als Mensch geboren, wie alle ganz sicher zu wissen glauben."

„Verrückte Welt", waren sich die Waldelfen sicher.

Natürlich mussten die jungen Bergers ganz genau erzählen, was auf der Hochzeit und der Feier danach geschehen war.

Als sie am späten Nachmittag mit den Einhörnern den Wald verließen, gingen sie nicht mit leeren Händen. Die kleinen Verwandten hatten Viola zu jenen Stellen geführt, wo Pilz und Beeren im Überfluss wuchsen. Boreas zog kurzerhand sein T-Shirt aus, band Ärmel und Kragenausschnitt mit Binsen zu und füllte es randvoll mit den begehrten Leckerbissen.

Blitz und seine Gefährtin, die Viola ganz einfach auf den Namen Silber getauft hatte, um nicht immer nur du oder Einhorn sagen zu müssen, brachten ihre Reiter bis an den Fuß des Drachenberges, ehe sie auf Wiedersehen sagten.

Als die Gäste ihre Schätze auspackten, begann Pyrons Magen zu knurren. „Hmmmm, jetzt ein Pilzomelett."

„Oh ja!", stimmte Zephyra zu. „Das hatten wir schon ewig nicht mehr."

Pyron wandte sich zum Gehen. „Ich besorge zwei Brontorniseier."

„Pass bitte auf dich auf!", rief Zephyra besorgt hinterher.

Boreas rannte dem Drachen nach. „Warte! Ich komme mit!"

„Da ist mir gleich viel wohler", seufzte Zephyra. „Wer weiß, welche Dummheiten Pyron wieder angestellt hätte, um an die Eier zu kommen."

Viola streichelte die Nase des roten Drachen. „Die beiden werden es schon richten."

Boreas machte sich am Zielort unsichtbar und blies einem der Vögel von hinten kalt unters Federkleid. Mit einem Satz war der Gigant von seinem Gelege herunter, Boreas fasste zu und war verschwunden.

„Nummer eins", grinste er, die Beute Pyron in die Krallen legend.

Ein paarhundert Meter weiter wiederholte er das Spiel, damit sich die Tiere nicht gegenseitig warnen konnten.

„Nummer zwei und nun nichts wie weg!", feixte er, sich auf Pyrons Rücken niederlassend.

„Ihr seid aber flott!", staunte Zephyra, als sie nach nicht mal einer Viertelstunde wieder da waren.

Pyron schmunzelte. „Ich war nur Zuschauer und Transportmittel. Es war recht amüsant. Nun muss ich nur noch ein Wildschwein erwischen, damit wir Speck haben. Denn den werden wir brauchen."

„Richtig!", bestätigte Viola.

„Ich treibe sie dir zu", bot Boreas an, erneut mit dem schwarzen Drachen auf die Jagd ziehend.

Pyron legte sich am Waldrand auf die Lauer und der Nordwind strich suchend um die Bäume, bis er eine Rotte in einer Suhle entdeckte. Er materialisierte sich, klatschte in die Hände und lachte, weil die Schweine wie die aufgescheuchten Hühner ziemlich kopflos davon rannten. Der Drache brauchte bloß noch mit den Krallen zuzuschlagen.

„Nicht übel", stellte er fest, die beiden Unglücksraben begutachtend, die ihm direkt vor die Nase gelaufen waren.

Er brauchte Boreas auch nichts erklären, der kannte sich bestens damit aus, die Tiere waidgerecht abzuziehen und zu zerlegen. Wobei sie das eine Schwein in der Nische im Gang deponierten, und, wie es Pyron immer tat, mit einem großen Schild vor den Raben schützten.

Boreas schaute lächelnd zu. Er hatte nicht geahnt, dass die Galerie der Ritterrüstungen auch einen praktischen Nutzen für die Drachen hatte.

„Früher haben wir sogar in den Helmen gekocht, wenn unsere Freunde da waren", verriet Zephyra schließlich und erzählte aus jener Zeit, wo sie auf Geheiß von Pyrons Freunden direkt in die Grotte aufgenommen worden war. Inzwischen waren die wertvollen Beutestücke Pyrons durch richtige Töpfe und Pfannen ersetzt worden, in denen Viola soeben Speck ausließ, um die Pilze anzubraten und am Ende mit den gequirlten Eiern zu vermischen. Boreas passte am Feuer auf, damit sich Viola rasch aus dem Kräutergarten der Drachen bedienen konnte, um den Geschmack abzurunden, da sie ja keine Gewürze zur Verfügung hatten.

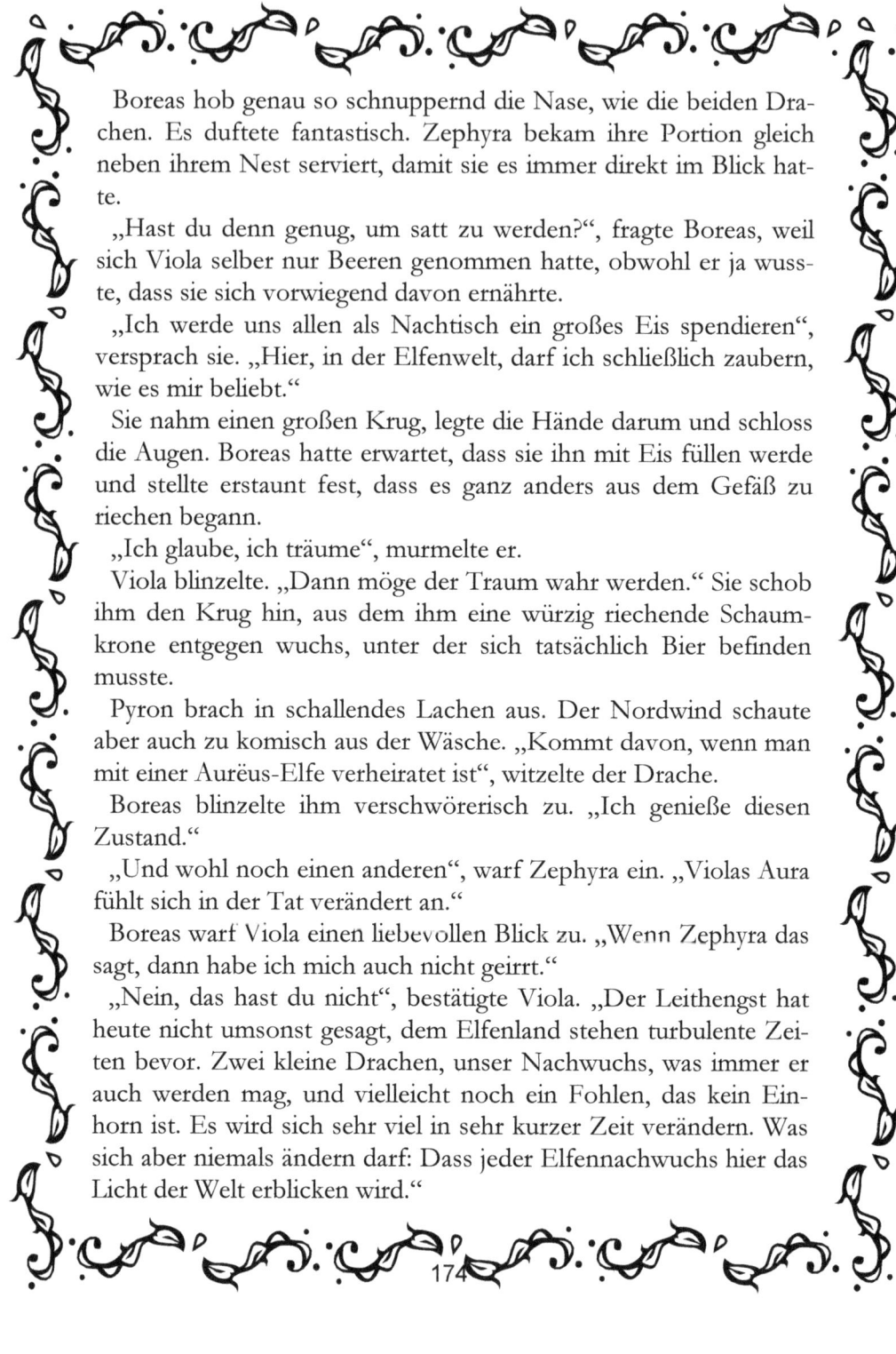

Boreas hob genau so schnuppernd die Nase, wie die beiden Drachen. Es duftete fantastisch. Zephyra bekam ihre Portion gleich neben ihrem Nest serviert, damit sie es immer direkt im Blick hatte.

„Hast du denn genug, um satt zu werden?", fragte Boreas, weil sich Viola selber nur Beeren genommen hatte, obwohl er ja wusste, dass sie sich vorwiegend davon ernährte.

„Ich werde uns allen als Nachtisch ein großes Eis spendieren", versprach sie. „Hier, in der Elfenwelt, darf ich schließlich zaubern, wie es mir beliebt."

Sie nahm einen großen Krug, legte die Hände darum und schloss die Augen. Boreas hatte erwartet, dass sie ihn mit Eis füllen werde und stellte erstaunt fest, dass es ganz anders aus dem Gefäß zu riechen begann.

„Ich glaube, ich träume", murmelte er.

Viola blinzelte. „Dann möge der Traum wahr werden." Sie schob ihm den Krug hin, aus dem ihm eine würzig riechende Schaumkrone entgegen wuchs, unter der sich tatsächlich Bier befinden musste.

Pyron brach in schallendes Lachen aus. Der Nordwind schaute aber auch zu komisch aus der Wäsche. „Kommt davon, wenn man mit einer Aurëus-Elfe verheiratet ist", witzelte der Drache.

Boreas blinzelte ihm verschwörerisch zu. „Ich genieße diesen Zustand."

„Und wohl noch einen anderen", warf Zephyra ein. „Violas Aura fühlt sich in der Tat verändert an."

Boreas warf Viola einen liebevollen Blick zu. „Wenn Zephyra das sagt, dann habe ich mich auch nicht geirrt."

„Nein, das hast du nicht", bestätigte Viola. „Der Leithengst hat heute nicht umsonst gesagt, dem Elfenland stehen turbulente Zeiten bevor. Zwei kleine Drachen, unser Nachwuchs, was immer er auch werden mag, und vielleicht noch ein Fohlen, das kein Einhorn ist. Es wird sich sehr viel in sehr kurzer Zeit verändern. Was sich aber niemals ändern darf: Dass jeder Elfennachwuchs hier das Licht der Welt erblicken wird."

In der Schlafhöhle hing noch immer der Traumfänger, den die Gemeinschaft für Viola angefertigt hatte. Boreas kannte die Macht des filigranen Kunstwerks. Es werde ganz bestimmt auch seine Kinder vor bösen Gedanken schützen. In der Hauptgrotte der Höhle befand sich jener, den Pyron als Teil seines Drachenschatzes bezeichnete. Boreas hatte auch die zugehörige Geschichte erfahren. Ja, genau hier war der Ort, an dem kleine Elfen an sichersten aufgehoben waren.

„Dürfen wir Dinge von hier mit zu den Menschen nehmen?", fragte er mit Blick auf die bunten Federchen, die sich kaum merklich im Luftzug bewegten.

Viola schüttelte den Kopf. „Nein, das dürfen wir nicht. Wir können aber im Wald der anderen Welt zusammensuchen, was wir brauchen. Zwar werden wir nicht solch irisierend bunte Federchen in unseren Breiten finden, aber das ist auch nicht nötig. Hauptsache ist, dass alles aus freier Natur stammt."

„Das machen wir. Ich möchte unseren Kindern zu Hause auch einen Traumfänger über die Betten hängen, um sie vor Bösem zu schützen." Boreas hauchte die Schnüre an, deren Federbüschel sofort wie kleine Vögelchen flatterten.

Viola und Boreas genossen in den Nächten die Stille der Drachengrotte. Das einzig Ungewöhnliche war diesmal der milde Feuerschein, der bis in den Gang vor den Schlafplätzen leuchtete. In den nächsten Tagen flogen sie allein oder auf dem Rücken von Pyron durch die Gegend. Hin und wieder durchstreiften sie mit Blitz und Silber das Grasland. Nie kamen sie mir leeren Händen in die Drachenhöhle zurück. Ein Kürbis hier, ein paar Beeren da und am nächsten Waldrand ein Körbchen Pilze. Boreas hatte das richtige Gespür, immer wieder frisch gelegte Eier zu entdecken, von denen auch Viola manchmal ein oder zwei Häppchen aß.

Als der Abschied nahte, schien ihnen auch der Wandelnde Turm auf Wiedersehen sagen zu wollen, denn er erschien unweit der Drachenhöhle und Boreas gönnte sich das Vergnügen, wenigstens von außen durch die schmalen Fensterchen ins Treppenhaus aller Etagen zu spähen und ein Mal auf den Zinnen zu stehen. Er rief sich ins Gedächtnis, was Aurëus erzählt hatte und sah die Schlacht um den Turm vor seinem geistigen Auge vorüberziehen. Ein Kampf zweier Menschen, zweier Elfen und eines Drachen gegen eine Übermacht aus Zwergen und Wölfen, den der findige Marc Wendler dank seiner großen Liebe Galantha gewonnen hatte.

Viola sah ihm die Gedanken an. „Ja, wir Aurëus-Elfen sind ziemlich rigoros, wenn unsere Liebsten und Familien angegriffen werden. Aber das kennst du ja aus eigenem Erleben. Großmutters Feuerlohe gewinnt sogar jeden Vergleich mit den Drachenflammen. Sie beherrscht übrigens auch den Feuertornado."

Boreas schaute seine hübsche Frau nachdenklich an. „Bin echt gespannt, was unsere Kinder für Fähigkeiten haben werden. Vielleicht werden sie einfach nur gute Vorbilder für andere in der Menschenwelt."

„An solche Zufälle glaube ich nicht, würde es aber vorbehaltlos akzeptieren", schmunzelte Viola. „In meiner Mutter und mir steckt ziemlich viel Menschliches. Und was ist daraus geworden? Etwas, das andere als Superelfen bezeichnen."

Boreas zog sie in seine Arme. „Es waren ja nur Gedankenspiele, eben weil alles möglich sein kann. Komm, kehren wir zu den Deinen zurück. Sie werden schon auf uns warten."

Kindersegen

Gute Wesen heranzuziehen, das wünschten sich auch die Drachen. Sie hockten abends oft gemeinsam am Nest und erzählten den Kleinen in den Eiern Geschichten. Ganz sicher konnten diese hören, was gesprochen wurde, wenn sie es vielleicht auch nicht verstanden. Zephyra sang ihnen auch die Lieder vor, die Lars für die neugeborenen Auréus-Elfen komponiert und gedichtet hatte. Pyron summte mit und freute sich riesig auf den Tag, an dem die Kleinen schlüpfen würden. Wenn er sich nicht völlig verrechnet hatte, dann musste das in etwa mit der Geburt der Elfen zusammenfallen.

Eines Abends, draußen tobte ein Unwetter, knirschte und knackte es im Brutofen. Zephyra fuhr mit einem Schreckenslaut empor und äugte durch die Spalten der Steine. Das zuerst gelegte Ei platzte mit einem dumpfen Knall auseinander. Mit den Krallen trug Zephyra eilig die Steine ab, um das Küken aus dem Feuer zu holen. Es gelang ihr sogar, ohne das andere Ei zu berühren.

„Willst du die Reihen wieder aufbauen?", fragte Pyron, mit leuchtenden Augen sein Töchterchen betrachtend, dass die glückliche Mama noch immer in der Klaue hielt.

Da knackte es noch einmal, die halbe Schale hob sich und zwei neugierige Augen schauten aus dem Spalt vorsichtig in die Runde. Pyron musste lachen. Er löschte das Feuer und zog das Küken mit samt der Schale aus der Glut. Das Baby zog das Köpfchen ein und die obere Eihälfte senkte sich wieder.

„Schau an, da hat wohl jemand Angst vor dem Gewitter", kicherte Pyron und nahm den Deckel endgültig ab.

Sein älteres Töchterchen turnte bereits auf Mamas Arm herum, indem es sich mit den Krallen in den Rändern ihrer Schuppen festhakte. Zephyra tupfte die Kleine im Ei mit der Nase an, worauf diese sich blitzschnell an selbiger festklammerte.

„So viel zum Thema Angsthase!", kicherte sie. „Das ist eher ein Überfall." Sie zupfte sie mit einer Kralle herunter und setzte sie neben ihre Schwester.

„Sie hat ein helleres Schuppenkleid", stellte Pyron sofort fest, was Zephyra bestätigte. „Dann sollten wir sie nach der Farbe ihrer Schuppenpanzer nennen. Unsere Ältere, Ruby, weil ihrer dunkel wie ein Rubin strahlt, und die Jüngere, Bella, nach dem helleren Rubellit", schlug Pyron vor.

„Eine fantastische Idee! Da hilfst du mir sehr aus der Klemme, denn ich habe alle möglichen Namen im Kopf gehabt, die alle nicht wirklich passen." Zephyra atmete auf. „Ich hatte schon solch wirre Sachen wie Feuer und Flamme auf der Zunge."

Pyron lief in den Gang zu den Rüstungen, wo er ein Restchen Fleisch deponiert hatte, das die Kleinen jetzt sicher brauchen konnten. Kaum rochen sie es, begannen sie unruhig zu werden und am Ende sogar, darum zu raufen. Kopfschüttelnd setzte Zephyra die katzengroßen Winzlinge auseinander, damit jeder in Ruhe essen konnte. Ruby spannte ihre Flügel auf, damit Schwester Bella ihr nicht beim Fressen zuschauen konnte.

Pyron hob hilflos die Vorderklauen. „Es sind nun mal kleine Drachen, von denen sich, seit alter Zeit, jeder selbst der Nächste ist. Jetzt ist unser Geschick gefragt, die beiden irgendwie zu bändigen."

Unter einigen Mühen gelang es ihnen sogar, die beiden nebeneinander zum Schlafen zu bringen, ohne dass Ruby nach ihrer Schwester schnappte. Zephyra hörte schon am leisesten Schnaufen, wenn sich etwas zusammenbraute und ging dazwischen. Pyron besorgte noch in der Nacht das nächste Frühstück, denn die Kleinen brauchten ständig Nachschub an Nahrung, um große starke Drachen zu werden. Er legte jedem Küken eine Rehkeule vor. Natürlich schaute Ruby sofort nach, ob Bella nicht etwa eine größere bekommen habe. Auf den strengen Blick ihrer Mama zog sie aber sofort den Kopf ein und widmete sich ihrem eigenen Essen.

So ging es fast drei Tage, dann hatte es die Ältere begriffen, dass die Jüngere immer genau gleich behandelt wurde und es zwecklos war, sich in den Vordergrund spielen zu wollen. Und plötzlich ging es sogar, sich spielerisch gemeinsam mit irgendwelchen Dingen zu beschäftigen, die dabei meist in kleine Stücke zerlegt wurden.

Jetzt erst meldete sich Pyron bei seinen Freunden in der Menschenwelt, um den Schlupf der Kleinen zu verkünden. Aurëus wollte auch sofort wissen, ob es überhaupt möglich war, zwei Jungdrachen gleichzeitig aufzuziehen und Zephyra erzählte, wie streng sie darauf achten mussten, beide haargenau gleich zu behandeln. Hatte die eine Lust zum Schmusen, holte man die andere mit dazu, um bloß keinen Neid aufkommen zu lassen.

„Wir kommen morgen", versprach Aurëus. „Viola und Boreas sind der Überzeugung, dass innerhalb der nächsten drei Tage ihre Kleinen geboren werden. Sollen sie ein Zelt mitbringen oder habt ihr die Nerven, jetzt Besuch zu beherbergen?"

„Was heißt hier Zelt?!", echauffierte sich Pyron mit einem künstlichen Schnaufen. „Schon der Gedanke ist strafbar! Wenn wir einen Wunsch haben, dann Schinkenröllchen!", witzelte er.

Er konnte nicht ahnen, dass Emilio und Shanna anlässlich des Schlupfes der Küken gleich eine halbe Wagenladung, wie es Zephyra bezeichnete, als Geschenk überbringen ließen. Marc und Boreas, die die Beutel trugen, waren noch nicht einmal richtig aus dem Spiegelportal getreten, als sie von den Jungdrachen belagert wurden. Pyron packte die Kleinen am Schlafittchen und ließ sie erst wieder los, als alle gut in der Grotte angekommen waren.

Bella zupfte Thomas am Ärmel, der ihr am nächsten stand.

„Na, komm her du kleiner Schlingel", sagte Thomas, das Küken auf den Arm nehmend.

Sofort hatte er die Nase des Jungdrachen im Gesicht, wurde eingehend beschnüffelt und konnte gerade noch den Winzling zurückreißen, als der mit seinen winzigen nadelspitzen Zähnen zubeißen wollte.

Marc konnte sich das Lachen nicht verkneifen. „Wenn das Essen aber doch direkt ins Haus kommt und noch so schön lebendig ist."

„Tut mir wirklich leid, aber Marc hat es auf den Punkt gebracht", seufzte Pyron. „Seid bitte vorsichtig. Sie können beide heftig zwicken, erst recht, wenn man keinen Schuppenpanzer zum Schutz hat. In ein paar Stunden werden sie begriffen haben, dass man Gäste nicht beknabbern darf."

Zephyra wandte sich an Viola. „Wenn es bei euch so weit ist, muss einer von euch beiden ständig bei den Babys wachen, damit kein Unglück geschieht."

„Sorge dich nicht", tröstete Boreas. „Das ist uns soeben klar geworden und sollte ja nun wirklich das kleinste Problem sein."

Bella hatte sich den strafenden Blick ihres Vaters sehr zu Herzen genommen und Thomas war nicht nachtragend. Er hatte die Kleine immer noch zwischen den Händen der ausgestreckten Arme hängen, nahm sie jetzt wieder auf den Arm und begann sie zu streicheln. Bella kroch ein wenig höher, steckte ihm ihr Schnäuzchen am Hals hinters Ohr, schloss die Augen und begann zufrieden zu schnurren. Ruby stutzte, dann kletterte sie flugs an Bromers Hosenbein hinauf, der breit lächelnd begann, die kleine Dame auf die gleiche Weise zu kraulen.

„Und schon sind alle Kinder glücklich", schmunzelte Aurëus. „Dabei haben sie noch nicht einmal die Leckerchen bekommen. Du, mein lieber Pyron, versuchst jetzt, zur Ruhe zu kommen. Du musst heute nicht mehr herumfliegen und Futter suchen. Das besorgen wir Zauberer."

Pyron hockte sich mit einem Seufzer auf seinen Platz und schaute zu, wie Aurëus, Marc und Bromer Teller, Tassen, Schüsseln füllten, aber auch Fleischberge für zwei ausgewachsene Drachen erscheinen ließen. Martha teilte die Schinkenröllchen auf, wobei ihr Zephyra mit ein paar kleinen Anweisungen behilflich war. Die Minidrachen bekam davon nichts mit, sie hingen beide selig schlummernd Thomas und Bromer auf den Schultern.

„Wie geht es Shanna?", fragte Zephyra.

„Blendend", erzählte Stella. „Der Ambrosia wirkt ja lebenslang."

Ein paar Wochen müssen sie noch warten, ehe der Kleine geboren wird."

„Der Kleine?", staunte Zephyra. „Menschen können es wohl auch beeinflussen, was es wird?"

„Nicht so wie Drachen", entgegnete Stella. „Schon gar nicht, wenn es ein Wunschkind und völlig egal ist, ob Junge oder Mädchen. Die beiden haben es beim Arzt erfahren, dass sie einen Sohn bekommen."

„Oh, wie schön!", rief Zephyra. „Da bleibt doch sicher das Restaurant in der Familie?"

Lachend meinte Stella: „Das hätte es auch bei einer Tochter tun können. Es ist ja nicht einmal sicher, dass der Sohn Lust hat, solch schwere Arbeit zu verrichten."

„Die kann er doch verrichten lassen, wenn er klug genug ist", warf Thomas ein.

„Das wäre dann sicher nicht in unserem Sinne", meldete sich Marc.

„Ich weiß ja, was Zephyra meint", antwortete Thomas. „Mir wäre es auch lieber, wenn er die Reihe guter Freunde nicht unterbricht."

In diesem Moment wachten die Minidrachen auf und mussten ihre nächste Lektion lernen: Auf dem Tisch läuft man nicht herum. Bella flüchtete sofort wieder zu Thomas, wo sie ganz brav auf dem Schoß sitzen blieb, und wie alle anderen, nur die Vorderklauen auf den Tisch legte.

Pyron schmunzelte. „Ich glaube, da haben sich zwei gefunden, die absolut harmonieren. Oh, und noch zwei!"

Denn Ruby kraxelte gerade am Stuhl hinter Bromer hoch, glitt über seine Schulter und machte es ihrer Schwester nach, die von Thomas bereits Schinkenröllchen vorgelegt bekam, welche sie ganz manierlich mit den Krallen in Mäulchen beförderte.

„Ich konstatiere", witzelte Alfons, „die Große ist eine Draufgängerin, die Kleine hat es im Gespür, wie man am besten ans Ziel kommt."

Nicken von den Eltern. „Das trifft zu 100 Prozent zu. Wobei Bella experimentierfreudiger zu sein scheint, auch wenn sie die Vorsichtigere ist."

Bella schaffte es auch mit sehnsüchtigen Blicken, das Wasserglas von Thomas zu bekommen, das sie mit ihrer langen Zunge eifrig ausleckte. Dann ringelte sie sich auf seinem Schoß zusammen und hielt ein Verdauungsschläfchen. Bromer schob sein Glas lieber gleich zu Ruby, ehe der kleine Wildfang auf schräge Ideen kam. Dann gähnte Ruby herzhaft und bettete sich bei Bromer ebenfalls gemütlich auf die Oberschenkel.

Weil die Kleine sehr fest schlief, wagte es Diandra, sie vorsichtig zu streicheln. Dem folgte, weil sie nun nach Drache roch, dass Ruby nach dem Nickerchen auf ihren Schoß wechselte und sich nach allen Regeln der Kunst kraulen ließ. Bella huschte inzwischen über die Oberschenkel aller am Tisch, beschnupperte jeden ausgiebig, begutachtete die Flügel der Elfen, indem sie sie mit ihren eigenen verglich und gab jeder Elfe ein Küsschen.

„Schau an, schau an!", rief Silvestra amüsiert. „Jetzt sind wir als Mitglieder der geflügelten Sippe anerkannt worden."

Interessanterweise verhielt sich Ruby wenig später ebenso. Sie zupfte an den schillernden Flügeln der Elfen, spannte die eigenen roten Schwingen auf und verteilte Küsse. Viola betrachtete sie besonders lange von Kopf bis Fuß, ehe sie sich auf ihren Schoß setzte, um ihr das Schnäuzchen hinters Ohr zu stecken. Viola schloss die kleine Drachenlady fest in die Arme, was diese mit einem wohligen Brummen beantwortete.

„Sie scheint die Babys zu fühlen", flüsterte Boreas, denn Ruby verhielt sich ganz still.

Drei Tage später begaben sich Viola und Boreas mitten in der Nacht von ihrer Schlaf- zur Hauptgrotte, um mit den Drachen gemeinsam auf die Geburt ihrer beiden Kinder zu warten. Das Leuchten, mit dem sich das Ereignis ankündigte, war diesmal tief dunkelblau und erinnerte auf seltsame Weise an einen im Glanz der Sterne funkelnden Himmel. Pyron riss überrascht die Augen auf. Viola legte Boreas Hände auf ihren Bauch, in denen sich das blaue Licht sammelte, um sich zu zwei Babys mit wundervoll großen Flügeln zu formen.

Zephyra fachte das Feuer der Kochstelle an, um besser sehen zu können, weil sie ihren Augen nicht traute. Die Kleinen hatten die gleichen seegrünen Augen und die milchweiße Haut wie die Mama, aber rabenschwarzes Haar wie der Papa. Die Flügel stellten alles in den Schatten, was die Drachen bisher gesehen hatten. Auf samtschwarzem Grund strahlte ein Goldhauch, der bei jedem Flügelschlag aussah, als fließe er in Wellen über die filigranen Gebilde.

Boreas konnte sein großes Glück kaum fassen. Immer wieder sog er jedes Detail seiner süßen Töchter in sich auf, um festzustellen: „Freya und Iduna sehen absolut identisch aus."

Viola hauchte ihm einen Kuss auf die Wange. „Wundervolle Namen."

„Ihr habt euch wohl auch erst jetzt entschieden?", staunte Zephyra.

„Ja", gab Viola zu. „Wir hatten zuerst nach Blumennamen gesucht, dann aber gemerkt, dass wir voll daneben lagen. Also haben wir uns abgesprochen, zu warten, und uns von unseren Babys direkt inspirieren zu lassen. Boreas hat genau die richtige Eingebung gehabt, indem er sie nach nordischen Göttinnen nennt. Sie haben sehr viel Äußeres von ihrem Papa, der sich ja zudem bestens im hohen Norden auskennt. Jedenfalls bin ich sehr glücklich, dass beide Flügel haben."

„Fragt mal, wer noch!", rief Boreas, der beide Elfchen in den Armen wiegte und es genoss, wie ihm Viola von hinten ihre Arme um die Schultern schlang.

Ruby und Bella kamen von ihrem Schlafplatz geschlichen, um auch kleine Elfen anzuschauen. Boreas hielt ihnen seine beiden Töchter hinunter. Es fand das gleiche Prozedere statt, wie bei allen anderen Elfen. Die beiden Drachenmädchen taxierten die Flügel und stupsten ihre Nasen an die der kleinen Elfen. Damit war klar: Ihr gehört zu uns!

Nur staunten die Minidrachen, dass sie Elfenwinzlinge sofort fliegen konnten, und versuchten, es ihnen gleichzutun.

„Auch nicht übel", lachte Pyron. „Vielleicht werden sie so auch viel schneller flügge, als man erwarten sollte."

Nach einer Weile des Herumtollens lagen alle vier zusammengekuschelt in der Drachenecke. Pyron wärmte mit seinem Atem die Luft etwas mehr an und Zephyra heizte mit ihrer Flamme den Felsen auf, damit sich die kleinen Elfen nicht verkühlten. Die Eltern konnten sich ganz beruhigt miteinander unterhalten. Die Drachenzwillinge machten nicht den Eindruck, sie würden ihre Spiel-kameradinnen mit Zähnen oder Krallen absichtlich verletzen. Zudem hatten sie Tante Viola und Onkel Boreas in den wenigen Tagen so sehr ins Herz geschlossen, dass sie ihnen ebenfalls aufs Wort gehorchten.

„Sie lernen schnell", stellte Viola zufrieden fest.

„Kein Wunder, wenn ein magischer Drache die Mama ist", erklärte Pyron voller Überzeugung.

Zephyra stieß ihn an. „Stell du mal dein Licht nicht ständig unter den Scheffel. Du hast erst bewirkt, dass aus mir was Ungewöhnliches werden konnte."

Gegen Mittag kündigte ein matter Schein aus dem Portal an, dass Familie und Freunde nahten, um Violas und Boreas' Kinder zu feiern. Einer wie der andere staunte, welch außergewöhnliche Färbung ihre Flügel hatten, aber auch, wie selbstverständlich die kleinen Elfen und Drachen miteinander spielten. Aurëus spendierte vier Bälle. Sogleich wuselten die Kleinen kichernd durch die Gänge, um die einmal angestoßenen Spielzeuge wieder einzufangen.

„Wisst ihr was? Wir ziehen auf die Wiese am See um!", rief Silvestra. „Magmatus und Vulkanus kommen gleich, und dann wird es eng hier drinnen."

Natürlich durften die Winzlinge ihre Bälle mitnehmen. Aurëus versprach, für die Kleinen eine Zone zu schaffen, die sie gefahrlos durchstreifen konnten, ohne Angst, ins Wasser zu fallen.

„Dann mach sie aber auch nach oben zu", lachte Thomas, als Freya einen Senkrechtstart fabrizierte, weil sie als Erste auf Mamas Arm sein wollte.

Die Brüder Pyrons ließen die Jungdrachen staunen. Da gab es doch tatsächlich noch welche, die so schwarz wie der Papa aussahen! Magmatus und Vulkanus nahten nicht mit leeren Klauen. Sie brachten für ihre kleinen Nichten besonders leckere Fische aus dem Meer in den Wolken mit, für die kleinen Elfen hingegen glänzende Muschelschalen.

„Mama Zephyra hat hervorragende Brutpflege geleistet", freute sich Magmatus, beim Anblick zweier rotschuppiger Minidrachen.

„War mir schon klar, dass keiner von euch dreien zukünftige Konkurrenz braucht, zwei von euch aber dringend eine Gefährtin. Nun liegt es ganz an euch, was ihr daraus macht", schmunzelte Zephyra.

„Und weil Liebe durch den Magen geht, haben sie Fische mitgebracht!", kicherte Thomas.

„Natürlich!", grinsten die beiden Drachen zurück.

Martha hatte sich zu den vier Kleinen auf die Wiese gesetzt, sang ihnen Lieder vor, spielte mit ihnen Ball und flocht Blumenkränze. Natürlich auch für die Drachenmädchen, für die sie als Halsschmuck fertigte, weil sie, trotz der schon zu sehenden kleinen Hornstummel, immer wieder vom Schuppenpanzer der Köpfe rutschten.

Bald trafen auch die Einhörner ein. Unter ihnen Blitz und Silber, die sich sofort zu den vier Kleinen begaben, um sie mit einem Nasenstupser zu begrüßen. Ruby und Bella versuchten sofort, nach den längen Mähnen und den Schweifen der beiden zu haschen. Freya und Iduna gaukelten ihnen wie Schmetterlinge um die Nasen, nicht schlüssig, ob sie sich auf ihnen niederlassen durften.

„Setzt euch", schlug Silber vor und sofort huschten die Elfen auf die Rücken der beiden, wo sie die Fingerchen in das seidige Fell vergruben.

„Einhorn", jubelte Freya. „Pferd", erklärte Iduna, sich ganz fest an Blitz kuschelnd.

Ruby und Bella schmiegten sich an die Beine der neuen Freunde, aber dergestalt, dass sie jeweils beide Tiere umarmten.

Alle anderen beobachteten die sechs.

„Baby", flüsterte Ruby, den Kopf hebend.

Silber nickte. „Ja, du hast Recht, kleine Drachendame. Ich werde auch bald ein Baby haben."

Viola zuckte freudig überrascht zusammen. Blitz wieherte leise.

„Er ist glücklich, dass du ihm ein Leben in Freiheit geschenkt hast", übersetzte Silber.

Viola klopfte Blitz' Hals. „Gern geschehen, mein Großer."

Bella und Ruby widmeten sich wieder dem Ballspiel mit den Elfenzwillingen, wobei Martha immer ein Auge auf die quicklebendige Rasselbande hatte.

„Heute Abend machen wir einen schnellen Transfer", erklärte Viola indes. „Wir möchten Äolus die freudigen Nachrichten nicht vorenthalten. Morgen früh sind wir wieder zurück."

Marc vollführte mit den Händen ein paar Bewegungen in der Luft, worauf er Boreas und Viola Babytragegurte vor die Nase hielt. „Damit auf dem Dimensionssprung alles glatt geht."

„Du bist genial", rief der Nordwind erfreut. „Das wird es uns auf alle Fälle erleichtern."

Als die Verwandtschaft nach Hause zurückgekehrt war, bereiteten sich Boreas und Viola vor. Die Zwillinge ließen sich brav ins Gurtwerk schnallen, das ihre wundervollen Flügel frei ließ. Dann nahmen sich Mama und Papa bei den Händen, stiegen ins Spiegelportal und glitten in einer Art Lichtspirale in eine violette Finsternis. Die üblichen Turbulenzen hielten sich in erträglichen Grenzen. Endlich sahen sie das Licht am Ende des Tunnels und stiegen Hand in Hand aus dem großen Kupferschild in Äolus' großem Saal.

„Oh, pünktlich zum Frühstück!", lachte Boreas nach einem kurzen Blick in die Runde.

Die vier Winde sprangen auf, um das Wunder der Zwillinge zu bestaunen.

„Flügel wie flüssiges Gold", schwärmte Großvater Äolus, beim Anblick seiner süßen Enkelinnen. Er genoss es, beide auf dem Arm halten zu dürfen.

Natürlich drängten sich auch die stolzen Onkel, ihre ungewöhnlichen Nichten herzen zu können.

„Hat sich Ares wieder beruhigt?", fragte Boreas beiläufig, worauf seine Brüder in wieherndes Lachen ausbrachen und all das zum Besten gaben, was sich auf und seit der Heimreise ereignet hatte.

Boreas schaute Viola an und prustete los. Der Kriegsgott werde wohl nie wieder die Existenz der Superelfen anzweifeln.

„Wir leben seitdem sehr ruhig", fügte Äolus hinzu. „Keiner will eine Strafmaßnahme durch die Aurëus-Elfen riskieren. Und ich werde logischerweise ganz stolz verkünden, nun noch zwei davon in meiner eigenen Familie zu haben. Dass Viola auch ohne Portal überall erscheinen kann, hat sich inzwischen ja auch herumgesprochen."

„Dann könnt ihr auch gleich noch mit verbreiten, dass wir jetzt zwei Jungdrachen haben, deren Mutter der Eis speiende Drache ist", schlug Boreas mit genüsslichem Grinsen vor.

„Ruby und Bella", ließ sich Iduna vernehmen.

„Und du bist Freya?", fragte Äolus, weil er seine Enkelinnen einfach nicht auseinanderhalten konnte.

„Falsch. Ich bin Iduna", kicherte der Winzling. „Da ist Freya."

Die saß nämlich bei Euros auf den Knien und naschte Honig. Die Diskussionen der Großen interessierten sie nicht. Der Appetit auf Süßes war viel stärker. Weil die anderen angeregt miteinander sprachen, hatte der Ostwind den Honigtopf kurzerhand zu sich heran geholt und Freya tauchte eifrig die Finger hinein, um sie genüsslich abzulecken. Als es die anderen endlich bemerkten, brachen sie in fröhliches Lachen aus.

In den nächsten Stunden war Freya ausschließlich bei Euros zu finden, der sie durch den Garten führte, mit ihr die Grotten der Lüftchen besuchte und sogar von den Nereiden zwei leere Schneckenhäuser von Tritonshörnern vom Meeresboden holen ließ, weil ihm die am Strand nicht gut genug für solch wundervolle Elfen erschienen. Freya überließ eins davon Iduna, die lieber mit Mama und Papa im Garten der Windinsel gespielt hatte.

Die wiederum wussten, dass sie sich auf Euros verlassen konnten, der mit ihrer wissbegierigen Kleinen querfeldein flog. Ihm war klar, dass die Zeit auf ihrer Insel schnell vorüberging. So versuchte er, ihr all das zu zeigen, was sie zu sehen wünschte. Dabei freute er sich nicht weniger als Freya auf den nächsten Besuch. Boreas half Viola, Iduna in den Gurt zu schnallen. Freya flog noch einmal zu Euros, legte ihm die Ärmchen um den Hals und sagte so laut, dass es alle hören konnten: „Wenn ich groß bin, heirate ich dich."

Es wurde totenstill.

Viola wandte sich hintergründig lächelnd an Euros: „Du weißt hoffentlich, dass das ein Schwur war."

Der wurde abwechselnd rot und blass. „Ich habe es vermutet. Dann ist jetzt wohl an der Zeit, mich an den Gedanken zu gewöhnen, einer Aurëus-Elfe versprochen zu sein oder sie mir."

„Tu das, Brüderchen!", schmunzelte Boreas, gurtete Freya an, winkte noch einmal in die Runde, um sogleich mit seiner Familie in den Kupferschild zu steigen.

Zurück blieben die vier Winde, die den Willen der kleinen Elfe erst einmal verdauen mussten. Wobei Euros derjenige war, der dabei ein behagliches Lächeln aufsetzte.

„Wenn sich eine Aurëus-Elfe etwas in das hübsche Köpfchen gesetzt hat, dann zieht sie es durch", murmelte Äolus.

Euros lachte. „Das hoffe ich! Oder vielmehr: Ich freu mich drauf."

Zephyros nickte. „Kann ich verstehen."

„Mal sehen, wem es gelingt, die andere Schwester zu erobern", sinnierte Notus.

„Bitte keine Revierkämpfe!", rief Äolus entsetzt.

Euros grinste. „Die hätten eh keinen Sinn. Ihr wisst alle, dass die Damen die Wahl aus freien Stücken treffen und sich von nichts beirren lassen. Obwohl ich jedem von Euch die Daumen drücke."

Weitreichende Entscheidungen

Die Drachenschwestern hatten ihre zweibeinigen Spielgefährtinnen schon vermisst. Sie führten regelrechte Freudentänze auf, als diese endlich aus dem Spiegel auftauchten. Viola und Boreas gaben umfassenden Bericht von den Stunden auf der Insel, aber auch jenem, was sie über Ares erfahren hatten. Die Drachen schauten ungläubig auf, als sie erfuhren, wie sich Freya ihren zukünftigen Gatten reserviert hatte.

„Das wird für unsere Zukunft einige Veränderungen bringen", überlegte Viola. „Wir sollten rasch eine Versammlung der Familie einberufen."

„Einverstanden", nickte Boreas, worauf Viola sofort an den Spiegel trat und mit Aurëus kommunizierte.

Bereits eine halbe Stunde später stiegen in langer Reihe die Verwandten aus dem Portal.

„Haltet hier eure Zusammenkunft ab. Wir fliegen zum See", sprach Pyron, sofort mit seiner Familie die Höhle verlassend.

Aurëus nickte Boreas und Viola zu, ihre Gedanken kundzutun.

„Der Grund dieses Treffens ist, dass Freya Euros als zukünftigen Gatten auserkoren hat", begann Viola, worauf es schlagartig genau so still wurde, wie auf der Insel der Winde. „Wir haben deshalb beschlossen, in der Elfenwelt zu bleiben, wobei unsere Kinder trotz allem das immense Wissen der Menschen vermittelt bekommen sollen. Das heißt, wir werden uns hier irgendwo ein Domizil schaffen."

„Müsst ihr nicht", erwiderte Aurëus. „Ihr werdet im Schloss in den Wolken wohnen, von wo aus Boreas auch problemlos seiner Bestimmung folgen kann, ohne die Familie vernachlässigen zu müssen. Vergiss nicht, dass auch du eine Elfen-Prinzessin bist. Galantha und Stella haben keine Ambitionen, die Nachfolge von Silvestra anzutreten. Ich schlage zudem vor, dich offiziell zur Königin zu krönen, denn du kannst von hier aus die Geschicke des Elfenlandes besser lenken, als jemand, der nicht hier lebt. An dir wird es dann auch sein, die Treffen der Magier im Wandelnden Turm in jedem tausendsten Jahre zu leiten."

Aller Augen waren auf Viola gerichtet, die nach langem Überlegen antwortete: „Ich bin bereit, die Verantwortung zu übernehmen."

Aurëus flog zum See und bat Pyron, die Kunde von der bevorstehenden Krönung in alle Winkel des Elfenlandes zu tragen. Der schwarze Drache machte sich unverzüglich auf den Weg. Aurëus kehrte mit Zephyra und den beiden Kleinen in die Grotte zurück.

„Das heißt auch, dass wir uns zu jeder Zeit gegenseitig besuchen können und die Kinder täglich gemeinsam spielen können. Wenn sie ein paar Wochen älter sind, können sie sich frei bewegen, wie alle Kinder hier", freute sich Viola.

Sie selber hatte oft darunter gelitten, die Regeln der Menschen einhalten zu müssen. Tu dies nicht. Mach jenes nicht. Geh abends nicht allein in einsame Gegenden. Pass auf dein Eigentum auf, damit du nicht bestohlen wirst. Sei vorsichtig, mit wem du sprichst. Nimm in der Disco keine Drinks von Fremden an. Lass keine Getränke unbeaufsichtigt stehen und so weiter und so fort.

Hier gab es zwar auch Neid, wie wohl überall, wenn denkende Wesen zusammenlebten, aber niemand trachtete deshalb dem anderen nach dem Leben. Und die Kinder konnten sicher sein, dass immer einer da war, der ihnen auf irgendeine Art und Weise half. Dafür hatte schon Galanthas Schicksal gesorgt, das sich die betreffenden Elfen sehr zu Herzen nahmen.

Am meisten freuten sich die Wächterdrachen, wer nun ins Schloss einziehen sollte. Mit zwei quirligen Minielfen kam wieder richtig Leben ins Haus. Einem Paar, wie Viola und Boreas, die Treue zu schwören, fiel ihnen besonders leicht. Viola hatte sie mit ihren Kräften oft genug *zusammengefaltet,* wie sie es nannten. Boreas war sowieso der ungekrönte König der Lüfte. Der kannte sich mit allem aus, was auch nur einen Millimeter oberhalb von Wasser oder Land mit Luft zu tun hatte.

Als die vier erschienen, um die Räume im Schloss in Besitz zu nehmen, bereiteten ihnen die Drachenbrüder einen herzlichen

Empfang. Sie hatten sich sogar von den Wiesenelfen Blumengirlanden winden lassen, welche die Geländer der Außentreppen schmückten.

„Ich glaube, da freut sich jemand sehr, dass du da bist", schmunzelte Boreas.

Vier Wochen später begannen Freya und Iduna, die kleine Insel über den Wolken zu durchstreifen, wobei die Wächterdrachen von ferne immer ein Auge auf die Zwillinge hatten. Die Mädchen hielten sich auch strikt an die Anweisung, den Steg zum Meer nicht zu betreten.

Zumindest so lange, bis Iduna meinte: „Wir fliegen doch!"

Magmatus erwischte die beiden also beim Spiel mit den Delfinen.

„Erzählt ihr es euern Eltern, oder muss ich euch verpetzen?", fragte der große Drache mit strengem Blick.

Die Kleinen zogen die Köpfe ein und Iduna versprach: „Ich sage es ihnen lieber selber", was sie auch am Abend tat.

Boreas atmete tief durch. „Für dieses Mal kommt ihr ohne Strafe davon. Iduna hat das Verbot ganz schlau zu euren Gunsten ausgelegt und ihr habt den Steg ja wirklich nicht betreten, weil ihr die ganze Zeit geflogen seid. Die Rücken der Delfine sind kein Teil des Plankenweges, also habt ihr euch auf ihnen niedergelassen."

„Eine weise Entscheidung", lobte Viola, als die Mädchen den Raum verlassen hatten. „Sie werden allerdings nun öfter ein Hintertürchen suchen."

„Wer hat das nicht getan, als er klein war?", schmunzelte Boreas.

Die Wächterdrachen machten sich von nun an auf beinahe alles gefasst, denn auch auf seine Ururenkelinnen traf der Lieblingssatz des Aurëus zu, der da lautete: Schlaues kleines Elfchen.

Am Tag der Krönung flogen alle hinunter auf die Wiese am See, damit jedwedes Wesen daran teilnehmen konnte.

Martha brauchte dutzende Taschentücher, weil sie so ergriffen war, als Silvestra die Krone abnahm, um sie Viola auf die eichhörnchenrote Lockenpracht zu setzen. Boreas erhielt von Aurëus die schwere goldene, mit unzähligen funkelnden Edelsteinen besetzte Amtskette als direkter Stellvertreter der Königin. Dann folgte eine Feier, wie sie das Elfenland schon lange nicht mehr gesehen hatte. Blitz strahlte vor Stolz, nun das Ross einer Königin zu sein.

Auréus schmunzelte vergnügt. „Und alles nur, weil ich einmal keine Lust hatte, meine Fenster selber zu putzen."

Marc lachte. „Die einen machen eine Karriere vom Tellerwäscher zum Millionär, ich eben vom Fensterputzer zum Schwiegersohn eines großen Königs im Ruhestand. Das Lied davon trällert Lars am liebsten."

„Habe ich gerade meinen Namen gehört?", ertönte es von oben, wo aus dem Nichts der fliegende Kürbis erschien.

„Lars! Wie kommst du denn hier her?", riefen die Freunde durcheinander.

Da materialisierten sich die vier Windmänner. „Wir haben ein bisschen nachgeholfen. Leider gab es auf dem Meer ein paar unvorhergesehene Turbulenzen, aber wenigstens sind wir noch pünktlich, um zu gratulieren und mit euch zu feiern."

Etwas Dunkles wuschte wie ein Pfeil durch die Menge und hing einen Sekundenbruchteil später an Euros' Hals. Aber nur zu einer ganz herzlichen Begrüßung, denn inzwischen hatte Freya einiges über Etikette gelernt, und dass man niemanden derart belagern sollte, dass er keinen Freiraum mehr hat. So fand sie sich, wie Iduna und die Jungdrachen, bei Großvater Äolus ein, um auf diese Weise ganz nah bei Euros zu sitzen.

Dort hörten sie auch die Erwachsenen über die Brontornis sprechen. Ruby erzählte ihren Spielkameradinnen flüsternd, wie lecker die Eier der Riesenvögel schmeckten, und dass sie einmal gesehen habe, welche Richtung ihr Papa eingeschlagen hatte, als er auf Jagd nach den Eiern geflogen war.

„Schade, dass wir noch nicht fliegen können, weil unsere Schwingen noch wachsen müssen", seufzte sie am Ende.

In den nächsten Wochen geriet das Gespräch in Vergessenheit, weil andere aufregende Dinge geschahen. Eines Morgens ertönte lautes Wiehern am Fuße des Drachenberges. Pyron hastete auf das Plateau, in der Annahme es habe sich ein Unglück ereignet. Ein kurzer Blick in die Tiefe, dann rief er nach Zephyra und den Kindern. Gemeinsam flogen sie hinunter um das schwarze, gleichmäßig weiß getupfte Fohlen zu bestaunen, welches schon wacker zusammen mit Mama und Papa über die Wiesen galoppieren konnte.

„Gib du unserem Sohn einen Namen", bat Silber Zephyra.

„Ich finde Flecki, sehr passend", sagte das Drachenweibchen sofort.

Blitz nickte schnaubend.

„Dann soll es so sein", freute sich Silber.

Pyron startete sofort zum Wolkenschloss, um die frohe Botschaft zu überbringen. Die Drachenmädchen freundeten sich genau so schnell mit Flecki an und fanden heraus, dass der kleine Hengst nicht nur die Farben von beiden Elternteilen erhalten hatte. Von Statur werde er eines Tages sicher seinem Vater gleichen, denn er war jetzt schon deutlich größer als Einhorn-Fohlen. Zwar hatte er kein Horn, konnte aber wie seine Mutter sprechen. Rasch stand fest, dass Flecki von nun an jeden Tag für ein paar Stunden zum Drachenberg kommen durfte, um mit Ruby, Bella, Freya und Iduna zu spielen.

Die Elfen waren seit ein paar Tagen fast unbegleitet unterwegs. Einer der Wächterdrachen brachte sie an den Rand der Wolke und flog so weit mit, bis der Drachenberg zu erkennen war. Dann drehte er um. Pyron führte die beiden nach dem Spiel bis zu jenem Punkt, wo sie die Wolke deutlich sehen konnten. Vier Wochen später kamen und gingen die Mädchen ganz allein. Auch Flecki fand sich, als er begann, Gras zu fressen, ohne seine Eltern ein. Wo sich Wölfe und Bären aufhielten, wusste er und mied diese Gegenden instinktiv. Die Areale um den See und Drachenberg waren praktisch frei von ihnen, denn Pyrons Sippe fraß alles, was nicht magischer Art war, und das hatte die Raubtiere in die Flucht getrieben. Alle drei Mütter wechselten sich täglich ab, den Nachwuchs beim Spielen zu beaufsichtigen und sie in allem zu unterrichten, was man im Elfenland wissen musste.

In der Menschenwelt hatte der Sohn von Shanna und Emilio das Licht der Welt erblickt. Der stolze Papa gab für all seine Freunde ein rauschendes Fest, zu dem er auch die Olympier einlud. Boreas übernahm es, die Einladungen zu überbringen und Auréus holte alle ab, damit sie unbeschadet die Reise durch die Dimensionen überstanden. Freya und Iduna waren das erste Mal in dieser Welt und mussten unbequeme Kleidung tragen, die die Flügel verdeckte. Mit großen Augen stiegen sie in eines der bereitstehenden Autos, welches ihre Mama zum Ort des Geschehens lenkte. Die vielen neuen Eindrücke prasselten so auf die beiden ein, dass sie völlig verschüchtert Schutz bei ihren Eltern suchten.

Beim Anblick des winzigen Babys tauten die Zwillinge langsam auf. Immer wenn es zu weinen begann, bewegte eine von ihnen die Wiege, bis es sich wieder beruhigte. Freya überließ das Feld schließlich ganz Iduna, die sich mit Hingabe um den kleinen Mario kümmerte. Sie selber bekam einen Platz zwischen ihrem Papa und Euros. Emilio baute rasch die Kinderhochstühle um, damit die Mini-Elfen wirklich bequem am Tisch sitzen konnten.

Shanna hatte für die Kleinen Tiere und Blüten aus Obstscheiben ausgestochen und mit süßen Soßen angerichtet, die die Zwillinge mit leuchtenden Augen verspeisten. Sie wunderte sich, dass sich Euros am Tisch um eines der Mädchen kümmerte, während Boreas lächelnd zuschaute. Viola ließ schließlich die Katze aus dem Sack, womit sie nicht nur die Wirtsleute völlig überraschte. Die Kunde davon hatte man auf dem Olymp nicht glauben wollen, weil sie zu reißerisch geklungen hatte. Nun sah sich Zeus eines Besseren belehrt. Genau wie Athene beobachtete er das ungleiche Pärchen und kam zu dem Schluss, dass sich Euros nicht ungern in die Rolle fügte, die ihm Freya zugedacht hatte. Äolus sonnte sich zufrieden im Glanz seiner Familie.

„Wie geht es Blitz?", fragte Athene.

„Er genießt den Status, das Lieblingspferd unserer Königin zu sein", erwiderte Thomas lächelnd.

Zeus stutzte. „Viola hat ihn Silvestra geschenkt?"

Thomas' Ohren bekamen Besuch vom Mund. „Nein. Viola und Boreas sind zum neuen Königspaar gekrönt worden. Haben das die Nereiden noch nicht ausgeplaudert?"

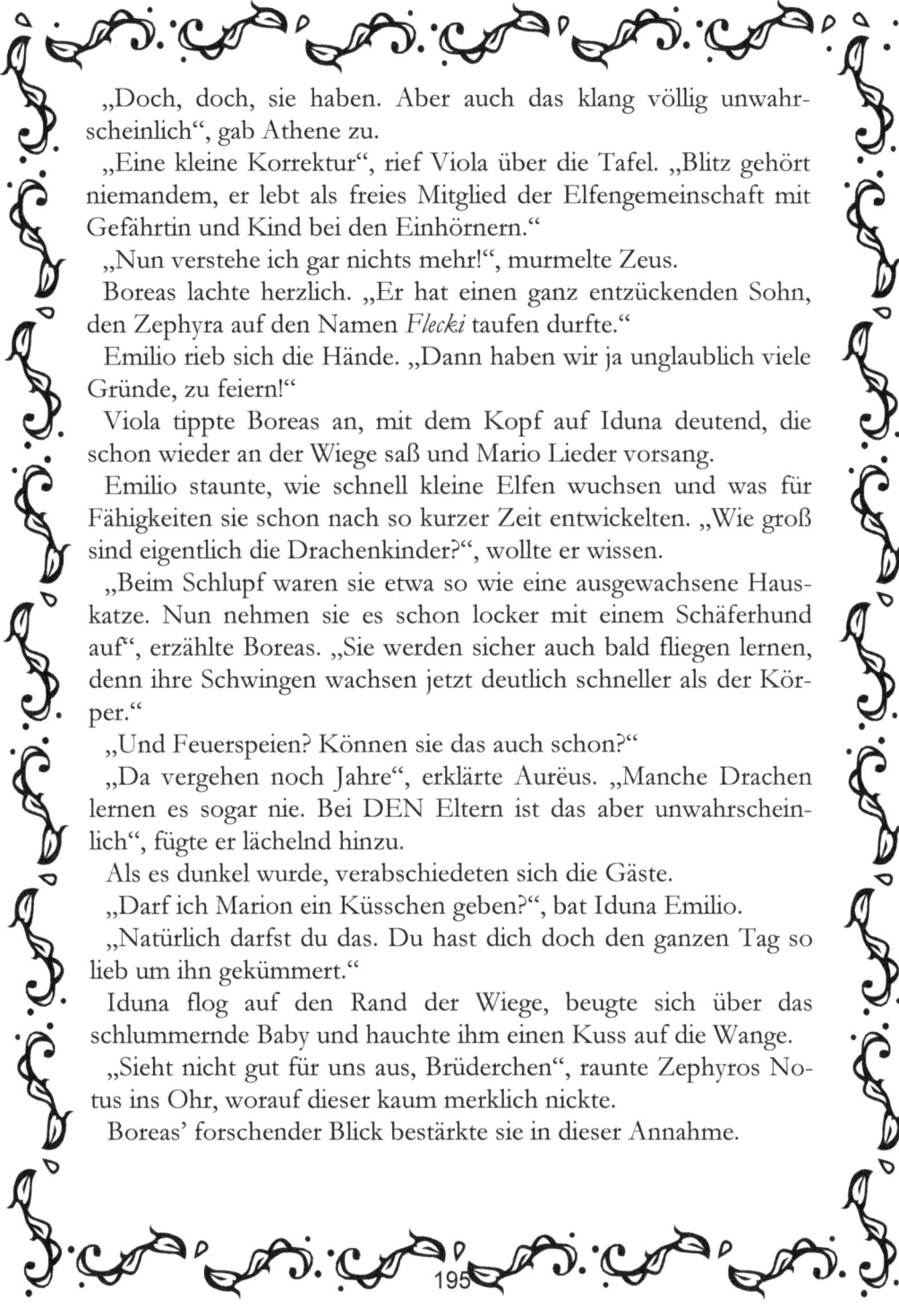

„Doch, doch, sie haben. Aber auch das klang völlig unwahrscheinlich", gab Athene zu.

„Eine kleine Korrektur", rief Viola über die Tafel. „Blitz gehört niemandem, er lebt als freies Mitglied der Elfengemeinschaft mit Gefährtin und Kind bei den Einhörnern."

„Nun verstehe ich gar nichts mehr!", murmelte Zeus.

Boreas lachte herzlich. „Er hat einen ganz entzückenden Sohn, den Zephyra auf den Namen *Flecki* taufen durfte."

Emilio rieb sich die Hände. „Dann haben wir ja unglaublich viele Gründe, zu feiern!"

Viola tippte Boreas an, mit dem Kopf auf Iduna deutend, die schon wieder an der Wiege saß und Mario Lieder vorsang.

Emilio staunte, wie schnell kleine Elfen wuchsen und was für Fähigkeiten sie schon nach so kurzer Zeit entwickelten. „Wie groß sind eigentlich die Drachenkinder?", wollte er wissen.

„Beim Schlupf waren sie etwa so wie eine ausgewachsene Hauskatze. Nun nehmen sie es schon locker mit einem Schäferhund auf", erzählte Boreas. „Sie werden sicher auch bald fliegen lernen, denn ihre Schwingen wachsen jetzt deutlich schneller als der Körper."

„Und Feuerspeien? Können sie das auch schon?"

„Da vergehen noch Jahre", erklärte Auréus. „Manche Drachen lernen es sogar nie. Bei DEN Eltern ist das aber unwahrscheinlich", fügte er lächelnd hinzu.

Als es dunkel wurde, verabschiedeten sich die Gäste.

„Darf ich Marion ein Küsschen geben?", bat Iduna Emilio.

„Natürlich darfst du das. Du hast dich doch den ganzen Tag so lieb um ihn gekümmert."

Iduna flog auf den Rand der Wiege, beugte sich über das schlummernde Baby und hauchte ihm einen Kuss auf die Wange.

„Sieht nicht gut für uns aus, Brüderchen", raunte Zephyros Notus ins Ohr, worauf dieser kaum merklich nickte.

Boreas' forschender Blick bestärkte sie in dieser Annahme.

In den nächsten Tagen übten die kleinen Drachen eifrig das Fliegen. Sie kletterten mit ihren scharfen Krallen ein paar Meter am Fels hinauf und segelten unter dem Jubel der Elfen mit ausgebreiteten Schwingen zu Boden. Nur aus eigener Kraft ging es noch nicht. Nun ließen auch Zephyra und Pyron den Nachwuchs immer öfter für mehrere Stunden allein. Die fünf Freunde unternahmen jetzt Streifzüge in die weitere Umgebung, Hauptsache, sie waren zur üblichen Zeit am Fuß des Drachenberges.

So kam es auch, dass sie irgendwann die Brutplätze der Brontornis entdeckten.

„Kehren wir um!", forderte Bella. „Die Erwachsenen haben es uns verboten, hierher zu gehen, fliegen oder schwimmen!"

„Wir wollen doch nur ein bisschen zuschauen, was die da unten treiben", verteidigte sich Ruby, wie die anderen gut hinter Steinen versteckt.

„Alle sagen, es sei viel zu gefährlich!", mahnte Bella.

Die vier Freunde fügten sich. Ruby zischte: „Spielverderberin!", als sie an ihrer Schwester vorbeiging, die als Letzte den Platz verließ, um sicher zu sein, dass niemand zurückblieb.

Ein paar Tage später ritt den Nachwuchs erneut der Teufel. Ruby fragte demonstrativ: „Wohin geht es heute?"

„Da lang!", zeigte Iduna.

„Ihr wollt doch nicht etwa wieder zu den Riesenvögeln?", schnaufte Bella.

„Na klar. Wir sind vorsichtig. Beim letzten Mal ist auch nichts passiert", rief Ruby.

Bella schüttelte missbilligend den Kopf. „Ich bin dagegen. Macht, was ihr wollt. Ich bleibe hier und übe Fliegen." Sie schaute sehr beunruhigt hinterher, wie die Elfen auf Flecki davon ritten und ihnen Ruby in langen Gleitflugsprüngen folgte.

Nach Stunden waren die vier noch immer nicht zurück und Bella wurde nachdenklich. Bald mussten auch die Erwachsenen eintreffen. Was sollte sie ihnen nur sagen? Da trabte auch schon Blitz um die Ecke, sich erstaunt umschauend.

Wo sind die anderen? Hörte sie ihn telepathisch fragen.

Bella zog den Kopf ein. „Sie … sie … sie haben nicht auf mich gehört und sind zu den Brontornis aufgebrochen."

Sie sind was??? Fragte Blitz voller Entsetzen.

„Zu den Riesenvögeln gegangen", flüsterte Bella ängstlich, denn Blitz war auf die Hinterbeine gegangen, als wolle er einen Feind niedertrampeln. Dabei war der riesige Hengst nur mitten in der Bewegung, sich umzudrehen und wie ein Sturmwind los zu galoppieren.

„Halt! Du weißt doch gar nicht, wo das ist!", schrie Bella und merkte plötzlich, dass sie abgehoben hatte und mit mächtigen Flügelschlägen dem schwarzen Hengst folgte. Es dauerte nicht einmal lange, da hatte sie, die keine Umwege laufen musste, wie er, um Felsen und Büschen auszuweichen, ihn eingeholt. Aus der Luft suchte sie die beste Route und führte ihn direkt ans Ziel.

Was sich ihren Augen bot, war schrecklich. Flecki war den Abhang hinuntergestürzt und rannte zwischen den Riesenvögeln verzweifelt um sein Leben. Die Elfen duckten sich mit zerrissenen Flügeln hinter Steine, um nicht noch einmal attackiert zu werden. Von Ruby war weit und breit nichts zu sehen. Blitz stürmte den Hang hinunter und stellte sich mit den Vorderhufen den zahlreichen Gegnern zum Kampf. Damit gab er Flecki etwas Zeit, sich zu verstecken.

Bella schrie auf, als sich gleich zwei Brontornis dem Felsen näherten, hinter welchem Freya kauerte. Der Erste erreichte die Stelle, entdeckte die Elfe und öffnete den Schnabel, um sie totzubeißen. Da traf ihn von hinten loderndes Feuer. Mit versengten Federn ergriff er die Flucht, genau wie der andere Vogel, den die nächste Lohe knapp verfehlte. Bella wandte sich nun jenen Vögeln zu, die zu fünft auf Blitz einhackten. Sie ließ vor Wut ihre Flamme auffächern und erwischte alle, die in wilder Hast davonstoben. Sie verfolgte sie sogar noch ein Stück, immer wieder Flammen lodern lassend.

Auf dem Rückweg zu Blitz entdeckte sie eines der begehrten Eier, welches sie unter großen Mühen gerade tragen konnte. „Kriegsbeute!", erklärte sie.

Du hast großen Mut, kleiner Drache und dir das Ei hart verdient. Komm, holen wir die anderen und verschwinden, solange wir noch können.

Blitz blutete aus unzähligen Wunden, das hinderte ihn aber nicht daran, die verletzen Elfen auf den Rücken zu nehmen und mit dem Kopf seinen zitternden Sohn den steilen Hang hinauf zu schieben.

„Wo ist Ruby?", fragte Bella aufgebracht.

„Weggelaufen, als Flecki den Hang hinunterstürzte", berichtete Freya. „Keine Ahnung, ob aus Angst, oder ob sie Hilfe holen wollte."

„Ihr beide haltet mein Ei fest und ich suche meine Schwester!", gebot Bella. Dann wandte sie sich an Blitz. „Bring sie nach Hause. Ich finde den Weg schon. Jetzt, jetzt wo ich fliegen kann und weiß, wie Feuerspucken geht, musst du keine Angst um mich haben."

Ich sage deinen Eltern Bescheid. Pyron wird bald da sein und dir helfen.

Pyron und Zephyra kamen ihnen auf halbem Wege entgegen. Blitz erzählte mit wenigen Worten, was geschehen war, dann setzte er seinen Weg fort, damit die Elfen schnell Hilfe bekamen.

Die beiden Drachen brauchten nicht lange, um Bella zu finden, die systematisch das Gebiet durchkämmte.

„Vielleicht hat sich Ruby in der Panik verlaufen", seufzte Bella, als Zephyra und Pyron liebevoll die Schwingen um sie legten, kaum dass alle gelandet waren. „Suchen wir weiter", bat sie. „Wenn Ruby den hässlichen Vögeln in die Quere kommt, dann ist es aus. Sie kann doch weder richtig fliegen, noch sich mit Flammen verteidigen."

„Wem sagst du das!", rief Pyron. „Komm, meine Kleine, wir finden sie! Flieg zurück, Zephyra, und kümmere dich um die Elfen."

Vater und Tochter schwangen sich in entgegengesetzter Richtung in die Lüfte, um jeden Strauch und jede kleine Bodenerhebung genau in Augenschein zu nehmen. Weitab vom richtigen Kurs wurden sie fündig. Ruby steckte angstschlotternd unter dichten Büschen und wusste sich keinen Rat.

Das unverwechselbare Rauschen der Drachenschwingen lockte sie heraus. Mit tellergroßen Augen schaute sie zu ihrer Schwester hinauf, die sofort nach ihrem Vater rief. Pyron landete nicht erst. Er griff sich Ruby im Sturzflug und drehte sofort nach Hause ab. Bella hielt sich im Sog hinter ihm, um Kraft zu sparen. Hin und wieder drehte sich Pyron zufrieden lächelnd um. Seine Jüngste wandte in der Praxis perfekt an, was ihr in der Theorie immer wieder beschrieben worden war.

Am Drachenberg herrschte indes rege Betriebsamkeit. Viola und Boreas waren dem Hilferuf Zephyras gefolgt. Die Elfe war noch dabei, die vielen Verletzungen zu heilen, die Freya, Iduna und Blitz davongetragen hatten.

Erst die Kleinen, hatte der Rappe gefordert. Er hatte auch Zephyra gebeten, Bellas Ei in die Grotte zu tragen, damit der Trophäe des tapferen Drachenmädchens ja nichts zustieß.

Mit den Drachen kamen auch die Einhörner am Berg an, deren Leithengst Viola half, Blitz' Wunden zu schließen.

Herzlichen Dank! Nun bin ich wieder wie neu, freute sich Blitz. *Ohne Bella hätten wir das Abenteuer kaum überlebt. Die Brontornis sind zäh wie Leder. Denen kann man wirklich nur mit Feuer zu Leibe rücken. Zeig allen, welch wundervolle Flamme du hast!* Er schob die kleine Drachenlady in die Mitte des Kreises.

„Soll ich wirklich?", fragte Bella schüchtern.

„Und wie!", rief Pyron. „Du kannst mit Stolz behaupten, zusammen mit einem Streitross, das in vielen Kriegen gekämpft hat, einen Sieg errungen zu haben."

Bella stellte sich in Positur und ließ eine wirklich beeindruckende Lohe in den Himmel steigen, die die meisten solch einem Winzling nicht zugetraut hatten.

„Ab morgen nehme ich dich mit auf die Jagd", versprach Pyron, worauf Bella ein entzücktes: „Ohhhhhhh!", seufzte. Sie wusste genau, was ihr Vater bezweckte. Ihr fehlt zwar die Kraft, große Beute zu erlegen, aber sie konnte durch Zuschauen lernen.

Flecki rieb dankbar seinen Kopf an Bellas Schulter. „Ich schwöre, dass ich in Zukunft auf dich hören werde!"

„Wir auch!", riefen die Elfen.

Zephyra schaute Ruby sehr streng an. „Mit dir, junge Dame, werde ich heute Abend noch ein Hühnchen rupfen! Marsch, in die Grotte! Und wage nicht, auch nur an Bellas Ei zu schnüffeln!"

Mit eingezogenem Schwanz begann Ruby am Felsen hinaufzuklettern.

Kann ich dir noch irgendeinen Wunsch erfüllen? Schließlich hast du viele Leben gerettet.

Bella seufzte. „Meinen einzigen ganz großen Wunsch kannst du mir leider nicht erfüllen. Ich möchte ein Mal die Menschenwelt sehen."

Ich nicht, aber die Königin könnte es.

Bella winkte ab. „Dafür bin ich sicher noch viel zu klein." Sie ahnt nicht, dass Boreas die Unterhaltung mit angehört hatte. Auf dem Weg zur Grotte überholte sie Ruby, die immer noch kletterte, mit schnellen Flügelschlägen und huschte in den Gang, wo sie ihre erste richtige Beute von allen Seiten begutachtete. Das Ei schien bebrütet zu sein, was aber nicht hieß, dann man es nicht fressen konnte. Zephyra heizte die Feuerstelle an.

„Oh ja! Gebacken schmeckt das am besten!", jubelte Bella, zuschauend, wie kurz darauf das Ei immer wieder gewendet wurde.

Als sie es schließlich gar und noch heiß vor sich liegen hatte, begann sie, es in winzigen Häppchen zu verspeisen, um es möglichst lange genießen zu können. Ruby hockte mit knurrendem Magen in der Ecke. Und diesmal gab ihr Bella nicht ein einziges Krümelchen ab. So viel Unvernunft musste gebührend bestraft werden.

Die Elfenzwillinge und Flecki hörten keine Standpauke von ihren Eltern. Die Todesangst, die sie ausgestanden hatten, war Strafe genug. Ruby bekam Arrest. Sie durfte eine ganze Woche lang nicht mit ihren Freunden spielen. Pyron brachte in dieser Zeit Bella das Jagen bei und wie man am besten den Weg zum Wolkenschloss finden konnte.

Boreas staunte nicht schlecht, als etwas Großes, Rotes am Fenster vorbeisauste, sich von außen an den Sims klammerte und an die Scheibe klopfte. „Zweites Frühstück gefällig?", lachte er.

„Aber gern", freute sich Bella, auf einen freien Stuhl kletternd. „Ich habe heute früh meinen ersten Hasen gefangen", erzählte sie stolz. „Morgen will Zephyra mit mir Fische fangen üben."

Dass sie ihre Eltern beim Vornamen nennen durfte, zeigte, dass sie als vollwertige Jägerin galt, die sich allein ernähren konnte. Mit der Flamme hätte sie auch große Beute erlegen können. Nur war das zu gefährlich, weil der ganze Wald dabei niederbrennen konnte.

Im nächsten Moment erschien Vulkanus' Kopf am Fenster und Boreas fragte, was es gäbe.

„Irgendwas Fremdes flattert hier durch die Gegend", erklärte der Drache. „Es ist mir zwei Mal entwischt."

„Du bist ganz einfach zu langsam", rief Bella lachend und der Wächter bekam große Augen.

„Schau an! Da hockt ja der Eindringling!", rief er amüsiert. „Ich hätte nach den gestrigen Ereignissen wissen müssen, dass du sofort hier erscheinst."

Bella grinste vergnügt vor sich hin.

Boreas beugte sich zu Vulkanus hinaus, flüsterte ihm etwas zu und schloss das Fenster wieder. Sich an den Tisch setzend, erklärte er Bella: „Vulkanus fliegt gerade zu deinen Eltern, weil du bis morgen hierbleiben wirst."

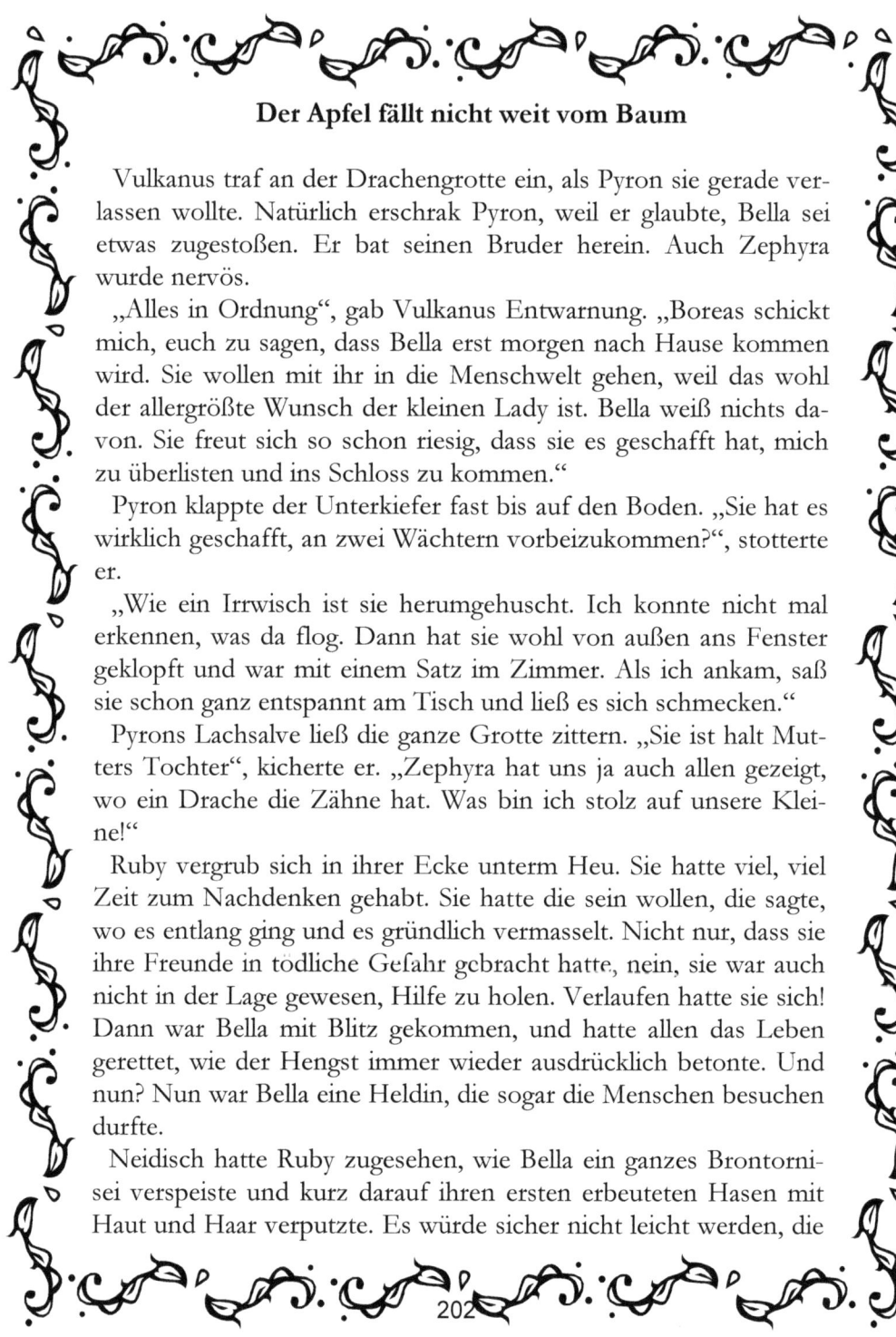

Der Apfel fällt nicht weit vom Baum

Vulkanus traf an der Drachengrotte ein, als Pyron sie gerade verlassen wollte. Natürlich erschrak Pyron, weil er glaubte, Bella sei etwas zugestoßen. Er bat seinen Bruder herein. Auch Zephyra wurde nervös.

„Alles in Ordnung", gab Vulkanus Entwarnung. „Boreas schickt mich, euch zu sagen, dass Bella erst morgen nach Hause kommen wird. Sie wollen mit ihr in die Menschwelt gehen, weil das wohl der allergrößte Wunsch der kleinen Lady ist. Bella weiß nichts davon. Sie freut sich so schon riesig, dass sie es geschafft hat, mich zu überlisten und ins Schloss zu kommen."

Pyron klappte der Unterkiefer fast bis auf den Boden. „Sie hat es wirklich geschafft, an zwei Wächtern vorbeizukommen?", stotterte er.

„Wie ein Irrwisch ist sie herumgehuscht. Ich konnte nicht mal erkennen, was da flog. Dann hat sie wohl von außen ans Fenster geklopft und war mit einem Satz im Zimmer. Als ich ankam, saß sie schon ganz entspannt am Tisch und ließ es sich schmecken."

Pyrons Lachsalve ließ die ganze Grotte zittern. „Sie ist halt Mutters Tochter", kicherte er. „Zephyra hat uns ja auch allen gezeigt, wo ein Drache die Zähne hat. Was bin ich stolz auf unsere Kleine!"

Ruby vergrub sich in ihrer Ecke unterm Heu. Sie hatte viel, viel Zeit zum Nachdenken gehabt. Sie hatte die sein wollen, die sagte, wo es entlang ging und es gründlich vermasselt. Nicht nur, dass sie ihre Freunde in tödliche Gefahr gebracht hatte, nein, sie war auch nicht in der Lage gewesen, Hilfe zu holen. Verlaufen hatte sie sich! Dann war Bella mit Blitz gekommen, und hatte allen das Leben gerettet, wie der Hengst immer wieder ausdrücklich betonte. Und nun? Nun war Bella eine Heldin, die sogar die Menschen besuchen durfte.

Neidisch hatte Ruby zugesehen, wie Bella ein ganzes Brontornisei verspeiste und kurz darauf ihren ersten erbeuteten Hasen mit Haut und Haar verputzte. Es würde sicher nicht leicht werden, die

Achtung ihrer Schwester zurückzuerlangen. Sie fürchtete sich sogar vor dem Ende des Arrests. Wie würden die Freunde reagieren?

„Willst du nicht endlich fliegen lernen?", hörte sie jemanden ganz dicht neben ihrem Ohr flüstern.

„Ich will!", rief Ruby, aus dem Heu kriechend. „Magmatus?!" Vor Scham wäre sie am liebsten gleich wieder abgetaucht.

„Dein Vater meint, du könntest ein wenig Aufheiterung gebrauchen."

„Das hat er gesagt? Hier drin kann ich aber nicht lernen, wie man richtig fliegt", murmelte Ruby zaghaft.

„Dann tun wir es am Fuß des Berges", schlug Magmatus vor.

„Ich darf doch die Grotte nicht verlassen", wandte Ruby ein.

Der große Drache winkte ab. „Wenn ich dabei bin, darfst du es. Aber auch nur, solange du ernsthaft bemüht bist, zu lernen."

Im Schloss über den Wolken war gerade das Frühstück beendet und die Zwillinge führten Bella ein wenig herum.

„So sieht also eine Wohnhöhle der Menschen aus", staunte sie. „Wie weich das ist!" Sie streichelte vorsichtig den bunten Teppich. „Manchmal bin ich froh, dass ich noch so winzig bin. Die großen Drachen passen allesamt nicht durch die Eingänge."

Die Zwillinge kicherten. „Das stimmt, die kriegen gerade mal den Kopf zur Tür herein."

Viola erschien, ihren Mädchen verschwörerisch zublinzelnd. „Es gibt hier sogar so enge Türen, durch die du kaum passen würdest."

„Oh weh! Was passiert, wenn man da stecken bleibt?"

„Dann müssen alle anderen drücken und ziehen, bis man wieder frei ist", lachte Viola. „Willst du mal probieren, ob du noch durch den engen Spalt passt?"

Bella nickte. „Klingt spannend. Ich versuche es."

„Ich gehe voran, damit ich dir helfen kann, wenn du festhängst", erklärte Viola. „Gib mir am besten deine Vorderklaue, damit ich gleich ziehen kann."

„Und ich nehme die andere, um von hinten, sofort zu schieben", versprach Freya.

Die vermeintliche Tür erschien wirklich so schmal, dass Bella befürchtete, steckenzubleiben. Sie konnte nicht ahnen, dass Viola nachgeholfen hatte, den Rahmen eines Spiegelportals zu verbergen, der dem in der Drachengrotte ähnelte. Arglos reichte sie Viola und Freya ihre Vorderklauen, um auf den Hinterbeinen balancierend, über die ungewöhnlich hohe Schwelle zu steigen.

Im *anderen Zimmer* war es so stockdunkel, dass nicht einmal Bellas scharfe Drachenaugen etwas erkennen konnten. Dann riss ihr etwas den Boden unter den Füßen weg. Weil Viola und Freya sie noch immer festhielten, machte sich Bella keine Sorgen. Wer wusste schon, was die Menschen noch für komische Überraschungen hatten. Es wurde hell. Bella blinzelte.

„Aber das ist doch … das sind doch … Marc und Galantha! Dann war das gar keine richtige Tür!"

„Gut erkannt, kleine Drachendame", lachte Marc, sie zwischen den Hörnern kraulend. „Herzlich willkommen in der Menschenwelt."

„Ohhhhh", seufzte Bella verzückt. „Mein allergrößter Wunsch ist in Erfüllung gegangen." Sie strahlte freudig in die Runde. Ganz vorsichtig folgte sie den Hausherren. Am oberen Ende der schmalen, langen und steilen Treppe blieb sie stehen. „Rückwärts könnte es gehen", murmelte sie.

„Ich bin genau hinter dir und passe auf, dass du nicht hinunter fällst", sagte Marc, worauf sich Bella rückwärts tastend in Bewegung setzte. „Noch ein Schritt, dann bist du unten."

„Ist das aufregend", stöhnte Bella. „Aber Menschenhäuser sind ja nicht für Drachen gemacht."

Im Kaminzimmer schaute sie sich lange um und besonders betrachtete sie das Bild auf dem Kaminsims. „Davon haben Zephyra und Pyron erzählt. Es sieht alles ganz genau so aus, wie sie es beschrieben haben."

Galantha hob erstaunt den Kopf, worauf Viola erklärte: „Sie ist tatsächlich schon eine vollwertige Jägerin. Ihr werdet gleich erfahren, warum wir sie mitgebracht haben."

Marc führte Bella in den Garten, wo schon alle Verwandten und Freunde versammelt waren. Aber da waren auch drei Fremde, wie sie am Geruch erkannte. Und zwei davon drehten sich jetzt um.

„Ein kleiner Drache!", rief die Frau fassungslos.

Der Mann machte zwei Schritte auf sie zu, als müsse er sie von nahem betrachten, ehe er seinen Augen trauen konnte.

„Ich bin Bella", murmelte sie etwas verstört.

„Die Tochter von Pyron und Zephyra?", fragte der Mann.

„Ja." Die kleine Drachenlady schaute die beiden genau so neugierig an, wie diese sie. Dann hörte sie ein paar Geräusche aus einem großen Ding, das die Frau leicht bewegte. Ein Zug des Begreifens ging über ihr Gesicht. „Ihr seid Shanna und Emilio und da drin ist Mario, das Baby."

„Alles richtig. Sehr erfreut, dich kennenzulernen, Bella. Wie schön, dass auch Iduna und Freya wieder hier sind!"

„Nun sind wir aber neugierig, wie es kommt, dass Viola und Boreas Bella mitgebracht haben", meinte Aurëus.

„Das muss euch Viola erzählen", stotterte Bella. „Da war nämlich was ganz Schlimmes passiert."

„Ich war aber gar nicht dabei, wie alles begann", schmunzelte Viola. „Am besten fängst du ganz von vorn an."

„Oh je", seufzte Bella. „Also …" Dann berichtete sie fast eine Stunde über jenen Tag, an dem sie zur Heldin geworden war. Und auch darüber, was sie seitdem alles mit Pyron und ihren Freunden erlebt hatte. Natürlich auch, wie sie Vulkanus an der Nase herumgeführt hatte, worauf sie letztendlich hier gelandet war. Freya und Iduna nickten immer wieder zur Bestätigung, dass sich alles haargenau so abgespielt hatte.

Dann ließ Bella den Kopf hängen. „Na, ja, Ruby sitzt immer noch im Arrest. Wie soll sie denn da fliegen lernen?"

Viola hockte sich neben Bella, nahm sie in den Arm und verriet: „Du musst nicht traurig sein. Ich habe Magmatus zu Ruby geschickt, damit er es ihr beibringt. Solange er dabei ist, darf sie auch die Höhle verlassen. Aber eben nur, um fleißig zu üben."

Bella schaute Viola begeistert an. „Du bist die alleroberstsuperbeste Königin!" Und etwas leiser: „Vulkanus ist bestimmt der großartigste Wächter, den es über den Wolken gibt. Ich habe nur ausgenutzt, was mich Pyron über die Schwachstellen großer Drachen gelehrt hat."

Im allgemeinen Gelächter über diese nüchterne Feststellung kraulte Aurëus die kleine Lady zwischen den Hörnern. „Du bist jedenfalls genau so pfiffig wie Zephyra. Die hat sich auch schon als ganz junger Drache an all das gewagt, was andere für völlig unmöglich hielten. Und auch Pyron wurde der Wächter des Wandelnden Turmes, obwohl er der Jüngste, der Brüder, ist. Du hast, ohne Rücksicht auf dein eigenes Leben, andere vor dem Tod bewahrt und bist dabei über dich selber hinausgewachsen.

Dass du Vulkanus ausgetrickst hast, spricht dafür, dass du ein besonders schlauer kleiner Drache bist, der blitzschnell eine Situation erfassen und für sich ausnutzen kann. Ich möchte dir also noch ein ganz besonderes Geschenk machen und dir ein paar Stunden lang richtig viel von der Menschwelt zeigen."

Bella riss die Augen auf. Hatte sie jetzt richtig gehört?

Da sprach Aurëus weiter: „Ich kann dich nicht in Menschengestalt verwandeln, wie einen großen Drachen. Aber ich kann dich in einen Hund verwandeln, denn dafür hast du genau die richtige Größe. Leider musst du dann ein Halsband tragen und an einer Leine gehen."

„Das macht nichts. Ich sehne mich so sehr danach, diese Welt kennenzulernen, dass ich sogar mühsam auf zwei Beinen gehen würde, wenn das die einzige Möglichkeit wäre." Bella nickte heftig zu ihren Worten.

„Gut, dann fangen wir jetzt an." Aurëus blinzelte Bella fröhlich zu.

„Ach herrje!", rief der kleine Drache, als aus dem Schuppenpanzer langes weiches, sehr dichtes, weißes und graues Fell wuchs.

Stella klatschte in die Hände. „Juhuuuu, ein Bobtail! So einen habe ich mir immer gewünscht!"

Aurëus und Marc betrachteten kritisch das flauschige Tier, welches nur auf den ersten Blick wie ein Bobtail aussah.

„Zumindest sieht man nicht sofort, dass etwas anderes unter dem Fell steckt, als ein Hund", schmunzelte Marc. „Wirklich vortrefflich."

Bella betrachtete sich im Glas der Terrassentür. In dem Aufzug würde sie nicht mal Zephyra erkennen. Gar nicht übel, diese Tarnung. Aurëus legte ihr nun noch ein feuerrotes Halsband um und hakte den Karabiner der ebenfalls roten Leine ein. Dann wanderten alle gemeinsam zum Tor hinaus. Bella gab wohl den bravsten Hund, der je in der Stadt gesehen wurde. Autos, Busse, Straßenbahnen, Motorräder und Menschenmassen erschreckten sie zutiefst. Sie hielt sich also immer direkt an Aurëus' Seite. Hin und wieder kraulte er sie am Ohr, um ihr Mut zu machen.

Dann endlich ließen sie die Häuser und Straßen hinter sich und schlenderten an einem breiten Fluss entlang. Hier traf Bella auch jede Menge Hunde, die sehr genau fühlten, dass etwas viel gefährlicheres unter dem harmlos wirkenden Fell steckte. Nicht einer wagte es, wirklich an ihr zu schnüffeln. Und dem einen, der sie von weitem böse anknurrte, zeigte sie kurz ihre Drachenzähne. Da rannte er mit eingezogenem Schwanz zu seinem Herrchen und Bella grinst sich eins unter ihrem dicken Pelz. *Große Klappe, nichts dahinter.*

Ein Ausflugsdampfer, der vorüber schipperte, ließ Bella staunen. „Nur in der Luft sind keine Menschen", wisperte sie Aurëus zu.

„Falsch, meine Liebe. Siehst du dort oben die winzigen silbernen Fünkchen mit den Wolkenstreifen daran? Das sind Flugzeuge und da sitzen auch Menschen drin."

Bella machte sogar Männchen, um das ganz genau zu beobachten.

„Mir tun die Füße weh", klagte Freya, die das viele Laufen nicht gewohnt war.

„Dann setz dich auf meinen Rücken", flüsterte Bella.

Marc nickte und half Freya beim Aufsteigen. Natürlich wurden sie nun erstaunt gemustert und Aurëus versicherte mehrmals auf

Anfrage: „Das ist nicht zur Nachahmung geeignet, dieser Hund ist eine besondere Züchtung."

Iduna, die sich die ganze Zeit am Griff des Kinderwagens festgehalten hatte, biss sich auf die Lippen. Sie konnte ja eigentlich auch kaum noch laufen, wollte das aber nicht zugeben.

Shanna bemerkte den verzweifelten Blick und meinte: „Du bist doch ein Leichtgewicht, stell dich auf die Querstrebe."

In Idunas Gesicht ging die Sonne auf. Von hier aus konnte sie in den Wagen schauen und Mario beobachten, der lächelte, als er sie bemerkte.

Noch eine halbe Stunde, dann tauchten sie wieder in die Welt der Häuser ein. Bella staunte, wie kleine rote und grüne Lichter alles zum Stoppen und wieder in Bewegung brachten. Den Sinn dahinter, konnte sie sich denken und Aurёus bestätigte ihre Annahme. Wenn zwei Herden im Winkel aufeinander zu rannten und gleich schnell waren, dann musste auch eine davon stehenbleiben, und der anderen die Bahn frei geben. Sonst knallte es nämlich mörderisch und die Vorderen konnten sich das Genick brechen.

„Sie ist ungewöhnlich", bemerkte Alfons erstaunt.

Boreas nickte. „Wir werden ihr Aufgaben geben müssen, sonst ist sie unterfordert und wandert vielleicht eines Tages ab."

„Stellt sie doch Vulkanus an die Seite. Den scheint sie sehr zu mögen."

„Vielleicht nimmt das gleiche Schicksal seinen Lauf wie damals, als Pyron Zephyra in seine Grotte aufgenommen hatte", hoffte auch Marc.

Viola nickte. „Wir warten einfach ab, ob es sich von allein ergibt. Sie wird sowieso öfter bei uns sein, weil sie das Meer erkunden will. Zudem kann sie im Augenblick von Pyron und Zephyra noch viele nützliche Dinge lernen, von denen Vulkanus und Magmatus nicht einmal wissen, dass es sie gibt."

Da hielt die Gruppe schon vor einer Tür, die Emilio für sie öffnete.

„Oh, schau mal, der große Hund!", hörte sie ein Kind rufen, das wie unzählige Menschen an einem der Tische saß. „Beißt der?"

Aurëus blieb mit Zephyra stehen. „Nein, der ist ganz lieb. Möchtest du ihn streicheln?"

Zephyra hielt den Atem an. Wie es sich wohl anfühlte, von Menschen gestreichelt zu werden? Da spürte sie schon eine Hand auf ihrem Rücken, die ganz vorsichtig das dichte Fell berührte.

„Mama sagt immer, dass Hunde nicht gut riechen. Aber der ist nicht so einer. Mach's gut Hundchen!"

Zephyra gab etwas von sich, das durchaus einem leisen *Wuff* zum Abschied ähnelte und Aurëus folgte rasch mit ihr den anderen. Als er die Zwischentür geschlossen hatte, schmunzelte er: „So, jetzt machen wir aus Bello wieder Bella."

„Und was erzählen wir den Kellnern?", fragte Emilio ratlos.

„Dass wir eine Kostümparty für die Kinder feiern. Mädels legt die Jacken ab und breitet eure Flügel aus! Nur Fliegen ist verboten."

Im nächsten Augenblick war der Raum voller Elfen und die anderen trugen bunte Partyhütchen. Bella hockte in ihrer richtigen Gestalt, als roter Drache, auf dem Stuhl.

„Das Kostüm hat was", lachte einer der Kellner, als er Bella Eis servierte. „Ist das nicht sehr warm da drin? Und kannst du mit den Krallen überhaupt den Löffel halten?"

„Alles kein Problem", antworte Bella. „Mit ein bisschen Übung geht es recht gut."

Kaum war der Mann weg, zog sie sich das Schälchen an die Tischkante und leckte es eifrig mit der Zunge leer. Viola, die neben ihr saß, blinzelte amüsiert und legte ihren benutzen Löffel in das Schüsselchen, damit es nicht auffiel, dass Bella gar keinen genommen hatte.

Iduna saß wieder neben den Kinderwagen, welchen sie immer wieder ein bisschen bewegte, wenn Mario weinte.

„Wie unterschiedlich doch Zwillinge sein können", bemerkte Shanna. Sie hatte bewusst nicht das Wort Kinder gesagt, weil sich sowohl die Elfen als auch Bella nicht wie menschlicher Nachwuchs verhielten, eher eine Mischung aus kindlicher Gestalt mit halberwachsenem Verstand zu sein schienen. Wobei der kleine Drache sogar noch verständiger wirkte.

Viola lächelte. „Und da ist es ganz egal, ob es Menschen, Elfen oder Drachen sind. Wobei deine Gedanken über Bella genau ins Schwarze treffen. Sie ist ein äußerst ungewöhnlicher Drache."

„Huch! Wieder zu laut gedacht", schmunzelte Shanna, die ja genau wusste, dass alle *mithören* konnten.

„Ach ja, Drachen …", Bella zupfte Aurëus am Arm. „Darf ich mir die Spuren der großen Drachen anschauen, die hier irgendwo sein müssen?"

Der Zauberer zeigte auf den Boden, genau da, wo er saß. „Das darfst du. Und du musst nicht einmal aufstehen. Die sind nämlich hier unterm Tisch."

Bella steckte den Kopf unter die Tischplatte. Tatsächlich, unter dem durchsichtigen Material, das Aurëus Panzerglas nannte, waren die riesigen Abdrücke von Krallen zu sehen. Sie konnte sogar ganz deutlich erkennen, welche die von Zephyra waren. Zufrieden tauchte Bella wieder auf, kraxelte von ihrem Stuhl, lief zu Emilio und Shanna und stupste beide mit der Nase an. „Es ist schön, dass es euch gibt. Sie haben euch bestimmt erzählt, dass unsere Welt nur durch die Erinnerungen und Gedanken der Menschen bestehen kann?"

Die Wirtsleute wechselten fragende Blicke. „N … nein, das hätte ich mir gemerkt", murmelte Shanna.

„Berichtest du vom Nebel des Vergessens?", bat Bella Thomas, der daraufhin die ganze Geschichte um die Rettung des Elfenlandes in sehr bewegten Worten schilderte.

Boreas, der mit Viola auf dem Turm gewesen war, schloss die Augen, um die Worte in Bildern wirken zu lassen. Es war genau so gigantisch gewesen, wie es sich vor Ort ausgemalt hatte. Als Thomas erzählte, womit Pyron Marc geheilt hatte, leuchteten die Augen der kleinen Bella voller Stolz. Ja, sie war die Tochter des Drachen, der nicht nur seine Freunde und den Turm, sondern das ganze Land beschützte.

„Du warst einmal ein Mensch?", hauchte Shanna, Marc neugierig anschauend.

Der lächelte. „Martha, Alfons und Thomas auch. Andere waren schon magische Wesen, aber sterblich. Ich bin von uns Menschen der einzige Zauberer geworden. Irgendwann nehmen wir uns mal wieder einen gemeinsamen Abend. Dann erzählen wir, was wir alles erlebt haben. Oder noch besser: Unsere vielen Geschichten sind in Büchern aufgeschrieben, damit das Elfenland weiterleben kann. Die könnt ihr ganz in Ruhe lesen und uns dann 1000 Fragen stellen."

„Darf ich auch Lesen lernen?", bat Bella.

Diesmal schauten alle überrascht.

„Natürlich. Am besten kommst du jeden Tag zum Schloss und lernst mit Iduna und Freya gemeinsam, all das, was auch die Menschenkinder wissen müssen", schlug Viola vor. „Und wenn du irgendwann so groß bist, dass du nicht mehr durch die Tür passt, dann findet der Unterricht eben draußen statt."

„Geteiltes Leid ist doppelte Freud", bemerkte Freya kichernd.

Bella zuckte mit den Schultern. „Ich hab es ja jetzt selber so gewollt. Da muss ich dann auch durch."

Shanna schaute auf die Uhr. „Ich muss euch nun verlassen und Mario versorgen. Freya und Iduna werden sicher bald wieder hier sein. Ich hoffe, liebe Bella, dass wir uns auch noch einmal begegnen. Auf Wiedersehen und alles, alles Gute."

Bella stupste Shanna an, schaute vorsichtig in den Kinderwagen und seufzte. „Passt ihr auch gut auf euch auf. Vielleicht geschieht ja irgendwann wieder ein Wunder und es tut sich eine Tür auf, die gar keine ist. Auf Wiedersehen."

„Wir müssen ebenfalls gehen", erklärte Aurëus, sich erhebend. „Auch kleine Drachen und Elfen brauchen abends ihre Ruhe. Bis bald, Shanna und Emilio." Und an die anderen gewandt: „Jacken und Hundepelz an, dann fahren wir nach Hause."

„Womit?", fragte Marc überrascht.

Aurëus schmunzelte vergnügt vor sich hin. „Ich habe einen Bus bestellt, der mit uns noch eine abendliche Stadtrundfahrt macht."

Während er sprach, ließ er wieder das dichte Hundefell aus Bellas Panzer sprießen. Der Bus wartete schon vor dem Lokal. Aurëus legte eine Decke auf den Platz ganz vorn, von wo aus Bella den besten Blick auf alles hatte. Er ließ einen Sicherheitsgurt für Hunde erscheinen, der dem kleinen Drachen perfekt passte und ihn zuverlässig hielt. Der Fahrer bekam große Augen, sagte aber nichts, denn die Bezahlung durch seinen Auftraggeber war mehr als fürstlich für rund zwei Stunden Fahrt. Marc zählte noch einmal durch, dass auch ja niemand vergessen worden war, dann begann die Rundfahrt.

In der einsetzenden Dunkelheit wirkte die Stadt noch grandioser auf Bella. Die Lichter in den Häusern, Leuchtreklamen und immer wieder Flugzeuge, die am klaren Himmel ihre Bahn zogen. Die Straßen waren nicht mehr so voll wie am Morgen und auch die Menschen schlenderten an den Schaufenstern entlang, statt geschäftig zu eilen. Bella fand sogar allein heraus, warum alle Fahrzeuge weiße und rote Lichter hatten. Bei einem der beleuchteten Springbrunnen renkte sie sich fast den Hals aus, um im Vorbeifahren mehr zu sehen.

„Können Sie hier halten?", fragte Aurëus und der Fahrer lenkte das große Gefährt an den Straßenrand. „Wir müssen kurz Gassi", erklärte Aurëus den plötzlichen Stopp.

„Danke!", wisperte Bella draußen, mit ihm eine ganze Runde um das sprudelnde Kunstwerk gehend. Sie beobachtete interessiert, wie sich verschiedene Formen durch Fontainen mit Wasser füllten, kippten und den Inhalt in eine darunterliegende Form entleerten, die bei der zweiten Füllung ebenfalls überlief, kippte und sich alles als mehrfarbig beleuchteter Schwall ins Becken ergoss.

Nach dem Sinn dieses Wasserspiels fragte Bella erst, als sie in Aurëus' Haus angekommen waren. Sie wunderte sich auch nicht, als sie zur Antwort erhielt, dass das Kunst ist, die einfach nur schön sein, und die Menschen erfreuen sollte.

„Ja, ich glaube, das verstehe ich." Sie zeigte auf den Kerzenständer vor sich. „Die Kerze könnte man auch auf einen flachen Stein, eine Holzscheibe oder einen Teller setzen, so wie ihr das immer in der Drachenhöhle macht. Aber dieses Ding sieht viel schöner aus. Deswegen sind bei euch auch die Tassen bemalt. Wenn alles so schön aussieht, dann schmeckt es bestimmt auch besser. Zephyra hat uns, als wir noch so klein waren, dass wir nicht aus der Höhle durften, immer Augen, Mund und Nase mit der Kralle in einen Kürbis geritzt. Der sah lustig aus und war sehr lecker. Viel leckerer als ein Kürbis ohne Gesicht."

„Du bist wirklich ein schlauer kleiner Drache", lobte Martha.

Bella gähnte. „Und ein ganz müder Drache bin ich auch."

„Möchtest du gleich hier auf dem Sofa schlafen?" Aurëus klappte die Lehne herunter, damit richtig viel Platz war. „Hier hast du noch eine Decke, wenn du dich verstecken möchtest. Ich lasse die Türen offen. Wenn du etwas brauchst, dann rufst du einfach."

Bella staunte. „Ich habe noch nie eine so weiche Schlafstelle gehabt. Gute Nacht, liebe Freunde!"

Die kleine Drachenlady schlief ein, da hatte Silvestra noch nicht einmal die Lampe ausgeschaltet. Sie träumte die ganze Nacht von der großen Stadt mit Millionen Lichtern und unzähligen Springbrunnen.

Am Morgen fand Aurëus Bella auf einem Stuhl am Fenster, von wo aus sie die Straße beobachten konnte. „Ich habe die Decke drauf getan, damit ich nichts schmutzig mache", erklärte sie fröhlich.

„Bist du schon lange wach?", wunderte sich der Zauberer.

„Eine Weile", erklärte Bella. „Da hat die Glocke schon drei Mal *bimm* gemacht."

„Das ist eine Dreiviertelstunde", stellte er lächelnd fest. „Silvestra macht gleich Frühstück."

Viola zeigte die Straße hinauf. „Da kommen Boreas und Viola mit einem großen Beutel."

„Die beiden waren beim Bäcker. Du wirst etwas ganz Leckeres bekommen."

Aurëus hatte nicht zu viel versprochen, denn auf Bellas Teller lag ein großes Nougathörnchen, das der kleine Drache in winzigen Häppchen verspeiste. Denn das war wirklich etwas Besonderes –

es stammte direkt aus der dieser so fremden Welt und war nicht gezaubert worden.

Klingeln am Gartentor schreckte alle auf und Silvestra ging nachschauen, wer um die Uhrzeit schon zu Besuch kam. Es war Emilio, der einen großen Beutel Schinkenröllchen für die Drachen brachte. Bella huschte hinter die Tür, wo sie von außen niemand sehen konnte, um ihm einen guten Morgen zu wünschen und zugleich noch einmal auf Wiedersehen zu sagen.

„Grüße Shanna und Mario ganz lieb von mir", bat sie.

Nach dem Frühstück besuchte Bella mit Aurëus all ihre Freunde in deren Häusern, die durch die Gärten alle miteinander verbunden waren, um sich zu verabschieden.

„Wir besuchen euch bald wieder", versprach jeder, worauf sich Bella jetzt schon freute.

Zu Marc und Galantha gingen sie zuletzt, wo der kleine Drache mit Viola, Boreas und den Zwillingen in die Elfenwelt zurückkehren sollte.

Bella tupfte alle mit der Nase an. „Vielen lieben Dank, dass ich bei euch sein und so viel sehen und erleben durfte. Ich freue mich auf das nächste Wiedersehen mit euch in der Elfenwelt. Bis bald!"

Dann nahmen sie sich an Händen, um als lange Reihe in den Spiegel zu steigen. Es war ein sanftes Dahingleiten, mit einem jähen Ende. Das Portal in der Drachengrotte zog es wieder einmal vor, seine Passagiere in hohem Bogen auf die andere Seite zu befördern. Bella, die gar nicht so schnell ihre zwei Hinterbeine heben konnte, wie sie an die Schwelle kam, kugelte quer durch die Grotte. Die anderen flogen grazil hinein.

„Alles in Ordnung?", fragten gleich mehrere Stimmen, weil Bella auf dem Rücken liegenblieb. Drei davon gehörten Bellas Familie.

„Sagt mir einfach, dass ich nicht geträumt habe. Dann bin ich sofort auf den Beinen", hauchte Bella. Sie sprang mit einem Jubelschrei auf, als Boreas, Viola und die Zwillinge bestätigten, dass sie soeben aus der Menschenwelt zurückgekommen war.

„Viele Grüße von all unseren Familien und Freunden", sagte Viola. „Wir müssen auch gleich weiter. Ach, Bella, vergiss nicht, zum Unterricht zu kommen."

„Niemals vergesse ich das!", rief der kleine glückliche Drache und winkte ihnen zum Abschied.

Viola hatte nämlich entschieden, den schnellen Weg durchs Portal zum Schloss zu nehmen, statt langsam zu fliegen.

„Schau an, schau an. Die Ausflüglerin ist wieder da", stellte Pyron zufrieden fest. „Na, hast du auch Shanna und Emilio getroffen?"

Bella drehte sich wie der Blitz um und begann den Boden der Grotte abzusuchen.

„Was hast du?", fragte Zephyra besorgt.

„Frag lieber, was ich nicht mehr habe!", rief Bella mit zitternder Stimme. „Bevor ich durch die Grotte rollte, hatte ich noch einen Beutel umhängen, der randvoll mit Schinkenröllchen für euch war."

„Moment!" Ruby hob schnüffeln die Nase. „Da lang!" Sie huschte in den Seitengang und reichte Bella das vermisste Mitbringsel.

„Oh danke!!! Das wäre ein ganz furchtbarer Verlust gewesen, wo sich die beiden doch solche Mühe gegeben haben, damit ihr drei auch was von meinem Ausflug habt."

Sie legte den Beutel vor Zephyra auf den Boden. „Teil du es bitte für euch auf."

Bella schaute voller Freude zu, wie es Schwester und Eltern schmeckte und sie berichtete von dem Erlebten.

„Hattest du gar keine Angst?", wollte Zephyra wissen.

„Sogar ziemlich große", erwiderte Bella. „Für so einen winzigen Drachen ist doch beinahe alles gefährlich, was die Menschen haben. „Es reicht doch, wenn ein riesengroßer Bus auf der Straße einen kleinen Drachen erwischt. Dann ist der kullerrunde Drache platt wie ein Bettvorleger, nur nicht so schön weich."

Pyron begann zu kichern. „Man merkt sofort, wo du gewesen bist. Aber auch, dass du all die Dinge wirklich gesehen hast, von denen du erzählst."

„Und angefasst und ausprobiert", fügte Bella lachend hinzu. „Auf alle Fälle weiß ich jetzt, wie es sich auf einem kuschelweichen Sofa unter einer Decke schläft. Ich weiß, dass ich das nicht brauche, aber es war schön."

„Was für Unterricht bekommst du von Viola?", fragte Ruby.

„Ich lerne lesen und solche Sachen", erwiderte Bella. „Aber erzähle, wie es um deinen Unterricht steht!"

Ruby druckste ein wenig herum. „Ich kann schon zur Grotte hinauf fliegen. Aber Magmatus ist noch nicht zufrieden."

„Wenn du willst, dann kannst du ein Stück mit mir zum Wolkenschloss fliegen. Wenn du nicht mehr weiter kannst, dann lässt du dich einfach mit ausgebreiteten Schwingen zu Boden gleiten", bot Bella an. „Ich fliege auch extra langsam."

Pyron wunderte sich nicht, dass Ruby Bella tatsächlich sofort folgte. Er staunte nur, dass es Bella schaffte, ihre Schwester so in Gespräche zu verwickeln, dass die gar nicht merkte, wie hoch sie flog. Und als Ruby nach einer halben Stunde noch nicht zurück war, musste sie wohl auch die Insel in den Wolken erreicht haben.

Bella wählte wieder das Schlupfloch vom ersten Besuch, nur dass sie diesmal laut rief: „Air Bella bittet um Landeerlaubnis mit zwei Passagieren!"

Vulkanus drehte sich verblüfft um. Da hatte ihn die kesse Kleine schon wieder erschreckt! Noch ungläubiger wurde sein Blick, als Ruby landete, der Magmatus erstaunliche Unfähigkeit bescheinigt hatte. Dem fielen bald die Augen aus dem Kopf, als er Ruby neben Bella, begleitet von Vulkanus, vorm Schloss ankommen sah. Der ungewöhnliche Aufmarsch der Drachen lockte schließlich auch Viola hervor, die Ruby zum ersten wirklich richtigen Flug beglückwünschte, denn Magmatus hatte gerade eben von seinen mäßig greifenden Bemühungen berichtet.

„Ich weiß auch nicht, wie es Bella geschafft hat, mich hierher zu bringen", gab Ruby zu.

„Ich schon", grinste Bella. „Ich hab dich so zugequasselt, dass du nicht gemerkt hast, dass du fliegst."

Vulkanus brach in schallendes Gelächter aus. Tief im Innersten reifte der Entschluss, in den nächsten Jahren alles zu tun, dieses patente Weibchen für sich zu gewinnen. Die Kleine war doch jetzt schon eine Wucht.

„Weißt du eigentlich, dass es Bella fast schon leidtut, dich ausgetrickst zu haben?", fragte in diesem Augenblick Boreas.

Vulkanus fuhr herum. „Was? Wie? Wirklich?"

Bella nickte. „Es ist eine Mischung aus vielem, außer Schadenfreude. Davon ist kein bisschen vorhanden. Der Stolz, es geschafft zu haben, überwiegt alles andere."

„Hast du nicht Lust, mir hin und wieder Gesellschaft zu leisten und mir beim Aufpassen ein bisschen zu helfen?", fragte Vulkanus spontan.

Boreas blinzelt und der große Drache zwinkerte zurück.

Da sagte Bella auch schon: „Wenn das dein Wunsch ist, komme ich dich besuchen. Nur musst du im Augenblick akzeptieren, nicht an erster Stelle zu stehen."

Vulkanus erschrak, hatte etwas Magmatus schon …?

Bella sah ihm die Gedanken an der Nasenspitze an und musste lachen. „Nein, völlig daneben! Ganz früh am Morgen lerne ich von Pyron und Zephyra die Tricks guter Jäger, danach bei Viola Lesen und andere nützliche Dinge. Hinterher kann ich frei verfügen, wobei auch meine Freunde unten in der Elfenwelt nicht zu kurz kommen dürfen."

Viola schmunzelte. „Bei den Menschen würde man *Streber* sagen."

„Sei es drum." Bella grinste breit. „Um Wissen zu erlangen, muss man es wollen. Mich zwingt doch keiner. Dann würde es mir sicher auch nicht wirklich Spaß machen."

Freya und Iduna zogen einen Flunsch. Sie hatten keine Wahl gehabt. Alle anderen brachen in Gelächter aus und Boreas erklärte: „Von nichts kommt nun mal nichts. Auch in meiner Welt muss jeder ein Handwerk lernen, wenn er überleben will. Und auch hier geht es nicht ganz ohne. Selbst die kleinen Elfen lernen, essbare von giftigen Früchten zu unterscheiden, oder wann der richtige

Zeitpunkt der Ernte ist. Sie müssen wissen, wo sie Essen finden und wie man die Schalen von Obst öffnet. Denn nicht alle Elfen trinken nur Nektar aus den Blüten. Das, und unendlich viel mehr, musste ich neu dazu lernen, um an Violas Seite ein guter König sein zu können."

Während Freya und Iduna betreten zu Boden schauten, hatte Ruby mit offenem Mäulchen zugehört. Niemandem fiel alles einfach in den Schoß. Bella hatte, wie bei den Wesen in dieser Welt üblich, bereits einen gewaltigen Entwicklungssprung gemacht, allein schon weil sie wissbegierig war.

„Wir fliegen wieder zurück, sonst macht sich Zephyra Sorgen", schlug Bella vor und Ruby gehorchte aufs Wort.

Die Drachenbrüder brachten die Zwillingsschwestern bis an den Rand der Wolkenwelt.

Bella stupste Vulkanus mit der Nase an. „Bis morgen Großer." Dann ließ sie sich von der Wolke fallen und schwebte in Spiralen, bis Ruby endlich den Mut fand, ihr zu folgen. Und das tat Ruby nur, um nicht schon wieder als Versagerin vor Magmatus dazustehen. Unterwegs erteile Bella Ruby gleich noch eine Lektion, wie man den Aufwind richtig nutzte, um eben Spiralen drehen zu können, in denen man sich mit wenig Kraftaufwand auf- und nieder bewegen konnte. Zephyra wartete schon am Eingang der Grotte. Sie atmete auf, als beide Seite an Seite auf das Plateau zusteuerten.

„Es war fantastisch!", jubelte Ruby noch in der Luft. „Ich glaube, jetzt weiß ich wirklich, wie man fliegt."

„Dann wirst du mich ab morgen zur Jagd begleiten", legte Pyron fest. „Bella weiß inzwischen, wie man am besten den Hunger stillt."

Und die zog bereits vor dem Sonnenaufgang los, um sich die begehrte Beute nicht vertreiben zu lassen. Mit zwei fetten Dachsen kam sie schließlich zurück, als die beiden anderen gerade losziehen wollten. Pyron staunte nicht weniger als Ruby.

„Ich teile schon mal mit Zephyra", würgte Bella mühsam hervor, weil sie beide Dachse mit den Zähnen festhielt, um sie besser in die Grotte schleppen zu können.

„Ich bin stark beeindruckt", lobte Pyron. „Das ist wahrhaftig ein großer Jagderfolg. Lasst es euch schmecken!"

„Danke", krächzte Bella, ihre Beute weiterzerrend.

Zephyra nahm das leckere Geschenk dankend an. „Oh, Dachs hatte ich schon ewig nicht mehr", rief sie überrascht. „Wir sind leider etwas zu groß, um an diese Leckerbissen heranzukommen."

Bella fraß nur die Hälfte und schenkte die andere auch noch Zephyra. „Wer weiß, ob die beiden überhaupt was fangen", orakelte sie.

Nach einer Verdauungspause, in der die beiden Jäger noch nicht wieder auftauchten, schlug sie den geraden Weg zum Wolkenschloss ein, um ihren ersten Schultag zu absolvieren. Jeder fragte, ob sie schon gefrühstückt habe und Bella verriet schließlich, wie erfolgreich sie gewesen war.

Nach drei Stunden Unterricht rauchte Bella fast der Kopf.

„Du musst dich nicht quälen", sprach Viola. „Du bist schließlich ein Drache."

„Wenn ich es doch aber lernen will", murmelte Bella verzweifelt.

„Dann machst du eben nur so lange mit, wie du kannst."

Bella nickte und verabschiedete sich für heute.

Vulkanus saß am Rand der Wolke. „Du siehst ziemlich müde aus."

„Es war sehr, sehr anstrengend", gab Bella zu und hockte sich mit knurrendem Magen neben ihn.

Vulkanus zog etwas zwischen den Sträuchern hervor. „Ich hoffe, du magst es."

„Oh, Fische! Ja, ja, die mag ich. Das ist lieb von dir." Bella machte sich sofort über das unverhoffte Essen her. „Jetzt geht es mir besser", seufzte sie zufrieden.

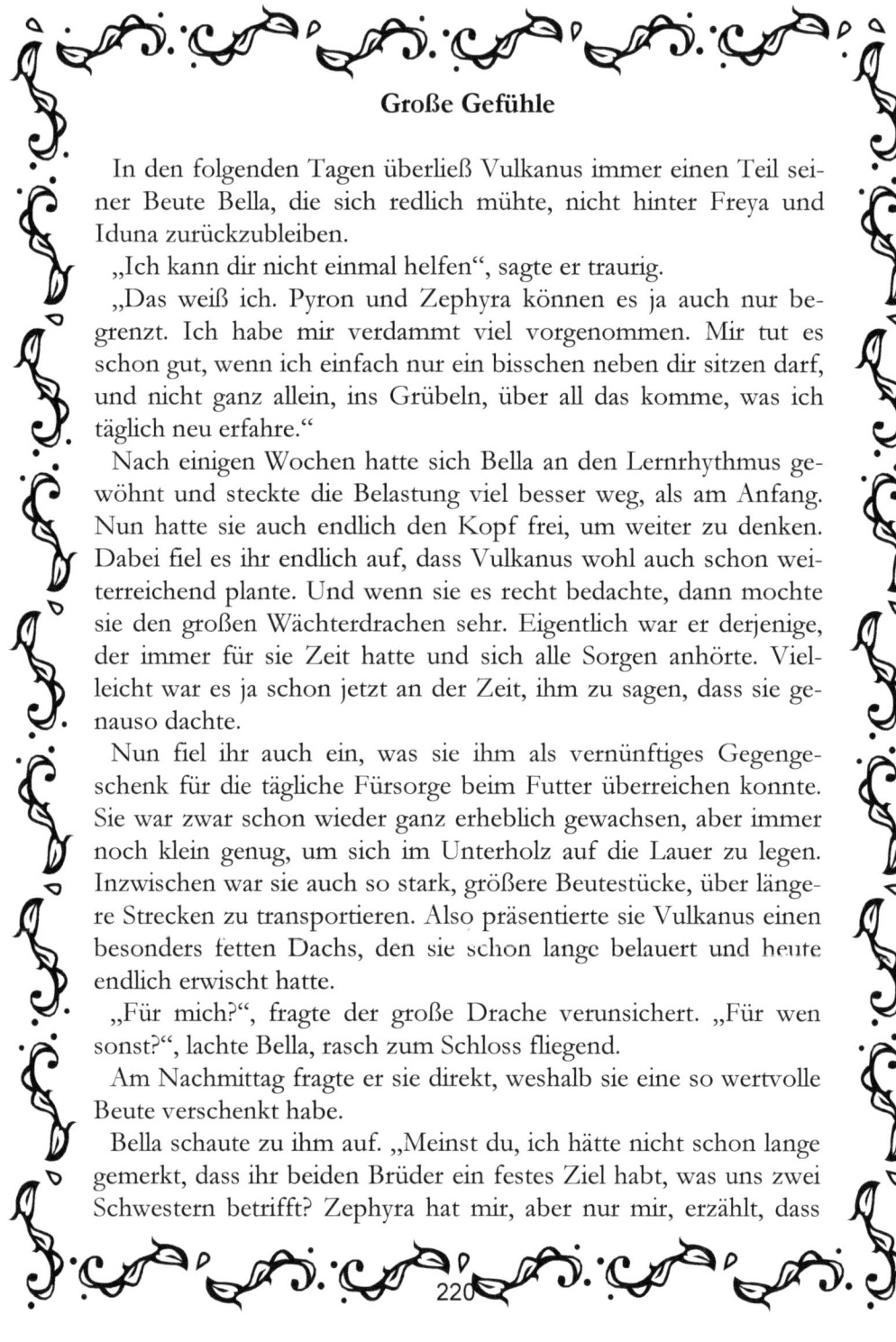

Große Gefühle

In den folgenden Tagen überließ Vulkanus immer einen Teil seiner Beute Bella, die sich redlich mühte, nicht hinter Freya und Iduna zurückzubleiben.

„Ich kann dir nicht einmal helfen", sagte er traurig.

„Das weiß ich. Pyron und Zephyra können es ja auch nur begrenzt. Ich habe mir verdammt viel vorgenommen. Mir tut es schon gut, wenn ich einfach nur ein bisschen neben dir sitzen darf, und nicht ganz allein, ins Grübeln, über all das komme, was ich täglich neu erfahre."

Nach einigen Wochen hatte sich Bella an den Lernrhythmus gewöhnt und steckte die Belastung viel besser weg, als am Anfang. Nun hatte sie auch endlich den Kopf frei, um weiter zu denken. Dabei fiel es ihr endlich auf, dass Vulkanus wohl auch schon weiterreichend plante. Und wenn sie es recht bedachte, dann mochte sie den großen Wächterdrachen sehr. Eigentlich war er derjenige, der immer für sie Zeit hatte und sich alle Sorgen anhörte. Vielleicht war es ja schon jetzt an der Zeit, ihm zu sagen, dass sie genauso dachte.

Nun fiel ihr auch ein, was sie ihm als vernünftiges Gegengeschenk für die tägliche Fürsorge beim Futter überreichen konnte. Sie war zwar schon wieder ganz erheblich gewachsen, aber immer noch klein genug, um sich im Unterholz auf die Lauer zu legen. Inzwischen war sie auch so stark, größere Beutestücke, über längere Strecken zu transportieren. Also präsentierte sie Vulkanus einen besonders fetten Dachs, den sie schon lange belauert und heute endlich erwischt hatte.

„Für mich?", fragte der große Drache verunsichert. „Für wen sonst?", lachte Bella, rasch zum Schloss fliegend.

Am Nachmittag fragte er sie direkt, weshalb sie eine so wertvolle Beute verschenkt habe.

Bella schaute zu ihm auf. „Meinst du, ich hätte nicht schon lange gemerkt, dass ihr beiden Brüder ein festes Ziel habt, was uns zwei Schwestern betrifft? Zephyra hat mir, aber nur mir, erzählt, dass sie bewusst die Temperatur im Nest so gehalten hat, dass zwei Weibchen schlüpften. Vielleicht hat dir ja der Dachs gezeigt, dass du mir wirklich etwas bedeutest. Wenn du möchtest, kann ich auch ganz offiziell verkünden, dass ich eine Wahl getroffen habe. Dann müssen die beiden anderen nicht hinterm Berg halten, weil bei ihnen ja das gleiche Spiel läuft. Magmatus hat sich doch nicht nur auf Befehl seiner Königin um Ruby gekümmert. Er tut es doch auch so noch mit voller Hingabe."

Vulkanus nickte begeistert. Dass Bella schon mehrere Entwicklungsschritte mehr gemacht hatte als ihre Schwester, war ja nichts Neues. „Ich habe nichts dagegen, zu verkünden, dass wir zusammengehören."

„Gut. Dann werde ich Viola und Boreas die freudige Nachricht jetzt gleich überbringen." Bella beeilte sich, pünktlich zum Unterricht zu kommen, der inzwischen schon auf der Treppe stattfand. Das hatte für sie den Vorteil, sogar Schreiben üben zu können, indem sie die Worte mit der Kralle in die Erde ritzte. Viola war sehr mit ihr zufrieden.

In einer Pause erzählte Iduna, wie schon so oft, dass sie sich sehr freue, bald wieder auf Mario aufpassen zu dürfen. Freya seufzte. Bella verstand den Zusammenhang. Sie tippte Viola an.

„Ach, was ich dir noch sagen wollte: Vulkanus und ich haben uns entschlossen, uns auf eine gemeinsame Zukunft vorzubereiten."

„Aber das ist ja fantastisch! Was sagen Pyron und Zephyra dazu?"

„Das werde ich heute Abend merken", schmunzelte Bella. „Ich habe mich mit Vulkanus heute morgen erst zum Thema ausgesprochen."

Viola lachte. „Du hast begonnen? Interessant. Na wenigstens lasst ihr beide nichts anbrennen."

„Viel Auswahl hat keiner von uns Drachen. Ich denke, dass ich das große Los gezogen habe, wie die Menschen sagen würden."

„Na, das denke ich auch. Ihr passt doch jetzt schon zusammen, wie der Deckel auf den Topf. Sollte mich wundern, wenn es Vulkanus irgendwann anders sieht." Viola eilte sofort zu Boreas, um ihm die grandiose Nachricht zu überbringen.

Magmatus atmete einmal tief durch. „War ja sonnenklar. Wobei ich damit keinesfalls sagen will, ich nehme dann, was übrigbleibt. Ruby geht ihren Weg nur mit Umwegen, aber auch da bekommt man viel zu sehen."

„Richtig, Brüderchen. Aber Bella hat ihre Wahl getroffen und jetzt wird zum ersten Mal klar sichtbar, was der eigentliche Sinn die Gesetze ist, die Pyron und Zephyra aufgestellt haben. Kämpfe auf Leben und Tod, nur um eine Dame umzustimmen, hätten wahrlich die gegenteilige Wirkung."

Nach dem Fisch, den Vulkanus täglich für Bella bereithielt, war das Drachenweibchen schnurstracks in die Grotte geflogen. Allerdings war Ruby schon vor ihr angekommen. Die hatte auch brühwarm die Neuigkeit weitererzählt, die schon im ganzen Elfenland die Runde machte. So musste Bella nur noch bestätigen, dass sich Ruby nicht irrte.

„Hervorragend", freute sich Pyron, „damit steht schon mal fest, dass ein Weibchen nicht abwandern wird."

„Zwei!", meldete sich Ruby. „Ich ... ich ... ich bleibe für Magmatus hier. Der weiß es nur noch nicht", fügte sie schnell hinzu.

„Ahnt es aber", lachte Bella, schwang sich wieder in die Lüfte, um nach Flecki und seiner Herde zu suchen.

Nach einer freudigen Begrüßung mit Kopf an Kopf reiben, hörte sie Blitz in ihren Gedanken: *Ich bin froh, dass du hierbleiben wirst. Ich habe früher nie Freunde gehabt. Jetzt einen an eine ungewisse Zukunft zu verlieren, wäre sehr schmerzhaft.*

„Ach, dann ist die Nachricht wohl wirklich mit dem Wind verbreitet worden?", staunte Bella.

Die drei nickten. „Wir haben ihn deutlich flüstern hören", verriet Flecki. „Boreas hat eindeutig die schnellsten Herolde."

In den nächsten Wochen änderte sich zumindest bei den Drachen einiges. Die beiden flügge gewordenen Schwestern zogen aus der Grotte der Eltern aus, wobei sich wieder einmal die vorsichtigere Bella als die Klügere erwies. Die nahm nämlich jene kleine

Höhle in Besitz, die Zephyra bewohnt hatte, bevor sie von Pyron aufgenommen worden war. Darin war es zwar eng, aber man hatte einen kleinen Wasserfall direkt vor der Nase und Wild gab es im Wald zu Füßen der Felsen reichlich.

Ruby, die die Nase über das *winzige Loch* gerümpft hatte, musste schließlich unter einem Felsdach hausen, weil sich gar nichts Passendes diesseits der Gipfel fand.

Bella nutzte die Zeit, ihre Grotte Stück für Stück zu erweitern. Dabei griff sie auf das Wissen der anderen zurück, indem sie sich einen Wasservorrat anlegte, die Wände mit ihren Flammen erhitzte und danach mit kaltem Wasser übergoss. Der Felsen wurde schnell brüchig und der Jungdrache musste nur noch mit den Krallen das Material herausreißen und in die Tiefe schütten.

„Hab ja auch in jedem Unterricht gut aufgepasst, egal ob von Menschen, Elfen oder Drachen", pflegte sie zu sagen, wenn alle staunten, wie gut sie allein zurechtkam.

Ruby, nicht in der Lage, das Drachenfeuer zu erzeugen, schaute missmutig zu, wie sich ihre Schwester ein recht ansehnliches Wohnparadies erschuf.

„Bereite dir eine Feuerstelle mit ordentlich Holz, dann bekommst du von mir Starthilfe", riet Bella und Ruby begriff.

Ein paar Tage später brannten an einem tiefen Spalt im Fels mehrere Feuer, die Ruby mit kaltem Wasser löschte und sich im Laufe vieler Monate eine brauchbare Heimstatt baute. Ihre kleine Feuerstelle hütete sie wie den größten Schatz und verlegte ihn, als der Rauchabzug gesichert war, als Erstes in ihre Wohngrotte.

Wie beim Unterricht in der Menschenwelt gewährte Viola ihren Schülern Ferien, nur in regelmäßigen Abständen, und immer gleich lang. Auch Vulkanus bekam in dieser Zeit die Erlaubnis, sich aus der Wolkenwelt zu entfernen, um mit Bella Ausflüge unternehmen zu können. Ruby leistete dann Magmatus Gesellschaft und lernte so, was eine gute Wächterin wissen musste.

Vulkanus fand sich, kaum dass Bella an der Grotte herumzuwerkeln begonnen hatte, in der Freizeit ein und arbeitete mit, denn irgendwann mussten zwei erwachsene Drachen und hoffentlich eines Tages auch ein Küken Platz darin haben.

Die Elfenzwillinge gingen fast immer ebenfalls getrennte Wege. Freya verbrachte die Ferien auf der Insel der Winde und Iduna in der Welt der Menschen bei Stella und Thomas. Denn da kümmerten sich alle abwechselnd um Mario, damit Shanna im Restaurant arbeiten konnte. Nur durften dem Kleinen die Geheimnisse der vielen Onkel und Tanten nicht offenbar werden. Iduna hielt sich strikt an die Regeln, was ihr einbrachte, ihn bevorzugt betreuen zu dürfen. Mario liebte seine Iduna sehr, nur eben nicht, wie es die Elfe erwartet hatte. Boreas, Viola und die Verwandten wechselten beredte Blicke, ohne das Thema je anzuschneiden.

Als Mario in die Schule ging, kristallisierte sich langsam aber stetig heraus, dass er eher ein experimentierender Bücherwurm, als ein Freiluftfanatiker war. Der Zauber der Elfen hatte ihn seit seiner Geburt als etwas völlig Normales umgeben, sodass er ihn nicht als das Besondere spürte, wie andere Menschen. Als er 16 wurde, begann sich Iduna zu fragen, ob sie nicht doch auf das völlig falsche Pferd setzte. Er mochte sie sehr, hätte aber ihretwegen niemals sein angepeiltes Studium aufgegeben. Zudem half er schon jetzt mit echter Begeisterung in der Küche des Restaurants, wobei eine feste Freundin nur störte. Er kreierte lieber stundenlang neue Gerichte, als händchenhaltend durch den Park zu wandeln.

Als die nächste Familienfeier auf der Windinsel stattfand, gab es wohl keinen, dem nicht aufgefallen wäre, wie unleidlich Iduna auf alles reagierte, wenn ihre Schwester glückstrahlend mit Euros durch die Gegend zog. Ehe ein anderer dazu kam, sie vorsichtig darauf hinzuweisen, zog Notus sie beiseite.

„Uns mit deiner schlechten Laune die Stimmung zu vermiesen, ist nicht gerade fair. Hier kann keiner etwas dafür, dass du eine falsche Wahl getroffen hast", kam er direkt auf den Punkt. „Such dir einen Mann, der zu dir passt, und mir dir die Ewigkeit teilen kann. Die Auswahl ist groß und viele warten nur darauf, dass du ihnen ein Lächeln schenkst. Mit dem finsteren Gesicht könntest du bestenfalls als Schwester der Moiren durchgehen, was einer ernsthaften Partnersuche nicht gerade förderlich ist."

Die ehrlichen Worte des Südwindes trafen Iduna tief. Ein Vergleich mit den Schicksalsgöttinnen, die meist für das personifizierte Unglück gehalten wurden, war ein gewaltiger Schock. Die Elfe brach in Tränen aus.

Das hatte Notus nicht vorausgesehen. Er war eher auf einen handfesten Streit gefasst gewesen oder darauf, dass Iduna eine Weile herumzicken werde. Nun zog er sie ganz spontan an seine Brust, um sie zu trösten. Iduna wehrte sich nicht. Im Gegenteil, sie schmiegte sich an seine Schulter und schluchzte zum Steinerweichen. Notus' Gewand sah nach wenigen Augenblicken aus, als habe er unter einem Wasserfall gestanden.

„Wo nimmst du nur die vielen Tränen her?", fragte er halb belustigt, halb besorgt und Iduna schaute auf.

„Weiß ich nicht", schniefte sie mit rotgeweinten Augen. „Ich bin ja so uh-hu-hu-hun-glück-lich." Gleich sprudelte wieder eine schier unversiegende Quelle zwischen ihren Wimpern hervor.

„Das sehe ich. Aber wenn du mich ertränkst, wird es auch nicht besser", schmunzelte der Südwind. „Was hältst du davon, wenn wir beide jetzt zum Festland rüber fliegen und uns eine paar nette Stunden im Obsthain der Nymphen machen?"

„Das klingt gut." Iduna nahm die dargebotene Hand und startete mit Notus zum Flug übers Meer.

Nach den ersten hundert Metern zierte bereits ein Lächeln ihr Gesicht, wie der Südwind zufrieden feststellte. Sein Blick sagte: Das könntest du immer haben. Am Rande der Obstwiese landeten sie und suchten eine kleine Quelle auf.

Notus kniete nieder, brachte die Lippen nah ans Wasser und bat laut und deutlich: „Dürfen wir ein paar Früchte naschen?"

Blubberblasen stiegen auf, als drei Quellnymphen erschienen und die Besucher neugierig musterten. „Oh, der Südwind und eine Elfenprinzessin! Es wäre arger Frevel, es euch zu verwehren. Tretet ein und seid unsere Gäste."

Erst jetzt überschritten die Besucher die Grenze des Obsthaines.

„Für mich musst du nicht laufen", lachte Notus nach einer Weile, weil sich Iduna zwang, auf dem Boden zu bleiben.

„Hast Recht", rief sie fröhlich und gaukelte zwischen den Bäumen umher, wie ein großer schwarz-goldener Schmetterling.

Notus fühlte einen starken Stich im Herzen. Er wusste, dass es ihn nun endgültig erwischt hatte. Was würde werden, wenn Iduna auch weiterhin kein Interesse zeigte? Er wollte am liebsten gar nicht daran denken.

„Was hast du?", hörte er sie genau vor sich fragen und zuckte wie ein ertappter Sünder zusammen.

Er schloss die Augen, schüttelte den Kopf. „Es ist alles in Ordnung."

„Das glaube ich dir nicht." Iduna schwebte empor, legte ihm beide Hände auf die Schultern und flüsterte: „Es ist der Elfenzauber. Ich kann es in deinen Augen sehen."

Der Westwind nickte, wobei er unendlich traurig ausschaute. Iduna trieb wie zufällig auf ihn zu, küsste ihn auf die Nasenspitze, ehe sie mit flirrenden Flügeln still in der Luft stand.

„Was meinst du? Sollten wir es nicht beide mit Glücklichsein versuchen? Nicht, dass du noch für einen Bruder der Moiren gehalten wirst." Sie reichte ihm ihre Hand und zog ihn einfach hinter sich her ins Himmelsblau.

Es dauerte eine ganze Weile, bis der Südwind endlich begriff, dass sie soeben neu gewählt hatte. Den Früchten schenkten sie keinerlei Aufmerksamkeit mehr, tanzten stattdessen einen wilden Reigen knapp über der Meeresoberfläche zur Insel zurück. Verwundert über die vielen kleinen Strudel steckten die Nereiden ihre Köpfe aus dem Wasser und bekamen riesengroße Augen.

Äolus lehnte sich mit behaglichem Lächeln zurück. Das *doppelt hält besser,* des Zeus, hatte soeben noch ein bisschen mehr Bedeutung für seine Familie erhalten. Die Bande verwoben sich so eng, dass die Insel als uneinnehmbar galt.

Nach anfänglichem Hadern, wieder keine Frau abbekommen zu haben, nahm es der Westwind mit Humor. „Vielleicht ist ja in rund

20 Jahren eine Aurëus-Elfe für mich dabei. Gebt euch einfach ein bisschen Mühe."

„Das tun wir", schmunzelten Ost- und Südwind.

Notus ließ Iduna Zeit, noch einmal alles genau zu überdenken. Und als sie ganz sicher war, diesmal den richtigen Mann gefunden zu haben, richteten Äolus und Boreas eine geradezu märchenhafte Doppelhochzeit aus. Gefeiert wurde mit allen Wesen in der Elfenwelt, weil es zugleich der Abschied der Zwillingsschwestern war, die ihren Männern auf die Insel des Äolus folgen würden.

Aurëus gelang es, Lars ausfindig zu machen und mitsamt seinem fliegenden Kürbis durch eines der Portale zum Nixensee zu locken. Und noch jemand nahm an der Hochzeit teil – Emilio mit Shanna und Mario, der erst hier begriff, welch eine Frau er leichtfertig verspielt hatte. Er hatte seinem Vater schon als kleiner Junge geschworen, keine Geschäftsgeheimnisse nach außen zu tragen. Dieses hier war eins, dass er es für immer in seinem Herzen verstecken musste.

„Ihr habt es die ganzen Jahre gewusst?", fragte er seine Eltern.

„Ja, genau wie dein Urgroßvater Luigi. Er war der Erste, der zum Vertrauten der magischen Wesen geworden war."

„Dann will ich es genau so halten und immer für euch da sein!", verkündete Mario voller Stolz.

„Wir nehmen dich beim Wort", riefen alle an der riesengroßen Tafel. „Bewahrt, wenn ihr wieder zu Hause seid, was ihr heute erlebt habt, gut in euerm Gedächtnis, denn ihr werdet diese Welt nur dieses eine Mal sehen."

„Aber ihr kommt doch wieder zu uns ins Lokal?", fragte Mario unsicher.

„Das tun wir", versprach Aurëus. „Du kennst doch unsere festen Zeiten. Und nun weißt du auch noch, warum einige Dinge so sind, wie sie sind, und warum sich deine Eltern standhaft geweigert haben, sie nach deinen Vorschlägen zu ändern."

„Ich schwöre, ich werde es nicht wieder versuchen!", lachte Mario. „Ich will schließlich nicht als der in die Annalen eingehen, der die wunderbarsten Gäste vertreibt. Schon gar nicht, nachdem ich

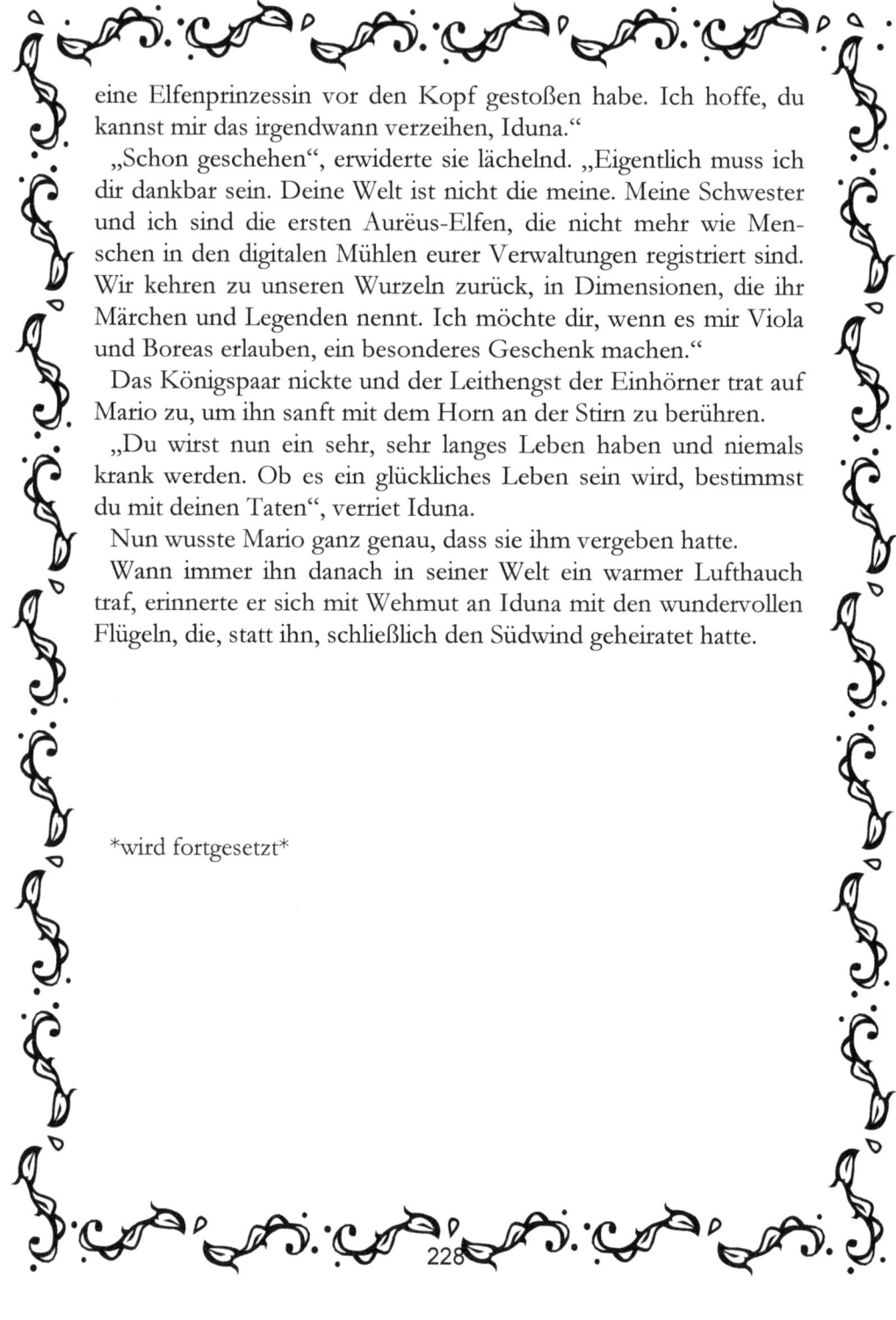

eine Elfenprinzessin vor den Kopf gestoßen habe. Ich hoffe, du kannst mir das irgendwann verzeihen, Iduna."

„Schon geschehen", erwiderte sie lächelnd. „Eigentlich muss ich dir dankbar sein. Deine Welt ist nicht die meine. Meine Schwester und ich sind die ersten Aurëus-Elfen, die nicht mehr wie Menschen in den digitalen Mühlen eurer Verwaltungen registriert sind. Wir kehren zu unseren Wurzeln zurück, in Dimensionen, die ihr Märchen und Legenden nennt. Ich möchte dir, wenn es mir Viola und Boreas erlauben, ein besonderes Geschenk machen."

Das Königspaar nickte und der Leithengst der Einhörner trat auf Mario zu, um ihn sanft mit dem Horn an der Stirn zu berühren.

„Du wirst nun ein sehr, sehr langes Leben haben und niemals krank werden. Ob es ein glückliches Leben sein wird, bestimmst du mit deinen Taten", verriet Iduna.

Nun wusste Mario ganz genau, dass sie ihm vergeben hatte.

Wann immer ihn danach in seiner Welt ein warmer Lufthauch traf, erinnerte er sich mit Wehmut an Iduna mit den wundervollen Flügeln, die, statt ihn, schließlich den Südwind geheiratet hatte.

wird fortgesetzt

**Weitere mehrbändige Romanreihen von
Sina Blackwood:**

Die Nebelwald-Trilogie:

Band 1: Der Nebelwald
Band 2: Die Schlacht um Wildforest
Band 3: Unter dem Banner des Gefleckten Drachen

Die Magier von Tarronn:

Sina Blackwood

LEON –
DER SCHLANGEN-
MAGIER
VON TARRONN

Band 5

Fantasy

Bände 1– 4: Die Magier von Tarronn
Band 5: Leon – Der Schlangenmagier von Tarronn

Reisen, Sex & Abenteuer:

Band 1: Asphalt, Sex & Abenteuer
Band 2: Burgen, Sex & Abenteuer
Band 3: (in Vorbereitung)

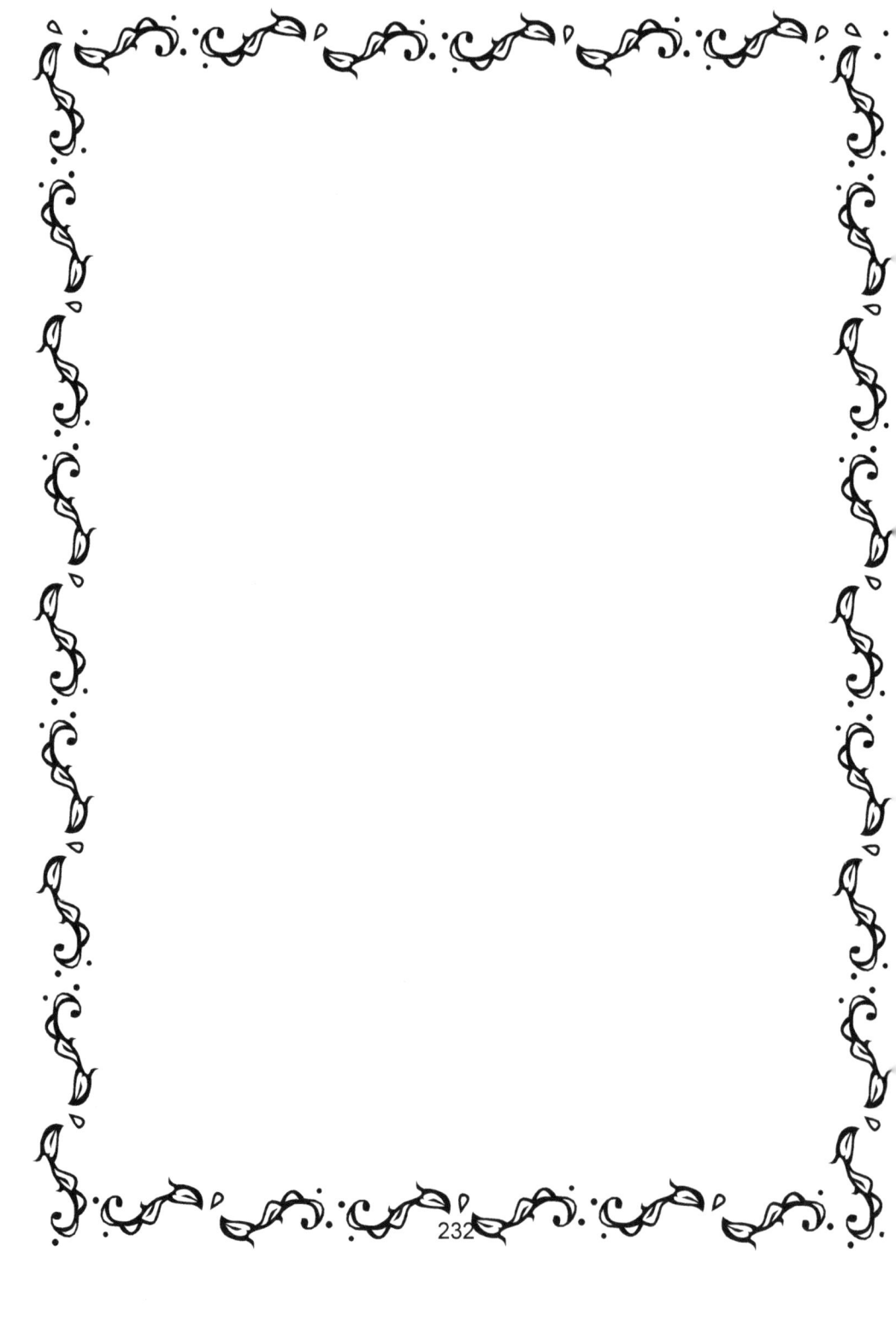